HEYNE <

Zum Buch

Sommerdauerregen in München. Leichen werden aus den Gruften des Münchner Waldfriedhofs gespült, sodass Carina Kyreleis als Knochenexpertin und Gesichtsrekonstrukteurin gefordert ist. Sie rekonstruiert das Gesicht einer Toten, die in einem falschen Grab abgelegt wurde. Außerdem obduziert sie Kurt Krallinger, den Ex-Kollegen ihres Vaters, Kriminalhauptkommissar Matte Kyreleis, der erhängt in seiner Zelle aufgefunden wurde. Matte glaubt fest daran, dass Krallinger ermordet worden ist, und sieht Parallelen zu RAF-Terroristen, deren angebliche Selbstmorde ähnliche Ungereimtheiten aufweisen. Unterdessen kämpft Carina gegen Panikattacken und fühlt sich verfolgt. Zu recht, denn jemand will unbedingt verhindern, dass die Wahrheit ans Licht kommt.

Zur Autorin

Stephanie Fey, geboren 1967, arbeitete viele Jahre als Illustratorin und Malerin, bevor sie Schriftstellerin wurde. Sie ist verheiratet, hat drei Kinder und lebt mit ihrer Familie am Starnberger See. »Die Zerrissenen« ist ihr dritter Thriller rund um die Gesichtsrekonstrukteurin Carina Kyreleis.

Mehr auf www.stephanie-fey.de und auf der Facebook- und Twitterseite der Autorin.

Die Carina-Kyreleis-Reihe:

Lieferbare Titel:

Teil 1: Die Gesichtslosen

Teil 2: Die Verstummten

Teil 3: Die Zerrissenen

Stephanie Fey

DIE ZERRISSENEN

Thriller

WILHELM HEYNE VERLAG
MÜNCHEN

MIX
Papier aus verantwortungsvollen Quellen
FSC® C014496

Verlagsgruppe Random House FSC® N001967
Das für dieses Buch verwendete FSC®-zertifizierte Papier
Holmen Book Cream liefert Holmen Paper, Hallstavik, Schweden.

Originalausgabe 03/2015

Printed in Germany
Redaktion: Susann Rehlein
Umschlaggestaltung: Johannes Wiebel, punchdesign, München
Umschlagabbildung: Johannes Wiebel unter Verwendung
eines Motivs von Shutterstock.com (Lucky Luke)
Satz: Greiner & Reichel, Köln
Druck und Bindung: GGP Media GmbH, Pößneck

ISBN 978-3-453-41760-1
www.heyne.de

Für meine Wunder: Thomas, Resi, Kalli, Jonas

Prolog

Die erste Nacht mit einer Neuen war immer etwas Besonderes. Auch wenn noch längst nicht alles perfekt verlief, schließlich musste er sie erst erkunden und austesten, wie sie beschaffen war. Dieses Vortasten hatte seinen Reiz. Ein bisschen so wie früher, als er Brause in Wasser auflösen durfte. Jedes Mal prickelte es wieder neuartig auf der Zunge, obwohl er nur die Tütenfarbe wechselte und längst wusste, was ihn erwartete. Frauen waren zwar handfester als Brausepulver, doch wenn er die Kleiderschichten und die Schminke entfernte, blieben auch nur noch nackte Tatsachen. Im Grunde, rein anatomisch betrachtet, waren sie alle gleich. Die eine hatte mehr Fleisch auf den Rippen, die andere ähnelte eher einer Knospe, die noch einige Sonnenstrahlen vertragen hätte, um zu erblühen. Was die Figur betraf, liebte er die Abwechslung. Anspruchsvoll war er ohnehin nicht, jung sollte sie sein, jedenfalls jünger als er, was von Jahr zu Jahr leichter wurde. Kein Kind, nein, so pervers war er nicht. Er bevorzugte echte Frauen mit allem Drum und Dran. Hüften, Busen, ein weicher Bauch, lieber zu viel als zu wenig. Knochig war er selbst, und aufreiben würden sie sich so und so. Da konnte er noch so gut aufpassen und Vorsorge treffen. Er lernte mit jeder dazu und probierte Neues aus. Ihm gefiel es, alles Mögliche mit ihnen anzustellen, er genoss es, dass die Frau sich nicht rührte und ihn machen ließ. Anfangs erwärmte er sie mit seinem Atem und umfing sie dann mit seinem Körper. Manch eine verschloss sich dabei, spielte die Jungfrau. Er verzieh ihr die Lüge. Schließlich war es bei ihm und mit ihm ja wirklich das erste Mal. Wie Wachs war sie unter seinen Händen, schenkte sich ihm hin, willenlos, ohne dass er um sie werben musste. So besaß er ein Geschöpf, das einzig ihm gehörte, für immer. Nur an der Technik musste er noch feilen, damit er länger etwas von ihr hatte. Manchmal schritt die Verwesung zu schnell voran, und er brauchte mehr Pfefferminztee, aber im Laufe der Jahre entwickelte er ein Gespür für die Vorgehensweise. Jedes Mal klopfte sein Herz wie ein an Land geworfener Karpfen. Wieder und wieder hoffte er, dass er nun die Eine, die Letzte und damit die einzig Richtige aus ihrem Grab befreite.

Noch 24 Sekunden

Es ist nicht der Tag,
es ist nicht die Stunde,
das Leben stirbt in der Sekunde.

Thomas Schuster

1.

Kaum war Carina im Institut für Rechtsmedizin eingetroffen, um sich im Nebenraum vor dem Seziersaal umzuziehen, schob Nusser, der Präparator, die Tür auf. »Hola chica«, grinste er sie an. »Hey, ich dachte, du mampfst bereits im Schatten eines Sombrero Bohnen mit Mais?«

»Ich habs mir anders überlegt, Mexiko kann warten.« Sie holte ein Handtuch aus ihrer Reisetasche, polierte ihre Brille und rieb sich die Haare trocken. Auf dem Weg vom Flughafen hierher hatte es zu regnen begonnen, prasselnde, dichte Tropfen durchnässten sie auf den paar Metern zwischen Taxi und Eingang. Als ob innerhalb weniger Minuten der Sommer endgültig verscheucht worden war. Einen Moment lang überlegte sie, ob sie das T-Shirt wechseln sollte, hatte sie doch ohnehin so gut wie ihren gesamten Kleidungsbestand dabei. Zehn Shirts, einen ausgeleierten und leicht verwaschenen Pullover, den ihr Wanda zum achtzehnten Geburtstag gestrickt hatte, Unterwäsche, drei Paar Socken, ein besticktes mexikanisches Kleid und zwei Hosen, zusätzlich zu den Sachen, die sie trug. Sie ließ es bleiben. Nicht weil sie sich vor Nusser nicht ausziehen wollte, diese Art Scham war unter Rechtsmedizinern überflüssig. Jeder hier kannte alle Formen von Nacktheit bis ins Detail. Sie schwitzte trotz der Kühle im Institut und würde auch so bald trocken sein. Also zog sie ein grünes OP-Hemd über und tauschte ihre Schuhe gegen die Sektions-Clogs. »Was ist im Seziersaal los?« Beim Hereinkommen hatte Carina einen Haufen Leute gesehen, die sich um die Obduktionstische drängelten.

»Ach, das reinste Kuddelmuddel.« Keuchend riss sich Nusser die verschmierte Plastikschürze ab, warf sie in den Müll und legte eine frische an. »Nicht nur wegen der ganzen Leichenteile, an die bin ich kaum drangekommen. Ständig steht irgend so ein Spion vor einem und schnüffelt in der Soße, als könnte er riechen, wo welcher Hautfetzen hingehört.«

»Spion? Meinst du, Agent?«

»Ist das nicht dasselbe? Typen vom BND oder BKA, was weiß ich. Da drin wimmelt es jedenfalls von Geheimdienstlern, huibu.« Er wedelte schaurig-lustig mit den blutbefleckten Gummihandschuhen.

Carina lächelte. »Wieso sind die wegen einer S-Bahn-Leiche hier?«

»Nix S-Bahn. Die Toten aus dem gesprengten Waldhäuschen werden endlich obduziert. Das war vielleicht ein Hickhack in den letzten zwei Wochen, und jetzt geht's hier weiter. Ich musste echt aufpassen, dass ich keinem von denen ein Stück von der Nase oder sonst was absäble. Man könnte meinen, das Bundeskanzleramt ist in die Luft geflogen, bei so viel Aufgebot.« Schweiß glänzte zwischen seinen lichten, schwarzgefärbten Haarsträhnen und lief ihm in die Augen. Er griff sich einen Stapel Papiertücher aus dem Spender am Waschbecken und wischte sich übers Gesicht.

»Wieso wird das erst heute gemacht?« Carina hatte sich zwei Wochen freigenommen, nachdem sie um ein Haar selbst in die Luft gesprengt worden wäre, und war davon ausgegangen, der Fall wäre vonseiten der Rechtsmedizin längst abgeschlossen. Selbst ihr Vater hatte nichts verlauten lassen, als sie ihn traf. Bestimmt hatte er sie nur schonen wollen, typisch Haschpapi! So hatte sie ihn als Kind genannt, als er noch bei der Drogenfahndung war, und auch weil er mit seinen markanten Augenringen ihrem Hushpuppies-Stoffhund ähnlich sah.

»Die Behörden mussten sich erst einigen, wer für den Fall zuständig ist«, erklärte Nusser. »Da es doch Leute aus ihren Reihen waren, ehemalige Geheimniskrämer. Naja, als Krämer arbeitete der eine Tote dann bis zuletzt. Er war Hosenverkäufer, soviel ich weiß. Bisher dachte ich, Mensch ist Mensch, und wenigstens im Tod sind alle gleich. Nichts da, man lernt nie aus. Es gibt auch Elitetote. Andererseits, mir kann es egal sein, ich bin nur der Schnippler hier. Jetzt muss sich die Chefin alleine mit Bond und Co weiterplagen und die Teile zusammensetzen, wenn sie es denn erlauben. Wie es aussieht, handelt es sich nur um eine Person. Es sei denn, sie haben noch was im Wald oder in den Trümmern gefunden. So groß war dieses Waldhäuschen doch nicht, du hast es ja auch gesehen, oder?«

Carina zuckte mit den Schultern. »Nur aus der Ferne, es lag versteckt zwischen den Bäumen. Die genauen Umrisse, ob da noch ein Schuppen war und wie tief es in dem Hang lag, konnte ich nicht erkennen.« Sie war zwei Männern gefolgt und hatte beobachtet, wie sie das Häuschen betraten, kurz vor dem großen Knall.

»O entschuldige, ich plappere einfach drauflos. Dabei weiß ich, dass du um ein Haar selber …« Rasch umfing er sie mit einem Arm, presste sie mit dem Ellbogen an sich, möglichst ohne sie mit seinen schmutzigen Handschuhen zu berühren.

»Danke.« Wieder einmal war sie fast gestorben. Erst der Autounfall in Mexiko, dann das Abtauchen in ein volles Wasserfass, als alles um sie herum in Flammen stand, und nun wäre sie beinahe mit in die Luft gesprengt worden. Wie viele Leben hatte sie noch? Sie sollte zur Sicherheit eine Strichliste führen. Anfangs, gleich nach der Explosion, hatte sie geglaubt, blind und taub zu sein. Dröhnende Stille in ihren Ohren. Dann hatte sie Hände gefühlt, spürte sie auch jetzt noch, wie Nussers Ellbogen. Jemand hatte sie zurückgezogen und in Sicherheit gebracht, sogar mit seinem eigenen Körper geschützt, Sekunden bevor das Waldhäuschen, nur einen Katzensprung entfernt, in einer Staubwolke versank. Nussers Rasierwasser, gemischt mit dem Geruch nach Schweiß, holte sie in die Gegenwart zurück. Sie löste sich aus seinem Klammergriff.

»Du wirst übrigens schon sehnsüchtig erwartet. Ich geh mir kurz die Nase pudern.« Bevor der Präparator in Richtung Toilette verschwand, deutete er mit dem Kopf zu ihrem Vater, von dem Carina durch den Spalt der Schiebetür nur seinen Hinterkopf und zwischen den vielen Beinen der Leute den zum Gehstock umfunktionierten Walkingstock erkennen konnte. An zwei Sektionstischen arbeiteten ihre Chefin, die Professorin Feininger, und ihr Kollege Dr. Herzog, umringt von Männern, von denen Carina außer ihrem Vater nur den Oberstaatsanwalt Buddeberg kannte. Heute trug er zur Abwechslung einen Anzug, nicht wie bei ihrer ersten Begegnung bunte Bermudashorts und Flip-Flops.

Ihr Vater wandte sich um und fing ihren Blick auf, flüsterte der Professorin etwas ins Ohr und kam auf Carina zu. Unterwegs hakte er eine seiner berühmt-berüchtigten grünen Knisterplastiktüten, in denen er seine Unterlagen mit sich herumtrug, von einem Schubladenknauf ab. Hastig schloss er die Schiebetür hinter sich. »Na endlich.« Er atmete auf.

»Da bist du wieder. Peter hat dich zum Glück noch erwischt. Was bin ich froh, dass du Kurtis Obduktion übernimmst.«

»Willst du dich nicht kurz ausruhen?« Sie schob ihm einen Bürostuhl hin. Seine Hüfte mit der Schussverletzung schmerzte sicher.

»Nichts da.« Er rollte den Stuhl weg. »Fürs Herumlungern ist jetzt keine Zeit. Lass uns am besten gleich anfangen, bevor die uns noch erwischen und in die Mangel nehmen. Eindeutig, die wollen was vertuschen.«

»Wen meinst du mit ›die‹?«

»Na, das Bundeskriminalamt. Sie haben gleich zwei Beamte hergeschickt. Kurt Krallingers Vorgesetzten und noch einen. Sie sehen bestimmt auch einen Zusammenhang zwischen der Sprengung und dem Fakt, dass er sich jetzt kurz vor Prozessbeginn in seiner Zelle erhängt hat, aber mir kleinem Weißwurstkriminaler dürfen die großen Staatstragenden das natürlich nicht anvertrauen. Noch sind sie abgelenkt. Also lass uns schnell machen, solange sie noch da drin an den Leichenteilen puzzeln. Dann merken sie nicht, was wir vorhaben.«

»Habt ihr die Toten schon identifiziert?«

»Das ist es ja. Das BKA hat anscheinend gleich vor Ort die Spuren selbst ausgewertet. Bisher handelt es sich nur um ein Opfer. Felix Jering, der nach seinem Ausscheiden beim BND in so einem Outlet oder wie diese Ramschläden heißen, arbeitete. Das wussten die, obwohl von seinem Gesicht kaum noch was übrig ist. Jetzt wollen sie nur noch erfahren, ob die anderen Gliedmaßen eine zweite Person ergeben. Ein paar Finger zu viel oder mehr als zwei Füße oder so was.«

»Dann ist Sascha Lambert, also dieser ehemalige GSG-9-Beamte, vielleicht davongekommen?«

»Kann sein.« Er zuckte mit den Schultern. »Falls ihm keines der vielen Rippenstückchen gehört. Du bist die Einzige, die Jering und Lambert gesehen hat. Wie geht's dir überhaupt?« Matte hielt inne, und seine immer müde wirkenden Augen ruhten auf ihr. Sie schwieg. Was hätte sie auch sagen sollen? Ihr war nichts geschehen, aber was sie erlebt hatte, wühlte sie auf, als hätte die Explosion nicht in dem Wald stattgefunden, sondern in ihrem Inneren.

»Blass und verschwitzt bist du, hast du Fieber?« Er strich ihr über die Stirn.

»Draußen regnet es, weiter nichts.« Sie wischte seine Hand fort.

»Ich mach mir Sorgen um dich, falls dieser Lambert wirklich überlebt hat.«

»Und wenn schon. Er hat mich nicht bemerkt«, sagte Carina geschwind. Im selben Moment war sie sich nicht mehr sicher, ob das auch stimmte. Ihre Erinnerung an das Ereignis veränderte sich mit jedem Tag. Anfangs war alles in ihrem Gedächtnis glasklar und unverrückbar gewesen. Doch je länger sie darüber nachdachte, desto mehr vermischte sich das Geschehene mit den Eindrücken davor und danach, als würde jemand in ihr Kopfkino Filmsequenzen einkleben.

»Ich bitte dich, deine Zeugenaussage nachher noch im Präsidium zu machen. Das ist sehr wichtig für uns, ja?« Ihr Vater riss sie aus ihren Gedanken. *Für uns.* Eigentlich meinte er, für *ihn*, für seine Ermittlungen, einzig darum ging es. Was würde er tun, wenn sie jetzt doch im Flieger säße? Und dann weit weg und inmitten der *mañana*-Mentalität, was hieß, dass sich die Zeit in Mexiko den Menschen anpasste und nicht umgekehrt. Selbst eine Vorladung per Post würde bei ihrer Freundin Lupida auf dem Land erst nach Wochen eintreffen. Auch wenn Matte sie dort weiterhin überwachen sollte, wie er es in der Vergangenheit bereits getan hatte, so war sie in Mexiko wenigstens frei, eigene Entscheidungen zu treffen. Und vor allem war sie da nicht seinem flehenden Haschpapi-Blick ausgesetzt. Seufzend gab sie nach. »Von mir aus, ich sage, was ich beobachtet habe.«

»Danke. Ich gebe Paintner Bescheid, er kümmert sich darum, also melde dich später bei ihm, ja?«

»Ist das Peters Kollege, mit dem er sich das Büro teilt?«

»Ach, dann kennst du ihn bereits?« Er musterte sie, so als hätte er den Abdruck von Peters Lippen auf ihrem Mund bemerkt. Sie spürte, wie sie rot wurde, allein wenn sie Peters Namen aussprach. Kindisch kam sie sich vor, und doch musste sie innerlich lächeln. Sie wandte sich ab, suchte im Regal nach einer Plastikschürze und faltete sie auseinander. Der Kriminalmeister und angehende Sprachprofiler hatte sie geküsst, im Flugzeug, so als müsste er sie auf das vorbereiten, was er über ihre Mutter herausgefunden hatte.

»Frag an der Pforte nach ihm, er holt dich ab.«

»Peter?« Sie zog eine Schublade auf, als suchte sie darin etwas, trotzdem merkte sie, wie ihr die Hitze ins Gesicht stieg.

»Nein, der Paintner Theo, hörst du denn nicht zu? Peter habe ich nach Stadelheim geschickt, damit er Kurtis Sachen sichert. Stell dir vor, sie wollten Krallingers Leichnam gleich in der Zelle beschlagnahmen und nach Wiesbaden verfrachten.« Beim Reden fuchtelte ihr Vater mit dem Stock herum. Carina ging in Deckung, als er ihr zu nahe kam. So aufgeregt hatte sie ihn bisher selten gesehen, wo war nur der Matte Kyreleis geblieben, der für seine Gelassenheit bekannt war? Diesmal war er persönlich in den Fall verwickelt. Abgesehen von der körperlichen Beeinträchtigung schien die Schusswunde ihn auch seelisch verändert zu haben. Kurt Krallinger, sein früherer Arbeitskollege bei der Münchner Mordkommission, hatte ihren Vater fast umgebracht. »Was ist denn eigentlich passiert«, fragte Carina. »Ich weiß nur, dass Krallinger tot ist.«

»Angeblich hat er sich in seiner Zelle erhängt.«

»Hat man vergessen, ihm die Schuhbänder abzunehmen?«

»Nein, mit einem Handtuch. Ein Wärter ...« Matte zog einen Zettel aus der grünen Tüte an seinem Arm. »Ein gewisser André Trotha, mit A hinten, nicht mit EL, obwohl das eher passen würde, hat ihn heute Morgen um sieben, kurz vor der Essensausgabe, gefunden und sofort abgeschnitten.«

»Das ist jetzt nicht wahr, oder?«

»Doch, leider, erst vom Fenstergitter, dann hat er ihn auf die Pritsche gehoben und dort die Schlinge aufgeschnitten. Ich hab schon mit dem Kerl geredet. Ein fast zwei Meter großes Schwergewicht in Uniform, so eine Art Vollzugsmaschine, der geht richtig auf in seinem Gefängniswärterjob. Er hat den Kurti vermutlich mit links vom Fenster gehoben. Dann wollte er ihn wiederbeleben, hat gehofft, dass er noch nicht ganz tot ist. Jedenfalls hat er durch seinen Samariterdienst sämtliche Spuren zerstört. Kurtis Mörder werden ihn nicht kurz vorm Frühstück aufgehängt haben, damit er noch eine Chance hat, gefunden zu werden, er war bestimmt schon seit Stunden tot. Aber ich will dir nicht vorgreifen, das wirst du mir gleich genauer sagen können. Für mich jedenfalls stinkt das Ganze zum Himmel! Wenigstens ist auf den Oberstaatsanwalt Verlass. Buddeberg hat durchgesetzt, dass der Leichnam hierher überführt und obduziert wird, und deine Chefin habe ich darum gebeten, dass sie die BKA-Leute ablenkt, damit ich mit dir unbemerkt abhauen kann.«

»Abhauen, wohin?« Carina verstand gar nichts mehr. Und außerdem nervte seine Bevormundung.

Mattes Handy gab ein Surren von sich. Hastig zog er es aus der Hosentasche und hielt es ans Ohr. »Ja. Hallo?« Er klickte darauf herum und blickte mit zusammengekniffenen Augen auf das Display. »Ach so, nur eine SMS. Warte kurz. Ah, wenn man vom Kriminalmeister spricht.« Er hielt das Mobilteil mit ausgestrecktem Arm von sich, zu eitel um zuzugeben, dass er längst eine Brille bräuchte. Als er die Worte entzifferte, bewegten sich seine Lippen mit. Seine Augen verdunkelten sich. »Diese Drecks…, Malefiz…, ja, wo sind wir denn hier?« Carina glaubte schon, er würde das Handy zu Boden schleudern, doch er holte Luft und steckte es wieder ein. »Stell dir vor, Kurtis Zelle ist bereits komplett ausgeräumt, auch seine gesamte Kleidung ist weg. Peter schreibt, dass zwei Häftlinge dazu verdonnert worden sind, sofort alles zu schrubben und zu überstreichen, sogar die Sockelleisten sind entfernt worden. Ich fasse es nicht.« Er stakste mit seinem Stock los. »Du glaubst nicht, wie bekannt mir das alles vorkommt.«

»Was meinst du? Hast du so was schon mal erlebt? Einen ähnlichen Fall?«

Er winkte ab. »Ulrike Meinhof hat sich doch auch mit Handtuchstreifen am Fenstergitter ihrer Zelle erhängt. Nur merkwürdig, dass keinerlei Spuren gesichert werden konnten, weil sofort alles beseitigt worden ist. Eine Selbstmörderin, die nach ihrem Tod noch aufräumt, ist schon ungewöhnlich, aber das führt jetzt zu weit. Wir müssen uns beeilen, wo steckt euer Präparator eigentlich, den hab ich doch vorhin hier reingehen sehen?«

»Auf dem Klo, glaube ich.«

Matte sah auf die Uhr. »Dann komm, gehen wir. Carina,

ich verlass mich auf dich.« Er nahm sie beim Arm, doch sie entwand sich ihm.

»Lass das, ich obduziere nicht, weil du es verlangst. Kapier das endlich. Die Rechtsmedizin ist unabhängig, ich arbeite getrennt von dir, ein für alle Mal.« Längst bereute sie, die mexikanische Hochzeit ihrer besten, ja vielleicht einzigen, Freundin Lupida für das hier sausen zu lassen. Diesen Krallinger hätte ruhig einer ihrer Kollegen übernehmen können.

»Sei nicht eingeschnappt. Ich hab da nur so ein Gefühl, dass es …«

»Deine Gefühle interessieren mich nicht«, schnitt ihm Carina das Wort ab. Im nächsten Augenblick tat ihr ihre Schroffheit leid, normalerweise war das nicht ihre Art, bei Betroffenen schon gar nicht. »Darfst du überhaupt ermitteln?« Als Opfer war er doch befangen.

»Natürlich wollten sie mich rauskicken. SV Wehen Wiesbaden gegen FC Bayern, dass ich nicht lache, da müssen sie sich schon wärmer anziehen. Die haben Angst, dass ihnen jemand auf die Finger schaut und ihre Vertuschungen entlarvt. Buddeberg sieht das genauso, er sagt, da ist schon lange was faul.« Der Oberstaatsanwalt Buddeberg und Ehemann ihrer Chefin hatte dafür gesorgt, dass der Krallinger-Fall überhaupt in München verhandelt wurde. Ursprünglich wollte das BKA alles intern klären, da Kurt Krallinger, dieses Chamäleon mit Feuermal, nach einer Stasikarriere zum BKA gewechselt war. Wenn er seine Geliebte nicht in der Isar versenkt und ihren Vater nicht angeschossen hätte, wären seine Machenschaften vermutlich niemals ans Licht gekommen.

Nusser, eines seiner historischen Medizinbücher unter den Arm geklemmt, kam aus der Toilette zurück. »Alles vorbereitet, Herr Kyreleis«, sagte er eifrig, »es war gar nicht leicht, einen freien Raum zu finden.« Er schob das in Kalbsleder gehüllte Buch vorsichtig in den Fachliteraturschrank und stützte es mit dem Quader, einem seiner filigranen Präparate, an dessen Glaswand ein winziger Fötus klebte. Bevor er den Schrank schloss, strich er noch mal über den brüchigen, Buchrücken, als könne er sich nur schwer von seinem Schatz trennen. »Kommt mit, und wenn uns wer sieht, tut möglichst so, als wäre nichts. Feininger hält uns hoffentlich weiterhin den Rücken frei.« Er grinste. »Zur Not stellt sie sich eben in die Tür, hat sie gesagt, und dann kann das BKA nichts ausrichten.« Das stimmte, der Körperumfang der Professorin reichte für drei.

»Ich brauche zuerst die Genehmigung der Staatsanwaltschaft oder zumindest Feiningers Zustimmung, am besten frage ich Dr. Buddeberg gleich, vorher kann ich nicht obduzieren.« Carina wollte die Schiebetür zum Seziersaal öffnen.

»Bleib hier, den Wisch kriegst du auch so, er liegt nachher im Sekretariat, versprochen. Buddeberg ist nur noch nicht dazu gekommen. Ich würde jetzt besser nicht fragen, sonst können wir es gleich lassen, denn dann haben wir das BKA am Hals.« Was war das hier? Carina fühlte sich plötzlich in ihre Zeit in der mexikanischen Rechtsmedizin zurückversetzt. Rund um die Uhr waren Tote aus dem Drogenkrieg angeliefert worden. Bauern, Dealer und Ermittlungsbeamte lagen nebeneinander auf den Seziertischen, Feinde zu Lebzeiten, nun im Tod vereint und oft bis zur Unkenntlichkeit entstellt. Dennoch versuchten sie und ihre mexikanischen Kollegen, ihre Arbeit so exakt wie möglich zu tun, als hätten sie gegen das organisierte Verbrechen eine Chance und als würde es irgendjemanden von der Regierung interessieren, wer da gestorben war und woran. Selbst die Angehörigen, denen sie Kleidungsstücke oder persönliche Wertsachen zeigten, stritten oftmals ab, die Sachen und damit die Toten wiederzuerkennen.

»Es ist alles korrekt, Carina, glaub mir«, versuchte Matte sie weiter zu beschwichtigen. Sie verzog den Mund. Er hatte sie schon mehrfach aufs Glatteis geführt.

»Dein Vater hat recht«, mischte Nusser sich ein. »Die Chefin und Buddeberg ziehen ausnahmsweise mal an einem Strang. Um Zeit zu gewinnen, hat Feininger denen gesagt, dass die Bestatter mit Krallingers Leichnam im Stau stecken. Und bis die da drin Mittagspause machen, haben wir auch obduziert. Also hopp, wenn wir noch weiter rumtrödeln, wird das nichts.«

»Wer saß denn ewig auf dem Klo?«, blaffte Carina Nusser an.

»Eine Pause muss mal erlaubt sein in dem ganzen Tohuwabohu hier. Auf geht's.« Er stapfte los.

Sie schnappte sich ihre Umhängetasche mit ihrem Skizzenbuch, dem Diktiergerät und ihrem Handy und folgte den beiden den Gang entlang und über den Verbindungsflur zum Altbau. Seit sie hier vor einem knappen Jahr zu arbeiten begonnen hatte, war sie in so gut wie jedem Raum des Alt- und Neubaus gewesen. Es hatte einige Wochen gedauert, bis sie sich nicht mehr verlief. Aber wenn man es einmal begriffen hatte, waren die beiden Gebäude recht übersichtlich angelegt. Im Altbau, wo sich auch der alte Anatomiesaal mit seiner kaskadenförmigen Bestuhlung befand, waren ihr und auch Nussers Arbeitsraum. Dort im Keller, kannte sie jedes Kämmerchen, hatte sie bisher geglaubt, aber der Präparator führte sie mit dem Aufzug nach unten – eine große Erleichterung für ihren Vater – dann an ihren Zimmern vorbei, einen schmalen Gang entlang und nach einem Knick wiederum ein paar Stufen abwärts. Schließlich öffnete er eine eiserne Brandschutztür und tastete nach dem Lichtschalter.

»Sind wir noch in der Nußbaumstraße?«, fragte Carina.

Nusser kicherte. »Klar, das waren nur ein paar Umwege, damit wir möglichst niemandem begegnen, der Fragen stellt. Voilà.«

2.

»Ab«, kreischte die Kröte in einem fort. »Ab, ab, ab.« Zu gern wäre sie Schauspielerin geworden, einer der vielen Träume, die sie dank seiner Existenz nie verwirklichen konnte. Nur einmal hatte sie in einer Schulaufführung mitspielen dürfen. Reglos musste sie als Tannenbaum verkleidet eine Stunde mit ausgebreiteten Armen, zwei brennende Kerzen in den Händen, auf der Bühne stehen. Bis der Lehrer »ab« rief und sie in ihrem grün bemalten Kartonkostüm von der Bühne trippelte.

»Ab.« Genauso scheuchte sie ihn jetzt in die Küche und dann in den Küchenschrank. Einmal eingepfercht, vergaß er die Zeit, wusste nicht, ob er Minuten, Stunden oder Tage, vielleicht auch Jahre, in dieser Enge verbrachte. Über ihm rumpelte es, wenn sie zu kochen anfing oder Geschirr spülte. Lupfte er die Tür, trat sie sie mit der Pantoffelspitze zu. Er erinnerte sich nicht mehr, wann sie mit dieser Art von Bestrafung begonnen hatte. Im Flur hing ein Foto, auf dem er als Baby in einer aufgezogenen Schublade der Wohnzimmerkommode schlief. Die hatte sie damals einfach zugeschoben, wenn er ihr auf die Nerven ging, sodass sein Weinen nur noch gedämpft durch das Möbelstück drang. Wenn er erst groß war, noch größer als sie und viel, viel stärker, würde er das klobige Ding zu Kleinholz zerhacken. Neulich hatte er, als er nach einem besseren Versteck für seine Sachen suchte, die obere Schublade aufgemacht und die Kratzspuren entdeckt, als wäre dort ein Tier gefangen gehalten worden. Augenblicklich spürte er wieder den Druck unter den Fingernägeln, wie sich das Holz, bei dem vergeblichen Versuch zu entkommen, gelöst hatte und sich ihm zwischen Haut und Nagel grub. Der Schublade endlich entwachsen, suchte sie andere Behälter für ihn. Die ersten fünf Jahre seines Lebens hatte er mehr in dunklen Kisten als in Freiheit verbracht, also gewöhnte er sich daran. Vielleicht zogen alle Eltern ihre Kinder auf diese Weise groß wie die Tomatenpflanzen auf dem Fensterbrett, die sich auch erst im Dunkeln entwickeln, wie die Kröte erklärt hatte. In den wenigen Stunden, die er draußen war, überlegte er, wie er sich die Zeit in der Enge angenehmer gestalten könnte. Er versteckte Spielzeug, kleine Figuren und Fahrzeuge, in sämtlichen verschließbaren Behältern. In den Schränken, der Eckbank, der Kommode, im Waschmittelkarton und sogar in der Zuckerdose. Nie wusste er, welches Gefängnis die Kröte als Nächstes für ihn aussuchen würde. Aber sie entdeckte all seine Sachen und entfernte sie. Nichts sollte ihn von sich selbst ablenken, betonte sie dann. Ganz ohne alles sollte er sich mit seiner Schuld auseinandersetzen, das war der Sinn der Maßnahme. Doch wie sollte das gehen, wo er trotz endlos langer Grübelei nicht dahinterkam, was er eigentlich angestellt hatte? Als Nächstes probierte er es mit Memory, schob heimlich ein paar Karten in seine Hose und unter den Pullover. Das Spiel nutzte ihm zwar im Finstern nichts, dennoch ließ sich das Stillhalten damit besser ertragen, so als hätte er eine lindernde Medizin geschluckt. Er tastete die Kartenbilder ab, versuchte zu erraten, welches Tier sich darauf befand und ob sich sogar ein Pärchen mit in sein Versteck geflüchtet hatte. Auch da kam sie dahinter, als ein Elefant beim Einstieg in den Kasten aus seinem Hosenbein rutschte. Nun musste er sich immer ganz ausziehen, bevor sie ihn in einen Behälter zwang. Bloß die Unterhose durfte er anbehalten, an sich herummachen war ebenfalls streng verboten. Zuletzt stellte er sich nur noch in Gedanken vor, wie er spielte. Ohne sich zu rühren, baute er Landschaften auf, setzte komplizierte Geräte zusammen und nahm sie wieder auseinander, verlegte Schienen quer durch die Zimmer, den Türstock hinauf und unterm Plafond entlang. Kopfüber dampfte dann seine Eisenbahn an der Decke, rumpelte und stampfte, er hörte es sogar wirklich. Das würde die Kröte nie in echt dulden. Außerdem besaß er gar keine Geradeaus- oder Um-die-Ecke-Schienen. Vater hatte ihm nur Kurven mitgebracht, die für einen Kreis in der Größe des Kloteppichs reichten. Einmal hielten die Stofftiere, Plastikfiguren und auch die Eisenbahn mit all ihren Waggons in seinem Zimmer eine Konferenz ab, beratschlagten, wie sie ihn, ihren König, befreien könnten. Er, der sie lebendig machte, ohne den sie sonst nur leblose Dinge waren, kein Spielzeug. Sie beschlossen ein Heer zu bilden und jedes Mal, wenn die Kröte nicht hinäugte, rückten sie seinem Gefängnis ein Stück näher. Mit Hunderten von Puppenfüßen und Fahrzeugrädern in allen Größen und Arten arbeiteten sie sich zu ihm vor, um das Kittelmonster zu bändigen, gemeinsam den Deckel aufzustemmen und ihn zu befreien. Hörte er an der Wand, die die Küche mit dem Badezimmer verband, Wasser rauschen, wusste er, dass es nicht mehr lange dauerte, bis er, auch ohne Spielzeughelfer, wieder rausdurfte. Doch bei dem Gedanken, was ihn danach erwartete, zog er sich noch enger zusammen, wäre am liebsten in sich selbst hineingeschlüpft, damit die Kröte ihn nicht mehr fand.

3.

Licht flackerte auf und erhellte nach und nach grob verputztes Mauerwerk. Es dauerte, bis sie etwas erkennen konnten. Vor ihnen lag ein großes Gewölbe, in das eine weitere Treppe hinabführte. Die Beleuchtung konzentrierte sich auf zwei altertümliche Sektionstische aus Stein, die in der Mitte standen und durch Säulen im Boden verankert waren. Auf einem davon lag ein zugedeckter Leichnam. Eine große Lampe, deren Lichtkugeln Autoscheinwerfern glichen und die aus einem alten Kinofilm hätten stammen können, war die Beleuchtung. Ihr Vater hielt sich die Seite, bevor er die letzten Stufen in Angriff nahm. »Geht's?« Die Frage, ob er Schmerzen hatte, verkniff sie sich. Er würde sowieso lügen, auch wenn sein Gesicht ihn verriet.

Er lehnte sich an eine Ziegelsteinwand und schnaufte aus. »Ohne Navi finde ich hier nie wieder raus. Kann ich etwas Wasser haben?« Er fischte ein paar Pillen aus der Hemdtasche. Besser, sie fragte nicht, womit er sich betäubte. Eigentlich sollte er sich weiter krankschreiben lassen und sich endlich richtig erholen, anstatt hier mitzumischen.

Carina suchte in einem der Hängeschränke nach einem Glas, fand einen Porzellanbecher, spülte ihn aus und füllte ihn an dem altmodischen Wasserhahn mit kreuzförmigem Drehknauf. »Wo sind wir hier?«

»Dieser Seziersaal wird nur selten benutzt«, erklärte Nusser. »Als das Institut 1930 umgebaut worden ist, war er hochmodern. Feininger hat mit der Stadtverwaltung schon überlegt, hier ein Museum einzurichten.«

»Echt?« Davon hatte Carina noch nie etwas gehört.

»Ist schon länger her, das war, bevor du hier angefangen hast. Soweit ich weiß, wurde die Idee auf Eis gelegt. Zu viele Auflagen. Sicherheitsmängel an allen Ecken und Enden. Kein Zugang für Rollstuhlfahrer, es fehlen Besuchertoiletten, Wickeltisch, Pipapo. Wir können die Besucher ja schlecht durch den normalen Sektionsbetrieb führen, mit verbundenen Augen vielleicht, und dabei jede Menge Riechsalz verteilen, damit uns keiner umkippt, so nach dem Motto: Augen zu und durch, bis zum historischen Teil ist es nicht mehr weit. Ehrlich gesagt bin ich froh, hier noch ungestört zu sein, ich komme oft her, wenn ich ein großes Präparat bearbeite und es mir in meinem Kellerzimmerchen zu eng wird. Von außen, wegen der unscheinbaren Tür, glaubt jeder, es handelt sich nur um den Zugang zum Heizungskeller.«

»Ich hab mich schon gefragt, wie und wo du deine Kunstwerke machst.« Carina hatte geglaubt, er hätte bei sich zu Hause noch eine Werkstatt, in der er seine skurrilen Tierpräparate – halb naturgetreue Lebewesen, halb Maschinen – erschuf.

Eine der Lichtkugeln flackerte, Nusser rückte einen Stuhl heran, stellte sich darauf und schraubte an der Lampe herum. »Mist, kaputt. Ist total schwer, überhaupt noch so alte Glühbirnen aufzutreiben. Wenn's sein muss, arbeiten wir halt mit Stirnlampen oder zünden Kerzen an.« Er streifte ein paar lange, gelbe Gummihandschuhe über, von denen etliche an einer Wäscheleine befestigt waren, und reichte Carina ein zweites Paar. »So, ich hoffe, ich habe alles an Werkzeug beieinander, steril ist es jedenfalls.« Wie immer waren die Obduktionsutensilien säuberlich aufgereiht auf einem Tablett vorbereitet. Nur wirkten sie diesmal nicht so blank poliert und deutlich massiver. »Was sagst du hierzu?« Er schwang einen schweren Hammer und einen dazu passenden Meißel mit verziertem Eichengriff, die man zum Aufschlagen von Wirbeln brauchte. »Die beiden stammen bestimmt aus einer Bildhauerwerkstatt. Vielleicht hat einst Michelangelo seinen David damit aus dem Stein gekitzelt.« Er gluckste. »Diese alten Teile sind mir sowieso lieber, solide und kein Wegwerfzeug, das bei einfachem Druck zerbricht oder das du in der eigenen Hand suchen musst wie ein Muttermal. Trotzdem ist es ein Weilchen her, dass ich mit einer mechanischen Säge einen Schädel zerteilt habe. Also, lasst uns anfangen.«

»Und Susanne? Sollen wir ohne sie obduzieren?« Carina schlüpfte in die Handschuhe. Normalerweise arbeiteten immer zwei Rechtsmediziner an einer Leiche, einer gab die Anweisungen, und einer schnitt.

»Die brauchen sie oben, war schwer genug, dass ich gehen durfte. Ich fürchte, wir beide müssen es allein schaffen.« Nusser krempelte sich den Kittelärmel hoch und deckte Krallinger auf. Der Leichnam war nackt. Jemand, vermutlich der Notarzt, hatte ihm die Anstaltskleidung ausgezogen. Eigentlich vorschriftsmäßig, nur im entkleideten Zustand kann ein Ersthelfer den Tod feststellen und das Kreuz an die richtige Stelle des Totenscheins setzen. Natürlicher oder nicht natürlicher Tod. Aber verstorbene Häftlinge wurden sowieso immer obduziert. Es gab also keinen Grund, der Leiche alle Kleider abzunehmen und damit die Spurenlage zu erschweren und Beweismittel zu vernichten. Sie konnte die Wut ihres

Vaters nachvollziehen. Matte richtete sich mit einem Ächzen wieder auf und kam auf seinen Walkingstock gestützt zu ihnen gehumpelt. Zusammen betrachteten sie den Toten eine Weile. Carina dachte an ihre letzte Begegnung mit Krallinger. Ihr Vater hatte ihn an der U-Bahn wiedergetroffen, ihn überschwänglich begrüßt, Krallinger dagegen wirkte weniger begeistert. Trotzdem hatte ihn damals Leben ausgefüllt. Nun war er bloß noch eine Hülle aus Organen und Knochen. Verstorbene wirkten immer kleiner und weniger bedrohlich. Krallinger war sogar in Carinas Wohnung gewesen, um eine Akte zu stehlen. Das war nun ein für alle Mal vorbei. Und was ging in ihrem Vater vor beim Anblick seines ehemaligen Freundes und Attentäters? Hatte er ihn zu Lebzeiten jemals nackt gesehen? Sein markantes flammendrotes Feuermal zog sich wie ein Kontinent auf der Landkarte vom linken Ohr bis zur Schulter. Eine ungleichmäßige dunkle Linie durchschnitt das Mal und lief von den Ohren bis schräg unter den Adamsapfel. Die Oberhaut hatte sich in dieser Furche gelöst und eine tief eingedrückte, braune, teilweise auch honiggelbe Strangmarke hinterlassen.

»Was war das für ein Handtuch?«, fragte sie in die Stille.

»Hier, ich hab es dabei.« Aus der zerknitterten Einkaufstüte, die er immer noch am Handgelenk trug, zog ihr Vater eine Papiertüte und legte sie auf die Ablage. Carina schüttelte den Stoffstreifen vorsichtig in eine leere Organschale und breitete ihn mithilfe einer Pinzette aus. Die Schlinge bestand aus einem grob gewebten, grauen Baumwollstoff, der in zwei Längsstreifen gerissen und einmal zusammengeknotet war. Zu einer sogenannten offenen Schlinge geknüpft, lief der Streifen frei durch den Knoten und zog sich von selbst zusammen, ohne zu stocken. Gewusst wie, solch einen Henkersknoten beherrschte nicht jeder, aber für ein Ex-Stasimitglied wie Krallinger dürfte dies vermutlich zur Grundausbildung gehört haben. Was hatte ihr Vater vorhin damit gemeint, dass ihm das alles so bekannt vorkam? Egal, sie musste sich auf ihre Arbeit konzentrieren. Die Stellen, wo das Strangwerkzeug durchtrennt worden war, markierte ein schwarzes Band. »Das hat der Wärter vorbildlich gemacht. Anscheinend haben die in Stadelheim Erfahrung mit Erhängten.«

»Das war ich, stattdessen hab ich mir dann mit dem hier behelfen müssen.« Matte hob sein linkes Hosenbein und zeigte ein rotes Gummiband vor, das seinen linken Schuh nur notdürftig in den obersten Ösen zusammenhielt. Carina war beeindruckt. Am besten beließ man das Strangwerkzeug am Hals der Leiche, aber wenn das nicht mehr möglich war, dann sollte die Schlinge fachgerecht, so wie ihr Vater das getan hatte, entfernt, und die Enden durch einen Bindfaden zusammengehalten werden.

»Sieh dir mal gleich dazu Kurtis Hals an.« Er drehte sich zu der Leiche um. »Die Strangmarke ist eindeutig breiter als das dünne Handtuch, und diese Rötung hier an der Seite, was bedeutet die? Da hat wer nachgeholfen. Kannst du mir gleich was dazu sagen? Ich brauche Ergebnisse.« Matte quengelte wie ein Kind während einer langen Autofahrt. »Sieh nach, ob das Zungenbein noch intakt ist, und ob sie ihm das Genick gebrochen haben.«

Carina seufzte. »Beruhige dich. Eins nach dem anderen.« Sie hätte nie gedacht, dass sie so etwas mal zu ihrem Vater sagen würde. »Wenn du Druck machst, geht es auch nicht schneller. Du willst doch, dass ich nichts übersehe.«

»Schon gut.« Matte biss sich auf die Lippe, so als wollte er sich selbst den Mund verbieten, seine Blicke irrten jedoch weiter über den Leichnam, als suchten sie nach eintätowierten Antworten auf dessen Haut.

Als Erstes befestigte Carina das Diktiergerät an einem Arm der mehrkugeligen Lampe, indem sie das Ladekabel darüber verknotete, denn sie brauchte die Hände frei. Dann zog sie, wie Nusser es auch tat, einen Mundschutz an, und versuchte, alles um sich herum auszublenden, jedes Geräusch, jede Ablenkung. Sie konzentrierte sich ganz auf das, was vor ihr lag. So wie sie es immer tat. Für diesen Moment bündelten sich ihre Sinne, sie löste sich aus ihrem Körper und schwebte über der Leiche wie eine Elster. *La urraca*, darum hatten ihre mexikanischen Kollegen ihr diesen Spitznamen gegeben. Von oben betrachtete sie den Toten, erfasste alles und prägte es sich ein. Und zugleich beugte sie sich über Krallinger, betrachtete seine Haut, die Härchen darauf, die Falten und Unebenheiten, sie merkte sich seinen Geruch – ein wohlbekannter, viele Male wahrgenommener – und auch, dass er völlig erkaltet war und kein Rest Wärme ihn mehr umgab. Jede Einzelheit speicherte sie ab, um sie später abrufen zu können.

»Was ist, was siehst du?« Matte stellte sich neben sie, beugte sich mit hinunter und stieß fast mit der Nase an Krallingers Knie. »Schau genau hin, lieber einmal mehr als einmal zu wenig.« »Jetzt lass mich bitte meine Arbeit machen.« Carina richtete sich wieder auf.

»Ja, klar, es ist dieses Mal nur ganz besonders wichtig, das verstehst du doch. Ich muss einfach wissen, ob, wie soll ich sagen, ja, ich bitte dich, hier mehr als genau zu sein, du darfst einfach nichts übersehen.« Ihr Vater fuchtelte herum, als müsste er ein ganzes Orchester dirigieren. Wenn das so weiterging, langte er ihr noch ins Messer. So wurde das nichts. Wie sollte sie konzentriert arbeiten, ohne dass sie ihren Vater ständig im Auge behielt? Ihr fiel etwas ein. »Kannst du das mit den Fotos übernehmen?« Aus Erfahrung mit den Medizinstudenten wusste sie, dass es am besten war, etwas zu tun zu haben, vom Zuschauen allein wurde einem leicht schlecht. So erhielt jeder der angehenden Ärzte gleich beim ersten Besuch im Institut eine kleine Aufgabe, und wenn es nur das Vorlesen des Totenscheins oder des Zettels war, der am großen Zeh der Leiche befestigt wurde. Ihr Vater war zwar obduktionsresistent und dürfte bei deutlich mehr Mordfällen am Seziertisch gestanden haben als sie bisher, doch noch nie war der Tote sein Freund und Attentäter zugleich gewesen.

»Von mir aus.« Er war nicht gerade begeistert. »Ich habe aber keine Kamera dabei, daran hätte ich denken sollen, mein Handy macht miserable Aufnahmen.«

»Aber meins geht.« Sie holte ihr Smartphone aus der Tasche und erklärte ihrem Vater, wie er mit zwei Fingern den Bildausschnitt vergrößern konnte, bevor er auf den Auslöser drückte. Das bedeutete zwar, sie würden keine exakt belichtete Makrofotografie haben, aber besser als gar keine Aufnahmen war es allemal, außerdem konnte Carina die Bilder danach gleich auf ihren Computer laden. Matte legte den Walkingstock auf den Boden und kickte ihn über die Steinfliesen, sodass er unter einen Wandschrank schlitterte. Neue Kräfte schienen ihn zu durchströmen. Sofort knipste er drauflos. Carina ließ ihn eine Weile fotografieren, dann bat sie ihn, ein Stück zurückzutreten, damit sie mit der äußeren Leichenschau beginnen konnte. Sie schaltete das Diktiergerät ein und fing an.

4.

München-Schwabing, 1977

Als Iris vor der Entscheidung stand, sich von ihrer Tochter zu trennen oder nicht, dachte sie an ihre Mutter. Im Gegensatz zu ihr, hatte Iris eine Wahl. Mona Erlacher starb, weil sie zur falschen Zeit am falschen Ort gewesen war. Hätte sie an jenem Morgen verschlafen, wäre nur zehn Minuten später aus dem Haus gegangen oder hätte wie so oft ihren Geldbeutel oder ihre Brille vergessen und wäre zurückgelaufen, dann wäre sie nicht von dem Lastwagen erfasst worden, der bei Rot über die Ampel preschte. Und wer weiß, dann wäre vermutlich alles anders verlaufen. Iris' gesamtes Leben und auch das von Carina, ihrer Tochter, Monas Enkelin, hätte womöglich andere Bahnen genommen. Durch diesen tödlichen Unfall war Iris fortan auf sich allein gestellt. Einen Vater gab es nicht und auch keine Verwandten, jedenfalls keine, die sich um sie kümmern konnten. Bis dahin hatte es Iris nicht gestört, dass in ihrer Geburtsurkunde »Vater unbekannt« stand. Ein Hotelgast sei er gewesen, der nach ihrer Liebschaft wieder abreiste. Mona und er trafen sich nie wieder, er erfuhr nicht, dass sie schwanger von ihm war.

»Es gibt Väter, die müssen weiterziehen«, hatte ihre Mutter erklärt. »Wie bei den Tieren, da sorgen auch meistens die Weibchen für die Jungen.« Als Iris noch klein war, malte sie sich aus, wie ihr Vater auf seinem Lieblingselefant quer durch den Englischen Garten ritt und über die Alpen weiterzog und zurück in sein fernes Heimatland, wo der Thron auf ihn wartete. Dafür war sie die geheime Tochter eines Sultans, der in der Fürstensuite im Bayerischen Hof genächtigt und sich in das Zimmermädchen Mona verliebt hatte. Als Vierzehnjährige trug Iris die großen, goldenen Ohrringe, die zu ihrem Haremsdamenkostüm gehört hatten, auch außerhalb der Faschingszeit, um ihre Herkunft zu unterstreichen. Der Schmuck wäre ein Geschenk ihres Vaters, behauptete sie ihren Freundinnen gegenüber. Als Mona davon erfuhr, nahm sie sie zur Seite und erzählte ihr endlich die ganze Wahrheit. Die Augen ihrer Mutter glänzten. Sie schmückte die Stunden ihrer Begegnung aus wie einen tausendseitigen Liebesroman. Mona schien Iris' Erzeuger nichts nachzutragen, nie zu bereuen, ein Kind allein großziehen zu müssen. In Iris dagegen gärte es. Fort war der Prunk, die Ohrringe nur Blech und Plastik, aus war das Märchen einer Nacht. Ein Lieferant war er nur gewesen, den Mona im Hinterhof des Hotels kennengelernt hatte. Doch wie konnte, drei Jahre später, ausgerechnet einer wie er der Mörder ihrer Mutter werden?

Natürlich boten Kolleginnen und Freunde der Mutter Iris bei der Beerdigung Hilfe an. Nichts Konkretes, nur: Wenn sie was tun könnten, egal was, dann solle sie sich melden. Ein Leben lang hatte Mona Erlacher geschuftet, war um fünf aufgestanden, oder übernahm gleich die Nachtschicht im Hotel, half bei Extrafeiern aus, arbeitete in der Wäscherei und kriegte selten ein freies Wochenende. Alles, um Iris bessere Chancen zu ermöglichen, ein Studium vielleicht, sie sollte Lehrerin werden oder Ärztin. Mona wäre in ihrer Jugend gern auf die Kunstakademie gegangen, wurde aber abgelehnt. In ihrer knapp bemessenen Zeit malte sie manchmal noch. Die Wohnung hing voller Bilder. Der Polizist, der Iris die Todesnachricht überbrachte, sagte, dass ihre Mutter leider noch am Unfallort verstorben sei, und fragte, ob es noch andere Angehörige gebe, die man verständigen müsse. Iris verneinte. Die Großeltern waren lange tot, und die anderen Verwandten hatten sich noch nie bei ihnen gemeldet.

»Wir haben den Ausweis, die Schlüssel und den Geldbeutel bei deiner Mutter gefunden, wir sind ziemlich sicher, dass sie es ist. Eine Identifizierung wollen wir dir nicht zumuten, aber vielleicht erkennst du diese Sachen hier.« Er zeigte ihr die Uhr mit dem verzierten Armband, die ihre Mutter nie ablegte, weshalb das Lederband schon fast durchgescheuert war. Das Glas des Zifferblatts war zerbrochen, und die winzigen Zeiger fehlten. Iris nickte.

»Dann habe ich noch einen Schuh von ihr«, sagte der Polizist, der keine Uniform trug. Warum nur einen, hätte sie am liebsten gefragt, aber dann registrierte sie die blutgetränkte Einlegsohle, als er den Schuh aus der Tasche zog. Er bemerkte ihren Blick und drehte ihn schnell um. Dieser hellgraue, viereckige Schnürschuh mit der rundum gefalzten Kante, bequem für jemanden, der den ganzen Tag auf den Beinen war. Was würde er ihr noch alles zeigen, bis sie langsam, Stück für Stück, ihre ganze Mutter zusammengesetzt hatten? Kriminalhauptkommissar Jürgen Bachhuber, den sie Jeff nennen sollte, war der Einzige, der sich tatsächlich auch noch nach der Beerdigung um sie kümmerte und sich erkundigte, wie es ihr ging. Er setzte durch, dass sie in der Wohnung ihrer Mutter bleiben durfte und nicht in ein Mädchenheim musste, bis sie volljährig war. Sie fand nie heraus, wie ihm das gelang, ob er das Jugendamt austrickste, oder bei denen noch irgendwas guthatte. Jeff redete nicht viel, er packte lieber an, wo andere in Not waren. Er hörte zu, obwohl Iris nichts sagte. Dann schwiegen sie eben, bis sich die Worte in ihr bildeten und von selbst herausdrängten.

»Meine Frau ist Grundschullehrerin. Komm doch mal zu uns zum Essen, dann könnt ihr euch unterhalten«, schlug er vor, als sie ihm erzählte, was sich ihre Mutter für sie beruflich erträumt hatte. Seine Frau war zwar freundlich, wirkte aber sehr müde, als er Iris tatsächlich eines Abends mitbrachte. Anscheinend war sie nicht die Erste, derer er sich persönlich annahm. Kinder hatten sie keine. Oft saßen Iris und Jeff noch bis nach Mitternacht im Wohnzimmer und redeten, während seine Frau längst ins Bett gegangen war. Jeffs Art pflanzte einen Keim in ihr. Nach dem Abitur studierte sie nicht auf Lehramt, sondern bewarb sich an der Polizeihochschule. Mit ihm als Leumund erhielt sie gute Praktika und hospitierte in mehreren Polizeiinspektionen. Am dritten Todestag ihrer Mutter wagte sie sich mit Jeff an die Kreuzung, wo sie überfahren worden war. Seither hatte Iris die Stelle gemieden, war Umwege gegangen, nur um nicht selbst dort zu stehen. Es war bloß ein geteerter, markierter Platz. Dutzende liefen wie selbstverständlich über die Straße. Autos und Busse, auch ein Lastwagen raste vorbei. Als die Fußgängerampel auf Grün schaltete, setzte sie einen Fuß auf die Straße, als tauchte sie einen Zeh in Eiswasser.

»Fest, stampf auf.« Jeff spornte sie an, legte den Arm um sie und führte sie Schritt für Schritt, weil ihr die Tränen die Sicht nahmen.

Solche Menschen wie Jeff gibt es eigentlich nicht in Wirklichkeit, dachte sie. Wo war seine dunkle Seite?

Bei allem, was er tat, riskierte er sein ganzes Herz. Selbst wenn er in seinem Job schießen musste. Er streckte einen Attentäter nieder, mischte sich in einen Bandenkrieg ein oder setzte sich zur Wehr, wenn jemand ihn mit einer Waffe bedrohte. Von ihm lernte Iris mit ruhiger Hand und vollster Konzentration zu zielen und abzudrücken.

»Manche schwanken, stehen mit einem Bein überm Abgrund«, erklärte er ihr, nachdem er einem jungen Geiselnehmer ins Knie geschossen hatte, um ihn auszuschalten. »Wer sich für die andere Seite entscheidet, fordert dich zum Kampf auf. Du musst dich für die engagieren, die auf deiner Seite sind.« Durch seine Augen betrachtet, war alles leicht. Es gab keine Unklarheiten. Ob Halbautomatik oder Präzisionsgewehr, Jeff lehrte sie, mit dem »richtigen Besteck« umzugehen. »Ist der Lauf krumm, dann nutze diese Eigenheit, und berechne sie mit ein.« Diese Kenntnisse fand sie Jahre später in einem anderen Mann wieder, aber anders als Jeff, der aus Liebe zum Leben Polizist geworden war, perfektionierte Salamander das Töten, nac…

Noch 23 Sekunden

Am gleichen Strang zu ziehen, heißt noch gar nichts.
Auch Henker und Gehenkter tun das.

Helmut Qualtinger

5.

Carina drückte die Pause-Taste und wandte sich an ihren Vater. »Lag der Tote auf dem Rücken oder auf der Seite, als du in die Zelle kamst?«

»Auf dem Rücken. Mund-zu-Mund-Beatmung, Herz-Druck-Massage und was weiß ich, was dieser Trotha-Trottel noch alles versucht hat, obwohl er längst keinen Puls mehr gespürt hat.«

»Gibt es einen Abschiedsbrief?«

»Ich habe jedenfalls keinen gefunden. Das ist es ja, der Wenn-wir-Kurti schrieb zwar nicht gern, redete aber um so mehr. Und so ein Schwätzer wie der hätte die Welt niemals ohne letzte Worte verlassen. Entweder ist der Brief vernichtet worden oder in den unendlichen Archiven des BKA verschollen.«

Carina las den Totenschein, den Nusser bereits aus dem Umschlag gezogen hatte. »Der Notarzt hat sich Zeit gelassen, er hat den Tod erst um 8.43 Uhr bestätigt. Und wann warst du vor Ort?«

»Um Viertel nach neun. Schneller ging es nicht, weil ...«

»Wer hat ihn zuletzt lebend gesehen und wann, weißt du das?«, unterbrach sie ihn.

»Trotha hat berichtet, dass Kurti so gegen elf über Kopf- und Gliederschmerzen geklagt hat und ein Schmerzmittel verlangte. Er hat ihm aber keins gegeben, das dürfen sie ohne ärztliche Genehmigung in St. Adelheim nicht. Außerdem glaubte er, es sei nicht weiter schlimm, der Kurti hätte immer irgendwelche Wehwechen gehabt, behauptet er. Da muss ich ihm allerdings recht geben, Kurti war auch schon damals bei der Kripo etwas zartbesaitet. Mal tat ihm ein Knie weh, mal der Rücken. Er benutzte auch kein Deo, weil er Angst vor den Inhaltsstoffen hatte, und war ständig in Panik, dass er irgendwelche Viren von Kollegen mit Kindern aufschnappen könnte. ›Was, wenn ich das und jenes kriege‹, mir klingt sein Gesülze noch im Ohr. Nicht umsonst wurde er von uns allen Wenn-wir-Kurti genannt. Einmal …«

»Papa«, ermahnte ihn Carina. »Kann ich weitermachen?«

»Ja, jedenfalls hat er gestern Nacht sogar einen Arzt gefordert, aber um diese Uhrzeit sei das, laut Trotha, nicht mehr möglich gewesen.«

»Hat ihn der Wärter nur gehört oder auch gesehen?«

»Zu ihm in die Zelle reingegangen ist er nicht. Trotha hat diese Klappe in der Gefängnistür geöffnet und Kurti mit der Taschenlampe angeleuchtet. Das Licht schalten die dort um zweiundzwanzig Uhr ab. Bettruhe für alle. Kurti hat sich anscheinend auch wieder eingekriegt und in den folgenden Stunden nicht mehr gestört.«

»Das war aber eine lange Nachtschicht.«

»Ja, Trotha hat einen Kollegen vertreten. Doppelschicht. Er wollte eigentlich nach der Frühstücksausgabe nach Hause gehen.«

»Danke.« Sie drückte wieder auf die Aufnahmetaste. »Zur Vorgeschichte ist bekannt, dass Kurt Krallinger wegen eines ihm angelasteten Tötungsdeliktes und wegen Mordversuchs in Untersuchungshaft saß. Absatz. Im Totenschein ist ein nicht natürlicher Tod attestiert, daneben Selbsttötung und

Strangulation am Hals.« Matte pfiff bei dem Wort »Selbsttötung« durch die Zähne, Carina versuchte es zu ignorieren. Nusser hatte das Gewicht auf dem Umschlag des Leichenschauscheins notiert, als er den Leichnam von den Bestattern übernommen und auf der Körperwaage am Eingang zum Seziersaal gewogen hatte. Nun legte er ein Maßband an eine Fußsohle des Toten und maß ihn bis zum Scheitel. Anschließend widmete er sich Taille und Hüfte. Unter dem Stichwort »äußere Besichtigung« sprach Carina Nussers Angaben auf Band. »Erstens. Die einhundertsechsundachtzig Zentimeter lange und achtundneunzig Kilogramm schwere, unbekleidete Leiche eines Mannes in den Fünfzigern ist in ausreichendem Pflege- und gutem Ernährungszustand. Zweitens. Der Leiche ist ein Strangwerkzeug mitgegeben.« Sie wandte sich dem Tisch mit Mattes Asservat zu. »Es handelt sich um zusammengeknotete Handtuchstreifen aus hellgrau-dunkelgrauem Stoff mit Würfelmuster. Der gesamte Streifen, der um den Hals des Toten gelegt war, ist auf der linken Seite, aus Sicht des Leichnams gesehen, durchtrennt worden. Die Enden wurden fachgerecht gesichert, sodass die Schlingenlänge vierunddreißig Zentimeter bis zum Knoten beträgt. Danach schließt sich eine zweiundvierzig Zentimeter lange Handtuchstrecke an, die an einer Stelle vollständig durchtrennt ist. Die Breite des linken Streifens beträgt über den gesamten Verlauf zwei Komma drei und die des rechten Streifens drei Komma vier Zentimeter.« Sie betrachtete den Stoff mit einer Lupe. »Bis auf die aufgeraute, verwaschene Beschaffenheit weist das Stoffgewebe keine spezifische Struktur auf. Es zeigen sich äußerlich keine auffälligen Antragungen.«

»Keine? Was soll das heißen?« Matte stupste sie mit dem Handy an, legte es zur Seite und riss ihr die Lupe aus der

Hand, um selbst nachzusehen. »Da müssen doch Haare dran sein, Kurti hat zwar nicht mehr viele, aber die paar müsste es ihm doch eingezwickt haben, als sie ihn aufgehängt haben, oder glaubst du, er war schon bewusstlos oder dass sie ihn vielleicht sogar postmortal …?« Er schüttelte den Kopf und sah auf. »Aha, also darauf willst du hinaus?«

»Ich will auf gar nichts hinaus. Nimm mir bitte nicht noch mal eines meiner Werkzeuge weg, ja?« Carina schnaubte. So etwas war ihr bisher noch nie bei einer Obduktion passiert. Ihre Aufgabe war es, sachliche Feststellungen zu treffen, und nicht zu spekulieren. Zumindest zu diesem Zeitpunkt nicht, solange die Untersuchung noch nicht abgeschlossen war. Und sie wollte sich davon nicht abbringen lassen, auch wenn die gesamte Situation mehr als ungewöhnlich war.

»Herr Kyreleis, bitte gedulden Sie sich noch etwas, gleich wissen wir mehr.« Nusser versuchte ihr beizustehen.

Matte wedelte mit dem Handy. »Entschuldigt, ich dachte nur …, ich meine …, das ist nicht mein erster Erhängter und auch nicht der Erste, bei dem ein Mord mit vorgeschobenem Suizid vertuscht werden soll.« Er blieb stur. »Es müssen mehrere gewesen sein, die ihn überwältigt haben. Wie sieht es mit Abwehrspuren aus? Wir müssen was finden.«

»Wurde der Leichnam im Gefängnis abgeklebt?«, fragte Carina.

»Nein, leider. Unsere Spurensicherung durfte nicht in die Zelle, da war vielleicht ein Aufgebot an Sicherheitsbeamten, die uns abgewehrt haben, so etwas hab ich noch nie erlebt. Es musste alles sehr schnell gehen, wie soll ich sagen, wir haben uns regelrecht um den Toten gestritten. Hätte mich nicht der Rüppner Fonse, die Wachablöse vom Trotha und ein Kumpel von mir, angerufen, hätte das BKA den Leichnam klammheimlich fortgeschafft. Kurtis gesamte Kleidung ist futsch, nicht mal die Faserspuren konnten wir sichern.« In dem Fall war es gut, dass ihr Vater überall Freunde hatte, als sie noch in Mexiko arbeitete und von ihm sogar aus Übersee kontrolliert wurde, hätte sie lieber darauf verzichtet.

»Haben wir Klebeband?« Sie wandte sich an Nusser.

Der Präparator durchsuchte die Schubladen. »Hier sind nur alte Schreibmaschinenbänder, ah, hier hinten, sieht wie Tesa aus, scheint aber noch Vorkriegsware zu sein, so vergilbt wie das ist.«

»Macht nichts, gib her.« Carina schnitt sich ein paar Streifen des Klebebandes ab, dass sich wirklich etwas zäh von der Rolle löste, wickelte es sich mit der Klebeseite nach außen um die Hand und begann Krallingers Handinnenflächen abzutupfen.« Dann legte sie den Streifen auf den Lichttisch und hielt ein Vergrößerungsglas darauf. »Komisch.«

»Was ist?«

»Sieh dir das an.«

Jetzt, wo sie es ihm erlaubte, nahm er nur zögernd die Lupe. »Ich sehe nichts.«

»Eben. Ich auch nicht.« Carina beugte sich hinunter und schnupperte an Krallingers Händen. »Sie riechen sogar nach Seife und ein bisschen nach Zitrus, das heißt, es muss ihm jemand die Hände gereinigt haben.« Sie holte ein Wattestäbchen und strich damit in die Fingerfalten, um es im Labor untersuchen zu lassen.

»Das wird ja immer besser. Die reinste Inszenierung.« Matte rieb sich die Stirn.

Carina ging nicht weiter auf ihn ein, löschte einige Sekunden der Aufnahme auf dem Diktiergerät und sprach ihre eben gewonnenen Erkenntnisse auf Band: »Die Totenstarre ist in sämtlichen Gelenken vollständig ausgebildet.« Sie drückte auf die Flecken an verschiedenen Stellen des Körpers und wartete auf die Reaktion. Verschwanden sie, sprach das für einen Todeszeitpunkt vor zirka zehn bis zwanzig Stunden, so war es auch. »Die Leichenflecken sind von kräftig dunkelvioletter Farbe und befinden sich an den gesamten unteren Gliedmaßen bis zum Bauchnabel.«

»Ist das nicht ungewöhnlich?«, funkte ihr Vater erneut dazwischen. »Ausgerechnet jetzt, kurz vor Prozessbeginn? Er hing am Fenstergitter, ohne irgendwo aufzusitzen oder etwas mit dem Fuß zu berühren. Da war kein Stuhl in seiner Zelle, auch kein Brett oder Schemel, nichts. Wie hätte er sich denn selbst an dem zwei Meter hohen Fenstergitter aufhängen sollen?« In Carina begann es zu brodeln. Nur schwer konnte sie unterdrücken, was ihr auf der Zunge lag und was sie ihm am liebsten entgegengeschleudert hätte. Sie tastete Krallingers Gesicht ab. Das Skelett war intakt, sie ertastete keine Knochenbrüche, auch seine Nase war unbeschädigt, die Nasenlöcher frei von Blut. Hinter beiden Ohren bemerkte sie kleine rote Punkte. Stauungsblutungen, die zwar bei einem Tod durch Ersticken typisch waren, aber kein Beweis für ein Fremdverschulden. Kleine Blutgefäße konnten auch bei einem starken Hustenanfall platzen und kirschrote Punkte in der Mundschleimhaut, den Augenlidern oder auf der Gesichtshaut hinterlassen. Sie untersuchte die halb geöffneten Augen und zog mithilfe einer Pinzette die Lider nach oben, um nach Unterblutungen zu suchen. »Drei flohstichartige Rötungen am rechten Oberlid«, sprach sie ihre Entdeckung laut aus.

»Nur rechts? Das heißt nun, zusammen mit den Flecken hinter den Ohren, dass er sich gewehrt hat, oder? Wenn nicht, dann muss er betäubt gewesen sein. Erfahren wir das anhand einer Blutuntersuchung nicht schneller? So ein bisschen Blut und andere Proben könnt ihr doch gleich mal abnehmen und zur Analyse weiterschicken, sonst dauert die Auswertung doch wieder ewig.« Ihr Vater plapperte und plapperte. Carina reagierte nicht, obwohl sie innerlich inzwischen kochte. Er wandte sich an den Präparator, der mit dem Einschneiden der Kopfschwarte begann. »Herr Nusser, wenn meine Tochter schweigt, dann wende ich mich halt an Sie. Was ist, was halten Sie von der Sache?«

»Es reicht.« Carina schob sich den Mundschutz unters Kinn. »Schluss jetzt. Geh. Raus.« Ihr Puls raste, als wäre sie einen Marathon gelaufen.

Matte starrte sie an. Es dauerte einige Sekunden, bis er weitersprach: »Aber wir müssen doch noch die Handtuchstreifen mit der Strangmarke vergleichen, da ist doch …«

Sie fixierte ihn weiterhin. »Hast du nicht gehört, was ich gesagt habe. Ich meine es ernst, verschwinde. Jetzt. Sofort. Du kannst draußen warten oder sonst wo, aber nicht hier.« Carina stapfte zur Ablage, kniete sich hin und fischte Mattes Walkingstock unter dem Schrank hervor. Ihr Vater wollte noch etwas sagen, öffnete schon den Mund, schloss ihn wieder, legte ihr Handy auf den Tisch und riss ihr den Stock aus der Hand. Schnaubend setzte er sich in Bewegung. Als die Tür hinter ihm ins Schloss fiel, atmete sie auf und wartete kurz, bis sich ihr Puls normalisierte. »Okay, Rudi, lass uns weitermachen.« Sie schob ihren Mundschutz wieder vors Gesicht und löschte noch einmal alles Überflüssige vom Diktiergerät. Dann fuhren Nusser und sie mit der Obduktion fort. Carina untersuchte Krallingers Haut im Verlauf der Blutgefäße. Zwischen den dichten Härchen auf Armen und Beinen übersah man leicht die Einstichstelle einer Injektionsnadel, doch da war nichts zu finden. Auch in der Leistenbeuge, zwischen den Fingern und Zehen und unter der Zunge suchte sie danach, ohne Ergebnis. Nun konnte ihnen der Geruch weiterhelfen. Carina zog ihren Mundschutz von der Nase und schnupperte. Der ungeöffnete Leichnam roch nicht anders, als man es bei einem Mann mittleren Alters vermutete. Eine Mischung aus Schweiß, länger getragener Kleidung und einem schwachen Hauch von Alkohol, was aber vom Rasierwasser stammen könnte, denn Bartstoppeln hatte Krallinger keine, Wangen, Hals und Kinn waren glatt und wirkten frisch rasiert. »Kein Knoblauch, oder?«, fragte Carina. Dies könnte nicht nur ein Hinweis auf die letzte Mahlzeit sein, sondern auch auf eine Vergiftung mit Insektiziden.

Der Präparator schob seine Nase an die Leichenhaut. »Welch Glück, dass ich gestern Abend doch nicht beim Griechen war, sonst würde ich überhaupt nichts riechen. Ja, du hast recht, kein Knoblauch. Dann lass uns mal ins Köpfchen schauen.« Er setzte das Messer an und zog die Kopfschwarte ab. Beide bemerkten es sofort. Carina roch an der Schwarte. Äußerlich hatte sie nur einen Hauch davon wahrgenommen, aber unter der Kopfhaut strömte der Geruch wie aus einer dichten Wolke heraus.

»Aromatisch.«

Nusser stimmte ihr zu. »Ob gegen seinen Willen eingeflößt oder ob er sich Mut angetrunken hat, bevor er den letzten Schritt tat, das ist hier die Frage.« Er schälte die Knochenhaut von der Schädelkapsel, um diese auf Bruchlinien zu untersuchen. Doch auch das durchdringende Schaben übertönte das Klackern von Mattes Stock nicht. Er ging draußen auf und ab, und für Carina war es, als stocherte er in ihren

Eingeweiden herum. Am liebsten hätte sie laut Musik gehört, aber dann würde die Schreibkraft, die das Gutachten abtippte, nichts mehr von ihrem Diktat verstehen.

Klack. Klack. Klack.

Ritsch, ratsch. Nusser setzte die Kopfsäge an. Bald trieb es dem Präparator Schweißperlen auf die Stirn. Ohne einmal abzusetzen, durchtrennte er den Schädelknochen, so glatt wie möglich, damit er nicht mit der Säge einhakte und einen unsauberen Schnitt erhielt. Das langsame, mechanische Sägen, zusammen mit Nussers Keuchen, dämpfte die Schritte draußen, und schließlich gelang es Carina, die Gedanken an ihren Vater auszublenden und sich wieder zu konzentrieren. Nachdem sie das Gehirn entnommen und untersucht hatten, öffneten sie die anderen Körperhöhlen. Brust und Bauch. Auch hier entwich Alkohol wie die Luft aus einem Ballon. Nun kamen sie zügig voran, und auch Carina schwitzte, als sie von der Kinnunterseite bis zur Schambeinfuge einen Schnitt gelegt hatte, die Rippen durchtrennte und sie dann gemeinsam die Organe entnahmen und untersuchten. Zum Schluss sicherten sie neben den üblichen Asservaten, Blut und Gewebeproben, auch die gesamten Halsorgane mit dem Kehlkopfskelett, um sie in Formalin einzulegen. Ihr Handy klingelte. Carina zog die Handschuhe aus, wischte sich den Schweiß von der Stirn und ging dran. »Ja?«

»Frau Dr. Kyreleis, entschuldigen Sie, dass ich störe.« Die Sekretärin, Frau Schauer, meldete sich. »Auf dem Waldfriedhof haben sie eine Leiche gefunden, also eine zu viel. Jetzt bräuchten sie eine Knochenexpertin. Können Sie hinfahren?«

6.

In einen frisch gestärkten Kittel gekleidet zog die Kröte Till heraus und nahm ihn auf den Arm. Er zitterte, sobald seine Haut die ihre berührte. Ohne den Badofen zu heizen, hatte sie sich auch bestraft, wie sie betonte, und sich in die Wanne mit kaltem Wasser gesetzt. Mit eisig handcremverklebter Hand fuhr sie ihm nun den Rücken entlang, schob ihre klammen Finger in seine Unterhose und rieb auf seinem Hintern herum, bis sich ihre Körpertemperaturen endlich anglichen. Vorne berührte sie ihn nicht, vorn hockte das Schlechte, das war tabu, denn das hatte solche wie ihn hervorgebracht.

Vater erfuhr von alldem nichts. Und die Kröte verlangte Till das Versprechen ab, ihn auch nicht damit zu behelligen. Vater musste selbst viele Stunden in einem engen Kasten mit Vorhängen verbringen, zu dem die Leute pilgerten und hineinsprachen, als hätten sie zu Hause kein Telefon. Von Mal zu Mal rückten die Wände der Kisten und Kästen näher an ihn heran, und Till verkrampfte sich, konnte sich oft auch nach seiner Entlassung nicht rühren. Trotz Dunkelheit wuchs er und musste eines Tages fort. Die grelle Welt blendete ihn, aber auch jenseits von Krötes Saugnäpfen lauerten Kästen und schnappten nach ihm. Als die Religionslehrerin erklärte, dass Jesus Gottes Sohn sei, meldete sich Till und sagte: »Mein Vater ist ein Abgesandter Gottes, er trägt als Zeichen, dass er heilig ist, sogar einen goldenen Mantel.«

»Lügen ist eine Sünde«, sagte die Lehrerin und sperrte ihn bis zur Pause in eine Klozelle.

»Wenn dein Vater so reich ist, dann kannst du mir ja was abgeben.« Oli fing ihn auf dem Schulhof ab und schubste ihn. »Schneid ihm doch einfach ein Stück aus seinem Mantel heraus, und bring es mir.«

»Und dann? Willst du die Goldfäden wie Spaghetti auf eine Gabel wickeln und essen, oder was?« Da wusste Oli auch nicht weiter, boxte ihn in die Seite und lief zu den anderen Jungs, die Fußball spielten. Zwei Mädchen wollten das Gummihüpfband am Torpfosten festmachen, weil das dritte Mädchen krank war. Sie stritten mit den Jungs, die die Rumhüpferei am Tor nicht brauchen konnten.

»Kann ich mithüpfen?«, fragte er Bärbel und Andrea. Ein eigenes Kästchen mit den Beinen abstecken und bei jedem Sprung ein Stück von einem Reim aufsagen, das gefiel ihm besser, als unter vielen einem Ball hinterherzurennen und ihn nie zu erwischen.

»Die Wis-sen-schaft hat fest-ge-stellt, dass Co-ca Co-la Gift ent-hält.« Andrea sprang, Till und Bärbel spannten den Gummi erst am Fuß, als Andrea keinen Fehler gemacht hatte, an den Waden und danach sogar am Knie. Mit neuen Reimen ging es weiter. Andrea schaffte sogar »Badewanne«, das bedeutete, dass sie die Beine mit dem Gummi weit grätschten und sie den Spruch auch hier mühelos hüpfte. Erst beim nächsten Reim verhaspelte sie sich. Jetzt war Bärbel dran. Gerade als Till an die Reihe kommen sollte, gongte es.

7.

Krallinger, Kurt
geb. 14.09.1956
StA M 2987 UJs 2561864/14
SN 754/2014
26.08.2014 Kyr/Nus

Carina beschriftete ein Etikett mit Krallingers Daten. Ob sie ein großes T für Tötungsdelikt ergänzen sollte? Sie zögerte. Normalerweise zählte hier die Vorabeinschätzung der Kripo, und die war, laut ihrem Vater, eindeutig eine Tötung, doch man konnte nicht wissen, ob er an dem Fall weiterarbeiten würde. Sie klebte das Etikett ohne Ergänzung auf einen großen Umschlag und steckte den Asservatebogen mit ihrem diktierten Band hinein. Dann warf sie ihren Kittel in den Wäschesack. Es regnete noch immer. Wie schmutziges Pinselwasser verdichteten sich die Wolken zu einem Grau. Carina sah im Sekretariat, wo sie Frau Schauer das Krallinger-Gutachten zum Abtippen gab, aus dem Fenster. Sie schlüpfte in Wandas Strickpulli, hoffte, dass er halbwegs gegen den Regen schützte, ihr war sowieso noch zu heiß. Ihre wasserfeste, gefütterte Winterjacke mit Kapuze hing in ihrer Wohnung, die hatte sie nicht mit nach Mexiko schleppen wollen.

»Parzelle einhundertachtundzwanzig. Dort ist die Gruft.« Frau Schauer riss einen Zettel von ihrem Notizblock ab. »Kriminaloberkommissar Hubert Paintner ist der zuständige Beamte. Ihn hat die Friedhofsverwaltung verständigt.« Mit Mattes Kollegen würde sie also zusammenarbeiten, sie hätte ja ohnehin nachher noch wegen ihrer Zeugenaussage zu ihm gehen sollen. Sie dankte Frau Schauer und sperrte ihre Reisetasche in den Spind neben der Cafeteria.

»Aber Frau Dr. Kyreleis, so können Sie doch nicht gehen.« Frau Schauer war ihr gefolgt.

»Wieso?« Carina zupfte an dem Pulli herum, der aus vielen Flicken zusammengenäht war. Wanda hatte alle möglichen Strickmuster und Arten ausprobiert, leicht schief, und inzwischen war er etwas unförmig, doch auch nach so vielen Jahren war er immer noch kuschelig warm und schön wie eine Patchworkdecke mit Ärmeln.

»Selbstgestrickt?«, fragte die Sekretärin. »Für so was fehlt mir die Geduld. Wenn ich abends die Beine hochlege, schlafe ich immer sofort vor dem Fernseher ein. Nein, ich meinte, ohne Regenjacke oder Schirm können Sie doch nicht gehen. Hier.« Sie hielt ihr einen durchsichtigen Schirm mit rotem Plastikrand hin.

»Und was ist mit Ihnen, Sie werden dann nass, wenn Sie nach Hause gehen? Sieht nicht aus, als würde es bald zu schütten aufhören.« Außerdem neigte Carina dazu, Schirme irgendwo zu vergessen, deshalb besaß sie selbst keinen mehr.

»Ach, bis um fünf, bis ich hier rauskomme, scheint gewiss wieder die Sonne. Schließlich ist laut Kalender noch Sommer, basta. Und für alle Fälle habe ich noch einen Knirps in der Handtasche.«

Bis zum Eintreffen von Frau Schauers Vorhersage schien der Regen alles zu geben. Er prasselte auch noch gegen die

Scheiben des Busses, in den Carina umstieg, nachdem sie eine Viertelstunde mit der U-Bahn bis Holzapfelkreuth gefahren war. An manchen Stellen war die Straße überflutet, und der Verkehr stockte. Fußgänger sprangen über breite Pfützen oder gestikulierten schimpfend den Autofahrern, die sie nassspritzten. Der Bus leerte sich nach und nach, sodass Carina als einziger Fahrgast an der Haltestelle Waldfriedhof Haupteingang ausstieg. Heute passte das Wetter nicht mal für einen Friedhofsbesuch. Keine Menschenseele weit und breit. Froh um Frau Schauers Schirm und ihre imprägnierten Sneakers, trat sie durch das große Eisentor, auf dem zwei mächtige Steinsphinxe thronten. Gleich dahinter begann der Wald. Der Friedhof war eine Insel mit uraltem Baumbestand, mitten in der Stadt. Die dichte Blätterkuppel hinter der Friedhofsmauer dämpfte den Verkehrslärm der stark befahrenen Fürstenrieder Straße. Der Regen verfing sich in den Baumwipfeln, und nur vereinzelte Tropfen trommelten auf ihren Schirm. Sie wandte sich um und sah zu den Sphinxen zurück, die sich unverrückbar gegenseitig anstarrten. Wie war das doch gleich mit dem tödlichen Blick, den die beiden Halbfrauen oder Halblöwen, je nachdem wie man sie betrachtete, aussandten? Michael Ende, der darüber in der »Unendlichen Geschichte« geschrieben hatte, war doch auch hier begraben? Neben zwei gleich aussehenden Automaten, an denen Mehrweg-Grableuchten ausgegeben wurden, entdeckte sie einen Schaukasten voller Hinweise. Unter einem Übersichtsplan hielten gelbe Magnete die Dienstzeiten der Friedhofsverwaltung, ein Vogelfütterungsverbot und den Rollstuhlverleih fest. Der gesamte Waldfriedhof war riesengroß, und Carina befand sich am unteren Rand des alten Teils. Ein Zettel verwies noch auf die Grabstätte von

Prof. Kurt Huber, der als Mitglied der Weißen Rose 1943, ein knappes Jahr nach den Geschwistern Scholl, in München-Stadelheim enthauptet worden war. Von wegen St. Adelheim, wie ihr Vater die bayerische Justizvollzugsanstalt gern mal nannte. Sie kramte Frau Schauers Zettel mit der Parzellennummer aus der Hosentasche. Laut Plan musste die Gruft gleich in der Nähe sein. Nach dem Verwaltungsgebäude und der Aussegnungshalle bog sie nach links ab, kam an ungewöhnlich künstlerisch anmutenden Grabmalen vorbei, mit viel Rasen ringsum. So regenschwer leuchtete das Gras fast wieder frühlingsgrün. Abseits vom Weg fiel ihr ein Grabstein mit einem großen aufgeschlagenen Buch auf, davor hockte, auf einem kleineren Buch, eine bronzene Schildkröte. Carina trat näher. »Hab keine Angst«, stand in ausgestanzten Buchstaben auf ihrem Panzer. Das Grabmal von Michael Ende. Eine halb aufgeweichte Papierrose, aus einem Textblatt gefaltet, lag neben dem Namen des Dichters. Als er starb, war Carina fast vierzehn gewesen, bereits ein Teenager. Damals identifizierte sie sich mit Momo, der Heldin ihres Lieblingsbuchs von Michael Ende. Wie Momo fühlte sie sich als Außenseiterin, nur dass ihr leider keine weise und buchstabenerzeugende Schildkröte beigestanden hatte. So sehr sie sich auch anstrengte und wie Momo den Erwachsenen zuzuhören versuchte, sie erfuhr nichts außer Andeutungen und Geheimniskrämerei. Damals sehnte sie sich zwar auch danach, wie ihre jüngere Schwester Wanda von einem Pulk von Freunden umgeben zu sein, aber dennoch beschäftigte sie sich am liebsten allein, zeichnete, formte Skulpturen oder kroch im Wald umher, auf der Suche nach Tierknochen, die ein Fuchs zurückgelassen hatte. Ein eingerolltes Papier steckte in einer der Kupferlaternen neben dem großen mit einem

Einhorn und einem Drachen verzierten Buch, das Michael Endes berühmtesten Roman »Die unendliche Geschichte« darstellte. Carina konnte der Versuchung nicht widerstehen, sie schulterte den Schirm, hob das halb durchweichte Blatt auf, entrollte es und glaubte zuerst den Anfang des Romans zu lesen, aber an diesen Teil der Alten Kaiserstadt erinnerte sie sich gar nicht mehr. Dabei hatte sie »Die unendliche Geschichte« unzählige Male gelesen und jedes Mal wieder etwas entdeckt, was ihr beim vorigen Lesen nicht aufgefallen war. Das Buch war wirklich eine Geschichte, die nie endete, egal wie oft sie sie las. Sie legte das Blatt neben die Papierrose und fotografierte beides mit ihrem Smartphone, dann schob sie es in die Laterne zurück. Ihre Michael-Ende-Bücher hatte sie Wanda überlassen, als sie nach Mexiko ging, sie würde ihre Schwester fragen, wo sie abgeblieben waren. Vermutlich in einer der zahlreichen Umzugskisten, die Carinas Wohnung verstellten. Wanda und ihr sechsjähriger Sohn Sandro waren gestern fürs Erste bei ihr eingezogen, weil sie aus ihrer alten Wohnung am Kolumbusplatz gekündigt worden waren. Mal sehen, wie das Zusammenleben in den nächsten Tagen funktionieren würde, zwar war Wanda längst auf Wohnungssuche, aber erfahrungsgemäß konnte das dauern. Carina wandte sich nach rechts. Dort stand die Skulptur eines langbeinigen Fohlens mit zum Himmel gerecktem Kopf. Laut Plan musste sie der Kurve folgen und dann geradeaus weitergehen. Die Bäume wurden dichter und dimmten das Tageslicht, feiner Sprühregen fiel wie ein Schleier herab. Nun schlossen Gräberfelder an, alle mit dem gleichen überdachten Holzkreuz. Sie las die Beschriftungen. Ordensschwestern waren hier bestattet worden. Bescheidenheit auch im Tod. Der Weg schien kein Ende zu nehmen, es wurde immer dunkler. Warum hatte sie sich nicht im Verwaltungsgebäude erkundigt, wo genau sie hingehen musste. Sollte sie umkehren? Sie sah auf ihr Handy, es war Viertel nach zwölf. Laut der Tafel am Eingang hatte die Verwaltung Mittagspause. Aber der Friedhofsplan musste doch auch online verfügbar sein. Mist, kein Empfang. Warum hatte sie nicht schon auf der Fahrt hierher daran gedacht, sich die Parzellenübersicht herunterzuladen oder wenigstens vorhin ein Foto von der Übersichtstafel gemacht? In welche Richtung sollte sie jetzt weitergehen? Langsam schien die Nässe doch in ihre Schuhe zu dringen. Hatte da jemand »Carina« geschrien? Die Totengräber würden sie nicht beim Vornamen rufen, und mit Paintner duzte sie sich nicht. Sie versuchte, zwischen den Baumstämmen und Grabkreuzen etwas zu erkennen. Suchte sie jemand? Sie beschleunigte ihre Schritte in die Richtung, aus der der Ruf gekommen war, aber nur neue Wege und Parzellen kreuzten sich, hier war hundertachtundvierzig, dort hundertsechsundfünfzig, das sah nicht nach einem System aus. Vielleicht hatte sie sich das Rufen auch nur eingebildet. Und je länger sie darüber nachdachte, vermischte sich der Klang mit ihrer Erinnerung an die Sprengung in Neumaising. Dort hatte sich jemand auf sie gestürzt, sie mit seinem Körper geschützt. Plötzlich fühlte sie sich wie im Märchen, ganz allein im Wald, von Gräbern umgeben, von Vater und Mutter verlassen. Als Kind hatte sie oft so getan, wenn die ganze Familie die gezwungenen Sonntagsausflüge absolvierte, während ihr Vater nur auf einen Anruf aus dem Präsidium wartete und ihre Adoptivmutter auf ein Signal von einer ihrer Schwangeren, dass es mit einer Geburt losging. Beide mit ihren Piepsern ausgestattet, wanderten sie an der Isar entlang, jederzeit bereit, zurück zum Parkplatz zu sprinten, um den freien Tag abzubrechen. Wanda kapierte gar nichts und hüpfte fröhlich zwischen den Eltern, ließ sich von ihnen als »Engelchen flieg« hochsausen. Carina trödelte absichtlich, blieb stehen und sah ihnen zu, wie sie immer kleiner und kleiner wurden und hinter der nächsten Biegung verschwanden. Erst ihre Beine, dann die Rücken und dann die Köpfe, weg für immer. Niemand von ihnen drehte sich zu ihr um, keiner vermisste sie und forderte sie auf, mitzuhopsen und mitzulachen. So war sie das einsamste Geschöpf auf der ganzen Welt gewesen.

Endlich, nach hundert oder mehr Stunden riefen sie nach ihr: »Carina, wo bleibst du denn? Nun komm schon. Los, es ist nicht mehr weit.« Doch sie presste die Hände auf die Ohren, schließlich galt das alles nicht ihr, sondern irgendeinem anderen Kind, das auch zufällig so hieß wie sie und das von seinen Eltern wirklich vermisst wurde. Und als sie trotzdem die Rufe durch ihre Finger hindurch hörte, stellte sie sich vor, dass es eigentlich nur Vogelgezwitscher war, das sie nicht verstand, wie das Gezanke der Eichelhäher oder das Keckern der Elstern, und sang dagegen an. Und erst als Matte den ganzen langen Weg zurückkam und sie Huckepack nahm, sodass sie größer als alle war, da konnte auch sie lachen. Von Papas Schultern aus war Wanda eine Ameise und gar kein Engel. Damals war ihr Papa, Matte, noch ihr Held und Retter gewesen, dem sie vertraute, der sie bestimmt nie anlügen würde. Dabei hatte er sie ihr Leben lang belogen.

Vorhin hatte er sie bedrängt, kaum dass sie nach Frau Schauers Anruf an ihm vorbei aus dem alten Anatomiesaal trat. »Was ist, warum brichst du die Obduktion ab? Nun sag schon, wie haben sie den Kurti hingerichtet?«

Sie war einfach weitergegangen, an ihm vorbei, ohne es

noch mal zu erklären, er wusste doch, dass sie erst *alle* Ergebnisse abwarten mussten.

»Wo gehst du hin, wann geht's hier weiter?«, rief er ihr hinterher. »So bleib doch stehen, rede mit mir, Carina!« Sie hielt inne und wandte sich ihm zu. »Und? Kann ich jetzt auf Tätersuche gehen?« Es klang wie ein Flehen.

»Was, du gibst den Fall nicht ab?«

»Fall, Fall. Krallinger war mein bester Freund.«

»Der dich mal eben umbringen wollte. Du willst wirklich selbst den Mörder deines Attentäters finden?« Sie konnte nur den Kopf schütteln und weitergehen.

»So warte doch. Was willst du noch von mir hören? Ich bin an der Wahrheit so nahe dran, glaub mir.« Er faselte und faselte, und sie musste ihren Zorn dämpfen, um ihn nicht erneut anzubrüllen.

»Die Wahrheit, das sagt der Richtige. Jetzt verstehe ich endlich, wie deine Supervernehmungen funktionieren. Du hast selbst so viel zu verbergen, dass du dich wunderbar in jeden Lügner einfühlen kannst.« Sie holte Luft und kam sich kindisch vor, wie sie ihn hier beschimpfte, ihre eigenen Gefühle in einen Todesfall mischte, der mit ihr nichts oder nur am Rande zu tun hatte. So hoffte sie jedenfalls. »Bloß weil du keinen Selbstmord akzeptierst, soll ich jetzt was finden. So kann ich nicht arbeiten, bei dem Stress, den du machst.« Sie öffnete die Feuerschutztür.

»Dann brichst du ab?«, rief ihr Matte hinterher. »Und wer macht jetzt mit der Obduktion weiter?«

»Wir sind doch schon fertig«, erbarmte sich Nusser seiner.

8.

München-Schwabing, 1981

Das Grundstudium schloss Iris mit Bestnoten ab, nicht nur in den theoretischen Fächern, auch in der Praxis. In Selbstverteidigung, bei den Schießübungen und besonders bei der Entwaffnung eines Bewaffneten fiel sie ihren Vorgesetzten auf. Die Prüfungen absolvierte sie mit Matthias Kyreleis, der hinterher bei der Damenumkleide der Sporthalle auf sie wartete, um sie zu einem Spaziergang einzuladen. Sie lehnte ab. Männer, das waren für Iris Begegnungen, die mit einem Drink anfingen und im Bett endeten, keine Beziehungen. Trotzdem schmeichelte es ihr, umworben zu werden, ihm überhaupt aufzufallen. Sie scherte sich nicht viel um ihr Äußeres, kleidete sich wie ihre männlichen Kollegen, trug am liebsten Turnschuhe und eine Hose mit vielen Taschen zu einem ausgeleierten Sweatshirt. Frauen waren in ihrem Jahrgang in der Unterzahl und so was wie ein Magnet für die vielen, ausgehungerten Studienkollegen. Von den drei Mitstudentinnen war Sandra lesbisch und Jenny bereits verheiratet, also blieb nur Iris zum Anbaggern übrig. Doch sie lehnte stets ab. Was solle sie mit einem Polizeikollegen? Etwa im Bett die Fälle durchsprechen? Nur Matthias, den alle Matte nannten, blieb hartnäckig. Mit ihm diskutierte sie über den Rechtsstaat, den Einmarsch der sowjetischen Truppen in Afghanistan, die friedliche Nutzung der Kernenergie, Franz Josef Strauß und die Verhaftung der RAF-Terroristen, die nun in einem extra für sie gebauten Hochsicherheitsgefängnis in Stuttgart-Stammheim einsaßen. Außer Jeff hatte ihr noch nie ein Mann, noch dazu einer in ihrem Alter, so zugehört. Iris, die sonst eher mit sich selbst alles ausmachte, konnte sich bei Politik in Rage reden. Matte wartete, bis sie alles gesagt hatte, und trug dann in wenigen Worten seine eigene Meinung vor. So verliebte sie sich in den stets ein wenig müde und traurig aussehenden Kommilitonen. Als sie beide eines Abends aus dem Münchner Filmmuseum kamen, wo sie einen restaurierten Karl-Valentin-Film angeschaut hatten, warteten vor dem Kino zwei Beamte, um …

Noch 22 Sekunden

Wer in einem blühenden Frauenkörper das Skelett zu sehen vermag, ist ein Philosoph.

Kurt Tucholsky

9.

Schon absurd, nun stapfte Carina auf einem Friedhof unter Bäumen umher. Noch heute Morgen hatte sie geglaubt, gegen Abend in Lupidas altem Lieferwagen zu sitzen. Sie wären El Popo und der schlafenden Frau entgegengefahren, wie die beiden schneebedeckten Zwillingsvulkane südöstlich von Mexiko-Stadt genannt wurden. So hatte sie ihrer Freundin auf dem Rückweg vom Flughafen nur eine SMS geschickt und geschrieben, dass sie aus dienstlichen Gründen doch nicht kommen könne. Also hatte auch sie gelogen, denn für die Krallinger-Obduktion hätte sie problemlos ein Kollege vertreten können. Einzig und allein ihrem Vater zuliebe war sie umgekehrt. Er war in die Sache verwickelt, und wie es aussah, verstrickte er sich noch weiter. Staatsanwalt Buddeberg billigte das offenbar, wie erklärte sich sonst die Rückendeckung, am BKA vorbei? Na, wenigstens ähnelte das Wetter dem in Mexiko, dort herrschte ebenfalls Regenzeit, wenn auch mit etwas wärmeren Temperaturen. Carina stopfte sich ihr T-Shirt in die Hose, langsam fröstelte es sie. Weit und breit war kein Lebender zu sehen. Sie nahm eine Abkürzung quer über die Wiese und rutschte auf einem zugewachsenen Grabstein aus. Der Schirm fiel ihr aus der Hand und verfing sich in einem Buchsbäumchen in Engelform. Sie wischte sich die Hände im Gras ab und bemerkte ein Blinken in der Ferne. Sie stand auf, fixierte den Leuchtpunkt, nicht dass sie ihn zwischen den winkenden Zweigen verlor. Sie griff nach dem Schirm. Eine Stange war verbogen, oje, wie sollte sie das Frau Schauer erklären? Als sie über den Kiesweg lief, war das Blinken auf einmal weg. Sie blieb stehen und lauschte. Durch das Platschen der Regentropfen hörte sie den Lärm einer Baumaschine. Und da leuchtete es erneut zwischen den Bäumen auf. Sie rannte darauf zu. Ein an der Ladefläche eines Kleintransporters befestigter Kran. Zwei Männer. Endlich. Das wie eine kleine Waldkapelle aussehende Häuschen daneben musste die Gruft sein. Carina fragte den einen, ob er derjenige sei, der die Polizei wegen eines Leichenfunds verständigt hatte.

»Ich bin nur der Schaffner hier.« Der Mann trug eine Neonweste, dazu eine eingelaufene, aber farblich passende, schreiend gelbe Skimütze, die er, womit auch immer, am Kopfansatz festgeklebt haben musste, damit sie hielt. Vor der Gruft stehend, dirigierte er per Fernbedienung den Kran und schwenkte eine schwere Betonplatte herum.

Carina musste sich anstrengen, ihn zu verstehen.

»Schaffner?« Oskar Kyreleis, ihr Großvater, war auch Schaffner gewesen, allerdings bei der Bahn.

»Friedhofsarbeiter kann man auch sagen.« Beim Sprechen verzog er das Gesicht, als hätte er Schmerzen.

»Da drüben ist unser Aufseher.« Er massierte sich die Wange und deutete mit dem Kopf zu dem anderen, der einen breitkrempigen Filzhut trug und unter einem halb geöffneten langen Regenmantel eine schwarze Weste. Mit übereinander geschlagenen Beinen lehnte er an einem Grabstein und telefonierte. An seinem Hut steckte eine schwarz-weiße Feder. Carina wartete bis er sein Gespräch beendete, und prägte sich unterdessen die Namen auf den verwitterten Tafeln an der Innenwand des Grufthäuschens ein. Andreas, Michael, Gabriel und Johann, alle zur Familie Redinghausen gehörend. Die Sterbedaten lagen mehr als fünfzig Jahre zurück.

»Kyreleis von der Rechtsmedizin«, stellte sie sich vor, als er endlich das Handy vom Ohr nahm.

»Igor Dorner, ich bin der Verwalter hier.« Er reichte ihr die regennasse Hand. »Ich habe gar nicht damit gerechnet, dass überhaupt jemand kommt, bei diesem Wetter. Ein Knochenfund auf dem Friedhof, das lockt normalerweise keinen Weißkittel hinterm Ofen hervor.« Er lachte und brachte damit die Elsterfeder zum Schwingen.

»Worum geht es?«, fragte Carina.

»Fredi, du kannst sie runterlassen.« Er gab dem Schaffner ein Zeichen. Mit einem knirschenden Plonk rastete die Steinplatte über dem Loch ein. Sie verschlossen die Gruft bereits wieder.

»Die Toten der Familie Redinghausen werden wir heute noch nach Regensburg überführen. Die Angehörigen sind umgezogen und wollen ihre Verwandten in ihrer Nähe haben. Darum haben wir einen Sarg nach dem anderen heraufgezogen und aufgeladen. Erst ganz am Schluss haben wir das da gefunden.« Er schob die Faltplane des Transporters zurück. Auf der Ladefläche standen die vier Zinksärge, und davor lag ein großes in ein schmutzig-weißes Laken gehülltes Bündel, das die Form eines dürren menschlichen Körpers hatte. Das Stoffpaket war mit einer Kordel umwickelt, die an manchen Stellen nur noch an einer Faser zusammenhielt. »Der Tote stammt nicht aus einem der Särge, die sind belegt.«

»Würden Sie bitte den Schirm halten?« Carina schlüpfte in ein Paar Einmalhandschuhe, von denen sie, neben ihrem Notizbuch und einem Stück Knete, immer welche bei sich trug, und beugte sich über die Ladefläche. Dorner nahm ihr den Schirm ab. »Bitte halten Sie ihn nicht über mich, sondern über Ihren Fund, damit keine Spuren zerstört werden.« Er tat, wie sie es verlangte. Inzwischen hatte sich auch der Schaffner zu ihnen gestellt. Im strömenden Regen öffnete er einen Thermosbehälter und löffelte genüsslich schmatzend eine Suppe, als säße er vorm Fernseher auf der Couch. Vorsichtig schob Carina das Laken des Bündels auf, wo sie den Kopf vermutete. Eine Haarsträhne fiel heraus, von einer stumpfen Farbe, die schwer zu benennen war. Von ihren Gesichtsrekonstruktionen wusste Carina, dass man dabei nicht auf die natürliche Haarfarbe schließen konnte. Witterungs- und Verwesungsprozesse veränderten den Farbton.

»Haben Sie eine Schere zur Hand?« Dorner griff in die Westentasche, wo man früher die Taschenuhr aufbewahrte, und holte ein rotes Taschenmesser heraus. Damit durchtrennte Carina die Schnur, um das Laken weiter aufklappen zu können, und entblößte ein Knochengesicht mit gepflegt wirkenden weißen Zähnen. Wo der Kopf am Boden der Gruft aufgelegen hatte, hafteten noch Haarreste an einem lederartigen Hautstück. Auch auf der Innenseite des Lakens klebten einzelne Haare. Das Skelett trug ein kurzärmliges Oberteil, vielleicht eine Bluse oder ein Kleid aus einem gemusterten Stoff, der am Halsausschnitt schmutzig und verwaschen wirkte, aber an manchen Stellen die ursprüngliche Farbe, ein dunkles Lila mit gelben, schlangenlinienförmigen Streifen, verriet.

»Ui, schick!« Herr Dorner schnalzte mit der Zunge. »Da hat sich wieder einer weichklopfen lassen.«

»Wie meinen Sie das?«

»Na, eigentlich ist es laut Friedhofsordnung nicht erlaubt,

Verstorbene in ihrer eigenen Kleidung zu bestatten, wegen der Umwelt, bei Einäscherung geht das auf keinen Fall, oder höchstens in Stoffen aus Naturmaterialien. Das Kleid sieht ja noch aus wie neu.« Er bückte sich und befühlte mit bloßen Händen den Stoff. »Polyacryl, das überlebt uns alle.« Grinsend hielt er sein Handy ans Ohr, das sich mit einem schrillen Kreischton von »Whoooau! I feel good«, meldete.

»Ja, in Ordnung, später, versprochen.« Er legte auf. »Privates Chaos gerade, meine zweite Exfrau will, dass ich ihr beim Umzug helfe. Aber ich muss erst unsere Ladung abliefern.«

Erst Särge, dann Umzugkisten, dachte Carina. »Wo lag die Tote genau?«

»Ach, von dem bisschen haben Sie erkannt, dass das eine Frau ist? Respekt! Ich kenne mich mit Frauen einigermaßen aus, habe gerade das dritte Mal geheiratet und bin stolzer Vater von vier Töchtern, aber ich verstehe, glaube ich, mehr von den Lebenden, wo noch alles dran ist.« Er klickte, einhändig, in der anderen immer noch den Schirm balancierend, schon wieder auf seinem Handy herum.

»Herr Dorner?« Carina hatte keine Lust, unnötig lange im Regen zu stehen, mittlerweile war ihr Pullover schwer vor Nässe.

»Moment, ich will Ihnen doch nur das hier zeigen.«

Hoffentlich keine Familienaufnahmen! Er hielt Carina das Handy vors Gesicht. »Schauen Sie, so standen die Särge unten in der Gruft, nebeneinander, auf Holzblöcken aufgebockt. Sehen Sie da sonst was?«

»Nein.« Carina hatte Schwierigkeiten, auf dem regenbespritzten Display überhaupt die Umrisse der Särge zu erkennen. »Ist das eine reine Erdgruft?«

Dorner nickte. »Die Wände sind durch Balken gestützt, und die Särge standen auf dem gewalzten Boden. Damals wurde noch nichts betoniert.« Dann war es ein Leichtes für die kleinen Tierchen, den Leichnam freizufressen, dachte Carina.

»Wir haben auch zuerst nichts gesehen, aber dann …« Er schob mit dem Daumen die Handyfotos weiter, wie auf einem ruckelnden Film rutschte ein heller Fleck ins Bild. Das musste das Bündel mit der Toten sein.

»Ich mache immer Fotos für unsere Angebote auf unserer Website, die Gruft ist schließlich wieder zu haben. Und nebenbei brauchen wir Material für die nächste Versammlung. Beim letzten Stammtisch, also von unserem Verein der deutschen Friedhofskultur, haben die Hessen so eine Diashow, oder wie das heutzutage heißt, gezeigt. Beeindruckend. Und das nächste Mal sind wir dran, wir müssen die toppen. Das wird leicht sein, denn wir haben ja nicht nur Gruften, bei uns gibt es auch sonst einige Attraktionen, das wissen nur die wenigsten.«

»Ist Ihnen nicht aufgefallen, dass jemand die Gruft geöffnet und die Tote reingelegt hat?«

Herr Dorner schüttelte den Kopf. »Leider nicht. Wir kontrollieren nicht jede Woche die Grufteingänge, wenn Sie das meinen, da hätten wir viel zu tun.«

»Wieso, wie viele Grüfte gibt es denn hier?«

»Genau kann ich das gar nicht auf Anhieb sagen, knapp hundert dürften es schon sein. Weißt du die Zahl, Fredi?« Herr Dorner wandte sich an den Schaffner. Der schlürfte die Suppe direkt aus der Thermoskanne, wischte sich über den Mund und schob sich eine Nudel unter die Mitramütze, als er sich am Haaransatz kratzte. »Mmh. Hundert nicht, ich schätze, eher so neunzig oder achtzig.«

»Wird der Friedhof nachts zugesperrt?«, fragte Carina.

Der Schaffner Fredi nickte. »Alle Tore, ja. Es gibt aber Notausgänge mit Drehknöpfen, wenn man noch drin ist, kann man schon auch raus, aber nicht mehr rein.«

»Und Sie sind sicher, dass die Tote nicht aus einem der Särge stammt?«

»Die sind alle belegt, schauen Sie.« Wieder zeigte der Verwalter ihr Handyfotos. »Wir wollen doch keine leeren Särge überführen.« Carina betrachtete die Totenschädel und stellte fest, dass es alles Männer waren, was mit den Inschriften übereinstimmte. »Können Sie mir bitte Ihre Fotos schicken?«

»Die von meiner Familie auch?« Er winkte ab. »War nur ein Scherz, klar, kriegen sie alle.«

Carina nannte Dorner ihre Handynummer. »Hier gibt es scheinbar ein Netz, vorhin hatte ich keinen Empfang.«

»Stimmt. Wo die Bäume dichter sind, wird's schwierig.« Dorner tippte die Nummer ein, kurz darauf ertönte eine Trompetenfanfare. »So, erledigt.« Carina spürte es im nächsten Moment in ihrer Hosentasche vibrieren. Sie kontrollierte, ob alle Fotos da waren, und tippte sich die Inschriften auf den Grufttafeln und den Namen der Angehörigen als Notiz ein. Dann kümmerte sie sich um die tote Frau. Sie achtete darauf, dass keines der losen Knöchelchen herausfiel, schlang das Laken wieder um das Skelett und knotete die Schnüre fest. Der Schaffner holte einen Leichensack aus der Fahrerkabine, entfaltete ihn und half ihr, das Skelett vorsichtig hineinzubetten.

»Und wohin jetzt mit ihr?«, fragte Dorner. »Wir hätten sie in die Aufbahrung gebracht, oder sollen wir sie gleich in die Rechtsmedizin fahren?«

»Danke, das wäre nett.«

»Gern, das liegt sowieso auf dem Weg, der Fredi muss in die Innenstadt zum Zahnarzt.« Laut Vorschrift musste normalerweise immer ein Bestattungsunternehmen einen Leichnam von einem Fundort zur Leichenschau überführen, aber Knochenfunde brachte die Polizei auch mal einfach so vorbei, in einer Papiertüte. Und schließlich transportierten sie bereits vier Tote in Särgen mit diesem Lastwagen, also dürfte ein Skelett mehr, das keine zusätzlichen Reisekosten verursachte, erlaubt sein, hoffte Carina. In Deutschland herrschte mehr Bürokratie als in Mexiko.

»Dann wollen wir die Dame noch anschnallen, damit sie uns nicht von der Ladepritsche rutscht und ihre Einzelteile in ganz München verstreut.« Wie auf ein Stichwort hakte Schaffnerfredi Gurte aus der Seitentür ab und sicherte das Bündel Mensch.

»Und Sie, Frau Doktor?« Dorner hielt immer noch den Schirm. »Sollen wir Sie auch gleich mit zurücknehmen?« Bei der Aussicht auf einen langen und nassen Rückweg quer durch den Waldfriedhof willigte Carina ein. »Das wäre nett. Ich muss zur Polizei in der Ettstraße, Sie können mich also auch in der Innenstadt rauslassen.«

»Na klar. Platz gibt's immer zwischen uns, was Fredi? Das wird kuschelig.« Er zwinkerte Carina zu. Sollte sie doch besser zur Bushaltestelle zurücklaufen? Zu spät, der Schaffner hielt ihr bereits die Beifahrertür auf.

10.

Das dritte Mädchen fehlte zwar am nächsten Tag immer noch, doch leider hatte Bärbel den Gummi vergessen. So saß Till einfach nur auf der Treppe und sah den Jungs zu, wie sie den Ball in den Kasten traten. Zu Hause musste er die Beine zusammenlegen, eng an den Körper gepresst, die Arme um sich schlingen, als würde er sich selbst verschnüren, und in das unterste Fach des Schuhschranks kriechen, das er inzwischen mit den Schultern aus der Verankerung hievte. Den Oberkörper vorgebeugt, den Rücken krumm und die Füße ineinandergeschoben, blieb ihm kaum Luft zum Atmen. Aber mit einem Zucken in den Beinen sagte er alles Gelernte auf: »Hau ruck, Donald Duck, Mickey Mouse, rein, raus.« Das sei babysch, behauptete Bärbel. Sie konnte schon einen Fuß unter das Band klemmen und damit über das andere Band springen, ohne sich zu verheddern, und wieder zurück und das sogar, wenn er und Andrea nur ein Bein in den Gummi stellten. Als er alle Reime und Sprünge durchgegangen war, nahm die Kröte den Besenstiel fort, den sie unter den Schrankgriff gespreizt hatte, damit die Tür schloss. Till entfaltete sich, blinzelte, als entschlüpfte er einem Kokon, und breitete seine Arme wie Flügel wieder ins Licht. Hatte die Kröte sich genug an ihm gewärmt, begann das Verhör. Auf einem Stuhl ihr gegenüber sitzend, musste er gestehen. Dabei blätterte sie in einer Zeitschrift oder strickte an einer Badehose für ihn. In der zweiten Klasse würde der Schwimmunterricht beginnen. Er harrte aus, Reihe für Reihe.

»Deine Religionslehrerin hat mich angerufen«, half ihm die Kröte schließlich. »Willst du, dass Vater seine Arbeit verliert und ich dazu, dass wir alle verarmen und im Gefängnis landen?«

Verarmen. Till stellte sich vor, wie ihnen zuerst die Arme abgeschnitten wurden, damit sie besser in die Gefängnisse passten. Kämen sie gemeinsam in eine Klozelle, oder steckte man sie jeden extra in eine Schachtel?

Als die Kröte auf ihrem Hals eingeschlafen war, schlich sich Till an ihr Nähkästchen, wickelte sich heimlich ein paar Meter Gummiband von dem Pappstreifen ab und versteckte es in seinem Federmäppchen.

Am nächsten Tag wollte sich Oli einen Bleistift leihen und entdeckte das Band. »Jungs hüpfen nicht.« Er schnappte es sich und johlte. Weil er sich gar nicht mehr beruhigen konnte, bekam er von der Lehrerin eine Strafarbeit verpasst. Drei Seiten lang U- und N-Bögen ins Schreibheft kringeln. In der Pause legte Oli das Gummiband zu einem Viereck auf den Boden des Pausenhofs aus. »Los, stell dich rein und rühr dich nicht vom Fleck, bis ich es dir erlaube.« Er drohte Till mit der Faust und zwang ihn in diesen Kasten ohne Wände, von wo aus er den Mädchen beim Hüpfen zusah. Auf dem Heimweg nahm er die Abkürzung über den Friedhof, sprang über die Grabumgrenzungen und sang: »Peter Alexander, Haxen auseinander, Haxen wieder zam, und du bist dran.«

11.

Wer macht bei der Schülerzeitung mit? Alle meldeten sich, alle außer Till. Wer wird in die Volleymannschaft gewählt? Alle außer Till. Wen lädst du zu deiner Party ein? Alle außer … Wer hat schon mal geknutscht? Das meiste war ihm egal, er legte keinen Wert darauf, bei Petras Puderpartys dabei zu sein. Er hatte noch nie geküsst, wie sollte er dann knutschen? Die Lehrerin lobte Tills Heftführung, als Einziger der achten Klasse hatte er die Versuchsreihe exakt von der Tafel abgezeichnet. Deshalb fragte ihn Marion, ob er mit ihr Physik üben könne. Seine Spielzeugarmee war längst an irgendwelche Waisenkinder verschenkt. Jetzt lag in seinem Regal neben elektronischen Fachzeitschriften und ein paar Vampircomics, die zwar gut gezeichnet, aber doch eher unrealistisch waren, Vaters Ratgeber, den er Till mit auf den Weg geben wollte, wie er betont hatte. Niemals hätte er geglaubt, dass sie ihn überhaupt bemerken würde. Aber nun stand sie in seinem Zimmer und schien alles zu sehen. »Wohin fahrt ihr in den Sommerferien?«, fragte sie.

Ferien, Urlaub? Die Kröte und er verreisten nie, bis auf die eine Ausnahme letztes Jahr, als Krötes ältere Schwester gestorben war. Bei den Verwandten am Chiemsee beschwerte sich die Kröte über die zu weichen Betten und das schlechte Essen. Till gefiel das Fremde, seither trug er die schwarze Armbinde am Oberarm, die sein Onkel ihm geschenkt hatte. Das Schönste war die Beerdigung gewesen. Als sich der Sarg in die Erde hinabsenkte, hätte sich Till am liebsten mit hinuntergestürzt, obwohl er Tante Josefa lebend gar nicht gekannt hatte. Er stellte sich vor, wie sie dort unten in ihrer kühlen Kiste lag, ganz Frau, mit allem Weichen den Würmern ausgesetzt. Besonders nachts, vorm Einschlafen, sehnte er sich nach dem toten Körper, wollte ihn berühren, streicheln, in ihn hineinkriechen, ihn ausfüllen mit seiner Hitze.

»Ich will mal die ganze Welt sehen, du nicht?« Marion riss ihn aus seinen Gedanken. Tills Zimmer roch anders, seit sie hier war, als hätte sie eine ganze Sommerwiese mit ins Haus gebracht, überfällig, gemäht zu werden. In ihrem Haar hätte er gern seine Nase vergraben, wäre wie zwischen Grashalmen weitergerobbt bis zu den Flaumhärchen vor ihren Ohren. Am liebsten hätte er sie ganz abgeleckt. Hunde durften das. Warum war er keiner? »Wuff.« Er hechelte und schnappte nach ihr. Sie kicherte, wich ihm aus. Er jagte sie um den Schreibtisch, bekam sie zu fassen, drückte sie auf sein Bett und bat sie, sich nicht zu bewegen. Marion tat es, schloss sogar die Augen und atmete fast nicht. Dann berührte er sie. Ganz sanft, als tauchte er in die Unendlichkeit ein. Anders als Mutters Haut fühlte sich ihre warm an.

»Schluss jetzt.« Die Kröte stürmte ins Zimmer, sie musste an der Tür gelauscht haben. »Was fällt dir ein, du Flittchen«, beschimpfte sie Marion. »Nichts im Kopf, aber meinen Sohn verführen. Schau, dass du heimkommst, und lass dich hier nie wieder blicken.« Als Marion draußen war, wollte sie ihn in den Schrank jagen. »Ab, ab, ab.« Till weigerte sich. »Womit habe ich nur so ein Elend verdient!« Die Kröte zeterte und trieb ihn vorwärts. »Wenn sich die Ferkeleien rumsprechen, die du mit der angestellt hast, kann ich mich gleich in ein Grab legen, ist dir das klar?« Sie schob ihr Dirndl und ihren Wintermantel zur Seite, wollte ihn greifen und unter die Kleiderstange drücken, doch Till, bald einen Kopf größer als sie, packte sie und stieß sie in den Schrank. Sie stürzte, knickte mit dem Fuß um und schrie auf. »Was tust du, willst du mich umbringen? Geh lieber Haare waschen.« Das konnte er noch so oft tun, die Farbe blieb.

12.

Dorner räumte Tüten mit Lebensmitteln von der Fahrerbank des Kleintransporters und stellte sie zwischen die Särge nach hinten. Carina durfte zuerst einsteigen, dann rückte der Schaffner Fredi nach. Rumpelnd fuhr Dorner an und schlingerte über den Waldfriedhof. Ob sie über Teer voller Schlaglöcher fuhren oder querfeldein, konnte Carina nicht erkennen, da nicht nur ihre Brille, sondern auch die Scheiben beschlugen. Das Fahrzeug schien den Weg allein zu finden, hoffentlich konnte es auch Bäumen ausweichen. Stickig heiß wurde es in der Fahrerkabine, es roch modrig, nach feuchtem Holz, Erde und Verwesung, was auch das Lavendelduftbäumchen nicht änderte, das am Rückspiegel zusammen mit einem Rosenkranz hing und ihr vor der Nase baumelte. Fredi klappte seine Mütze um und benutzte sie als Kissen. Er lehnte sich an die Tür und fing zu schnarchen an, kaum dass Dorner den Zündschlüssel gedreht hatte.

»Jetzt wirken bei ihm endlich die Schmerztabletten, vorhin hat er die halbe Schachtel eingeworfen«, sagte Dorner. »Ich hoffe, ich kriege ihn beim Zahnklempner überhaupt wach, sonst muss der ihn hier drin operieren.«

»Operieren?« Carina nahm ihre Brille ab und hauchte über die angelaufenen Gläser.

»Oha, Frau Doktor, ich muss aufpassen, was ich sage. Wischen Sie mal lieber das große Glas hier, sonst stranden wir noch.« Er fischte aus der Ablage zwischen Kugelschreibern, Zetteln und leeren Schokoladenverpackungen einen graublauen Lappen und hielt ihn ihr hin. Carina beugte sich vor und rieb im Takt mit dem großen Scheibenwischer, der mit seiner abgenutzten Gummilippe den klopfenden Regen bekämpfte. Der Lumpen fusselte mehr, als dass er reinigte. »Reicht schon, hören Sie auf. Hier ist einfach zu viel Kondenswasser.« Dorner nahm ihr den Lumpen weg, warf ihn unter den Sitz und drehte das Fenster auf seiner Seite einen Spalt herunter. »Zieht es?«

Carina verneinte. Sie schwitzte eher, gegen frische Luft hatte sie ganz und gar nichts einzuwenden.

»Wie haben Sie eigentlich erkannt, dass der Knochen da hinten eine Frau ist?«, fragte Dorner.

»Sie meinen den Schädel?«

»Was sonst, wenn noch Fleisch an ihr dran gewesen wäre, hätte ich es selbst gesehen.« Sein Blick streifte ihren Busen. »Nein, im Ernst, das interessiert mich.«

»Das Markanteste ist die knöcherne Wölbung über den Augenbrauen.« Sie zeigte es an ihren eigenen Brauen über der Brille, obgleich seine Wulst besonders stark ausgeprägt war. Aber sie wollte den Frauenflüsterer nicht noch ermutigen. »Diese Wulst ist bei Männern stärker ausgeprägt.«

»Man lernt nie aus. Vor allem ich als Quereinsteiger. Tote haben mich zwar schon immer fasziniert, aber meine erste Wahl war der Beruf nicht. Ich dachte, ich bin im Feuer zu Hause, nicht in Kühlkammern. Aber nun bin ich auch schon wieder drei Jahre hier dabei.« Er setzte den Blinker und bog in den Stadtverkehr ein.

»Und was haben Sie vorher gemacht?«

»Kaminkehrer, bis ich eines Tages bei einem Wetter wie

heute auf den glitschigen Ziegeln abgerutscht bin und mir einen Rückenwirbel angeknackst habe. Ein Wunder, dass mir nichts Schlimmeres passiert ist. Danach hat mir der Arzt trotzdem verboten, weiter auf den Dächern herumzukraxeln. Jetzt kümmere ich mich möglichst rückenschonend darum, dass der Waldfriedhof überlebt.«

»Das ist ein Witz, oder? Wie kann ein Friedhof ums Überleben kämpfen, gestorben wird doch immer.«

»Leider nein. Vor hundert Jahren vielleicht, als der Stadtbaurat Hans Gässel den Waldfriedhof entworfen hat. Einen Friedhof, der sich harmonisch in die Landschaft fügt, gab's in Deutschland damals nicht. Und noch immer ist es der zweitgrößte Friedhof überhaupt.«

»Und welcher ist der größte?«

»Der Ohlsdorfer in Hamburg, auch der kämpft ums Überleben. Wie wir sind die Ohlsdorfer ein Hochleistungsbetrieb, haben enorme Ausgaben, um das riesige Gelände überhaupt zu erhalten. Die Leute sterben zwar noch, aber gespart wird an allen Ecken und Enden. Besonders am Ende, man bevorzugt eine Einäscherung in einer Einwegurne. Wie gelebt, so gestorben. Solche prunkvollen Grabstätten wie die von diesem Modezaren und seiner Mama waren früher total in, aber heutzutage leistet sich so was kaum noch jemand.«

»Sie meinen den Moshammer?« Im Mordfall Moshammer hatte ihr Vater als Teil der Sonderkommission ermittelt, erinnerte sich Carina. Zu der Zeit schwankte sie noch zwischen dem Traum, Bildhauerin zu werden, oder doch ihr Medizinstudium zu beenden, aber zugleich war sie auch fasziniert von der Kriminalistik, die sie durch die Arbeit ihres Vaters hautnah miterlebte.

»Jetzt weiß ich, warum mir Ihr Name so bekannt vorkam.

Kyreleis? Sind Sie die Frau von dem Kommissar, der den Mord aufgeklärt hat?«

»Ich bin seine Tochter.« Moshammers Mörder wurde mithilfe seiner DNA überführt. Obwohl er nicht vorbestraft war, hatte der Mann bei einer anderen Ermittlung eine Speichelprobe abgegeben und war so in die Datei gelangt, das Ergebnis stimmte mit den Spuren am Tatort überein. 2005 war der DNA-Abgleich rechtlich noch sehr umstritten. Aber dieser spektakuläre Fall trug sogar zur Gesetzesänderung bei. Von da an durfte man von Beschuldigten Körperzellen entnehmen, um sie molekulargenetisch zu untersuchen. »Moshammer wurde doch in einem großen Mausoleum am Ostfriedhof beigesetzt?«

»Kennen Sie es? Ein Juwel. Leider werden solche Mausoleen immer weniger bestellt, auch bei uns.«

»Was wurde eigentlich aus Moshammers Hündchen, diesem Yorkshireterrier, den er immer bei sich trug?«

»Die Daisy, die ist eineinhalb Jahre nach ihm gestorben, aber sie durfte nicht zu ihm hinunter, obwohl die Münchner das gern gehabt hätten. Der Chef vom Ostfriedhof war dagegen, wegen dieser winzigen Urne alles noch mal aufzumachen. Ist auch richtig so, wo kämen wir sonst hin? Dann müssten wir jeden Wellensittich oder Hamster erlauben, so viel Personal haben wir gar nicht. Außerdem sind wir ein Humanfriedhof, kein Tierfriedhof.«

Carina lachte.

»Klingt lustig, ich weiß.« Dorner schlug aufs Lenkrad. »Doch Sie glauben nicht, mit was wir uns alles herumstreiten müssen. Die Toten aus dieser Gruft leeren wir in Regensburg nur in ein paar Urnen um. Dabei frage ich mich, wozu der ganze Aufwand. Für uns Totengräber war die Zeit, als jeder noch vorm Teufel Angst hatte und an den Himmel glaubte, bedeutend einträglicher. Wenn die Religion und das Ansehen nicht zählen, wollen die meisten einfach spurlos verschwinden, um ihre Angehörigen nicht noch nach ihrem Ableben zu belasten. Anonyme Beerdigungen oder eben so preiswert wie möglich. Ihr von der Rechtsmedizin müsst diesen Trend doch auch spüren, oder?«

»Wir kümmern uns ausschließlich um verdächtige Todesfälle und untersuchen Lebende, die in eine Tat verwickelt wurden.«

»Ach so. Dann wird bei euch also auch noch mal ausgesiebt. Ich sage immer, wir sind alle viel zu gesund. Früher hat dich ein Katarrh niedergestreckt, dann ist ein Blutwurf dazugekommen, und der Sargtischler hat schon mal Maß genommen, aber heutzutage? Jeden Tag werden weniger Särge angeliefert, wir arbeiten an einem Eventprogramm, damit wir den Leuten zusätzlich was auf den Freiflächen bieten können. Anreize schaffen, Action. Nicht mehr lang, und wir haben hier ein Riesenrad und eine Tunnelrutsche. Naja, die Geisterbahn gibt es bereits.« Er lachte kurz, wurde aber sofort wieder ernst. »Mein Chef hat gut reden mit seinen Siebenundsechzig, dem kann das alles bald egal sein.«

Carina hörte zu, betrachtete ihn hin und wieder von der Seite und prägte sich sein Profil mit der großen, höckerigen Nase und dem vorspringenden Kinn ein. Sie stellte sich das Knochengerüst darunter vor. Das würde Spaß machen, Dorners markante Gesichtszüge nachzubilden. Er würde ein Prunkstück in ihrer Skulpturensammlung abgeben. Er grüßte einen entgegenkommenden Fahrer in einem schwarzen Kombiwagen per Handzeichen, den Mittelfinger über dem Zeigefinger gekreuzt. Jede Berufssparte besaß anscheinend ihren Kollegencode, nicht nur Bus- und Motorradfahrer, dachte sie. Vielleicht sollten sich das die Rechtsmediziner auch angewöhnen. Ein Schnippschnapp mit zwei Fingern, symbolisch für die Darmschere?

»Da schau her, der Schwalbe Michi ist auch schon wieder auf Achse.« Michael Schwalbe? Den kannte Carina, durch den dichten Regen hatte sie ihn nicht wahrgenommen und auch nicht auf die Beschriftung des Leichenwagens geachtet. Der Schädel seines Vaters war ihre letzte Rekonstruktion gewesen. Ob Nusser ihm schon Bescheid gegeben hatte, dass es Gewissheit gab, wo sein Vater abgeblieben war? Der Präparator hatte versprochen, sich während Carinas Abwesenheit darum zu kümmern. Er hatte Edgar Schwalbe, Michaels Vater, gut gekannt.

»Für mich sieht ein Totenkopf immer noch wie der andere aus.« Dorner holte sie in die Gegenwart zurück. »Zu meiner Ehrenrettung muss ich allerdings sagen, dass wir gar nicht so viele Schädel zu sehen kriegen, bei den meisten sind das Gesicht und die Ohren noch dran, wenn wir sie hinunterlassen. Doch falls wir die nächste Gruft auflösen, werde ich mal darauf achten und üben. Ich hätte wegen dem Kleid auf Frau getippt, aber selbst das ist heutzutage nicht sicher, Sie glauben nicht, in was die Leute alles bestattet werden wollen. Neulich hatten wir einen Aufsichtsrat, der testamentarisch verfügt hat, im Kommunionskleid seiner Zwillingsschwester beigesetzt zu werden. Wahrscheinlich war er schon immer neidisch auf sie. Obwohl wir eine Ausnahme gemacht hätten, hat ihm das Kleidchen natürlich nicht gepasst, der Bestatter hat es dann aufgeschnitten und so drübergelegt, mehr ging nicht.« Ohne auf das Hupkonzert hinter sich zu achten, lenkte Dorner mit quietschenden Reifen quer über die Straße auf eine andere Spur, Carina schwankte und klammerte sich ans Armaturenbrett. Hinten krachte etwas. Oje, hoffentlich blieb von dem Skelett mehr als Knochenmehl zum Identifizieren übrig. Sie hätte vielleicht doch besser eine städtische Pietät mit der Überführung beauftragen sollen. Fredi schnarchte ungerührt, an die Fensterscheibe gepappt, mit offenem Mund. Der Zahnarzt könnte ihn tatsächlich gleich hier behandeln.

»Die Menschheit ist schon ein seltsames Volk.« Dorner lupfte seinen Elsterhut, als würde er darunter etwas herauslassen, und setzte ihn wieder auf. »Manche wollen, dass wir ihren ganzen Hausstand mit in den Sarg legen. Nur, damit die raffgierige Verwandtschaft leer ausgeht.«

»Ist das denn erlaubt?«

Er zuckte mit den Schultern. »Wenn es notariell verfügt wurde, warum nicht? Wir sind nur die ausführende Gewalt. Dafür ist unser Kuriositätenbuch voll von solchem Zeug.«

»Das ist ja dann so eine Art Schatzkarte, nicht dass noch jemand auf dumme Gedanken kommt und sich zu den Goldketten durchgräbt, wenn Sie alles aufschreiben, was da so unter der Erde liegt.«

»Naja, so genau machen wir das nicht. Aber es kommt schon einiges zusammen mit den Jahrzehnten.« In der Lindwurmstraße hielt er an einer Ampel. »Wissen Sie was, ich fahre Sie erst mal zum Präsidium. Das Skelett kann ich nachher in die Rechtsmedizin bringen, wenn Fredi beim Zahnarzt hockt. Uns läuft ja keiner mehr davon.«

13.

München-Schwabing, 1981

Noch ganz vom Lachen erfüllt, folgte Iris den beiden Männern und stieg in den Wagen mit den getönten Scheiben. In Gedanken befand sie sich noch in dem Karl-Valentin-Film, sah die als Kapellmeister verkleidete Liesl Karlstadt und den ständig in das Musikstück hineinpfuschenden Karl Valentin vor sich. Und noch mehr überwog die Freude, dass sie gestern mit Matte geschlafen hatte und es nachher wieder tun würde und wieder und wieder. Anfangs fragte sie gar nicht, was sie von ihr wollten, dachte, sie sollte bei einem dringenden Einsatz für einen Kollegen einspringen. Eine Absperrung auf einer Demonstration oder Ähnliches. Sie hoffte nur, dass es schnell ging und sie bald wieder zu Matte zurückdurfte.

»Es tut uns leid, Ihnen mitteilen zu müssen, dass ihr Kollege KHK Jürgen Bachhuber vor zwei Stunden verstorben ist.« Der Satz perlte an Iris ab. Vor zwei Stunden, das konnte nicht sein. Wer?

»Im Dienst erschossen.«

Jeff? Ihr einziger Freund?

»Vermutlich ein Racheakt für eine länger zurückliegende Festnahme, mehr wissen wir noch nicht. Alle Einheiten sind dran.« Allein auf dem Rücksitz, vor sich die Hinterköpfe des Fahrers und Beifahrers, die sie abgeholt hatten, und ihr Gerede. Wohin brachten die sie? Sie begriff nicht, Jeffs Tod nicht, und nicht, warum sie dazu vernommen werden sollte. Was konnte sie zur Aufklärung des Verbrechens beitragen? Wann, sagten sie noch mal? Da war sie mit Matte eng umschlungen ins Kino spaziert. Die Welt um sie herum war vergessen gewesen, kein Tag, keine Nacht, kein Gestern oder Morgen.

»Wir haben Sie nicht wegen Bachhuber geholt.« Der Beifahrer, der Ältere der beiden – seinen Namen hatte sie nicht verstanden oder sich nicht gemerkt – wandte sich zu ihr um. Der Blick des Fahrers im Rückspiegel ruhte ebenfalls auf ihr. Wer waren sie überhaupt? Keiner der Münchner Kollegen nannte Jeff mit seinem Dienstgrad. Vielleicht war der Unfall, nein, der Mord, außerhalb von München passiert, und sie schickten Kripobeamte einer anderen Dienststelle? Jeff sollte weg sein, für immer? Wen rissen sie ihr als Nächstes fort, Matte vielleicht? Sie schloss die Augen.

»Frau Erlacher, hören Sie mich? Das ist ein Schock für Sie, das verstehen wir, unser Beileid. Bachhuber war ein guter Freund von Ihnen, das ist schmerzlich, so ein Verlust. Ist Ihnen schwindelig? Wollen Sie einen Traubenzucker?« Der Beifahrer tippte sie mit einer Blechschachtel an. Sie reagierte nicht.

Endlich drehte er sich wieder nach vorne. Sie starrte durchs Fenster in die nächtliche Stadt. Überall blinkte es rot und gelb, Autos huschten vorbei, Straßenbahnschienen blitzten auf, träumte sie den schlimmsten aller Träume? Jeff durfte nicht tot sein.

»Kaffee mit Milch und Zucker?«, fragte Bernhard Eigermüller nach ihrer Ankunft in einem leeren Großraumbüro in Pullach. Wie auf ein Stichwort erhob sich der andere, der, der vorhin Beifahrer gewesen war, schlängelte sich an den zugedeckten elektrischen Schreibmaschinen vorbei und ging hinaus, vermutlich um Kaffee zu kochen.

»Was wollen Sie von mir?« Es hallte, wenn sie sprachen. Sie hatte sehr wohl die Sicherheitsschleuse registriert, als sie auf das Gelände fuhren, und wusste, wo sie war. Eigermüller …, bestimmt war das nicht sein echter Name.

»Wir hätten da was für Sie, ein interessantes Angebot, aber keine Ang…

Noch 21 Sekunden

Alles, woran man glaubt, beginnt zu existieren.

Ilse Aichinger

14.

Kriminaloberkommissar Paintner holte Carina an der Pforte ab. Sie berichtete ihm, was sie auf dem Waldfriedhof gefunden hatte, und zeigte ihm die Handyfotos. Er notierte sich die Daten.

»Eine Frau? Lassen Sie es mich wissen, sobald Sie das ungefähre Alter haben? Hoffen wir, dass noch DNA in den Knochen steckt. Angesichts des Verwesungsgrades liegt sie ja nicht erst seit gestern in dieser Gruft.« Er führte sie in das Büro im zweiten Stock, das er sich mit Peter teilte. Der war im Krallinger-Fall unterwegs, Carina äugte in seine Bürohälfte. Wie arbeitete er? Wie sortierte er die Fälle? Im Gegensatz zu Paintners vollgestopften Regalen, dem mit Haftnotizen gerahmten Computer-Bildschirm und den mit Cartoons beklebten Wänden, war Peters Zimmerhälfte immer noch extrem ordentlich, genau wie letztes Mal. Sogar unter seiner Schreibtischauflage lag nichts. Nur ein Glas mit neuen Bleistiften, aus deren Mitte ein langer Eislöffel ragte, verriet, dass diesen Schreibtisch überhaupt jemand benutzte, und an der ansonsten leeren Wand hing ein Zettel. Was darauf stand, konnte Carina von der Ferne nicht lesen.

Paintner kippte das Fenster und wischte mit der beringten Rechten die Krümel von seinem Schreibtischstuhl. Dann bat er sie, sich zu setzen. Seine Bewegungen waren fahriger als letztes Mal, er schien sich in seinem eigenen vollgestellten

Büro nicht mehr zurechtzufinden und stolperte fast über den überquellenden Papierkorb, als er zurücktrat. »Ups, den hätte ich vielleicht noch ausleeren sollen.« Er fing ihn kurz vorm Umfallen auf, stopfte den Müll zurück in den Eimer, strich sich ein paar schon ergraute Haarsträhnen aus dem Gesicht und krempelte sich die karierten Hemdsärmel auf.

»Passt es Ihnen überhaupt jetzt?«, fragte Carina. »Ich kann auch noch einen Moment draußen warten, wenn Sie …?«

»Nein, nein, alles wunderbar.« Er atmete aus und lächelte sie an. »Ihr Vater hat mich nur …, also ich mache oft Vernehmungen, aber diese jetzt. Sie verstehen, er als Vorbild, und ich darf seine Tochter …« Er räusperte sich. »Also nein, ich meine, also ich soll Ihre Zeugenaussage aufnehmen. So, dann fangen wir am besten gleich an. Kann ich Ihnen was anbieten, Tee, Kaffee, Rum?«

»Rum?«

»Kennen Sie das nicht, Rum ist in der kleinsten Hütte.« Er lachte kurz auf. »Also?«

»Ein Wasser wäre gut.« Carina ließ sich auf dem Stuhl nieder und sank gleich ein paar Zentimeter hinab.

»Oh, das macht der ab und zu, warten Sie.« Paintner ging in die Hocke und fummelte unter ihr an den Drehstuhlbeinen herum, danach bat er Carina, noch mal aufzustehen. Er drückte einen Hebel, und der Stuhl fuhr wieder in die Höhe. »So, jetzt müsste es halten.« Er holte ihr aus Peters Teeküche, die im Schrank versteckt war, ein Glas, füllte es unter dem Hahn mit Wasser und stellte es vor Carina auf den Schreibtisch, dann rollte er sich Peters Stuhl an den Tisch.

»Test, Test«, sagte er in das Diktiergerät, prüfte seine Aussage, die einwandfrei und mindestens genauso laut zurückquäkte. Trotzdem schien er der Technik nicht zu trauen und klickte noch eine Weile hin und her. Carina war schon in Versuchung, ihm ihr Diktiergerät zu leihen.

»Ach, ich glaube, ich tausche doch vorsichtshalber die Batterien aus.« Er stand auf und wühlte in einer Schreibtischschublade. Carinas Blick fiel auf seinen Notizblock, eine Liste, die mit C. K. betitelt war. 1. Wohlfühlsituation schaffen. 2. Feststellung der Identität. 3. Belehrung. »Haben Sie gut hergefunden?«, fragte er, nachdem er die neuen Batterien eingesetzt und das Gerät eingeschaltet hatte. Es blinkte rot. Aha, Punkt eins wurde nach dem Anbieten des Wassers noch weiter ausgeführt.

»Herr Paintner, ich war als Kind oft hier, wenn ich meinen Vater besucht habe.«

»Klar, natürlich, das habe ich vergessen.« Er schob das Gerät näher zu ihr und beugte sich zu ihr vor, als er weitersprach, mit dem Mund fast auf der Tischplatte. »Das war nur eine Formsache, dann brauche ich Sie auch nicht belehren, dass Sie verpflichtet sind, die Wahrheit zu sagen, falls Sie vor Gericht Ihre Aussage wiederholen müssen?«

»Als Rechtsmedizinerin bin ich mit Aussagen vor Gericht durchaus vertraut.«

»Okay, okay.« Er rutschte noch eine Weile auf seinem Stuhl herum, so als müsste er sich erst verankern. Das mit den vielen Vernehmungen war nur Prahlerei gewesen, glaubte sie inzwischen, womöglich befragte er zum allerersten Mal jemanden.

»Also dann.« Er hüstelte sich in die Faust und schielte auf seinen Notizblock. »Schildern Sie …, halt, nein, sagen Sie bitte kurz, wie Sie heißen, ihr Geburtsdatum und die aktuelle Wohnadresse und dann bitte alles, was sie an dem besagten Tag, beobachtet haben.«

»Sie meinen die Sprengung?«

Er nickte. »Warum waren Sie überhaupt in Neumaising, und wieso sind Sie zu diesem Häuschen gegangen? Bitte der Reihe nach, alles, was Ihnen einfällt, lassen Sie ruhig Ihre Gedanken frei fließen, alles kann wichtig sein, auch Nebensächliches.«

Das stand erst ganz unten auf seinem Zettel, bei »bevor der Zeuge entlassen wird«, dachte Carina. Aber besser, sie tat, was er wünschte, sonst säßen sie morgen noch hier. »Also, ich bin Carina Kyreleis, geboren am 19. September 1982 in München, und wohne in der Franziskanerstraße 15, 81669 München«, begann sie. »In Neumaising war ich zusammen mit Ihrem Kollegen, dem Kriminalmeister Peter Schuster, um den Imker Lorenz Waasberger zu besuchen, der den Schädel eines unbekannten Toten im Wald gefunden hat, den ich daraufhin rekonstruiert habe. Peter, also Herr Schuster, wollte ihn befragen und fragte, ob ich mitkommen wolle. Als ich dort noch mal zum Auto zurückgegangen bin, um meine Tasche zu holen, ist mir ein BMW mit verdunkelten Scheiben aufgefallen, der am Waldrand parkte. Der hatte, als wir ankamen, noch nicht dort gestanden. Zwei Männer stiegen aus, das heißt, nein.« Carina überlegte. Sie wollte alles so exakt wie möglich beschreiben, genauso wie sie es in dem Moment empfunden hatte. Das hatte ihr Vater oft erwähnt, man musste dem Zeugen Luft lassen, dass er seine eigenen Bilder sortieren konnte, womöglich solange zuhören, bis die obere Schicht schneller Worte und hingeworfener Floskeln abgetragen war und das zutage kam, was darunterlag. »Den einen der beiden habe ich wegen der Frisur, graue lange Haare, Pferdeschwanz, zuerst für eine Frau gehalten. Erst als er dem anderen, der Schwierigkeiten beim Aussteigen hatte, aus dem Auto half, habe ich ihn als Jering erkannt. Felix Jering. Der andere war Lambert, Sascha mit Vornamen, glaube ich, ja genau. Ihre Fotos habe ich kurz zuvor gesehen, im Zusammenhang mit einer Ermittlung.« Sie machte eine Pause. Jetzt müsste er eigentlich fragen, um welchen Fall es dabei gegangen war. Aber Paintner sah sie nur an und nickte ihr zu, damit sie weitersprach.

»Äh ja, also sie verschwanden im Wald, und ich bin ihnen nachgegangen …«

»In welcher Angelegenheit?« Nun unterbrach er sie doch.

»Wieso ich ihnen nachgegangen bin?«

»Nein, in welcher Sache haben Sie die Spurensicherung unterstützt?« Da war sie, die Frage, wenn auch zeitverzögert.

»Im Mordfall Olivia und Jakob Loos. Die beiden Männer in Neumaising, also Lambert und Jering, waren in dem Haus, in dem das Ehepaar ermordet wurde. Ihr Fahrzeug, eben jener BMW, wurde gesehen, es gab Fingerabdrücke und vertuschte Blutspuren, die wir mit Luminol sichtbar gemacht haben. Sie sind nicht die Täter gewesen, aber das wussten wir zu diesem Zeitpunkt noch nicht. Sascha Lambert ist von dem siebzehnjährigen Enrico Loos angeschossen worden, deshalb humpelte er, als ich ihn sah.«

»Und Sie sind sich sicher, dass es zwei Personen waren?«

Carina war irritiert. »Das sagte ich doch bereits. Ja, es waren zwei, ich habe alle beide wiedererkannt«, wiederholte sie.

»Ach, und da sind Sie der Person oder den beiden, wie Sie behaupten, dann einfach gefolgt und wollten nachsehen, was die so vorhaben? Zwei potenzielle Straftäter, möglicherweise bewaffnet? Hatten Sie keine Angst?« Carina musterte ihn. Sie wusste zwar nicht viel über Mattes Vernehmungstechnik, doch ein bisschen was hatte sie über die Jahre mitbekommen. Die Zeugin unterbrechen und Kommentare abgeben, ging gar nicht. Wenn das jetzt alles auf Band war, dann würde er bei ihrem Vater keine Pluspunkte kassieren. Sie hatte den Faden verloren, worum ging es? Angst? Seine Frage verwirrte sie, jetzt im Nachhinein hätte sie natürlich Angst gehabt, vor allem in Hinblick auf das, was wenige Minuten später in Neumaising geschah. Doch in dem Moment, als sie die beiden entdeckte, war es ihr nur wichtig gewesen, dass sie nicht abhauten. Sie wollte gerade ansetzen, dies zu erklären, als Paintner sagte: »Sie sind doch mit Ermittlungsarbeit vertraut, Frau Kyreleis, nicht nur familiär bedingt, sondern auch in Ihrem Alltag als Rechtsmedizinerin. Warum haben Sie denn keine Verstärkung angefordert oder zumindest Peter geholt?« Er klickte auf seiner Tastatur herum, drehte den Bildschirm zu ihr. Das Foto von Felix Jering, dessen sterbliche Überreste heute Vormittag in der Rechtsmedizin zusammengesetzt worden waren. »Ist das der Mann, den Sie gesehen haben?«

»Ja.«

»Und der zweite Mann, wie hat der noch mal Ihrer Meinung nach ausgeschaut?«

»Das habe ich doch schon gesagt, soll ich das wirklich wiederholen?«

»Bitte. Ich weiß, Sie haben es berufsbedingt nur mit toten Hirnen zu tun, aber Sie wissen vielleicht auch, wie das lebendige Gehirn tickt. Ich will nicht sagen, dass es die Erinnerungen verfälscht, eher beschönigt es manchmal oder glättet Unverständliches. Keiner würde es Ihnen übel nehmen, das dient dem Selbstschutz, ist ein uralter Überlebensmechanismus.«

»Was wollen Sie …« Es kitzelte ihr in der Nase. »Hatschi.« Sie nieste. »… damit sagen?«

»Wie?«

»Hätten Sie ein Taschentuch?«

Er kramte wieder in der Schublade und reichte ihr eine Packung. Sie schnäuzte sich. Langsam riss ihr der Geduldsfaden. Was unterstellte er ihr? Dass sie sich als Mattes Tochter nur wichtigmachen wollte? Ihre Nase blieb verstopft. »Ich verstehe Sie nicht ganz.«

»Ist Ihnen kalt? Soll ich die Heizung aufdrehen? Möchten Sie einen Tee oder Kaffee?« Er stand auf und schloss das Fenster.

»Nein, danke.«

Er setzte sich wieder und legte die Fingerspitzen aneinander. »Hören Sie, Frau Dr. Kyreleis, oder darf ich Carina sagen?«

Sie schwieg.

»Ich will gar nichts, Sie sind hier diejenige, die alles erzählen soll. Auch wenn das schwer für Sie ist. Aber bitte erfinden Sie nichts.« Darauf fiel ihr nichts mehr ein, er bog sich selbst die Antworten zurecht, was sollte sie dazu noch sagen. Eine Pause entstand, Paintner schielte noch mal auf seine Notizen. »Äh, ja, also, was passierte dann?«

»Wann?« Carina nahm sich ein weiteres Taschentuch und hielt es sich an die Nase, bevor der nächste Nieser kam.

»Na ja, als sie Jering hinterherrannten?«

Jetzt konnte sie sich das Lächeln nicht mehr verkneifen. Wer verfälschte denn hier? »Ich bin nicht gerannt. Ich wollte sehen, wohin die beiden Männer verschwunden sind, und bin ihnen mit großem Abstand langsam gefolgt. Das angrenzende Grundstück ist mit einem Zaun eingefasst, den bin ich entlanggegangen, immer auf der Hut, falls sie zurückkommen. An einer Stelle war der Draht niedergetreten, dort bin ich drübergestiegen, wie die beiden anscheinend auch, und dann noch ein Stück weiter, bis ich zwischen den dichten Bäumen ein Haus erkennen konnte. Gerade als ich Jering entdeckte, der die Haustür öffnete, wurde ich niedergeworfen.«

»Von der Detonation?«

Sie nickte. »Detonation, Explosion. Wo ist da der Unterschied?«

»Wenn bei einer Explosion eine Stoßwelle erfolgt, so spricht man von einer Detonation. Außerdem laufen Detonationen wesentlich schneller ab als Explosionen.« Er fuchtelte in der Luft herum. »Die Stoßwelle bündelt die Gase der Explosion, und das Gasgemisch erhitzt sich auf hohe Temperaturen, das kann bis zu sechstausend Grad Celsius sein. Durch diesen Wärmestau wird die Reaktionsgeschwindigkeit erhöht, und puff.« In Chemie hatte er anscheinend aufgepasst.

»Heißt das, inzwischen weiß man, ob die Sprengung gelegt wurde?«

»Darüber darf ich nichts sagen. Sie wurden also von der Druckwelle niedergeworfen?«, nahm er den Faden wieder auf.

»Ja.« Halt, das stimmte nicht, sie musste sich korrigieren, wenn sie bei der Wahrheit bleiben wollte. Das rot-weiße Häuschen explodierte, oder detonierte oder was auch immer, erst Sekunden später, nachdem sie bereits am Boden lag. Jemand, eine Person, hatte sie niedergedrückt, sich auf sie geworfen, um sie mit ihrem eigenen Körper vor dem zu schützen, was gleich geschehen würde.

Doch Paintner ließ ihr keine Gelegenheit, ihre Gedanken auszudrücken. »Mehr haben Sie nicht mitgekriegt? Wo war denn nun diese zweite Person, die sie angeblich gesehen haben?«

Ein Gedanke schoss Carina durch den Kopf. Was, wenn …, was, wenn Lambert derjenige war, der sie zu Boden gedrückt hatte? Nein, es waren Frauenhände gewesen, da war sie sich sicher. Gab es nicht auch Männer, die sehr feminine Hände hatten? Aber jemand von der GSG-9, ein ausgebildeter Kämpfer, hatte bestimmt keine solchen Hände, oder doch?

»Frau Kyreleis. Sind Sie noch da? Hallo!«

»Was wollen Sie mir eigentlich die ganze Zeit unterstellen, ich dachte, ich soll schildern, was ich wirklich gesehen habe?«

»Genau darum geht es. So präzise wie möglich bitte. Also?« Er tippte mit dem Kugelschreiberende auf die Schreibtischplatte, jede zweite Sekunde klapperte es. Wenn er bei ihr schon so stümperhaft vorging, wie verhielt er sich nur, wenn er Tatbeteiligte oder traumatisierte Opfer befragte?

»Lambert war da, aber ich habe ihn nicht in das Haus gehen sehen, er stand davor, an der Tür. Das ist alles, als ich wieder aufstand, war das Haus weg.«

»Wie? Weg?«

Sie breitete die Arme aus und fuchtelte wie er zuvor mit dem Taschentuch herum, als würde sie einem Kind eine Explosion erklären. »Puff, zisch, weg eben.« Paintner beendete das Klicken und kratzte sich mit dem Kugelschreiber unterm Kinn. »Und dann, was haben Sie dann getan? Wollten Sie nicht nachsehen, ob es Verletzte gab? Sie sind doch Medizinerin? Haben Sie da nicht auch diesen Eid geschworen?«

»Sicher, ich bin aufgesprungen, habe die Trümmer weggehoben, alle Leichenteile eingesammelt, meinen Sekundenkleber rausgeholt, zusammengesetzt, was noch zu retten war, und zum Schluss sogar noch mit Besen und Kehrschaufel die Glassplitter beseitigt, damit niemand barfuß reintritt.«

Paintner stand der Mund offen.

15.

Was nutzte es der Kröte, wenn sie die Türen und Deckel nicht mehr schließen konnte, weil seine Füße oder sein Kopf im Weg waren? Als er den häuslichen Behältern entwachsen war, gab sie es endlich auf, Till wegzusperren. Außerdem war sie es leid, jedes Mal die Töpfe, ihre Wolle oder ihre Kleidung herausräumen zu müssen, damit er Platz hatte. Sein Körper hatte sich gestreckt wie ein Gummiband, das man aufrollen konnte, das sich aber auch dehnte. Sein Flehen war erhört worden, er war endlich größer und kräftiger als die Kröte. Das verschaffte ihm Respekt. Dafür beschäftigte er sich beruflich weiterhin mit Kästen, setzte sie sogar zusammen in kunstvoller Feinarbeit, damit kannte er sich am besten aus und wurde bald von einer großen Firma übernommen.

Dann starb der Vater. Sie erfuhren es aus der Zeitung.

»Ich will ihn bei mir haben«, sagte die Kröte einige Wochen nach Vaters Beisetzung, zu der halb München gekommen war.

»Was meinst du damit?«, fragte Till.

»Mach mir doch nichts vor, du weißt, wie das geht. Du bist nicht zum ersten Mal auf einem Friedhof.« Sie legte seine Schätze auf den Tisch, die er seit Jahren sammelte und hinter der ältesten Marmelade, die noch von Großmutter stammte, im Keller versteckt hatte.

»Spionierst du mir nach?«

»Du willst doch nicht, dass ich das deinem Chef zeige, oder? Dann hilf mir einfach. Zu Lebzeiten gehörte dein Vater allen, jetzt will ich ihn ganz für mich. Also hol ihn, zack, zack.« Erpressung war auch eine Form von Krötenliebe, dachte Till. Was blieb ihm übrig, er tat, wie ihm befohlen, und grub den Vater aus, was eigentlich nicht schlimm war. Das Problem war eher die Angst entdeckt zu werden. Mit Sonnenbrille und Skimütze versehen, verfrachtete Till den Vater in einen dieser Leihrollstühle und bugsierte ihn zu Fuß nach Hause. Doch anders als erwartet, wandten die meisten Passanten, denen sie begegneten, den Blick ab. Die Kröte putzte derweil und wusch die Vorhänge, schließlich sollte alles perfekt sein, wenn sie endlich eine Familie wären.

16.

Nachdem Carina den letzten Absatz ihrer Aussage wieder gestrichen hatte, unterschrieb sie das Protokoll. Bevor sie das Büro verließ, schlenderte sie möglichst unauffällig zu Peters Zimmerhälfte, um einen Blick auf den Zettel zu werfen, der an der Wand hinter seinem Schreibtisch hing.

»Hätten wir das Wort, hätten wir die Sprache, wir bräuchten die Waffen nicht.« Ein Zitat von Ingeborg Bachmann.

»Der Pepperl mit seiner Tüftelei, manchmal verrennt er sich, denn wenn das Leben so einfach wäre, wie es die Dichter aufs Papier bringen, dann hätten wir nicht so viel zu tun«, sagte Paintner. Carina verkniff sich einen abfälligen Kommentar, sie wollte nur noch raus. Am Ausgang schlug ihr die dichte Regenwand entgegen. Schnell spannte sie den Schirm auf und schlang den anderen Arm um die Brust. Sie sollte etwas essen, ihr knurrte der Magen. Eine gute Gelegenheit, sich in einem Café aufzuwärmen. Außerdem juckte ihre Nase, der nächste Niesanfall stand kurz bevor. Doch in der kühlen Regenluft öffnete sich wenigstens eines der verstopften Nasenlöcher, und der Druck auf den Ohren ließ nach. Warum hatte ihr Paintner kein Foto von Lambert gezeigt? Es gab doch welche. Er ging ihr sowieso nicht aus dem Kopf, wie festgetackert begleitete er sie quer durch die Fußgängerzone, am Jagd- und Fischereimuseum vorbei. Als ob der humpelnde Sascha Lambert sie von innen heraus anstarrte, seine Mundwinkel zuckten. Sie drehte sich um, er hatte Ähnlichkeit mit dem Bronzekeiler, der vorm Museumseingang hockte und die Zähne fletschte. Schluss damit, Lambert hatte sie nicht bemerkt und basta. Konnte es sein, dass ihre Erinnerung sie so täuschte? Paintners Geschwafel hatte sie durcheinandergebracht. Vielleicht war Lambert ja doch tot, pulverisiert, so eine Sprengung konnte keiner überleben. Gleich vor ihr hatte sich ein Rollstuhl in einem Gulli verhakt. Carina stellte den Schirm aufs Pflaster und half dem Begleiter, den schwerbehinderten Mann samt Stuhl aus der Rille zu hieven. »Glauben Sie auch, dass der Sommer noch mal zurückkehrt?« Sie beugte sich zu dem Alten hinunter, der sich trotz Ruckelns und Hin- und Herdrehens, noch nicht gerührt hatte. Bestimmt war der Mann blind oder entstellt, trug deswegen eine große verspiegelte Brille, und sie redete über das Wetter mit ihm! Hastig entschuldigte sie sich, packte ihren Schirm und lief weiter.

Als würden ihre Beine automatisch den Weg vorgeben, bog sie nach rechts ab und steuerte die Herzogspitalstraße an, wo Silvias Geburtspraxis lag. Vielleicht würde Carina bei ihr etwas zu essen kriegen. Meist köchelte sowieso eine Gemüsesuppe für ihre Schwangeren auf dem Herd, damit die zwischen den Wehen nicht verhungerten. Die Vorstellung, ihrer Ziehmutter gleich alles erzählen zu können, alles das, was sie noch keinem gesagt und jetzt auch diesem Paintner verschwiegen hatte, beflügelte sie. Ihr wurde warm, als sie die letzten Meter durch den Regen rannte. Eine Erinnerung an früher blitzte auf. Wanda und sie, rechts und links in Silvias Arme gekuschelt auf dem Sofa, auf Silvias Schoß lag ein aufgeschlagenes Bilderbuch, aus dem sie ihnen vorlas. Abwechselnd durfte mal sie, mal ihre Schwester umblättern, damit es keinen Streit gab. Insgeheim zählte Carina mit, sie hatte einmal mehr gedurft am Ende, aber Wanda konnte noch nicht rechnen und bemerkte nicht, dass Carina als Erstes und als Letztes umblätterte.

In letzter Zeit war der Kontakt zwischen Silvia und ihr auf ein Minimum reduziert, so als würden sie sich gegenseitig aus dem Weg gehen. Vielleicht war das auch schon länger der Fall, und Carina hatte es nur nicht bemerkt? Silvia öffnete mit rosa Gummihandschuhen und einer Spülbürste in der Hand, um die Schultern ein großes Tuch geschlungen. Die Wunde auf ihrer Nase war verschorft, ein schwarzer Punkt erinnerte noch an die Geschwulst, die sie wochen-, wenn nicht monatelang, auf dem Nasenrücken mit sich herumgetragen hatte, der Tumor schien besiegt. »Schickt dich dein Vater?«

»Nein, wieso?«

»Gleich kommt eine Frau zur Entbindung, aber komm rein. Magst du einen Tee? Rooibush, schwarz, Kräuter?«

»Egal, das, was du trinkst.« Ernüchtert von der sachlichen Begrüßung, hätte Carina am liebsten kehrtgemacht. Doch Silvia war schon weggehuscht. Also trat sie auf das knarrende Parkett des Altbauflurs und folgte dem wehenden Schultertuch in die kleine Küche, wo sich im schäumenden Spülbecken allerhand Geschirr stapelte. Silvia schaltete den Wasserkocher ein und wusch eine Kanne aus. »Wenn es dich nicht stört, dann mache ich nebenbei hier weiter, bevor die eintrudeln, die nächsten Stunden komme ich dann nicht mehr dazu.« Sie nahm wieder die Spülbürste und schrubbte einen Teller.

»Die?« Carina schnappte sich ein Geschirrtuch und begann abzutrocknen.

»Na, die Sidonie bringt ihren jetzigen Partner mit, er ist zwar nicht der Vater des Kindes, aber er will trotzdem bei der Geburt dabei sein. Da habe ich dann wohl hinterher zwei Patienten.« Sie lächelte zum ersten Mal.

Carina fiel etwas ein, für den Anfang etwas Unverfängliches, hoffte sie. »Was tut man mit jemandem, der kein Blut sehen kann?« Peters Phobie, vielleicht hatte Silvia eine Idee dazu. Der Umgang mit Blut war in ihrer Familie normal, ob von Toten oder Lebenden, keiner dachte darüber groß nach. Nur Wanda zickte gelegentlich, wenn sie sich in den Finger schnitt oder einen Mückenstich aufkratzte, aber das war mehr Show als echte Übelkeit. Auf diese Weise distanzierte sie sich wohl von den »schaurigen« Berufen, die der Rest der Kyreleis-Sippe ausübte. Carinas Neffe Sandro wirkte nicht so zimperlich wie seine Mutter. Schlug er sich ein Knie auf, schrie Wanda lauter als der Sechsjährige. Aber Peter als Kriminaler mit Blutphobie, das dürfte Schwierigkeiten geben.

»Du meinst, was ich mache, wenn mir ein Vater bei einer Geburt in Ohnmacht fällt?«

»Zum Beispiel.«

»Ich sehe zu, dass er weich fällt, lege ihm zur Not ein Kissen unter, mehr nicht. Meist habe ich in dem Moment genug anderes zu tun.«

»Aber wenn jemand nie Blut sehen kann, es aber beruflich muss, gibt es dagegen ein Heilmittel?«

»Phobien sind meist Projektionen, darunter steckt oft ein traumatisches Erlebnis. Das sollte man sich anschauen, vielleicht legt sich dann auch die Phobie. Aber Blut, genauso wie Spinnen, das gehört zu den Urängsten, die in jedem schlummern und sich bei manchen verstärken. Wieso, kennst du so jemanden?« Sie fragte das ehrlich erstaunt, im Hause Kyreleis war der rote Lebenssaft fast so normal wie das Wasser aus der Leitung. »Ach so, du brauchst nicht zu antworten, ich weiß Bescheid.«

»Was weißt du?«

»Dein Vater hat es mir erzählt. Du bist mit diesem Kriminalmeister Peter Schuster zusammen, stimmt's?«

Zusammen? Nach nur einem Kuss? Und woher wusste ihr Vater schon wieder davon? Carina hatte gedacht, er hätte überhaupt nichts mitgekriegt. Sie seufzte.

»Hast du etwa gedacht, dein Vater hätte aufgehört, dich im Auge zu behalten?« Ein hohes Glas, das Silvia im Spülwasser versenkte, gurgelte laut. »Argus war ein Blinder gegen ihn.«

»Du meinst, der Argus mit seinen vielen Augen?«

Silvia nickte. »Hundert waren es. Ich glaube, Matte hat tausend oder mehr.« Sie sahen sich an und lachten. »Wie geht's dir überhaupt, seit der Sprengung?« Silvia wurde schnell wieder ernst. »Kannst du schlafen? Deine Nase ist rot und geschwollen, bist du erkältet?«

»Ich hab vorhin ein bisschen geniest, aber es geht schon.« Sie tippte eher auf eine Paintner-Allergie als auf einen Schnupfen.

»Hast du ein Summen im Ohr oder das Gefühl, alles um dich herum gedämpft wahrzunehmen, wie in Watte?« In Watte, das traf es nicht ganz, Carina kamen die letzten Stunden seit der Sprengung eher so vor, als wäre sie doch verwundet worden und hätte die Verletzung nur noch nicht entdeckt. »Ich bin ehrlich froh, dass dir nichts passiert ist und dass du nicht gleich Hals über Kopf nach Mexiko abgehauen bist.«

»Das war nur eine Einladung zu einer Hochzeit, ich wäre schon wiedergekommen.«

Plötzlich zog Silvia sie mit tropfenden Händen an sich, umschlang sie und hüllte sie ein wie in eine warme, weiche Decke. Carinas Kehle war auf einmal wie zubetoniert. Sie versank im Mamageruch. Tränen stiegen auf. Etwas Vergessenes, lang Vermisstes wurde wachgerufen. Sie schluckte, schniefte. »Es tut mir leid, dass ich …, dass ich deine Sachen so verwüstet habe«, flüsterte sie Silvia ins Ohr. Auf der Suche nach den Adoptionspapieren, die sie ihr ein Leben lang vorenthalten hatte, hatte sie in der Elternwohnung alle Schubladen geleert.

Silvia löste sich von ihr und wischte ihr das verweinte Gesicht mit einem Zipfel ihres Schultertuchs ab. »Ach was, der Schaden ist längst behoben.« Sie deutete auf den geöffneten Koffer, der an einer Wand lehnte, darin lag die bemalte Holzschachtel: Silvias Mütterkartei, die Carina auch ausgeschüttet hatte. »Hat mich zwar eine Nacht gekostet, alles wieder einzusortieren, aber so konnte ich etliches ausmisten und mir auch über einiges andere klar werden.« Sie sahen sich an. Jetzt gleich, dachte Carina, wird sie mir verraten, warum auch sie mir ein Leben lang verschwieg, dass sie mich adoptiert hat. Silvia öffnete den Mund, schloss ihn wieder, wandte sich ab und bearbeitete eine Pfanne mit einem Edelstahlkratzer. »In was hat dich dieser Polizist da nur reingezogen?«

»Ma…« Sie stockte, atmete aus und sagte es einfach, so wie sie es immer gedacht, gefühlt hatte, »Mama«, diese Frau war ihre Mutter gewesen. Eine weitere Träne kullerte herab und platschte auf den Boden. Carina trat darauf. »Peter kann nichts dafür. Wir haben eine Spur verfolgt, eine meiner Gesichtsrekonstruktionen hat uns dorthin geführt. Ein Imker in

Neumaising hat den Schädel gefunden, ihn wollten wir befragen und …«

»Du mit deinen Skeletten«, unterbrach Silvia sie. »Mir will es einfach nicht in den Kopf, warum du zusätzlich zu deiner Arbeit mit diesen Toten und Tatverdächtigen und allem auch noch Toten das Gesicht zurückgibst. Warum machst du nicht wie eine richtige Bildhauerin was für eine Ausstellung? Modellier doch mal Lebende nach, mach Porträts. Das Talent hast du.«

»Ach ja?« Carina knirschte mit den Zähnen. Diese Diskussion führten sie seit ihrer allerersten Gesichtsrekonstruktion. Silvia erkannte nach wie vor ihre Arbeit nicht an. Am liebsten wäre es ihr, Carina würde was Hübsches fürs Fensterbrett zum Einstauben modellieren.

»Ich habe dir schon so oft erklärt, dass es dabei um Identität geht, ich möchte den Angehörigen die Möglichkeit geben zu wissen, was mit ihrem Verwandten geschehen ist. Stell dir vor, Wanda wäre verschwunden, und man würde im Wald ihre …«

Silvia stöhnte auf. »Sprich bitte nicht weiter. Du und dein Vater, ihr seid krank.«

»Findest du?« Carina musste sich beherrschen, den Teller nicht auf den Boden zu werfen, den sie gerade abtrocknete. Sie presste das Geschirrtuch darauf und rubbelte umso energischer.

»Wende dich doch endlich mal dem Leben zu. Du bist über dreißig und könntest längst …«

»Ja?« Jetzt fiel ihr Carina ins Wort. »So wie du vielleicht?« Der Rest an Tränen war verdampft. In ihr glühte es. »Die sich dem Leben anderer verschrieben hat und die eigenen Töchter, adoptiert oder nicht, hintenan stellt.« Eigentlich wollte sie das nicht sagen, es rutschte einfach so heraus. Es klang lächerlich, sie und Wanda waren längst erwachsen. Was Silvia bei ihnen versäumt hatte, weil sie ständig auf Achse war, holte sie bei Sandro, ihrem Enkel nach, um ihn kümmerte sie sich rührend. Trotz ihres zeitintensiven Berufs fand sie immer eine freie Stunde für ihn oder sprang ein, wenn Wanda unterwegs war. »Und überhaupt, warum bist du noch mit Matte zusammen, wenn du seine Arbeit, die sein Leben ist, so sehr verabscheust?«

Es klingelte. Silvia trocknete sich die Hände an ihrem Schultertuch ab und ging wortlos hinaus. Kurz darauf hörte Carina gedämpftes Stimmengewirr, dazwischen das Keuchen einer Frau, die sie ins Geburtszimmer bugsierten. Unschlüssig, wie sie sich verhalten sollte, trocknete Carina einfach noch die restlichen Teller ab, ließ das Spülwasser aus und polierte das Becken. Danach wollte sie sich hinausschleichen, doch Silvia holte sie ein. »Sag deinem Peter, dass er jedes Mal, wenn er kurz vor einer Ohnmacht steht, weil er denkt, kein Blut sehen zu können, die Oberschenkel zusammenpressen soll. Kein Witz, das hilft. Und nur damit du es weißt, ich habe deinen Vater verlassen, ich bin ausgezogen. Zuerst dachte ich, dass du deswegen hergekommen bist – um mich zurückzuholen.«

17.

Pullach bei München, 1982

HAT OMA MORGEN GEBURTSTAG?
DIE LETZTE ARSCHBOMBE BRENNT HEUTE NOCH
DIE MASCHINE BLINKT ERROR,
WAS BEDEUTET DAS?
WIR HATTEN TATSÄCHLICH RECHT

Seit einem halben Jahr wertete Iris nun beim Bundesnachrichtendienst Material aus. Konkret hieß das, aus abgefangenen Briefen und abgehörten Telefonaten bestimmte Schlüsselwörter herausfiltern. Neuerdings kam die elektronische Post dazu, die sich, dank der ersten erschwinglichen Heimcomputer, immer mehr auch in Privathaushalten ausbreitete. Alle drei Monate erhielt sie eine vom Innenministerium genehmigte neue Liste mit den verdächtigen Wörtern. »Bombe«, »Atom«, »Terror« und »Attentat« stand immer wieder darauf. Als ob Terroristen keine Verschlüsselung kannten. Würden sie wirklich so offen kommunizieren und dem BND ihre Botschaften auf einem Silbertablett präsentieren? Die RAF hatte es sogar im Hochsicherheitsgefängnis Stuttgart-Stammheim geschafft, Botschaften zu schicken und Attentate zu planen, wie sonst hätten sie zur gleichen Zeit, bei absoluter Kontaktsperre Selbstmord begehen können? Jedenfalls hatte sich Iris ihre Arbeit als Agentin anders vorgestellt, da wäre jeder Streifendienst oder sogar die Verkehrskontrolle spannender gewesen. Abends, in ihrem Einzimmerappartment in der BND-Siedlung, fühlten sich ihre Beine wie Fässer an. Von unten nach oben verwandelte sie sich von Monat zu Monat in eine Tonne. An Außendienst-Einsätze war in ihrem Zustand sowieso nicht zu denken, und trotzdem sehnte sie sich danach. Sie wollte nicht Nummer siebenundsechzig von hundert Mitarbeitern sein. Tisch an Tisch saßen sie in einem Großraumbüro, mit Lineal und Bleistift bewaffnet, durchforsteten Zeile für Zeile Texte, bis ihnen die Augen brannten. Fast wirkte es wie eine Arbeitsbeschaffungsmaßnahme, denn einen wirklichen Treffer hatte in der Zeit, seit Iris hier angestellt war, niemand gelandet. Es gab zwar Gerede, dass so manche Verbrecherzelle dank dieses Systems ausgehoben wurde und dadurch einige Anschläge verhindert worden waren, aber Iris hatte den Verdacht, dass die Oberen diese Gerüchte absichtlich am Köcheln hielten, damit sie nicht Eigermüller mit ihrem Bleistift abstachen, wenn er ihnen einen neue Liste überreichte. Unter der Schreibtischkante strich sie sich über den Bauch. Das Kind hatte getreten. Anfangs hatte sie es nicht groß wahrgenommen, sich eher gewundert, dass sich etwas in ihr bewegte, das selbstständig war und seinen eigenen Willen und Rhythmus besaß. Aber bald ließ es sich nicht mehr ignorieren. Besonders dann, wenn sie ganz ruhig war und nur auf der Schreibmaschine tippte, schien das Kind aufzuwachen und zu strampeln wie ein Hamster in seinem Laufrad.

Eigermüller hatte gelassen reagiert, als sie ihm sagte, dass sie schwanger sei und bald in Mutterschutz gehen würde. »Das ist das Risiko bei einer weiblichen Agentin, das habe ich einkalkuliert, Hauptsache, Sie kommen zurück. Ich will

Sie nicht in unserem Team verlieren.« Davon konnte sich Iris auch nichts abbeißen, Agentin, von wegen. Sie war doch nur eine Tippse unter vielen anderen. Würde sie jemals aktiv sein und das tun, was Jeff ihr beigebracht hatte? Wozu war sie ausgebildete Präzisionsschützin, wenn sie nie zeigen durfte, was sie beherr…

Noch 20 Sekunden

Jenseits des Zufalls und des Todes dauern sie fort, und jeder hat seine Geschichte, aber all dies spielt sich in jener Art von vierter Dimension ab, dem Gedächtnis.

Jorge Luis Borges

18.

»Frau Kyreleis, gut, dass ich Sie treffe, wie lief es denn mit dem Erhängten?« Wie eine arabische Diva, in einen Seidenponcho gehüllt, kam Professorin Feininger ihr auf der steinernen Wendeltreppe zum Institut entgegen.

»Die Auswertung der Asservate fehlt noch, aber die Befunde sprechen bisher für einen Suizid«, erklärte Carina. »Ich wollte gerade in der Toxikologie nachfragen, ob Susanne schon etwas herausgefunden hat.«

Feininger winkte ab. »Nur keine Hektik. Wir haben uns alle eine Pause verdient. Sie wirken auch etwas abgehetzt.«

Eher aufgewühlt und durchgeschüttelt, dachte Carina, was aber keine Nachwirkung der Totengräberfahrt war. Kein Wunder, dass sich ihr Vater so in die Krallingersache verbiss, was hatte er noch, jetzt, wo ihn Silvia verlassen hatte? »Ich war auf dem Waldfriedhof, dort haben sie ein Skelett gefunden, das in einem falschen Grab abgelegt wurde.«

Feininger nickte. »Ich habe Frau Schauer gebeten, das gleich an Sie weiterzuleiten. Knochen sind doch Ihr Metier. Haben Sie Lust, mit mir bei einem Happen zu essen? Ich bin am Verhungern.«

Carina zögerte. Eigentlich wollte sie fragen, ob der Leichnam schon angeliefert worden war. Außerdem fühlte sie sich überrumpelt. Bisher hatte sie das Gefühl gehabt, ihre Chefin hielte bewusst Abstand zu ihr. Noch nie hatte sie mit ihr außerhalb des Instituts Zeit verbracht, immerhin arbeitete Carina seit fast einem Jahr hier. Ihr Magen gab ihr die Antwort vor, er knurrte laut.

»Sie mögen veganes Essen?«

»Schon, ja.« »Na also, dann los.« Feininger lachte. »Dass Sie kein Fleisch essen, weiß ich, aber es könnte doch sein, dass sie auf das letzte bisschen tierische Eiweiß nicht verzichten wollen. Also mich hätten Sie mit so Zeug vor ein paar Wochen noch jagen können, aber mein Schwiegersohn in spe ist Veganer und hat meinen Mann und mich letztes Wochenende bekocht. Sehr lecker, ich wusste gar nicht, dass Mandeln ohne Zuckerguss schmecken.«

»Dann gehen wir ins Max Pett?« In dem kleinen nach Max Pettenkofer benannten Restaurant in der Pettenkofer Straße aß Carina oft, wenn sie länger im Institut blieb. Wanda hatte zwar einen Zweiplattenkocher mitgebracht, aber was ihre Schwester kochte, reizte sie nicht. Auf der Straße spannte sie Frau Schauers Schirm wieder auf. Einen Moment überlegte Carina, wie sie sich und ihre füllige Chefin halbwegs trocken ins Restaurant kriegen sollte, da hakte sich Feininger schon bei ihr ein und schob sie den Bürgersteig entlang. Diese warme, weiche Berührung kam für Carina so überraschend, dass ihr wieder die Tränen in die Augen stiegen. Was war nur mit ihr los? Zum Glück regnete es. Wie Nadeln sprangen die Tropfen vor ihren Schritten. Hatte sie erwartet, dass Silvia plötzlich die verständnisvollste Adoptivmutter der Welt wäre? Carina tupfte sich mit den Fingern der freien Hand die Augen und schluckte ihre Traurigkeit hinunter. »Wie lief es bei Ihnen, ist das BKA noch im Haus?«

»Ach, die Herren sind erst vor zwanzig Minuten Richtung Wiesbaden abgedampft. Wir haben nur einen Toten identifizieren können.« Feininger klammerte sich in Carinas Ellbogen und seufzte tief, angesichts ihres Körperumfangs hörte sich das wie ein Echo aus einer Tropfsteinhöhle an. »Das BKA hat sämtliche Asservate beschlagnahmt, stellen Sie sich das mal vor. Nicht nur die Kleidungsreste und den Pass dieses Felix Jering, wir dürfen nicht mal die Blutproben analysieren.«

Als sie das grün bestuhlte Restaurant betraten, löste sich die Professorin von ihr. Von den drei freien Tischen wählten sie einen Fensterplatz. Die erste Seite der Speisekarte gehörte Max von Pettenkofer, dem Bauernsohn aus dem Donaumoos, dem München Ende des neunzehnten Jahrhunderts die Kanalisation verdankte. Dann folgten die Speisen. Carina wählte ein Spinat-Kokos-Curry mit Pilzen und Feininger den Ayurveda-Teller, auf dem von allem etwas war. Außerdem bestellte Carina einen Vanillechai, schließlich hatte sie bei Silvia keinen Tee mehr gekriegt. Obwohl ihr Pulli und ihre Hose wieder halbwegs trocken waren, fror sie noch, ihre Füße waren Eisklumpen. Sie putzte sich die tropfende Nase. Hoffentlich wurde sie nicht krank. Nachdem die Bedienung die Getränke gebracht hatte, wärmte sie sich an der heißen Tasse und sog den Vanilleduft ein, augenblicklich stieg eine Erinnerung hoch. Die Sprengung, ihre Nase im Waldboden, aber da war noch etwas anderes, etwas, das sie noch nicht einordnen konnte. Sie stellte die Tasse ab. Feininger prostete ihr mit ihrem Mangolassi zu.

»Wie haben Sie es überhaupt geschafft, das BKA von uns fernzuhalten?«, fragte Carina.

»Ach, das war einfach.« Die Professorin tupfte sich den Mund ab. »Ich habe behauptet, der Leichenwagen mit Krallinger stünde im Stau. Die beiden Beamten waren ohnehin total übermüdet, sie werden von ihren Vorgesetzten ganz schön auf Trab gehalten. Ein Wunder, das wir überhaupt obduzieren durften. Sie wissen selbst, welche Verwesungsprozesse nach vierzehn Tagen stattgefunden haben, trotz Kühlung. Als wir die innere Leichenschau abschlossen, jedenfalls von den Teilen, die wir zuordnen konnten, haben die BKA-Leute Jerings Leichenteile beschlagnahmt und sind abgezischt. Natürlich mit der Aufforderung, ihnen das Krallingergutachten und alle Ergebnisse umgehend zuzuschicken.«

»Dann konnten Sie die Auswertung von diesem Sprengopferfall gar nicht abschließen?«

»Eine Farce. Sogar das Histoglas haben sie eingepackt. Ärgerlich, dass man die Gewebeproben nicht kopieren kann. Am liebsten hätte ich jeweils zwei entnommen und in meine Schürzentasche fallen lassen. Zwischendurch habe ich mich gefragt, wozu das Ganze?« Feininger schlürfte am Mangolassi. »Die Kälte tut gut, auf mir könnten sie Spiegeleier braten.« Sie fächelte sich mit der Speisekarte Luft zu. »Mit dem Stempel von uns wollen sie doch nur die Öffentlichkeit glauben lassen, dass alles nach Vorschrift verlaufen ist. Sie sollten mal meinen Mann hören, die Staatsanwaltschaft sieht das genauso. Da müssen sie uns schon als Paar aus dem Weg räumen, wenn sie wirklich alles vertuschen wollen.« Der Staatsanwalt und Feininger schienen wiedervereint zu sein, keine Rede mehr von ihrem Liebhaber, dem jungen Physiotherapeuten. Aber vielleicht führten sie eine moderne Ehe und duldeten Seitensprünge?

»Was ist denn so wichtig an diesem Jering?«, fragte Carina.

»Das wissen Sie nicht? Naja, Sie sind zu jung. Seien Sie froh. Manch alte Geschichten sollten besser nicht aufgewärmt werden. Andererseits rührt Ihr Vater doch schon seit Längerem darin herum.«

Carina riss die Augenbrauen hoch. »Sie meinen, Krallinger und die beiden aus dem gesprengten Haus gehörten zusammen?«

»Hat er Ihnen das nicht erzählt? Diese ganze RAF-Geheimniskrämerei – die Akten sind noch Jahrzehnte unter Verschluss, solange bis keiner der Zeitzeugen mehr lebt. Krallinger, Jering und der verschwundene, ach, wie heißt der doch gleich?«

»Sie meinen Sascha Lambert?«

»Ja, genau, der eine vom BND, Lambert bei der GSG-9 und dann der, der Ihren Vater angeschossen hat. Vielleicht ist es ein Vorteil, dass es mehr und mehr Hundertjährige gibt. Hoffen wir, dass die Betreffenden noch unter uns weilen, wenn es endlich Akteneinsicht gibt, und dass sie auch noch klar denken können. Von Herrn Nusser habe ich gehört, dass Sie bei der Obduktion ganz schön mit ihrem Vater zu kämpfen hatten?«

»Er glaubt, dass es Mord war.« Und Carina erzählte ihr, was sie herausgefunden hatte. Je mehr sie es laut aussprach, desto überzeugter wurde sie, dass ihr Vater falschlag, und das erklärte sie auch ihrer Chefin.

»Ich verstehe. Seien Sie nicht zu hart mit Ihrem Vater. Vielleicht ergibt die chemisch-toxikologische Untersuchung tatsächlich noch, dass er vergiftet oder zumindest betäubt worden ist, bevor er erhängt wurde?« Sie sah auf das Display ihres Handys. »Wollen wir uns auf den Rückweg machen? Sie ruft bestimmt das Skelett und mich das Telefon. Ich sage Ihnen, mir wäre nichts lieber, als dass diese Reise abgesagt würde, aber die Pflicht …«

Die Professorin verreiste? Davon hörte Carina zum ersten Mal. Pflicht, das klang nicht nach Physiotherapeutenschäferstündchen, eher nach Fortbildung. »Wo geht's denn hin?«

»Zu einem Entomologentreffen. So eine Art Klassentreffen für Insektenforscher, die meisten arbeiten gar nicht in dem Bereich, wollen aber alle fünf Jahre mal über ihre Lieblingskrabbeltiere reden. Da muss ich jetzt wohl durch. Wenn ab morgen was sein sollte, wenden Sie sich bitte an Dr. Herzog, er ist mein Stellvertreter in den nächsten vierzehn Tagen.« Feininger winkte der Kellnerin und bezahlte für sie beide.

Frau Schauer war bereits nach Hause gegangen, als Carina den Schirm im Sekretariat zum Trocknen aufspannte. Vergeblich versuchte sie, das aus der Form geratene Gestänge wieder zurückzubeulen. Doch bevor es ganz abbrach, drehte sie den Schirm lieber so, dass Frau Schauer die Beschädigung hoffentlich nicht sofort entdeckte, und stellte ihn nahe der Heizung auf.

Pfefferminzgeruch stieg ihr in die Nase, als sie die Schiebetür zum Seziersaal öffnete. »Waren Studenten da?«, fragte sie Nusser, der die Sektionstische reinigte.

»Ja, Dr. Herzog hatte eine Vorlesung mit einer Verkehrstoten, ein Lastwagen hat die Fußgängerampel übersehen, sah übel aus. Ich hatte vorsichtshalber schon mal Stühle für die Zartbesaiteten aufgestellt.«

»Und?«

»Und was?«

»Hast du jemanden wiederbeleben müssen?«

Er grinste sie an. »Ein Student, Tobias, er ist direkt in meine Arme gefallen. Ganz entzückend war der, ein Gesichtchen wie frisch gefallener Schnee. Ich habe ihm meine Handynummer gegeben. Ich hoffe, er erinnert sich noch an mich, wenn er zu Hause ist.«

Carina lachte. »Bist du etwa wieder Single?«

»Was du gleich von mir denkst.« Er verdrehte die Augen. »Man kann doch auch nur mit jemandem befreundet sein, mich faszinieren eben Menschen, rein für meine Studien.«

»Na dann, du Studienrat, sag mal, war der Herr Dorner vom Waldfriedhof da und hat ein Skelett gebracht?«

»Ja, das liegt dort hinten.« Er deutete mit der Brause auf einen Rolltisch an der Wand, auf dem ein Leichensack lag. »Können wir das nicht morgen anschauen, heute habe ich die Nase voll von Toten, wortwörtlich. Ich wollte eigentlich Feierabend machen.«

Carina schlüpfte in die Schutzkleidung, war froh, aus den klammen Schuhen zu kommen und in ihre Gummiclogs zu wechseln. »Kannst du mir nur kurz helfen, bitte? Sonst fallen mir noch ein paar Knöchelchen raus, den Rest schaff ich allein.« Auch für sie war es ein langer Tag gewesen, doch wenn sie an ihre belagerte Wohnung dachte, wo sich ihre Schwester und ihr Neffe mit ihren tausend Sachen ausbreiteten und womöglich noch einer von Wandas Liebhabern mit einzog, bevorzugte sie das Alleinsein im Institut. Nusser half ihr, das Leichenbündel vorsichtig aus dem Sack zu heben. Das Laken hatte trotz holpriger Fahrt alles gut zusammengehalten. Carina durchtrennte mit dem Skalpell nun alle Schnüre und breitete das Tuch ganz aus.

»Na, dann lass ich euch beide mal allein.« Nusser schloss, wie er es immer tat, auf dem Weg zur Tür alle halb aufgeschobenen Schubladen und Schränke im Seziersaal. Er bückte sich und hob etwas auf. »Du hast was verloren.« In seiner Hand lag eine Papierrose, die aus dem Laken gefallen war, als sie das Skelett aufwickelte. So eine ähnliche hatte sie heute schon einmal gesehen. Aus einem Textblatt gefaltet. Ein merkwürdiger Zufall.

»Sind solche Rosen ein gängiges Trauersymbol? Auf dem Friedhof lag noch so eine an dem Michael-Ende-Grab.«

Nusser zuckte mit den Schultern. »Vielleicht faltet die jemand aus Anteilnahme und verteilt sie auf seinen Lieblingsgräbern. Oder dieser Dorner ist ein Origamikünstler, der seine Werke aus der Westentasche verliert?« Eher unwahrscheinlich, glaubte Carina, wenn sie an Dorners Riesenpratzen am Lenkrad dachte, dass der so etwas Filigranes zustande brachte. »Schickes Kleid.« Nusser betrachtete die Tote. »Ein bisschen grell, aber ich mag so was. Also dann …« Er ging hinaus. Kurz danach summten nur noch die Kühlgeräte, und eine kaputte Neonröhre flackerte knisternd über ihr. Irgendwas hatte Carina Nusser noch fragen wollen, aber was? Sie arbeitete gern mit ihm zusammen, doch es gefiel ihr auch, ganz für sich zu sein. So wie sich andere in ein Buch vertieften und dabei die Welt um sich herum vergaßen, liebte sie es, sich auf Knochen zu konzentrieren. Buchstaben ergaben Worte und Worte eine Geschichte, und auch Knochen offenbarten das Leben eines Menschen, man musste es nur herauslesen können. Sie sortierte die Knochen an die anatomisch richtigen Stellen. Soviel sie erkennen konnte, fehlte nichts von den Arm- und Beinknochen, bis hin zu den winzigen Fingerknöchelchen. Becken und Oberkörper steckten noch in dem engen, kniekurzen Kleid.

Sorgsam schnitt Carina den lila-gelben Stoff neben der Naht auf, untersuchte das Kleid nach Etiketten, fand keine, legte es auf einen leeren Sektionstisch und fotografierte es. Darunter trug die Tote nichts, kein Rest von Unterwäsche.

Die könnte sich zersetzt haben, oder jemand hatte ihr tatsächlich nur das Kleid angezogen. Fehlende Unterwäsche deutete auf ein Sexualdelikt hin, doch an den Knochen allein war das leider nicht mehr erkennbar. Der Torso war ebenfalls vollständig skelettiert. Sie holte ihre Reisetasche mit ihrem Laptop aus dem Spind, um die Untersuchungsergebnisse in einer Datei festzuhalten. Ihre Schritte hallten, als sie im Seziersaal hin- und herlief. Dann krachte es. Sie zuckte zusammen und ließ ihre Tasche fallen.

19.

»Er hat immer so viel Schmalz produziert«, sagte die Kröte, wenn sie Vater abstaubte und ihm den Schädel mit einem Wattestäbchen ausputzte. Die erste Zeit war schwer. Vater stank gottserbärmlich und verpestete die Wohnung, da half auch kein Abdichten der Fenster und Wohnungstür. Die Nachbarn begannen zu tuscheln, und der Vermieter drohte ihnen mit einer Räumungsklage. Laut Vertrag seien Haustiere nicht erlaubt! Erst als sie Vater in mühevoller Kleinarbeit das restliche Fleisch von den Knochen geschabt hatten, konnten sie und auch die Parteien im Haus wieder aufatmen.

Für Hausfrieden sorgte Vaters Heimkehr trotzdem nicht. Heute schimpfte die Kröte wieder mal, regte sich über die Fußpflegerin auf, die den Termin verschoben hatte. »Der Fischtag morgen ist besser fürs Wohlbefinden, behauptet die Schnepfe am Telefon. Was hat denn der Fastenfreitag mit meinen Hühneraugen zu tun?« Am nächsten Tag dachte Till nicht mehr daran und platzte nach der Arbeit mitten in die Behandlung, die im Wohnzimmer stattfand. Wo hatte sie den Vater untergebracht? In vollem Ornat hatte ihn die Kröte ins Schlafzimmer gerollt. Nun gollerte sie in allerbester Laune und genoss, dass eine junge Frau unter ihr kniete und ihr die Hornhaut abhobelte. »Till, Hannah ist was für dich, sie lebt mit dem Mond wie du.«

Er rümpfte die Nase und versuchte ein Lächeln. Jetzt kam sie wieder so daher. Fand er eine Frau, die ihm gefiel und stellte sie ihr vor, quetschte sie sie über ihre Herkunft aus. Wenn es nach ihr ging, war keine gut genug. »Wozu brauchst du die, du hast doch uns.« Seit Jahren ging das schon so. Till zweifelte inzwischen selbst, je die Richtige zu finden. Die Frau fürs Leben gab es nicht für ihn, zumindest nicht oberhalb der Erde. Da musste er schon tiefer graben. Und jetzt sollte diese mondsüchtige Fußpflegerin etwas für ihn sein? Was hatte ihr die Kröte von ihm erzählt? Etwa von den Dingen, die er von seinen Geschäftsreisen mitbrachte? Hatte sie wieder in seiner Matratze herumgestochert? Nur weil er eher ein Nachtmensch war, die Stille und Dunkelheit bevorzugte, war er noch lange kein Esoteriker. Aus ganz praktischen Gründen richtete er sich nach dem Mond, wer tappte schon in völliger Finsternis über einen Friedhof. Trotzdem setzte er sich aus Höflichkeit aufs Sofa und sah den beiden zu.

»Die Nägel brechen nicht so leicht ab und wachsen langsamer nach, wenn man sie bei abnehmenden Mond schneidet. Hast du das gewusst?« Die Kröte schien ganz begeistert. Die Fremde hatte einiges zu tun, um ihre Füße wieder sandalentauglich zu kriegen.

»Für die weitere Hautreinigung empfehle ich Ihnen einen Steinbocktag. Warzen und Hühneraugen, gnädige Frau, werden wir so besser Herr.« Sie wandte sich an Till. »Ich bin Hannah Lipp.« Auch sie kostete Lächeln Überwindung wie ihn, was Till gefiel. Nicht so wie bei den meisten Menschen, mit ihrer übertriebenen, ins Gesicht getackerten Freundlichkeit. Hannahs Mundwinkel hingen von Natur herab.

»Hat Ihnen schon mal jemand gesagt, dass Sie dieser französischen Schauspielerin sehr ähnlich sehen?«

Sie nickte. »Jeanne Moreau, ja, das höre ich oft. Meine Eltern betrieben mal das Tivoli-Kino am Marienplatz. Mein Vater war Plakatmaler. Er projizierte die Porträts der Filmstars als Außenwerbung riesengroß an die Außenfassade. Wahrscheinlich haben sie mir deshalb auch die deutsche Version von Jeanne als Vornamen gegeben, als ich zur Welt kam.«

»Ein Künstler?« Die Kröte räkelte sich auf ihrem Sitzkissen.

Hannah nickte. »Das war er, für mich jedenfalls. Meine Eltern leben nicht mehr, seit acht Jahren schon.«

»Ach, Kindchen, das tut mir leid für Sie, dann sind Sie ganz auf sich gestellt?«

»Das Alleinsein bin ich von klein auf gewöhnt. Meine Eltern hatten wenig Zeit für mich, abends bis spät Filmvorführung, tagsüber ging meine Mutter putzen.«

Till betrachtete ihre Hände, klein und zart, wie sie die Fußballen der Kröte kneteten, was die zum Sabbern brachte. »Und Sie glauben, an der Ausrichtung nach den Mondphasen ist wirklich was dran?«, fragte er.

»Schon immer richteten die Menschen ihr Leben nach dem Mond aus, heute ist dieses Wissen nur leider mehr oder weniger vergessen. Für jede Körperregion gibt es ein Tierkreiszeichen, die Fische sind für die Füße und Zehen da, der Krebs für Magen und Lunge, und für die Sexualorgane sorgt der Skorpion.«

Er horchte auf. Einen giftigen Stachel spürte er öfter in sich. »Interessant.«

»Körperreinigung gelingt zum Beispiel bei abnehmendem Mond am besten. Neumond hilft, alte Gewohnheiten loszuwerden. Dagegen sollte man sich bei Vollmond möglichst nicht operieren lassen. Jahrhundertealtes Wissen unserer Vorfahren kann doch nicht verkehrt sein, oder?« Hannah lebte auch mehr in der Vergangenheit, genau wie er. Am liebsten hätte er seine Socken von den Füßen gestreift, nur um ihre Finger auf seiner Haut zu spüren. »Engt das nicht zu sehr ein, wenn sich alles nach dem Mond richtet?«

»Ebbe und Flut und auch die Fruchtbarkeit, das kann man doch nicht wegleugnen, es ist, wie es ist. Sind Sie denn nicht auch nervöser bei Vollmond?«

»Äh, ja, schon.« Ahnte sie etwas? Ein Schnarchen drang von der Bank, vor Behaglichkeit war die Kröte eingedöst. Till atmete auf. Vielleicht gab es doch noch Hoffnung für eine lebende Frau an seiner Seite? Er nahm all seinen Mut zusammen und fragte Hannah: »Hätten Sie vielleicht Lust, mit mir am Samstag zum Schlittschuhlaufen zu gehen?«

20.

Der Knall hallte in ihr nach. Carinas Herz raste, und der Schweiß brach ihr aus allen Poren. Was war nur mit ihr los, dass eine ins Schloss fallende Tür sie so aus der Fassung brachte? Sie kämpfte gegen das Zittern an und versuchte sich zu beruhigen. Bestimmt machten die anderen Mitarbeiter gerade Feierabend, und einer hatte die Tür zuschnappen lassen. Carina hoffte, dass ihr Laptop nicht beschädigt war. Als sie ihn einschaltete, blieb der Bildschirm schwarz. Mist! Er hatte doch gut gepolstert zwischen ihrer Kleidung gelegen. Sie drückte länger auf den Schalter und wartete, dass sich etwas tat. Nichts. Auch das noch. Solange hatte sie das Teil zwar noch nicht, aber immerhin war die Arbeit der letzten Monate darauf, seit ihr alter Laptop samt ihrer alten Tasche bei einem Brand zerstört worden war. Aber vielleicht …? Sie holte das Ladekabel aus dem Seitenfach und verband es mit Steckdose und Computer. Nach einer Weile flackerte der Desktop und verlangte ihr Kennwort. Na also. Sie strich sich über die Stirn und besann sich wieder auf ihre Arbeit, maß die Länge der Röhrenknochen und verglich die Angaben mit einer anatomischen Tabelle. Es handelte sich um eine kleine, zierliche Frau von einem Meter sechzig. Um das genauere Alter zu bestimmen, betrachtete sie die Schädelnähte von außen und auch von innen, indem sie den Schädel hochhob und durch das ovale Hinterhauptloch in den Hohlraum hineinsah, der einst das Gehirn enthielt. Die Schädelnähte waren gezackt und noch nicht verwachsen. Dies und auch die bereits verschlossenen Wachstumszonen an den Oberarmknochen, dem Schlüsselbein und den Oberschenkelknochen sagten Carina, dass die Frau zirka fünfundzwanzig Jahre alt geworden war. Um den Befund zu untermauern, überprüfte sie die Knie- und Hüftgelenke auf Verschleißerscheinungen. Keine Spuren von Arthrose. Auch die Wirbelkörper hatten hohe, kräftige Dornfortsätze, noch ohne Abnutzung. Als Nächstes suchte sie nach Verletzungen – Auffälligkeiten an den Knochen, die bei der Identifizierung helfen könnten. Die großen Röhrenknochen waren makellos, aber ein Fingerknöchelchen wies verheilte Bruchstellen auf. Das notierte sie ebenfalls und wandte sich dem Gebiss zu. Die Zähne waren vollständig und kaum abgenutzt. Zwei Backenzähne trugen Amalgamplomben, die wurden seit Jahrzehnten nicht mehr verwendet. Warum legte jemand in einer Männergruft eine Frauenleiche ab? Sie wählte Paintners Nummer. Nach dem dritten Klingeln schaltete sich die Mailbox ein. Carina nannte ihm ihren Befund. »Eine junge Frau, Haarfarbe dunkelblond bis hellbraun, Mitte zwanzig. Das lila-gelbe Kleid ist kurzärmelig, ohne Etiketten, der Stoff eine Polyacrylmischung. Meiner Einschätzung nach hat die Tote seit mindestens zehn Jahren dort in der Gruft gelegen, vielleicht auch zwanzig, aber deutlich kürzer als die anderen Skelette aus den Zinksärgen, die auf einen anderen Friedhof überführt worden sind. Ich wende mich bezüglich der DNA und der Leichenliegezeit an unser Labor und melde mich, sobald ich Neues weiß.« Ob ihr Kollege Herzog, der DNA-Spezialist, noch im Institut war? Sie füllte den Sektionsschein aus, legte ihn unter das Skelett und schickte Dr. Herzog eine Nachricht. Hoffentlich reichte ein Zahn für die DNA-Gewinnung aus, und er musste nicht wie so oft einen ganzen Knochen zermahlen, was ihr jedes Mal leidtat. Sie deckte die Tote zu und rollte sie zum »Adventskalender«, wie sie die vierundzwanzig Chromtüren, hinter denen sich die Kühlfächer befanden, nannten. Die dritte Schublade von unten rechts war frei. Sie pumpte den Tisch auf Höhe des Auszugs und schob das Skelett mitsamt der Sektionsplatte wie auf einem Backblech in das Schubfach. Das Kärtchen in der Tür beschriftete sie mit der Sektionsnummer und einem U. T. für unbekannte Tote. Sobald die Frau identifiziert war, war Carinas Arbeit an diesem Fall beendet. Beim Aufräumen fiel ihr wieder die Papierrose in die Hände. Sie steckte sie in ihre Umhängetasche und beschloss, noch in ihren Arbeitsraum zu gehen, um ein paar Mails zu schreiben und Lupida anzurufen. Nach der kurzen Absage-SMS war sie ihr das schuldig. Im Keller angekommen, schlug ihr Kälte entgegen. Durch den Schacht, der außerhalb der Mauer verlief, hörte sie immer noch Regen auf den Kies prasseln. Sie rieb sich den Hals, beim Schlucken schmerzte es, bahnte sich etwa doch eine Erkältung an? Sie stieg über die ausrangierten Geräte, die immer noch hier herumlagen, und drehte zuerst die Heizungen auf. Es rauschte und knackte in den Leitungen, gefolgt von einem Blubbern, das in ein sirrendes Geräusch überging. Langsam liefen die Rohre voll Heißwasser, sie hielt ihre klammen Finger daran. Eine Wohltat. Trotzdem würde es eine Weile dauern, bis der große Raum spürbar wärmer war. Barfuß in den Gummiclogs, hatte sie immer noch kalte Füsse. Sie hängte ihre nassen Sachen, den Pullover, die Socken und auch die Schuhe an die Heizung. Dann holte sie sich eine Decke aus dem ehemaligen Röntgenraum nebenan. Zwischen den alten Sachen fand sie auch einen kaputten Fußschemel. Sie legte drei Bände eines alten Lexikons anstelle des fehlenden Beines unter und lehnte sich, in die Decke gewickelt, direkt an die Heizung. Heiß prickelte es auf ihrem Rücken, endlich. Sie wählte Lupidas Nummer in Paplanta, es klickerte lang in der Leitung, bis sich jemand meldete.

»¿Diga?« Die vertraute Stimme ihrer Freundin.

»Carina al aparato.«

»O, querida, que pasa?«

Und Carina begann ihrer Freundin in anfangs stockendem Spanisch alles zu erzählen. Vom Angriff auf ihren Vater, der Obduktion und auch von Peter wollte sie ihr erzählen, aber dann tat sie es doch nicht, damit es nicht so wirkte, als ob er der Grund für ihr Wegbleiben wäre. Nach und nach fand sie wieder in diese schöne Sprache, wie hatte sie doch deren Klang vermisst. Sie fragte, wie es Lupida ging, wie sie mit den Hochzeitvorbereitungen vorankamen und hörte unverständliches zapotekisches Getuschel im Hintergrund. Einige Verwandte waren bereits angereist. Die Heizung bullerte, und Carinas Rücken glühte. Sie hob den Pullover wieder ab, der zu einem Brett getrocknet war, nicht dass er in der Hitze noch verfilzte. Sie versprach Lupida, so bald wie möglich zu Besuch zu kommen oder wenigstens ausführlich zu schreiben. Bald. Dann beendete sie das Gespräch und hatte auf einmal das Gefühl ihre Verbindungen zu Mexiko nicht nur per Tastendruck zu kappen. Lupida schien das gespürt zu haben, so viele Beteuerungen, dass sie auf sich achten sollte und leben. »Lebe, Carina, lebe.« Sie hatte bestimmt Lebewohl gemeint. War das ein Abschiedsgespräch gewesen? Würde sie jemals wieder nach Mexiko reisen? Das Rauschen der Heizung wurde leiser, ging in ein Knacken über.

Lam-bert, Lam-bert, tickerte es auf einmal in ihr. Wieso fiel ihr jetzt dieser Name ein? Krallinger, Jering und Lambert. Zwei Tote, und Lambert war davongekommen? Wieso hatte Paintner davon nichts wissen wollen? Und was hatte ihre Chefin gesagt, es gebe da eine Verbindung zur RAF? Krallinger war doch Leibwächter gewesen beim Herrhausenattentat, ihr Vater hatte ihn durch sein markantes Feuermal auf einem der Tatortfotos wiedererkannt. Aber was hatte das alles mit der Gegenwart zu tun? Diese RAF-Attentate lagen fast dreißig Jahre zurück. Und ihre Mutter war ebenfalls darin verwickelt gewesen, als Auftragskillerin. Iris Erlacher und Krallinger hatten einer Agentengruppe angehört. Das wusste sie aus Dokumenten, Aufzeichnungen von ihrer Mutter, die Carina in einem Buch der ermordeten Journalistin bei ihrem letzten Fall gefunden hatte. In winzig kleiner Schrift, auf hauchdünnem Papier, berichtete Iris Erlacher von der Ermordung des Treuhandmanagers Rohwedder. Peter war dabei, diese »Luftpostpapiere« zu analysieren. Überhaupt: Peter, die Gedanken an ihn brachten nicht gerade Klarheit in Carinas Kopf. Sie versuchte, alles wegzuschieben, klappte erneut ihren Laptop auf und konzentrierte sich auf den Skelettbefund.

Tick, ticktick, tick.

Warum hatte sie diese mistige Bahnhofsuhr, die noch zwischen dem Gerümpel dort hinten lag, nicht gleich entsorgt? Es klang nicht mechanisch, eher ungleichmäßig, mal lauter, mal leiser, und hörte sich an, als ob jemand ihre Lebenssekunden herunterzählte. Erst jetzt wurde ihr bewusst, dass sie seit der Sprengung innerlich in Habachtstellung war. Sie stand auf, streckte sich, dehnte den Nacken. Ihr Körper war verkrampft und verspannt. Eigentlich hatte sie gehofft, die Reise nach Mexiko würde ihr helfen, das Erlebte schneller zu verarbeiten. Am liebsten wollte sie alles wieder auf Anfang setzen oder zumindest vergessen. Etwas pulsierte ständig in ihr, als ob dort eine Bombe tickte. Lam-bert. Wieso ausgerechnet der? Mit ihm hatte sie doch nichts zu tun. Daran war dieser Paintner schuld, der ihr eine Lüge unterstellte. Und der Rest war bestimmt die Folge von Erschöpfung, sie musste unbedingt mal ausspannen, auf andere Gedanken kommen. Es klopfte laut. Carina zuckte zusammen.

»Huhu, störe ich dich bei was Wichtigem?« Nusser trat ein und schaute hinter die Tür.

Seit sie mit ihrem Exfreund hier erwischt worden war, ließ der Präparator keine Gelegenheit aus, sie damit aufzuziehen. »Vergiss nicht, im Schrank und unterm Regal nachzusehen«, sagte Carina. »Ich dachte, du hast Feierabend?«

»Dachte ich auch, aber in der Kneipe habe ich den Schwalbe Michi getroffen und ihm von deiner Gesichtsrekonstruktion erzählt.«

Genau, das war's, danach hatte sie Nusser fragen wollen! Sie stand auf, hangelte sich über die Gerätschaften wieder nach vorne. Hinter Nusser schob sich ein Mann mit einem freundlichen, breiten Gesicht herein, das von grauen kinnlangen Koteletten eingerahmt wurde. Er stutzte, als er sie sah. Carina nahm die Decke ab, die sie immer noch um die Hüfte gewickelt trug, und streckte ihm die Hand entgegen. »Wir kennen uns ja, guten Abend, Herr Schwalbe.«

Er nickte und erwiderte zögernd den Händedruck. »Äh, ja, ich bin wegen meinem Vater gekommen, Rudi sagt, Sie hätten einen Totenschädel rekonstruiert, der ihm ähnlich sieht?« Carina holte die Rekonstruktion aus dem Nebenraum, stellte sie auf den Schreibtisch und hob die Plane ab. Einige Male hatte sie es bereits erlebt. Den Moment, wenn ein Angehöriger oder jemand, der dem Verstorbenen sehr nahestand, in der Skulptur den verlorenen Menschen wiedererkannte. Manche schüttelten den Kopf, als könnten sie es nicht begreifen, andere nickten, weil die Suche ein Ende hatte.

Michael Schwalbe lachte. Sein Lachen schallte durch das Gewölbe und kickte aus den Ecken zurück. »Mein Vater zu seiner besten Zeit, ja, genau das ist er.« Er beugte sich vor. »Sie haben ja sogar seinen Stoppelbart angedeutet und die großen Ohren, woher wussten Sie das?«

Die Ohren hielt sie normalerweise eher unauffällig, damit sie den Betrachter nicht vom Gesamteindruck ablenkten, aber in diesem Fall hatte sie nicht widerstehen können, da sie ja das ungefähre Alter des Toten gewusst hatte. Die Ohren waren denen ihres Großvaters ähnlich – Opa Kyreleis, der Schaffner.

»Wenn doch Gloria ihn so sehen könnte. Die beiden haben sich gut verstanden, so gut, dass ich sogar eifersüchtig auf meinen Alten war.« Schwalbes Mundwinkel zuckten, als könnten sie sich zwischen Lachen und Weinen nicht entscheiden. »Dabei war sein Bild in mir schon fast verblasst. Aber nun habe ich ihn wieder.«

»Eigentlich muss ich Tote gewohnt sein, bin schließlich mit ihnen aufgewachsen.« Schwalbe klopfte sich mit der Faust an die Stirn. »Entschuldigen Sie, ich habe den ganzen Tag schon so Schädelweh, es pocht hier drin, als wollte einer von innen heraus. Wo sagen Sie, haben Sie seinen Kopf gefunden?«

»Komm, setz dich, Michi.« Nusser zog einen Stuhl heran und drückte ihn darauf.

Und Carina berichtete dem Bestatter von dem Imker in Neumaising, der den Schädel bei einem Erdwespennest im Wald entdeckt hatte. »Die Polizei wird die Stelle noch genauer untersuchen, nehme ich an, aber in der Nähe dieses Waldstücks gab es eine Explosion, also kann es noch etwas dauern.«

»Haben Sie vielleicht eine Schmerztablette für mich?«

»Sicher.« Carina stellte ihre Tasche auf den Schreibtisch und suchte zwischen Knete und Schreibzeug nach einem Aspirin. Sie legte ihr Notizbuch raus, es rutschte von der Kante und flog vom Tisch. Michael Schwalbe beugte sich vor und fing es auf. Dabei fiel sein Blick auf die aufgeschlagene Seite mit den Polaroidfotos, die ihr Matte gegeben und die sie in das Buch geklebt hatte. Bilder von Carina und ihrer richtigen Mutter, innerhalb der drei Monate nach ihrer Geburt aufgenommen.

»Das ist doch meine Frau, Gloria.«

21.

München, 1982

Selbst wenn sie sich weigerte, ihr Körper zwang sie, Mutter zu werden. Sie musste dieses Kind, das Kind ihrer Liebe, gebären. Einen Menschen, der ihrer beider Prägung in sich trug wie einen unsichtbaren Stempel. Matte und Iris. Was sie wollte, spielte zum ersten Mal keine Rolle. Sie konnte es nicht mehr aufhalten. Endgültig vorbei waren spontane Entscheidungen, waghalsige Unternehmungen, riskante Abenteuer. Es war etwas in ihr, das alles veränderte, das den Dingen neue Bedeutung gab. Ja, es verstärkte ihre Ideale sogar noch, sie wollte weiter Teil vom großen Ganzen sein und die Welt friedvoller und gerechter machen. Daran musste sie später oft denken, als längst der Geruch der Toten an ihr klebte, aus jeder ihrer Poren strömte und es keine Rechtfertigung mehr für ihr Handeln gab. Iris genoss es, nach außen eine Person, aber innerlich zu zweit zu sein. Doch je näher das Ende der Schwangerschaft rückte, desto mehr schaltete sich ihr Verstand wieder ein. Sie musste dieses Kind hergeben, es nicht nur in die Welt entlassen. Nein, sie musste es von sich weggeben, es ging nicht anders. Dieses Kind sollte nicht mit ihr als Mutter aufwachsen, einer BND-Agentin. Und doch, von Monat zu Monat, jedes Mal, wenn sie beim Frauenarzt zur Kontrolle war, fragte sie sich, warum Kinder überhaupt geboren werden mussten. Durfte es nicht ein paar wenige Ausnahmen geben, wo das Kind im Bauch der Mutter blieb, dort lebte, umhegt, geborgen und behütet, bis es stark genug war, um draußen herumzuspazieren?

»Pressen«, sagte die Hebamme.

Erschöpft lag Iris im Kreißsaal, zu schwach, um zu bitten, das Licht zu dimmen. Es würde ihr Kind blenden. So hell war die Welt nicht, der Schatten überwiegte immer. Neun Stunden dauerte die Geburt nun schon, und doch wurde sie weitergetrieben von Wehe zu Wehe und fragte sich bei jeder neuen, woher sie die Kraft nehmen sollte, sie durchzustehen. Oder war es hier und jetzt zu Ende? Zum ersten Mal in ihrem Leben setzte das Gefühl für die Außenwelt aus. Sie war nur noch von Schmerz erfüllt, konnte sich nicht wehren oder gegen das, was mit ihr geschah, ankämpfen, wie sie es sonst tat. Und das in ihr, was raussollte, wollte nicht raus.

»Lass los. Ich kriege sie sonst nicht zu fassen. Sie gleitet mir immer wieder zurück.«

»Sie?«, flüsterte Iris. Eine neue, schlimmere Wehe als alle anderen zuvor war wie durch ein Wunder geschafft.

Die Hebamme, eine pausbackige zehn Jahre ältere Frau, die mit ihren kurzen, dicken Armen bestimmt schon Dutzende Mehrlingsgeburten gestemmt hatte, nickte. Schichtwechsel, Nummer drei, seit zu Hause die Fruchtblase geplatzt und Iris in die Klinik gefahren war. Die Gesichter der anderen hatte sie bereits vergessen.

»Ja, ein Mädchen, aber seine Nabelschnur ist zu kurz. Du musst mehr pressen.« Wieder erfasste eine Wehe Iris, ein alles überwältigender Schmerz, ein Schmerz, der alles tilgte, es gab kein Gestern, kein Morgen, keinen Matte. Später, in Afghanistan, würde sie an diesen Schmerz denken, als die Männer über Folter debattierten. Wo lag die Schmerzgrenze?

Kann der Mensch mehr ertragen, als ihm zumutbar ist, oder schaltet sich der Körper dann von selbst ab, wie ein Automat, dem der Strom ausgeh…

Noch 19 Sekunden

Ich trage dich wie eine Wunde
auf meiner Stirn, die sich nicht schließt
Sie schmerzt nicht immer.
Und es fließt
das Herz sich nicht draus tot.
Nur manchmal plötzlich bin ich blind und spüre
Blut im Munde.

Mutter, Gottfried Benn

22.

»Meine Mutter ist tot, 1994 gestorben«, erklärte Carina. Wie konnte alles noch komplizierter werden? Oder wurde es nun endlich einfacher? Gab es wirklich eine Spur zu ihrer richtigen Mutter? Aber wie konnte Iris Erlacher die Frau von diesem Bestatter sein? Gloria Schwalbe?

»Ach ja? Ich habe meine Frau 1993 kennengelernt. Darf ich fragen, wie alt Sie sind?«

»Zweiunddreißig.«

»Sie war vierunddreißig, als ich mich in sie verliebte, darum dachte ich vorhin, Gloria steht vor mir, als ich hereinkam. Wir kennen uns ja vom Sehen, Ihr Haar ist heller als Glorias, und Sie sind schlanker, genau wie Gloria es hier auf den Fotos noch war. Was sagst du, Rudi?«

Nusser, der hinter ihm stand, zuckte mit den Mundwinkeln. »Mmh, schwierig, ich würde mich jetzt nicht festlegen wollen.«

»Aber du kennst Gloria doch auch. Genauso hat sie ausgesehen, als sie damals bei meinem Vater aufgetaucht ist und Bestatterin werden wollte. Ich war erst sechsundzwanzig und sofort von ihr fasziniert. Sie ist etwas älter als ich, auch das reizte mich, muss ich zugeben. Eine deutlich ältere Frau, die überhaupt kein Interesse an mir signalisierte, musste ich erobern. Ich war noch Student damals und ständig auf der Suche, aber sie hat mich in die richtige Richtung gelenkt. Und nachdem mein Vater bei dem Motorradunfall starb, habe ich mit ihr zusammen das Unternehmen weitergeführt, bis heute. Das heißt, bis vorletzte Woche«, fügte er leise an. Er strich zärtlich über die Seite mit den Polaroids. »Sie ist verschwunden.«

Er täuschte sich, er musste sich täuschen, dachte Carina. Bestimmt bloß die Kopfschmerzen. Sie gab ihm die Kautablette und holte ein Glas Wasser. Vielleicht sehnte er sich einfach nur danach, dass seine Frau zu ihm zurückkäme und würde sie auf jedem Foto wiedererkennen. Carina schwieg, wenn sie ihre Gedanken laut aussprach, stellte sie die ganze Gesichtsrekonstruktion infrage. Noch vor wenigen Minuten hatte er in ihrer Skulptur eindeutig seinen Vater identifiziert. Doch hier handelte es sich um Fotos, Schnappschüsse, schlecht belichtet, unscharf. Sie musste in Ruhe nachdenken, sortieren. »Danke, Herr Schwalbe, dass Sie vorbeigeschaut haben.« Carina stand auf und nahm ihm das Notizbuch weg, klappte es zu und steckte es in ihre Tasche zurück. »Ich leite das Ergebnis an die Kripo weiter.« Sie klang förmlicher als beabsichtigt.

»Das Ergebnis? Sie meinen den Kopf? Ja, vielleicht haben Sie recht, dass der Leichnam meines Vater nun, nach über zwanzig Jahren, vollständig ist, ist für Sie ein Ergebnis, für mich persönlich werde ich vielleicht andere Worte dafür finden.« Er erhob sich ebenfalls und ging zur Tür.

»Alles klar, Carina? Du bist ganz blass.« Nusser, der am Apothekerschrank gelehnt hatte, trat zu ihr.

»Passt schon.« Sie versuchte zu lächeln. »Ich mache auch gleich Feierabend.« Ihr war heiß und kalt zugleich. »Sag dem Schwalbe Michi, er soll morgen zur Polizei gehen, falls seine Frau bis dahin nicht aufgekreuzt ist. Dann dir noch einen schönen Abend und gute Erholung.« Mit einem Klicken rastete die Tür hinter ihnen ein.

Carina lauschte den sich entfernenden Schritten und setzte sich wieder. Sie lehnte sich zurück und schloss die Augen. Was war das gewesen?

Ticktick, Tick, Tick.

In ihren Schläfen pochte es, ihre Beine zogen, sie war zu viel herumgelaufen, alles tat ihr weh. Aber sie konnte jetzt nicht nach Hause, und zugleich wollte sie auch nicht alleine bleiben, vor allem nicht länger hier sein, mit diesem merkwürdigen Ticken ringsum. Sollte sie Peter anrufen? Er hatte sich den ganzen Tag noch nicht gemeldet, wer weiß, ob er sie überhaupt sehen wollte. Bestimmt steckte er in einer seiner Sprachanalysen, oder ihr Vater nahm ihn weiter mit seinen Ermittlungen in Beschlag. Sie zog ihr Handy heraus, das sie vor der Zeugenvernehmung ausgestellt hatte. Mehrere Kurznachrichten mit vielen Smileys und zwei verpasste Anrufe, alle von Wanda, blinkten auf, als sie es wieder einschaltete.

Wo steckst du? – Wann kommst du heim? – Ruf zurück! – Hallo???

»Ich hab schon geglaubt, du bist doch noch nach Mexiko geflogen. Warum meldest du dich nicht?« Kaum hatte Carina die Nummer ihrer Schwester gewählt, ging sie dran und schnatterte los. »Eine klitzekleine Handybotschaft wäre doch zu schaffen gewesen, aber macht ja nichts, ich bin ja nur deine kleine Schwester. Fußvolk, das sich um die Königin sorgt. Mama hat mir gesagt, dass du hiergeblieben bist. Von der Trennung weißt du hoffentlich, oder? Sie hat mich ganz schön zugeschwallt. Das Ende der Ehe Kyreleis. Was ist, wann kommst du nach Hause?« Trotz Wörterhagel tat es gut, ihre Stimme zu hören. Wanda Wirbelwind, die immer etwas über dem Boden schwebte. Carina rieb sich den Nacken, zu doof, dass sie die letzte Schmerztablette dem Bestatter gegeben hatte. Von den Zehen bis in die Haarspitzen zog irgendwie alles. »Ich bin auf dem Weg, wir können gleich zu Hause weiterreden, ja?« Sie nieste mehrmals hintereinander.

»Gesundheit. Bist du erkältet? Steck mich bitte nicht an, das ist das Letzte, was ich jetzt noch brauchen kann. Kommst du auf der Heimfahrt an einem Supermarkt vorbei?«

Carina sah auf die Uhr. Halb acht. Wenn sie sich beeilte, konnte sie sogar noch in den Bioladen am Weißenburger Platz. »Wieso, was brauchst du?« Wanda gab ihr eine Liste durch, die nach Wochenvorrat klang, und Carina fragte sich, wie sie das mit nur zwei Händen transportieren sollte. Sie nahm ihre restlichen Sachen von der Heizung, stopfte alles in ihre Reisetasche und überlegte, ob sie sich noch mal Frau Schauers Schirm ausleihen sollte. Aber zur U-Bahn waren es nur ein paar Schritte, und vielleicht hörte es gleich zu regnen auf. Doch es schüttete weiter, ein kalter Wind trieb den Regen in alle Richtungen. Klitschnass stieg sie in die U-Bahn. Ihr Handy klingelte. Hatte Wanda noch was vergessen? »Papa« stand auf dem Display. Vermutlich wollte er sie nach dem Krallingergutachten fragen. Darauf hatte sie jetzt wirklich keine Lust. Sie ließ es klingeln, die Frau neben ihr sah von ihrem eBbook Reader auf. »Geht das auch leiser?«

Carina stellte den Klingelton aus. Das Handy vibrierte weiter in ihrer Hand, bis sich die Mailbox einschaltete. Beim Umsteigen musste sie auf die S-Bahn Richtung Ostbahnhof warten. Viertel vor acht, es wurde knapp mit dem Einkauf.

»Wegen einer technischen Störung kommt es bei allen

S-Bahnen zu einer Verspätung von fünf Minuten«, schallte es durch den Bahnhof. Na toll. Carina taten die Beine weh, sie setzte sich auf eine der Sitzmulden am Bahnsteig und hörte sich an, was ihr Vater auf die Mailbox gesprochen hatte. »Carina, ja, also ich bin's, dein Papa. Ich will mich bei dir entschuldigen. Es tut mir wirklich leid, dass ich dich so unter Druck gesetzt habe. Ich habe nachgedacht. Hast du vielleicht noch Zeit vorbeizukommen? Ich würde dir gern was zeigen. Melde dich doch bitte noch.« Obwohl sie sich kaum hochhieven konnte, so müde war sie plötzlich, raffte sie sich auf und lief zur U5, Richtung Laimer Platz, die fuhr wenigstens. Sie stieg am Heimeranplatz aus und ging zu Fuß zum Harras, wo ihre Eltern, jetzt nur noch ihr Vater, wohnten. Nass bis auf die Haut kam sie bei Matte an.

»Hey, wie siehst du denn aus? Ich hätte dich doch abgeholt, bist du etwa so, nur im Pullover, durch den Regen gelaufen?« Er brachte ihr ein Badehandtuch, das mit dem großen, augenrollenden Fliegenpilz in der Mitte, das sie schon als Kind besessen hatte. »Willst du was essen? Ich mache dir gleich mal eine Wärmflasche, hast du trockene Sachen dabei?«

Carina nickte, schleppte sich in ihr altes Kinderzimmer und setzte sich aufs Bett. Der Schrank und die Wände waren immer noch voller Fotos, Zeitungsausschnitte und Berichte, aber letztes Mal hatten sich auch auf dem Bett die Akten gestapelt. Jetzt zierte wieder ihre weinrote, leicht fusselige, aber immer noch flauschige Wolldecke das Bett. Sie nahm die beschlagene Brille von der Nase, streifte die nassen Sachen ab und rollte die triefenden Socken von den Füssen. Ihre Finger waren so kalt, dass sie den Reißverschluss der Reisetasche nicht aufbrachte. Deshalb wickelte sie sich in der Unterwäsche in das Handtuch, klappte die Wolldecke um und schlüpfte darunter. Sie schloss die Augen, hörte ihren Vater rufen. Etwas Warmes wurde ihr unter die Füße geschoben. Eine weitere Decke senkte sich auf sie, hüllte sie bis über die Nasenspitze ein. »Nur kurz«, murmelte sie. »Ich bin gleich wieder wach.«

23.

Es taute schon. Zum letzten Mal für dieses Jahr öffnete die Eisbahn auf dem Stachus. Ungeachtet der vielen Leute kurvte Hannah für ihn einige Pirouetten. Rückwärts und vorwärts, die Kufen schrammten ihm süß in den Ohren und übertönten das laute Gebell der Popmusik aus den Lautsprechern. Dann rollte Hannah wie selbstverständlich in seine Arme. Als sie später beim Tee die Hühneraugen der Kröte entfernte, zeigte Till ihr seine wertvolle Sammlung. Sie konnte sich gar nicht sattsehen daran, auch wenn der Geruch gewöhnungsbedürftig war. Till beugte sich zu ihr hinunter und küsste sie. Diesen Drang hatte er schon lange nicht mehr verspürt. Ihr Mund war zu warm für seinen Geschmack, das kam bestimmt vom vielen Reden. Doch die Schlittschuhe waren ein Anfang, und mit Geduld würde er sie schon zum Schweigen bringen.

24.

Aufwachen. Aber die Augen fielen ihr immer wieder zu. Ihre Nase tropfte wie ein undichter Wasserhahn und brannte vom vielen Niesen und Schnäuzen, die ganze Nacht über. Zwei Packungen Papiertaschentücher hatte sie verbraucht, auf ihrem alten Schreibtisch lagen sie aufgetürmt wie ein Schneeklumpen.

»Hier, nimm lieber so eins.« Matte gab ihr ein Stofftaschentuch, das kühlte die wunde Nase und linderte.

Carina versuchte sich aufzurichten, sofort hämmerte ein Schlagzeugsolo in ihrem Schädel. Schwitzend und frierend zugleich, sank sie in das Kissen zurück. »Wie spät ist es?«

»Zwanzig nach elf. Bleib liegen, ich habe im Institut Bescheid gesagt, dass du krank bist. Brauchst du was?«

»Eine Schmerztablette und einen kalten Waschlappen bitte.« Ihre letzte Aspirin hatte sie gestern Michael Schwalbe gegeben.

»Hier, probiere erst die, die soll ich dir von Silvia geben.« Er reichte ihr ein kleines Papiertütchen. »Zwei Stück sollst du nehmen.« Silvias homöopathische Gaben …, Ihr wäre jetzt ein starkes Schmerzmittel lieber gewesen. Matte brachte ihr den Waschlappen, sie presste ihn sich auf die Stirn und warf die Globuli ein.

»Und, habt ihr euch wieder vertragen?« Ihre Stimme brach, sie hörte sich selbst kaum, Nase und Ohren waren zu.

»Es gab keinen Streit, wir reden nur nicht mehr so viel miteinander in letzter Zeit. Ich weiß auch nicht, wie es so weit kommen konnte. Anscheinend reicht es Silvia endgültig mit mir. Sie war heute Morgen da und hat noch die Kaffeemaschine abgeholt.«

»Dann musst du jetzt auf Filterkaffee umsteigen?« Das Riesenteil hatte er Silvia zum letzten Hochzeitstag geschenkt, sie benutzte es nur nie, zumindest bisher.

»Ist schon in Ordnung, die Maschine gehört ihr, und außerdem habe ich jetzt wieder mehr Platz in der Küche. Vorher war die halbe Arbeitsplatte belegt, und wir mussten zum Zwiebelschneiden ins Esszimmer auswandern.«

Carina hustete, spuckte etwas gelben Schleim in das Taschentuch, da waren jetzt bestimmt die Kügelchen auch dabei. Innerer Widerstand. Aber laut Silvia halfen diese Globuli schon, wenn man nur daran leckte. »Musst du nicht ins Präsidium?«

»Ich komme gerade von dort und habe auf dem Rückweg Semmeln für uns mitgebracht. Falls mich jemand sprechen will, bin ich auch hier erreichbar. Hast du Lust auf Frühstück?«

Sie nickte schwach.

Er ging hinaus. Hunger hatte sie keinen, nur ein bisschen Durst vielleicht. Eigentlich sollte sie aufstehen, aber ihr fehlte die Kraft, jedes Körperteil senkte sich wie Blei in die Matratze. Sie schloss die Augen. Wieso war es gestern nur so weit gekommen, dass sie hier in ihrem alten Kinderzimmer einfach so eingeschlafen war? Grotesk. Ihre eigene Wohnung war von ihrer Schwester und ihrem Neffen belagert, und sie hatte sich zu ihrem Vater verkrümelt. Als gäbe es keinen anderen Ort auf der Welt, um sich endlich mal auszuruhen. Als

Kind hatte sie sich dieses Zimmer hier mit Wanda geteilt. Ein Kreidestrich auf dem Teppichboden trennte ihre Bereiche, nur blöd für Wanda, dass Carina die Tür auf ihrer Hälfte hatte. Dafür musste Carina ihre Schwester um Erlaubnis bitten, wenn sie aus dem Fenster sehen wollte. Ein ständiges Hickhack. Bei den mütterlichen Putzaktionen wurde der Kreidestrich regelmäßig entfernt, irgendwann erneuerten die Schwestern ihn nicht mehr, die unsichtbare Mauer blieb. Carina sah sich und ihre Schwester über den Hausaufgaben sitzen und fiel in die Welt ihrer Kindheit zurück.

»Ich hab's genau gesehen, du hast rausgeschaut«, sagte Wanda.

»Hab ich gar nicht. Ich schau nirgendwohin, meine Augen tun nur so, aber ich sehe nach innen, weil ich nachdenke.«

»Hör sofort auf, über *mein* Fenster nachzudenken. Ich muss aufs Klo, Carina, dringend, lass mich durch, sonst piesle ich über die Grenze.« Und sie zog schon die Strumpfhose runter. »Wenn du mich rauslässt, darfst du auch fünf Mal aus dem Fenster schauen.« Großzügig ließ Carina sie, die Strumpfhose zwischen den Knien, hinauswatscheln.

25.

Pullach, 1982

»In fünf oder sechs Monaten, Frau Erlacher, höchstens einem Jahr, sind Sie wieder zurück.« Ihr Führungsoffizier bot Iris an, Teil einer streng geheimen Operation zu werden. Offiziell würde es keine Deutschen am Hindukusch geben, und sie wäre beim BND die einzige Frau, die dafür infrage käme. Natürlich versuchte Iris zu differenzieren und durchschaute, dass Eigermüller sie mit allen Mitteln umwarb, weil er nicht anders konnte. Mitten im Kalten Krieg in ein von den Sowjets besetztes Gebiet zu gehen, das lockte die wenigsten. Aber eine Frau in der Einsatztruppe, das böte Gelegenheit, Dinge zu erfahren, die Männern verschlossen blieben. Sie könnte das Vertrauen von anderen Frauen gewinnen, hören, was kein Mann zu Ohren kriegte. Sollte sie etwa Persisch lernen, oder welche Sprache sprach man in Afghanistan?

»Von Ihnen, Frau Erlacher, hängt es ab, ob wir die Informationen kriegen.« Informationen, das war beim BND ein Sammelbegriff. Vernehmungen durchführen, Quellen aushorchen, Waren und Waffen beschaffen oder jemanden liquidieren, wozu war sie schließlich Präzisionsschützin. Sie hatte immer davon geträumt, fremde Länder zu bereisen, andere Kulturen kennenzulernen. Sie dachte an Carina, auf die ihre Nachbarin aufpasste, die selber fünf Kinder hatte und Iris sogar noch eine warme Mahlzeit servierte, wenn sie am späten Nachmittag ihre Tochter abholte. Vielleicht war es an der Zeit, Matte zu sagen, dass er Vater geworden war und z…

Noch 18 Sekunden

Sicher is', dass nix sicher is, drum bin
i vorsichtshalber misstrauisch.

Karl Valentin

26.

Sie musste wieder eingeschlafen sein. Kaffeeduft weckte sie. Die Rotztücher waren weggeräumt, dafür stand auf dem Schreibtisch ein Tablett mit Semmeln, Brezen, Orangensaft, Joghurt und Obst. Unter den Füßen spürte sie eine heiße Wärmflasche. Vorsichtig nippte sie an der dampfenden Tasse, die Flüssigkeit tröpfelte die Kehle hinunter, als bahnte sich ein Fluss den Weg zwischen Felsbrocken. Ihr Hals schmerzte. Essen konnte sie noch nichts, so lecker es auch aussah. Matte kam mit einem frisch überzogenen Kopfkissen herein, tauschte es gegen das alte, nass geschwitzte aus.

»Danke. Du bist die reinste Krankenschwester.« Carina drückte ihre wunde Nase in den Bezug, atmete diese Mischung aus Waschmittel und dem Kyreleisfamiliengeruch ein. Sie schnappte sich ihre Brille von der Schreibtischkante und betrachtete die Wände mit den Tatortfotos. Sein eigener Tatort, von der Spurensicherung nummeriert, als Matte von Krallinger angeschossen worden war. Zwischen »Schießerei in Feldafinger Villa, Polizist schwer verletzt« und »Unser Matte, außer Lebensgefahr!« entdeckte sie einen Pferdekopf, den Carina als Jugendliche gezeichnet hatte, mit CK im Eck schwungvoll signiert. Die Knochenstruktur des Tieres schimmerte durch das mit braunen Buntstiften schraffierte Fell. Schon immer hatte sie ergründen wollen, was dem Lebendigen Halt gab, und sich das Gerüst unter der Haut vorgestellt.

Matte setzte sich auf den Drehstuhl neben das Bett und schnitt eine Semmel auf. »Geht's dir besser?«

Carina grinste. »Dank Silvias Wundermittel und deiner Pflege natürlich.« Die Kopfschmerzen hatten tatsächlich nachgelassen. »Was wolltest du mir eigentlich zeigen?«

Er strich Butter und Honig auf die Semmelhälften und reichte ihr eine. »Willst du?«

Sie schüttelte den Kopf. »Ich probiere den hier.« Sie öffnete sich einen Becher Fruchtjoghurt, tauchte einen Löffel ein und lutschte ein bisschen daran.

»Ehrlich gesagt …« Matte biss krachend in die Semmel. »Ich war dabei, den ganzen Kram wegzuschmeißen. Die Sachen hier, die Kopien der Fälle, Analysen, Tatortrekonstruktionen, Mitschnitte und alle Fotos.«

»Ach, deshalb war das Bett frei?«

Er nickte. »Die Akten habe ich weggeräumt, nachdem Silvia gegangen ist. Sie, ihr alle, auch du und Wanda und sogar Sandro, habt meinetwegen eine Menge aushalten müssen. Wo bei anderen Ölschinken hängen, kleben bei uns nummerierte Bilder von Mordopfern. Aber dann, ich gebe es zu, dachte ich mir, was bliebe mir dann noch, und was würde es ändern? Kehrt Silvia zu mir zurück, wenn ich frisch gestrichen habe und ein paar harmlose Blumenbilder aufhänge? Dass deine Mutter tot ist, Carina, kann ich nicht mehr ändern, so sehr ich es mir wünsche. Lange Zeit habe ich gehofft, dass sie noch lebt, dass sie ihren Tod nur inszeniert hat und unter anderem Namen am anderen Ende der Welt weiterlebt. Womöglich sogar in Mexiko untergetaucht ist, wo du sie wiedertreffen könntest.« Er zwinkerte ihr zu. »Bevor du fragst, dafür gibt es keinerlei Anhaltspunkte. Auch wenn Iris gesagt hat, dass sie immer in deiner Nähe sein will, als wir dich zu uns genommen haben. Nah, aber unsichtbar, ja, das waren ihre Worte, als sie die Adoptionspapiere unterzeichnete.« Er biss erneut von der Semmel ab.

Etwas Ähnliches stand in der Geburtstagskarte von Iris an Carina zu ihrem zwölften Geburtstag, Peter hatte es entschlüsselt, ob ihr Vater davon wusste? Schließlich hatte er ihr die Karte gegeben, nachdem sie verzweifelt nach irgendeinem Zeugnis oder Hinweis auf die Existenz ihrer Mutter gesucht und dabei die ganze Kyreleiswohnung verwüstet hatte. *Unsichtbar nah.* Was nutzte ihr das? So nah eine tote Mutter, an die sie sich nicht mal mehr erinnerte, eben sein konnte.

»Ich habe gemerkt, dass es nichts bringt.« Ihr Vater redete weiter. »Selbst wenn ich alles vernichte, trage ich die Bilder längst in mir.«

»Welche Bilder?« Carina hatte den Faden verloren.

»Na, die Untersuchungsergebnisse.« Er zeigte auf die Wände und den vollgepflasterten Kinderzimmerschrank. »Oder besser gesagt, das ganze unausgegorene Zeug. Ich wollte es dir zwar erst zeigen, wenn ich selbst die Zusammenhänge begriffen habe und endgültig weiß, was mit Iris passiert ist und warum. Es gibt so viele Lücken und Ungereimtheiten und vermutlich nie eine Auflösung. Aber du sollst es jetzt sehen, habe ich beschlossen, und wenigstens das erfahren, was ich über die Jahre zusammengetragen habe. Vielleicht fange ich dann doch noch an, in meiner Freizeit Modellautos zu bauen oder so kleine Benzinflieger wie der Paintner. Eine Werkbank mit Schraubenschlüsseln in allen Größen ist sicher ein schönerer Anblick als die Kyreleistapete hier.« Bevor er sich die zweite Semmelhälfte vornahm, zupfte er sich ein paar Brösel vom Hemd. »Apropos, Paintner hat sich doch gestern hoffentlich anständig benommen? Er hat gesagt, dass du bei ihm warst.«

»Wie man's nimmt. Vernehmungen scheinen nicht seine Stärke zu sein, vielleicht sollte er besser auf Chemie umsteigen oder Profi-Modellbauer werden.«

»Wieso, was meinst du?«

Carina überlegte, keinesfalls wollte sie einen Untergebenen ihres Vaters schlechtmachen. Aber Paintner hatte sich wirklich stümperhaft benommen, nur wie formulierte sie das? »Also, er ha…, ha… ha…« Sie nieste. »Hat mir zwar den Unterschied zwischen Explosion und Detonation erklären können, aber sonst hat er mich mehrmals unterbrochen, sodass ich das Gefühl hatte, er will gar nicht wissen, was ich zu sagen habe.« Ihre Stimme blieb weg, sie räusperte sich. »Mir kam es vor, als wüsste er vorher, was ich sagen will, und wollte mich in eine andere Richtung lenken, damit ich was anderes beschreibe, als das, was ich wirklich gesehen habe.«

»Was?« Matte warf das Honigmesser samt Semmel auf den Teller zurück.

»Ja, er bestand darauf, dass es nur ein Mann gewesen sein konnte, den ich bei dem Sprenghäuschen gesehen habe«, sagte Carina. »Dieser Sascha Lambert, dessen Leichenteile nicht unter den anderen waren, soll nie dort gewesen sein. Egal wie oft ich ihm erklärte, dass es ganz sicher zwei waren, er wollte nichts davon wissen.«

»Das höre ich zum ersten Mal, ich hatte Paintner schon oft bei Vernehmungen dabei, bisher gab es nie einen Grund zur Beanstandung. Ja, welcher Gaul hat ihn da bloß geritten?«

»Vielleicht hat er einfach zu viel Respekt vor dir und war nervös, wollte alles richtig machen, bei der Tochter des Chefs.«

»Nein, das geht gar nicht. Entschuldige, ich muss kurz telefonieren.« Er ging ins Wohnzimmer, kurz darauf hörte Carina ihn ins Telefon brüllen. Oje, sie fühlte sich wie die letzte Petze. Aber was half's, jetzt wo sie es ausgesprochen hatte, kam ihr Paintners Verhalten noch viel seltsamer vor. Warum sollte es in Neumaising nur einer gewesen sein und dann natürlich der, der jetzt tot war? War Paintner bestochen worden, sie als einzige Zeugin so weit zu bringen, dass sie eine Falschaussage machte oder unglaubwürdig war? Jedenfalls wäre das nicht besonders geschickt eingefädelt gewesen und flog jetzt auf, so laut wie die Stimme ihres Vaters zu ihr rüberdröhnte. Sie stocherte noch ein bisschen im Joghurt herum und stellte den halb vollen Becher weg.

Carina hörte die Klospülung.

»Tut mir leid, dass du das ertragen musstest, vor allem weil ich dich auch noch extra darum gebeten habe.« Matte kam zurück, griff sich die angebissene Semmel und aß weiter. »Der Depp wollte sich nur vorm BKA aufblasen, die haben ihn doch glatt am Tatort in Neumaising in die Mangel genommen. Es ist vielleicht nicht besonders günstig, dass er mir das jetzt gleich am Telefon gestanden hat. Aber wenigstens wissen wir, wer dahintersteckt. Und ich habe mich noch gewundert, warum der Paintner sich bei den Zeugenvernehmungen so vordrängelt. Diesen Imker hat er auch befragt, ich hoffe, da ist es besser gelaufen.«

»Da fällt mir ein, gestern Abend war Michael Schwalbe bei mir im Institut wegen der Gesichtsrekonstruktion.« Sie wollte ihrem Vater noch etwas zu dem Erlebnis in Neumaising sagen, aber das musste warten, erst war Michael Schwalbe dran. »Er hat das Gesicht seines Vaters wiedererkannt.«

»Gute Arbeit. Dann ist das der Schädel von einem Leichnam, der schon seit vielen Jahren begraben ist … Und wie hat er reagiert, also der Herr Schwalbe?«

»Er hat gelacht.«

»Echt?« Matte lachte auch. »Vor Freude, dass er seinen Vater zurückhat?«

»Kann sein, ja, so wirkte es, aber dann wurde er auch traurig, sagte was von seiner Frau, die seit ein paar Tagen verschwunden ist. Gloria Schwalbe, kennst du die?«

»Schon, jetzt nicht bewusst, der Name sagt mir was, das Ehepaar organisiert manchmal Überführungen bei Mordfällen, sicher hatte ich mit ihr schon mal am Telefon zu tun. Ist das so eine junge, zierliche, mit einem braunen Haarschopf? Genau, war die nicht am Tatort, als wir das ermordete Ehepaar fanden?«

Sein Gedächtnis funktionierte besser als ihres.

Carina erinnerte sich zwar dunkel, dass ein Mann und eine Frau die Särge die Treppe hinuntertrugen, aber sie hatte kein konkretes Bild vor Augen. Sie war zu abgelenkt gewesen, hatte nicht auf die beiden geachtet, aber das war normal. Bestatter hielten sich absichtlich im Hintergrund, das gehörte zu ihrer Geschäftsgrundlage. Sie galten mehr als handelndes Inventar, denn als Personen. »Schwalbe hat gesagt, dass er seine Frau kennengelernt hat, als sie in meinem Alter war, jetzt dürfte sie so Mitte fünfzig sein, so in deinem Alter. Sie wäre eher mollig und hätte helle Haare wie ich. Das war überhaupt merkwürdig, als er die Babyfotos von mir sah, du weißt schon, die du mir gegeben hast und die ich in mein Notizbuch geklebt habe, meinte er, dass das seine Frau wäre. Genauso wie Iris hätte seine Frau Gloria vor zwanzig Jahren ausgesehen, und ich sehe ihr sogar ähnlich.«

»Wie jetzt? Michael Schwalbes Frau ist verschwunden, und sie soll …?«

Carina nickte. Sie musste mal aufs Klo, aber sie wollte nicht in Unterwäsche vor ihrem Vater aufstehen. »Gibst du mir mal die Reisetasche, bitte?« Matte starrte sie an, reagierte nicht. »Papa. Ich will mich anziehen und ins Bad.« Wortlos stellte er die Tasche aufs Bett. Carina nahm sich ein frisches T-Shirt, zog es über und stieg aus dem Bett. Sie schwankte, hielt sich am Türrahmen fest, alles drehte sich. Als sie auf dem Klo saß, pochte es in ihrem Hirn, sie legte den Kopf zwischen die Knie und wartete, bis es ihr besser ging. Ihr Vater telefonierte wieder. Seine Brummstimme drang durch die Badtür, ohne dass sie verstand, was er sagte. Sie zog sich aus und kletterte, immer noch leicht zittrig, in die Badewanne. Der kalte Wasserstrahl ins heiße Gesicht erfrischte, langsam drehte sie den Warmwasserhahn auf und duschte ausgiebig. Danach zog sie den Bademantel ihres Vaters über, der an der Tür hing, und ging zurück ins Kinderzimmer. Sie nahm einen Schluck Orangensaft, wickelte sich fest in den Mantel und öffnete den mit Zeitungsausschnitten vollgeklebten Schrank. Hier stapelten sich die Akten, Sandros Spielzeug war zur Seite gedrängt. Ganz oben, im Hutfach über der Kleiderstange, entdeckte sie eine mit Filzstift-Ornamenten verzierte Mappe, die noch aus ihrer Schulzeit stammte. Sie nahm sie heraus und legte sie aufs Bett. Dann bestrich sie sich doch eine Semmel, kaute lange, damit es mit dem Schlucken leichter ging, und blätterte in ihren alten Sachen. Aufsätze aus der Grundschule, der Entwurf für eine Zeitschrift, ein paar Zeichnungen von einem Ausflug in den Zoo. Löwen, Eisbären und einen kleiner Pinguin auf einem herausgerissenen Blatt. Außerdem ein paar Zettel, die sie sich mit ihrer Freundin heimlich während des Unterrichts geschrieben hatte. Welche war das noch gleich? Claudia? Nein, Barbara, hier stand es auf der Rückseite. Die beiden hatte sie beim Wechsel aufs Gymnasium aus den Augen verloren, sie wusste nicht mal, in welcher Stadt sie heute lebten. Warum bewahrte sie gerade diese Auswahl auf? Vielleicht hatte auch Silvia ihre Massen an Zeichnungen und das ganze Schulzeug aussortiert.

»Ah, du hast deine Schätze gefunden.« Ihr Vater kam ins Zimmer zurück. »Michael Schwalbe war tatsächlich heute im Präsidium, um seine Frau als vermisst zu melden. Ich habe gerade mit einem Kollegen von der Vermisstenstelle gesprochen, aber sie schätzen die Lage noch nicht so dringlich ein, zögern mit einer Anzeige. Aus Erfahrung weiß man, dass neunzig Prozent der als vermisst geltenden Erwachsenen wieder auftauchen.«

»Obwohl sie schon über zwei Wochen fort ist, wie er behauptet? Wenn Silvia so lange ohne ein Lebenszeichen weg wäre, was würdest du tun?«

»Ich wäre vermutlich schon nach drei Tagen in Panik.«

»Gloria Schwalbe ist also weder selbstmordgefährdet noch besteht der Verdacht, dass ihr jemand was angetan haben könnte?«

»Bisher nicht, Frau Schwalbe ist, laut ihres Ehemanns, öfter mal für eine Woche oder länger verreist. Ein Erwachsener kann im Prinzip machen, was er will, auch ohne dem Ehepartner Lebewohl zu sagen.« Er setzte sich wieder zu ihr. »Freut mich, dass du doch noch Appetit gekriegt hast, und mein Bademantel steht dir.«

»Lecker, besonders die Preiselbeermarmelade, wo hast du die her?«

»Die macht die Karin selber, extra für mich, sagt sie.« Karin Kirchleitner, Mattes Kollegin, hatte Carina vor Kurzem gebeten, ihrem Vater beizubringen, er möge besser auf sich achten. Sie selbst versuchte es also mit Schleckereien, was nicht das Schlechteste war. Wem es besser ging, der konnte sich zurücklehnen und entspannen, und das fiel ihrem Vater, besonders seit der Krallingersache, sichtlich schwer.

»Du, mir fällt noch was ein, wegen dieser Zeugenvernehmung.«

»Echt unmöglich, wie sich Paintner verhalten hat.« Matte schenkte Kaffee nach.

»Nein, das meine ich nicht, ich habe ihm nicht alles gesagt, da war noch was, etwas, das ich selbst nicht ganz begreife und vielleicht auch jetzt nicht richtig in Worte fassen kann.« Ihre Stimme war wieder fester geworden, und das Dauerniesen hatte nachgelassen. Eins zu null für Silvias Kügelchen. Matte verharrte mit der Tasse in der Hand. Carina trank etwas Saft. »Also ich versuch's, vielleicht hilft es ja, wenn ich es laut ausspreche. Bei der Sprengung, Sekunden davor, als ich die beiden Männer gesehen habe, ihnen gefolgt bin, über den Zaun und dann den Trampelpfad weiter.« Sie holte Luft, räusperte sich, Schleim löste sich in ihrem Hals. Sie zwang sich weiterzusprechen, schluckte. »Plötzlich fiel ich hin. Dass ich gestolpert bin, glaubte ich zuerst, es ging alles sehr schnell. Ich fiel, so nach vorne, gerade runter, als hätte mir jemand ein Bein gestellt. Und als ich mit dem Gesicht nach unten auf dem Bauch lag, die Nase zwischen Tannennadeln und Erde, da hat sich wer auf mich geworfen, mich runtergedrückt. Fest, irgendwie bestimmend, also mit Kraft, aber ohne Gewalt, verstehst du, wie ich es meine? Ich weiß schon, das klingt verrückt.« Sie sah ihren Vater an. Sein Gesicht verriet nicht, was in ihm vorging. »Ja, also.« Krächzend redete sie weiter, in ihrer Kehle kitzelte es. Sie hustete, trank noch einen Schluck. »Jetzt, wo ich das beschreibe, hört es sich wie eine Ewigkeit an, aber es waren nur Augenblicke, Sekunden. Das Hinfallen, das Runtergedrücktwerden, das flach Daliegen, bevor es krachte und das Haus vor mir zerbarst. Ich habe es nicht direkt gesehen, nur gehört, also die Explosion. Alle Geräusche waren auf einmal weg, ich hörte nichts mehr, bis auf einen Summton in den Ohren. Dann ließ auch der Druck des fremden Körpers auf mir nach. Ganz langsam, sodass ich es nicht sofort bemerkte. Ich war noch ganz benommen. Wäre ich weitergelaufen, wäre ich womöglich verletzt worden oder getötet, diese Person hat mich zurückgehalten. Und ich glaube, ja, ich bin mir sicher, dass es eine Frau war, die mir das Leben gerettet hat, ich habe ihre Hand gesehen, ihre Finger, sie glichen meinen.«

Matte stand auf und legte den Arm um sie, drückte sie an sich, hielt sie, obwohl Carina gar nicht traurig war. Freude durchströmte sie, das erste Mal, seit sie das überlebt hatte. Die letzten Tage und Stunden waren von Angst besetzt gewesen, das begriff sie jetzt. Angst, die sie nicht benennen konnte, die sie nur spürte, ohne sie bewusst wahrzunehmen. Aber sie durfte leben, weiterleben, dank dieser Frau.

»Du weißt, wer das war?« Mattes Blick fixierte erst ihr rechtes, dann ihr linkes Auge.

»Ja, und du weißt es auch.«

27.

Till verlangte keine Grube, keinen Kranz und keine Grabrede, das alles konnte er sich vorstellen, nur kräftig lüften sollte sie vorher und auf keinen Fall die Heizung anstellen. Etwas faules Obst war kein Muss, machte aber nicht nur optisch was her. Natürlich wäre es einfacher gewesen, sie hätte selbst etwas Fantasie entwickelt und würde ihn überraschen. Er hatte es satt, sich immer das wegzudenken, was störte, und jenes hinzuzudenken, was fehlte. Aber er verstand auch, dass es sich in echter Erde unbequemer lag, und der Geruch war auch nicht jedermanns Sache. Außerdem war er froh, sie überhaupt so weit gebracht zu haben mitzumachen. Hannah fand es prickelnd, was Verbotenes zu tun, sein Geheimnis mit ihm zu teilen und damit ihre Beziehung zu befeuern, wie sie sagte. Er benutzte nie Worte wie Hitze oder Wärme, um Begeisterung auszudrücken, aber er begriff, was sie meinte. Erloschen und kühl, wie er es bevorzugte, war nichts für sie, doch als sie gemerkt hatte, dass es zwischen ihnen auf die primitive Art im Bett einfach nicht klappte, fragte sie nach seinen Wünschen und schlug sofort Kompromisse vor. Dabei war es für sie nur ein Gefallen, mehr nicht, für ihn dagegen hing davon ab, ob sie weiterhin zusammenbleiben konnten. Zumindest hatte sie schwarze Bettwäsche gekauft und sich nach seinen Anweisungen geschminkt. Ein bisschen zu lebendig sah sie trotzdem noch aus, aber das ließ sich nicht vermeiden. Vorsichtig wischte er ihr den rosa Lippenstift mit einem Taschentuch weg, was sie zum Kichern brachte.

»Halt still«, ermahnte er sie. Das Ganze fand bei ihr statt. Bei ihm zu Hause, wo die Kröte hinter der Tür lauerte, wäre es nicht gegangen. Auch wenn es in Stille ablaufen sollte. Hoffentlich zerredete Hannah nicht alles und verdarb die Stimmung mit Kommentaren, weil sie sich insgeheim über ihn lustig machte. Er verstrich ihr das weiße Make-up bis über den Mund. Schon besser. Langsam zog er sie aus, Stück für Stück, nur die Schuhe sollte sie anbehalten. Dann untersuchte er sie. Das mit den Totenflecken hatte sie nicht richtig hingekriegt, kein Wunder, vermutlich hatte sie noch nie eine Leiche gesehen. Er knipste das Licht aus, zündete die Kerzen und die Räucherstäbchen an. Die Illusion eines flackernden Schwarz-Weiß-Films stellte sich ein. Weihrauchschwaden stiegen auf und umnebelten sie. Mit geschlossenen Augen und auf dem Bauch gefalteten Händen lag sie vor ihm, wie er es verlangte. Er rieb seine Hände mit Eiswürfeln ab und berührte sie, strich ihr oberhalb der Schlittschuhe die nackten Beine hinauf. Sie reagierte mit Gänsehaut. Das gefiel ihm, auch wenn sie nun zitterte und sich ihr Oberkörper heftig hob und senkte. Verflucht, ihre Haut begann zu glühen, trotz der drei Grad im Zimmer.

»Hatschi.« Unter heftigem Niesen bäumte sie sich auf und rammte ihm eine der Schlittschuhkufen in die Weichteile.

Er jaulte auf. Aller Anfang war hart.

28.

Ihr Vater ließ Carina los, setzte sich zurück auf den Schreibtischstuhl, pendelte mit dem Drehsitz hin und her. »Offenbar hat sie bei der Sprengung dein Leben gerettet, und dafür danke ich ihr von ganzem Herzen.« Er stoppte in der Bewegung. »Aber sie wusste, dass das Haus gleich in die Luft fliegen würde, also muss sie an der Sprengung beteiligt gewesen sein. Vermutlich hat sie die Zünder angebracht, die beim Öffnen der Tür die Explosion auslösten. Sie war diejenige, ob im Auftrag von jemandem oder aus Eigeninitiative, die Lambert und Jering töten wollte.«

»Vielleicht hat sie mich kommen sehen, hielt mich für eine unbeteiligte Spaziergängerin und wollte mich warnen. Auch wenn sie dabei Gefahr lief, dass ich sie beschreiben könnte.«

»Und, kannst du?«

Carina schüttelte den Kopf. »Ich habe ihr Gesicht nicht gesehen, und was die Frau anhatte, weiß ich auch nicht. Kein Stoffstück, keinen Ärmel hab ich gesehen, nur ihre Finger. Sie trug keinen Ring oder sonstigen Schmuck. Ihre Nägel waren unlackiert und kurz geschnitten, ihre Haut faltig und etwas gefleckt. Ich glaube, das waren die Hände einer älteren Frau, also nicht uralt, sondern eher die Hände von jemandem, der viel mit Wasser zu tun hat und wenig Handcreme benutzt. Trockene Haut mit Leberflecken. Ja, das könnte passen.«

Matte griff sich einen Zettel aus seinen Papierstapeln im Regal und fing an mitzuschreiben.

»Ich spüre noch ihren Körper auf meinem Rücken.« Carina kauerte sich unter der Decke zusammen. »Warm und weich fühlte er sich an. Die Frau war etwas kleiner als ich, glaube ich, nicht viel, ein paar Zentimeter, denn ihre Füße lagen auf meinen Knöcheln, aber sonst? Mmh, mehr fällt mir nicht ein. Da drückte kein Knopf, sie trug vermutlich was mit einem Reißverschluss oder nur einen Pullover? Einen Jogginganzug? Und ihr Geruch, aber das nützt für die Fahndung nichts. Nach Vanille hat sie gerochen, das ist mir gestern eingefallen, als ich einen Chai getrunken habe.«

»Was war dann, als du aufgestanden bist? Du hattest keine Schramme, oder?«

»Doch, da war Blut hinter meinem Ohr, aber ich habe Peter nichts davon gesagt, nicht dass …« Carina stockte, wusste ihr Vater von Peters Blutphobie? Sie wollte Peter nicht in Schwierigkeiten bringen.

»Dass, was?«

»Nicht dass, naja, dass er denkt, ich wäre verletzt worden, war ich auch nicht, es war …, es muss ihr Blut gewesen sein.« Sofort wurde ihr klar, was sie damit aussprach. Sie hatte die DNA-Spur der Täterin an sich gehabt. »Bevor du fragst, in den letzten zwei Wochen habe ich viele Male geduscht und mir die Haare gewaschen, da ist nichts mehr.«

»Und deine Kleidung, was hattest du an?«

»Die Jeans hier, die habe ich gewaschen, für Mexiko. Das T-Shirt, ein dunkelrotes, liegt noch in meiner Wohnung, in Wandas Wäschebergen im Bad, jedenfalls war es so, als ich abreiste. Sie wollte sich in die Liste im Waschkeller eintragen.«

»Was, du hast nicht mal eine eigene Waschmaschine? Überhaupt, dass Wanda und Sandro bei dir eingezogen sind, ist doch auch keine Lösung. Hat sie denn schon eine neue Wohnung in Aussicht?«

»Das weiß ich nicht. Gestern, kurz bevor ich abreisen wollte, kam sie vorbei und fragte, ob sie bei mir unterkriechen können. Sie würde schnell was Neues finden, behauptete sie. Naja, nun müssen wir eben eine Weile zu dritt zurechtkommen, kann ich heute noch hierbleiben, ist dir das recht?«

»Natürlich, solange du willst.«

»Danke. Also, du meinst, an meinem T-Shirt könnten Spuren sein, die zu der Tatverdächtigen führen?«

»Einen Versuch ist es wert. Rufst du Wanda an und beschreibst ihr das T-Shirt und sagst ihr, dass sie nichts anrühren soll von der gesamten Wäsche?« Schon hatte sie ihr Handy aus der Umhängetasche geholt. Das Display zeigte zwei verpasste Anrufe und eine Nachricht von Peter von heute Nacht. Carinas Herz hüpfte. Warum hatte sie es nicht klingeln gehört? Der Klingelton war ausgestellt, stimmt, in der U-Bahn hatte sie das getan, und der Akku war auch fast leer. Sie kramte in ihrer Reisetasche nach dem Stromkabel, steckte das Handy an und wählte Wandas Nummer. Hoffentlich musste sie jetzt nicht gleich einen Redeschwall über sich ergehen lassen, weil sie gestern nicht mehr eingekauft hatte und und und. Doch Wanda ging nicht ran. Carina sandte ihr eine Nachricht.

Mein weinrotes Shirt bitte nicht waschen, es wird zur Spurensicherung gebraucht.
Bin bei Papa, liege mit Grippe im Bett. Melde dich doch mal. LG, Carina.

Sie wartete, bis ihr Mailprogramm anzeigte, ob Wanda online war und die Nachricht gelesen hatte. Nichts. »Sie scheint nicht zu Hause zu sein, kann sein, dass sie mit Sandro einen Ferienausflug macht.«

»Vielleicht kommt sie gleich. Ich bitte jemanden vom Streifendienst, bei euch vorbeizufahren und das T-Shirt abzuholen. Ihr tragt hoffentlich nicht beide das Gleiche und auch noch in der gleichen Größe?«

»Tja, Papa, du solltest dir deine Töchter doch öfter mal ansehen.« Carina lachte. »Wanda ist mehr der gemusterte Typ, Glitzertops und Herzchen, dazu ihre Häkelschals. Im Vergleich zu ihr wirke ich wie eine unplakatierte Litfasssäule.«

»Fertig mit dem Frühstück?« Ihr Vater räumte das Geschirr aufs Tablett.

»Den Orangensaft will ich noch.« Sie stellte das Glas zur Seite und klickte auf Peters Nachricht.

Einen Strauß Küsse,
Dich umarmend gebunden,
warte ich hier,
mühsam Reime gefunden
und sehne mich
nach einem (alkoholfreien) Bier,
nach Dir.

Neben der Sprachforscherei war er also auch noch Dichter. Carina grinste in sich hinein. Bestimmt hatte er lange getüftelt, abgewogen, ob er die Zeilen ohne durchgestrichenen Text oder mit schicken sollte. Was sollte sie erwidern? Erst mal schickte sie ihm ein Smiley und noch eines und dann:

Wann wird der Strauß geliefert? Bin erkältet, Achtung Ansteckungsgefahr.

»Gute Nachrichten?« Ein paar Ordner voller Einmerker und loser Zettel unter dem Arm, kehrte ihr Vater aus dem Bad zurück. Hatte er dort etwa auch ein Aktenregal?

»Mmmh«, erwiderte Carina knapp. Laut Silvia wusste er von Peter, aber alles musste sie ihm auch nicht auf die Nase binden.

»Schreib ihm einen schönen Gruß von mir.«

Carina sah auf. »Wem?«

»War nur Spaß.« Matte grinste sie an. »Wem wohl, deinem Peter. Er hat mit den Haasen zusammen tolle Arbeit geleistet und mir das gegeben.« Mit Vincent Haas und seiner Tochter Verena von der Spurensicherung, die von allen nur die Haasen genannt wurden, und Peter, hatte Carina im letzten Fall zusammengearbeitet, als es um Blutspurenanalyse ging. Matte holte einen kleinen Pappkarton aus dem Schrank, strich darüber, als wäre es ein goldverziertes Schmuckstück, und stellte ihn auf den Schreibtisch. »Hier drin ist so was wie eine Lebensversicherung. Ich werde ihn nachher in ein Schließfach sperren, fragt sich nur, bei welcher Bank.«

»Soll ich ›bitte, bitte‹ sagen, damit du mir zeigst, was in dem Kästchen ist? Sieht wie eine unserer Asservatenschachteln aus.«

»Nicht schlecht geraten. Aber warte noch ein bisschen, ich will, dass du alles verstehst, also der Reihe nach, was denkst du jetzt?«

»Äh, was?«

»Wegen dem Bestatter. Deine Mutter, also Iris, ist tot, da bin ich mir sicher. Sie starb 1994, kurz nach deinem zwölften Geburtstag. Dieser Schwalbe muss sie mit jemand verwechseln.«

Carina schielte nach dem Kästchen, legte aber das Handy weg, stopfte sich ein Kissen in den Rücken und machte es sich bequem. »Und weiter?«

»Wie ich schon sagte, ich wollte, ich könnte dir was Besseres liefern, als all das Lückenhafte, was ich bisher herausgefunden habe über sie. Ein bisschen was weißt du schon, aber ich will dir alles sagen, dann verstehst du vielleicht, warum es mir so schwergefallen ist, dich daran teilhaben zu lassen.«

»Ach ja? Und du meinst, dann kann ich die fast dreißig Jahre, in denen ich von euch verarscht worden bin, einfach so wegwischen? Oder glaubst du, ich hätte nicht schon als Kind geahnt, dass etwas nicht stimmt, doch immer dachte ich, es läge allein an mir. Ich bin anders, nicht normal, und das passt eben nicht zu euch. Meinst du, ich habe mich nicht gewundert, warum ihr jeden Schwangerschaftsmonat mit Wanda dokumentiert habt, sogar ihre Geburt habt ihr in einem Album festgehalten. Und von mir gab es kein einziges Bild aus dieser Zeit? Und als ich fragte, sagtet ihr, ihr hättet noch keine Kamera besessen und auch einfach nicht daran gedacht. Oder Silvia erklärte, dass sie voll berufstätig gewesen wäre und zum Fotografieren einfach keine Zeit gehabt hätte, außerdem wäre sie so kurz nach mir gleich wieder schwanger gewesen, das wäre Stress pur gewesen. Jedes Mal hattet ihr eine andere Ausrede, bis ich endlich still war. Obwohl ich die Ältere bin, gibt's mich auf Fotos nur mit Wanda gemeinsam. Als ich ein Jahr alt war und Wanda wenige Tage, wie ich ihr mit dir zusammen ein Fläschchen gebe. Das ist das erste Foto in eurer Familie.«

»Sag nicht ›eurer‹, du bist ein Teil von uns.«

»Fragt sich bloß, welcher Teil. Eher der, der gern hinten runterrutscht. Als ich klein war, dachte ich tatsächlich, erst mit einem Jahr schön genug gewesen zu sein, um überhaupt auf ein Foto zu dürfen.«

»Was glaubst du, wie oft ich dir alles sagen wollte. Wenn ich an deinem Bett saß, wenn ich dir vorlas oder wenn ich dich, so ganz in dich versunken, aus dem Kindergarten abholte und Mühe hatte, aus dir herauszukitzeln, was ihr den Vormittag über gemacht habt. Oder später, wenn du mir, kaum dass du lesen konntest, einen meiner Berichte vorgelesen hast, damit ich mich auch mal von der Arbeit erholen konnte, wie du sagtest. ›Me-sser-ste-che-rei, was ist das, Papa?‹, hast du mich gefragt, weißt du noch?«

Ja, daran erinnerte Carina sich noch genau. Sie muss so sechs oder sieben gewesen sein, in Sandros Alter, und hatte ihren Vater überredet, vom Küchenstuhl aufs Sofa zu wechseln, wo sie ihn zudeckte und ihm eine Wärmflasche brachte. Dann war sie neben ihn gerückt und las ihm das, über dem er gerade gebrütet hatte, vor, als wäre es ein Märchen. Besonders beeindruckten die Körperschemen sie, auf denen die Verletzungen der Toten eingezeichnet worden waren. Hinterher übertrug sie die Male mit leuchtendem Filzstift auf Wandas Ausschneidepuppen, was natürlich zu Geschrei führte.

»Die schwierigsten chemischen Formeln der Drogencocktails hast du für mich entziffert, wolltest natürlich genau wissen, wofür man das brauchte, sodass mich am nächsten Tag die Lehrerin anrief und mich aufforderte, meinen Beruf als Drogenfahnder doch von meinem Privatleben zu trennen.«

Carina grinste wider Willen, wenn sie daran dachte.

»Das weiß ich noch, du hast dann den Spieß umgedreht und bist an einem Vormittag zu uns in die Klasse gekommen, hast

Kekse verteilt und auch der Lehrerin welche angeboten und danach behauptet, dass es Haschkekse wären, und die Schüler übers Anfüttern der Dealer aufgeklärt. Das Problem war bloß, dass wir erst in die erste Klasse gingen und viele Eltern deinen Ehrgeiz zur Drogenprävention für übertrieben hielten.«

Matte gluckste. »Ja, dadurch habe ich es leider nicht in den Elternbeirat geschafft.«

Carina lachte. Diese angeblichen Haschkekse – in Wirklichkeit Silvias trockene Haferplätzchen – kursierten noch Wochen, fünfzig Pfennig der Krümel, auf dem Schulhof.

Matte wurde wieder ernst. »So oft dachte ich, dass nun der Moment wäre, dir die Wahrheit zu sagen, aber früher oder später hättest du den Wunsch geäußert, deine richtige Mutter zu treffen, und den konnte ich dir nicht erfüllen. Und von Jahr zu Jahr wurde es schwieriger, wie hätte ich dir erklären sollen, dass wir es solange geheim gehalten hatten. Bis zu deinem zwölften Geburtstag.« Und er erzählte Carina, was sie in Bruchstücken schon wusste. »Dass sie dich gar nicht sprechen wollte, kam mir merkwürdig vor. An keinem deiner Geburtstage hat sie sich gemeldet, und jetzt auf einmal rief sie an und bat mich um Hilfe.«

»Was genau hat sie denn gesagt, welche Art Hilfe wollte sie?«

»Ich weiß nicht, ob Hilfe das richtige Wort ist, ich habe sie gar nicht ausreden lassen. Vielleicht wollte sie uns auch warnen. Jedenfalls sprach sie von einer Gruppe, der sie angehört hatte, sie sei inzwischen aufgelöst, aber was sie getan hätten, dürfte nie ans Licht kommen. Ich wollte das gar nicht hören, wimmelte sie ab. Ich sagte ihr, dass du nicht mehr ihre Tochter wärst und dass sie uns in Ruhe lassen sollte. Sie bat mich, wenigstens kurz zuzuhören, es gebe sonst keine Möglichkeit mehr, die Zusammenhänge zu begreifen. Ich weigerte mich. Sie sollte nicht in dein Leben, in unser Leben hineinpfuschen, es war auch so kompliziert genug. Also habe ich aufgelegt. Aber dann konnte ich nicht aufhören, an sie zu denken. Ich hörte ihre Stimme in mir und ging wieder und wieder durch, was sie gesagt hatte und was sie mir vermutlich noch sagen wollte. Ich wandte mich an den BND.«

»Das hast du mir schon gesagt, dass die dort keine Iris Erlacher kennen und dir auch keine weitere Auskunft geben wollten.«

»Ja, genau. Aber ich ließ nicht locker, aktivierte meine eigenen Kanäle, bat Kollegen, die Kollegen kennen, die wieder jemanden wissen, den sie fragen könnten.«

»Du meinst den Matte-Kyreleis-Kanal, der mich auch in Mexiko überwacht hat?«

»Das war nur das Papa-in-Sorge-Netzwerk, ich kann kein Spanisch, aber der Carlos, Karins Lebensgefährte. Wir hatten zu der Zeit, als du abgereist bist, diesen Fall mit diesem mexikanischen Straßenmusiker, und damals hatte ich Kontakt zu einem Kommissar von der Bundespolizei. Carlos hat für mich am Telefon gedolmetscht, als ich in Mexiko Stadt anrief, leider mitten in der Nacht, ich hatte die Zeitverschiebung falsch berechnet und …«

»Papa«, ermahnte ihn Carina.

»Ja, ja, du hast ja recht.« Er schlug einen Ordner auf und überflog die Notizen und Vermerke. »Woche für Woche dauerte es, aber langsam sickerte etwas zu mir durch. Über einen Kollegen beim Bundesgrenzschutz stieß ich auf die GSG-9 und erfuhr von Gerüchten, die mir bestätigten, das ich auf der richtigen Spur war.«

»Du meinst das mit der Auftragskillertruppe, der meine Mutter als Scharfschützin angehörte?«

»Präzisionsschützin heißt das bei der Polizei korrekt. Es hieß, diese Gruppe bestehe aus vier oder fünf Leuten mit Spezialfähigkeiten, keine Rede von einer Frau.« Matte tippte auf die ominöse Pappschachtel. »Rekrutiert aus verschiedenen Geheimdiensten. Zwei von der GSG-9 seien dabei, die einen Einsatz vermasselt hätten und deshalb dauerbeurlaubt worden waren. Wären die beiden nicht ausgeschieden, wäre vermutlich nie getuschelt worden. Wie das so ist, einer sagt was weiter und fordert hinter vorgehaltener Hand den anderen auf, es unbedingt für sich zu behalten, und so weiter.«

»Hast du herausgefunden, was die beiden GSG-9-Beamten verbockt haben, dass sie gehen mussten?«

Matte nickte. »Bad Kleinen, ein kleiner Ort in Mecklenburg-Vorpommern. Ein Arzt hat dort Ende des neunzehnten Jahrhunderts eine Wasserheilanstalt eröffnet, seither durfte der Ort ein ›Bad‹ vor ›Kleinen‹ stellen. Die Kleinen haben dann Geschichte geschrieben, denn ausgerechnet dieses Kaff wurde für eine der größten geheimdienstlichen Operationen der Bundesrepublik ausgewählt. Vor allem das BKA wollte glänzen und endlich einen Schlusspunkt hinter die RAF setzen. Es sollten die zwei letzten bekannten RAF-Terroristen verhaftet werden, doch das Ganze endete in einem Desaster. Ein junger GSG-9-Beamter wurde erschossen, und auch einer von der RAF starb unter mysteriösen Umständen. Offiziell hat Wolfgang Grams Selbstmord begangen. Umstritten ist aber auch, ob er wirklich ein aktives Mitglied der Terrorgruppe war. Die ganze Aktion, bei der mehr als dreihundert Beamte im Einsatz waren, geriet völlig aus dem Ruder und führte dazu, dass der damalige Bundesinnenminister zurücktrat. 2001, also acht Jahre später, untersuchte man per DNA-Analyse die Asservate, die bei der Ermordung von

Rohwedder sichergestellt wurden. Ein Handtuch und ein Gartenstuhl, die der Scharfschütze zum Abstützen benutzt haben musste, als er oder sie aus einem Schrebergarten durch das Fenster ins Wohnhaus der Familie Rohwedder schoss.« Matte blätterte in der Akte und suchte die Stelle. »Aus dreiundsechzig Metern Entfernung. An dem Handtuch entdeckte man drei Haare von Wolfgang Grams.«

»Und ich habe mich schon gefragt, wie es dieser Fünfergruppe gelungen ist, den Auftragsmord wie ein Attentat der RAF aussehen zu lassen.«

»Etwas mager, das mit den Haaren, aber es genügte, vielleicht auch, weil die DNA-Analyse so neu war und die Öffentlichkeit überzeugte. Die Patronenhülsen jedenfalls, die auch bei dem Gartenstuhl im Gras lagen, stimmten nicht mit den Geschossen überein, mit denen Rohwedder getroffen wurde. Aber jetzt wissen wir mehr.« Und er öffnete endlich die Pappschachtel und gab sie Carina.

29.

München, 1982

Sie hatte noch nie so etwas Zartes, Schönes in den Armen gehalten – Iris fiel in einen Weinkrampf. Sie zerfloss, heulte und heulte. Carina sah sie mit großen Augen an, einen Rest Milch auf dem winzigen Herzmund. Tränen tropften auf ihre weiche Babyhaut. Iris stand vor der schwersten Entscheidung ihres Lebens, und sie wusste, dass es so oder so falsch sein würde. Mit jedem Atemzug ihrer kleinen Tochter rang sie mit sich. Gab es eine Alternative? Ihre Arbeit aufgeben, Alleinerziehende sein, noch mal ganz von vorn anfangen und ihre gesamte Ausbildung vergessen? Würde sich nicht etwas von diesem Groll mit den Jahren auf das Kind übertragen? Sie hatte doch immer diesen Traum gehabt – für eine gerechte Sache kämpfen, vielleicht verstand Carina das, wenn sie größer war? Sie wählte Mattes Nummer, ihr Herz schlug ihr bis zum Hals, als sie sagte: »Du bist Vater geworden, ich habe ein Mädchen geboren, neun Wochen ist sie inzwischen.«

Er schwieg, sie hörte ihn atmen, hörte andere Stimmen im Hintergrund. Vielleicht hätte sie anders anfangen sollen, hätte fragen sollen, wie es ihm ging, wo er gerade war. Wie man das machte, wenn man jemanden nach so langer Zeit wieder anrief. Doch sie wollte gar nicht wissen, wie es ihm ging, oder doch, natürlich, denn er sollte sich um Carina kümmern, aber sie wollte nicht hören, was er tat, denn sonst würde sie ihn vermissen, würde diese ganzen Gefühle, die sie tief in sich verschlossen hatte, wieder heraufholen. »Carina heißt sie, willst du sie sehen?«

»Ja«, sagte er, sie hörte ihn schlucken. Sie verabredeten sich gleich für den Nachmittag im Südpark bei den Tischtennisplatten, wohin Iris mit Carina im Tragetuch ging. Er hatte Blumen in einer Plastiktüte dabei, die er ihr aber nicht gab, vielleicht waren sie gar nicht für sie bestimmt. Sie setzten sich auf eine Parkbank, obwohl es eisig kalt war, aber die Kleine war warm eingepackt. Iris' Tischkollegin Nummer einundachtzig hatte sie von oben bis unten bestrickt. In Hellgelb, neutral, wie sie betonte, da Iris bis zum Schluss nicht wusste, was es werden würde, Junge oder Mädchen. Das erzählte sie Matte alles, nur um die Stille zu überbrücken, und er hörte zu, ohne sich zu rühren. Seine Augen ruhten auf dem kleinen Kindergesicht, das aus Iris' Jacke lugte. Carina und er, das war Liebe auf den ersten Blick. Iris hob sie heraus und legte sie ihm in die Arme. »Kannst du sie zu dir nehmen? Eine Zeit lang, ich muss zu einem Auslandseinsatz.«

»Silvia ist schwanger, sie hat es mir gestern Abend gesagt. Wie kann ich dann heute daherkommen und behaupten, dass ich schon ein Kind habe?«

Dann waren die Blumen für seine Frau. Silvia, die Hebamme, Iris kannte sie vom Hörensagen von der Entbindungsstation, wo Silvia Belegbetten hatte. Matte heiratete sie, kurz nachdem Iris zum Bundesnachrichtendienst gegangen war. Er hatte schnell Ersatz für sie gefunden, eine andere zu seiner großen Liebe erklärt. »Soll ich Carina in ein Heim stecken?«

»Was genau ist das für ein Auslandseinsatz?«

»Ich darf nicht darüber sprechen.«

»Dachte ich mir schon. Warum machst du das?«

»Was soll das heißen, du darfst doch auch nicht über deine Fahndungen sprechen. Nur weil ich eine Frau bin und gerade ein Kind gekriegt habe, steht es mir nicht zu, meinen Beruf weiter auszuüben, oder wie meinst du das?« Iris war laut geworden, sodass Carina zu weinen anfing. Matte stand auf und wiegte sie, aber die Kleine wollte sich nicht wieder beruhigen. Iris öffnete ihre Bluse.

»Du stillst?« Matte gab sie ihr.

»Wieso nicht, ist das so ungewöhnlich?« Mit lautem Knurren begann Carina zu nuckeln. Ihre winzigen, hellen Augenbrauen runzelten sich, als machte sie ihr jetzt schon Vorwürfe.

Matte legte seine große Hand auf ihr Köpfchen und streichelte es, fast berührte er mit seinen Fingerspitzen Iris' Brust. »Wie kannst du sie dann weggeben wollen?«

»Nur weil ich ihr alles gebe, was ich habe, bin ich trotzdem eine schlechte Mutter in deinen Augen?«

»Ich rede mit Silvia«, versprach er z…

Noch 17 Sekunden

Im Auge schälte sich die Zeit

Aglaja Veteranyi

30.

»Das sind tatsächlich die Original-Patronenhülsen vom Rohwedder-Attentat?« Carina brach der Schweiß aus. Sie stellte die Schachtel mit den zwei Patronenhülsen zur Seite und wischte sich mit der Decke die Stirn ab. Vielleicht hatte sie noch Fieber? In ihr pulsierte es, sie wollte nicht sehen und hören, was Matte gleich sagen würde. Mit jeder Faser ihres Herzens wollte sie ihre tote Mutter in Schutz nehmen, die Matte, wenn er mit seinen Ausführungen am Ende war, als Hauptschuldige nennen würde. Sie riss sich zusammen, stellte sich vor, es handelte sich hier um eine Obduktion, bei der sie bereits das Ergebnis kannte, das tote Opfer, das auf dem Seziertisch lag. Stets war es ihre Aufgabe herauszufinden, wie es zu einer Tat gekommen war. Zum ersten Mal war sie in einen Fall so eng verstrickt, und je mehr sie erfuhr, desto klebriger wanden sich die Fäden um sie. Das konnte sie nur mit Objektivität durchbrechen, sie musste versuchen, Abstand zu wahren zu den grausamen Taten und zu dieser Frau, die sich ihre Mutter schimpfte. War es das, was ihr Matte die ganze Zeit verklickern wollte? Eine Art Zeugenschutzprogramm für seine Tochter? Carina Kyreleis, Tochter einer Mörderin? Sie schluckte und holte Luft. »Aus welcher Waffe stammen die?«

Ihr Vater schien nichts von ihren inneren Kämpfen zu bemerken, ein Lächeln umspielte seinen Mund. Ermittlergrinsen, das kannte sie, auch wenn es eigentlich gar nicht seine

Baustelle war. »Das sind Patronenhülsen, die zu den Kugeln gehören, die in Rohwedders Körper gefunden wurden. Ein Nato-Standardgewehr, in Belgien produziert. Und jetzt kommt's. Mit genau diesem Waffentyp wurde nur wenige Wochen vor dem Attentat auf die US-Botschaft in Bonn geschossen. Du kannst dir denken, wer dafür verantwortlich gemacht wurde.«

»Die RAF?«

Er nickte. »Am Tatort in Bonn wurde ein Frauenhaar gefunden und andere DNA, die zu drei RAF-Terroristen führt, die allerdings bis heute noch nicht gefasst sind.«

»Schon wieder Haare?«

»Du sagst es. Der Anschlag auf die amerikanische Botschaft passt in das RAF-Muster der Stadtguerilla: herumballern und den Kapitalismus anprangern.«

Carina seufzte. »Klingt sehr kompliziert, mal war es die RAF, mal nicht, wie sollte man da durchsteigen? Und diese Spuren haben sie auch erst Jahre später auswerten können?«

»Ja, das systematische Erfassen von genetisch verwertbaren Spuren begann doch erst 1998, und das BKA fing erst 2000 an, eine Vergleichsdatenbank aufzubauen.«

»Dein Fall, weißt du noch?«, unterbrach Carina. »Erst gestern habe ich mit dem Friedhofsverwalter darüber gesprochen, dass du, nachdem das mit der DNA möglich war, an dem Promifall mitgewirkt hast.«

»Welchen meinst du?« Matte rieb sich das Kinn.

»Moshammer.«

»Stimmt, wir fanden Hautschuppen an dem Kabel, mit dem der Modeschöpfer erdrosselt wurde, und verglichen sie mit einer aus anderem Anlass abgegebenen Speichelprobe des Beschuldigten.«

»Aber Vergleichsmaterial der RAF-Leute gab es anscheinend nicht in der BKA-Datenbank oder wie?«

»Grams' Haare eben.« Matte schwieg einen Moment. »Weißt du, woran ich denke, wenn ich BKA höre?«

»Krallinger? Du meinst er hat Grams' Haare an das Handtuch getan?«

»Zuzutrauen wäre es ihm. Die Bezeichnung Doppelagent langt bei dem nicht mehr, eher Dreifach- oder Vierfachspion, wenn das überhaupt reicht. Übrigens war er nicht der Einzige, der nach einer Stasikarriere einen Neustart beim Bundeskriminalamt machte. Beamtenrecycling.«

»Und das Bekennerschreiben?«

»Ein Emblem der RAF, und dazu so ein theatralischer Spruch. Wer nicht kämpft, stirbt auf Raten und so Zeug. Diese großkotzigen gewaltverherrlichenden Pamphlete waren der Öffentlichkeit bekannt und weit verbreitet. Ein Leichtes, so was zusammenzubasteln und als Original-RAF-Bekennerbrief auszugeben.«

Carina hatte davon in den »Luftpostpapieren« gelesen. »Das klingt einleuchtend, aber was, wenn es doch die RAF selbst war?« Insgeheim klammerte sie sich an den letzten Strohhalm und hoffte, dass dies alles nichts mit ihrer Mutter zu tun hatte, auch wenn sie selbst ihre Aufzeichnungen gefunden hatte, die das Gegenteil bewiesen.

»Unwahrscheinlich. Das BKA versuchte zwar seit vielen Jahren, die RAF mithilfe von V-Leuten zu unterwandern, aber das gelang nur schwer. Ich kenne das noch von meiner Zeit bei der Drogenfahndung, das ist sehr riskant, man muss dabei Leuten vertrauen, die ziemlich viel Dreck am Stecken haben. Das BKA versprach seinen V-Leuten Straferlass, also Erpressung. Dafür sollten sie mit den Terroristen

Kontakt aufnehmen und sie ausspionieren. Die vielen Ungereimtheiten in Bad Kleinen kamen auch dadurch zustande, dass das BKA anfangs leugnete, dass ein V-Mann die beiden mutmaßlichen RAF-Mitglieder Grams und seine Freundin Birgit Hogefeld ausgeliefert hat. 1993 waren kaum noch RAF-Mitglieder übrig. Die meisten saßen in verschiedenen Gefängnissen, der Rest lebte mit Wissen des BKA in der DDR oder war in ein arabisches Land abgetaucht. Und trotzdem wurde weitergemordet, nicht nur Rohwedder und Herrhausen starben, und jedes Mal wurde die RAF dafür verantwortlich gemacht.«

»Wieso, was taten diese Männer denn so Unbequemes, dass die Geheimdienste ein Killerkommando schickten?«, fragte Carina.

»Herrhausen schlug vor, den Entwicklungsländern die Schulden zu erlassen, und Rohwedder wollte kurz nach der Wende den Verkauf der ehemaligen DDR-Betriebe an dubiose westliche Scheinfirmen verhindern. Wer genau hinter dem ›Geld‹, wie Iris die Auftraggeber in ihren Papieren genannt hat, steckt, weiß ich nicht.«

»Dann kennst du also Iris' Luftpostpapiere schon?«

»Auch nur den Teil mit dem Rohwedderattentat, den du als Erstes entdeckt hast. Ich habe Peter gebeten, die gesamten Papiere zu analysieren. Mit seinem Professor zusammen arbeitet er an einem speziellen Computerprogramm, mit dem man Texte vergleicht und so ein Profil des Verfassers erstellen kann.«

»Vergleichen?« Carina war irritiert.

Matte nickte. »Eine Text-DNA sozusagen.«

»Hast du etwa außer meiner Geburtstagskarte noch andere Texte von meiner Mutter?«

»Ein bisschen was, ein paar alte Briefe und Auszüge aus der Hochschulzeitung, Iris schrieb gerne und viel.«

Carina merkte, wie ihr alter Zorn aufflammte, das alles hatte er ihr ein Leben lang vorenthalten. »Und warum hast du mir das nie gezeigt? Ich verstehe es einfach nicht.«

»Glaub mir, oft war ich nahe dran, vor allem je älter du wurdest und ihr immer ähnlicher. Dein Blick, deine Art zu gehen. Dann wie du Sachen anpackst, eher alles alleine machst, bevor du jemanden um Hilfe bittest.«

»Pff, da kenne ich noch so einen Sturkopf, und der sitzt hier im Zimmer.«

»Na siehste, bitte verzeih mir endlich, und lass mich dir alles erklären, einverstanden?«

Carina zupfte an einem losen Faden der Wolldecke. Was blieb ihr übrig? Schmollen, grollen, den Berg runterrollen? Ihr Vater hatte ständig was in der Hinterhand, das er ihr vorenthielt, so war er eben. Sie sah zum Fenster. Regentropfen streiften wie durchsichtige Glaskugeln die Scheibe und hängten sich zu Ketten aneinander. Es schüttete noch immer.

»Carina, auch ich habe viele Fragen und leider nur wenige Antworten gefunden. Zwanzig Jahre alte Dokumente, eine Art Geständnis über die Attentate dieser Fünfergruppe, hat Iris mit diesen Luftpostpapieren hinterlassen. Aber woher hatte die Journalistin sie? Oder wer hat sie ihr zugespielt?«

31.

»Eine dahergelaufene Künstlertochter, die anderen Leuten den Dreck aus den Zehen kratzt. Was willst du mit der?«, schimpfte die Kröte über Hannah, als sie merkte, dass Till mit ihr zusammen war. Sie bestellte die Pediküre ab und telefonierte herum, um Hannah auch die übrige Kundschaft zu verderben. Das gelang ihr nur bei einer Bekannten, der die Kröte die Kommode geschenkt hatte, als Till ihr entwachsen war. Ansonsten war Hannah beliebter mit ihrer Art als die Kröte. Till wollte sich sowieso eine eigene Wohnung suchen, sonst hielten die Nachbarn ihn und die Kröte wirklich noch für ein Paar. Vielleicht wagte er mit Hannah zusammen den Absprung aus seinen Kinderkisten. So sehr sich Hannah auch um die Kröte bemühte, sie zum Schwimmen an den See begleitete und mit ihr einkaufen ging. Sie verachtete seine Freundin. »Seine Freundin«, wie das klang. Fremdartig und kribblig und zugleich normal. Dann würde er einer wie alle werden, bald in einer Partnerschaft mit einer lebendigen Frau leben. Till konnte Hannah bei Betriebsfeiern herzeigen und würde auf einmal die Kollegen verstehen, die sich über die Ansprüche ihrer Geliebten beklagten.

An einem Mittwochnachmittag erhielt Till einen Anruf. Die Kröte hatte beim Schwimmen einen Krampf im Bein bekommen, und bei dem Versuch sie zu retten, ertrank Hannah.

Ihre norddeutschen Verwandten ließen seine Freundin einäschern, und Till blieb nichts. Kein Leichnam, den er liebkosen konnte, kein Grab. Er musste wieder von vorne anfangen, mit der Kröte an der Backe, die ihn bestimmt überlebte, wenn sie so weitermachte.

32.

»Weißt du woran ich denke?«, wiederholte Carina die Worte ihres Vaters von vorhin. »Die Patronenhülsen vom Rohwedderattentat, die Luftpostpapiere, die Sprengung in Neumaising. Wenn das miteinander zu tun hat und an die Öffentlichkeit dringt, wirbelt es die Geschichte der Bundesrepublik durcheinander. Was, wenn herauskommt, dass Deutschland Killer beauftragt, politisch unbequeme Leute liquidiert?«

»Das wäre das Ende der Demokratie.« Sorgfältig schloss Matte die Asservateschachtel mit den beiden Hülsen wieder und stellte sie auf das Fensterbrett. »Darum will ich auch die Beweisstücke nicht voreilig herausgegeben, verstehst du das? Das BKA, der BND haben die Morde vielleicht in Auftrag gegeben oder zumindest fürs Vertuschen gesorgt und würden sie auf Nimmerwiedersehen verschwinden lassen.«

»Machen wir uns nicht strafbar, wenn wir das für uns behalten, und ziehen außerdem noch die anderen, die eingeweiht sind, mit hinein? Peter, die Haasen, Feininger, Buddeberg, wen noch? Das BKA, oder wer auch immer, hat doch bestimmt mitgekriegt, dass du Nachforschungen anstellst. Ist das nicht gefährlich?«

»Mein zweiter Vorname. Matthias Gefahr Kyreleis, wusstest du das nicht? Nein, im Ernst, um mich sorge ich mich nicht, aber um dich.«

Carina kniff die Augen zusammen, jetzt fing das schon

wieder an. »Ich kann wirklich auf mich alleine aufpassen.« Und anscheinend habe ich einen Schutzengel, obwohl ich bisher nicht daran geglaubt habe, ergänzte sie in Gedanken. »Wenn was ist, flieg ich halt als Elster davon.« Sie hatte einen Witz machen wollen, doch dann fiel ihr auf, dass sie noch nie ihrem Vater gegenüber ihren Spitznamen erwähnt hatte.

»Ich weiß, wie dich deine Kollegen nennen.« Matte zwinkerte ihr zu. Wäre ja auch ein Wunder gewesen, wenn nicht. Carina seufzte. »Dann lass uns weitermachen. Es geht um diese Fünfergruppe, der deine Mutter angehörte. Was wissen wir über sie?« Matte schrieb eine große Fünf auf ein leeres Blatt Papier.

»Jering und Lambert verfolgen die Journalistin, vermutlich um eine Veröffentlichung der Luftpostpapiere zu verhindern«, fasste Carina zusammen. »Krallinger ist der dritte im Bunde, dann noch Iris. Heute sind drei aus der Gruppe tot, Lambert ist verschwunden, und wer ist der Fünfte?«

Matte kringelte ein Fragezeichen hinter die Fünf und klebte das Blatt mit Tesa an einen freien Streifen der Wand, an der früher Wandas Bett gestanden hatte. Dann nahm er drei Bilder aus seinem Ordner und hängte sie daneben. Schwarz-Weiß-Aufnahmen von drei Männern, die aus der Datenbank stammten. Jering und Lambert, ihre Porträts sah Carina nun zum wiederholten Mal, und das von Krallinger. Sein Feuermal hob sich dunkelgrau von seiner übrigen Haut ab.

»Von Iris gibt es kein Foto, außer deinen Babyfotos mit ihr. Doch die möchte ich nicht hier dazuhängen.«

»Die gebe ich dir auch nicht«, sagte Carina. »Wie bist du eigentlich auf diese Brücke gestoßen, von der meine Mutter gesprungen ist?« Sie zeigte auf das Foto, das Matte auf den alten Kinderzimmerschrank geklebt hatte.

»Der Wenn-wir-Kurti hat es mir gesagt, nachdem er auf mich geschossen hat.« Ohne es zu wissen, hatte Krallinger auf Carinas Mailbox gesprochen, als ihr Vater glaubte, er stürbe, und sie noch einmal anrief. Die Worte ihres schwer verletzten Vaters waren noch immer auf ihrer Mailbox, eigentlich hatte sie sie längst löschen wollen, denn er lebte, hatte überlebt. Doch da hatte er ihr zum ersten Mal gesagt, dass Silvia nicht ihre richtige Mutter ist. »Heißt das, Krallinger hat noch mehr gesagt, als das, was ich gehört habe?« Carina verschränkte die Arme vor dem Bauch. Es bereitete ihr körperliche Qualen sich vorzustellen, wie ihr Vater in der Feldafinger Villa gelitten hatte.

»Nur das noch, das mit der Brücke.«

»Du hast mir gesagt, ihr Leichnam wäre nie gefunden worden?«

»Noch im Krankenhaus habe ich angefangen, nach dieser Brücke zu suchen. Diese hier …« Er zeigte auf das Foto. »… ist 1994 fertiggestellt worden. Im Spessart, der Ort heißt Zellingen. Nachts von einer Baustelle zu springen ist vermutlich leichter als von einer stark befahrenen Brücke. Ich habe die Baufirma ausfindig gemacht, das heißt, die Firmen, die an so einem Brückenbau beteiligt sind, dann die Stadt selbst, der Straßenbau, die Mainschifffahrt und so weiter. Den halben Arm habe mir dabei abtelefoniert bis ich auf Arbeiter stieß, die nach der Spätschicht in den Bauwägen auf der Brücke übernachteten. Der eine hat mich an den Nächsten verwiesen und so weiter, du kannst es dir denken. Erst als ich erklärte, dass ich rein privat anrufen würde, dass es keine Strafverfolgung gäbe und schon gar nicht wegen Schwarzarbeit, hat einer zugegeben, in einer Nacht im September 1994 von Autogeräuschen und Scheinwerferlicht aufgewacht zu sein.

In dem Lichtkegel habe eine Frau gestanden, die dann plötzlich weg gewesen sei, aber sicher sei er sich nicht. Als ich ihn fragte, ob er sich mit mir treffen könnte, wiegelte er ab und sagte, weiter hätte er nichts gesehen, sei wieder eingeschlafen. Es war oft vorgekommen, dass sich irgendwelche Typen in Partylaune auf der Baustelle herumtrieben, er wollte in nichts hineingezogen werden. Mehr habe ich also noch nicht, auch keinen Beweis, dass es diese Brücke war, aber wenigstens das hier.« Er zog ein weiteres Blatt aus einer Klarsichthülle und zeigte es Carina. Die Todesanzeige ihrer Mutter.

33.

Pullach, 1982–1983

Auch wenn sie diese Innigkeit mit ihrer Tochter genoss, sie stillte und versorgte rund um die Uhr, fühlte sich Iris nicht für diese Rolle geschaffen. Sie wollte nicht »privat« sein, das gab es für sie nicht. Durchschnaufen, das tat sie unter Anspannung, kurz bevor sie eine Anweisung befolgte, und nicht abends auf dem Sofa vor dem Fernseher. Der BND unterstützte zwar Familien, hatte sogar einen eigenen Kindergarten und eine Adressliste mit vertrauenswürdigen Tagesmüttern. Aber Carina sollte nicht elitär und isoliert von der Welt als Kind einer Agentin aufwachsen. Als sie kurz darauf wieder im Büro ihres Führungsoffiziers saß, war es entschieden. Eine Zeit lang die Ersatzmutter zu spielen akzeptierte Mattes Frau nicht, Iris musste sich für immer von Carina trennen.

»Was ist mit Ihrem Kind?«, fragte Eigermüller. »Sie wissen, dass die Sowjets sämtliche Waffen einsetzen? Nicht nur Sprengfallen, die als alles Mögliche getarnt sein können. Auch Napalm und Nervengas.«

»Für sie ist gesorgt. Ich habe sie zur Adoption freigegeben.« Iris leierte es runter, als berührte es sie nicht. Innerlich hatte sie es sich oft genug vorgesagt, und nun, da sie es aussprach, war es besiegelt.

»An Ihren Ex? Ist das eine gute Idee? Wollten Sie sich ein Hintertürchen offen lassen?«

Dass ihr Chef alles über sie wusste, war Iris klar. Nur die Gedanken waren frei. Was sie nicht im Kopf behielt, sondern bereits über ihre Körpersprache nach außen trug, wurde dem BND berichtet. Die Mitarbeiter überwachten sich gegenseitig. »Mir ist klar, dass es kein Zurück gibt«, erklärte sie. »Ich will nicht verwundbar sein.« Ein Kind würde bedeuten, dass sie erpressbar wäre, unter Folter alles gestand. Er nickte wie zu einer Schülerin, die im Unterricht aufgepasst hatte und nun ihre Belohnung erhielt.

Im Schnelldurchlauf ließ sie sich zur Sanitäterin ausbilden. Drei Monate Blut und Wunden versorgen, wenn sie die Augen schloss, sah sie rot. Zu Hause, während sie die letzten Spuren von Carina, ein Restpaket Windeln, den Fencheltee und ihren Still-BH entsorgte, murmelte sie ihren Lernstoff, medizinische Abläufe oder anatomische Zusammenhänge, herunter. Später fand sie noch ein Spucktuch in der Wäsche, das ihre Mutter umhäkelt hatte und das sie schon als Kind gehabt hatte. Das Gesicht ihrer kleinen Tochter schob sich vor ihr inneres Auge, wie sie zufrieden im Schlaf gelächelt hatte. Iris spürte ein Ziehen in der Brust, trotz Tabletten, die die Milch versiegen ließen. »Schulterblattgräte, Akromion, Humeruskopf, Epicondylus lateralis, Olecranon, Radiusköpfchen, Ellenköpfchen.« Schnell ratterte sie die Bezeichnungen der Knochenvorsprünge der oberen Extremität herunter. So betäubte sie sich, wie schon ihr ganzes Leben lang, mit Wissensdur…

Noch 16 Sekunden

Das Gedächtnis ist das Tagebuch,
das wir alle bei uns tragen.

Oscar Wilde

34.

Wenn ich tot bin, darfst du gar nicht trauern.
Meine Liebe wird mich überdauern
und in fremden Kleidern dir begegnen
und dich segnen.
Joachim Ringelnatz

Iris Erlacher

07. 05. 1960–11. 09. 1994

Wir trauern um unsere liebe Kollegin,
die im Dienst der Bundesrepublik Deutschland,
von uns gegangen ist.

i. A. Rainer Keßelring, erster Direktor und Leiter
der Abteilung 4 im Namen aller Mitarbeiter

»BND-Echo, IV/1994«, stand handschriftlich darunter. Sollte sie weinen, angesichts dieses Stücks kopierten Papiers? Carina schluckte. Es war immer noch so unwirklich, eine andere zu sein, als sie geglaubt hatte, eine halb fremde Herkunft zu haben, die Tochter einer Mörderin zu sein. Was hatte sie überhaupt mit dieser Frau zu tun? Sie sollte es nüchterner betrachten, als Forscherin, als Ermittlerin. »Hast du die Todesanzeige echt aus einer Zeitschrift für BND-Mitarbeiter?«

»Ja, die haben ein Fachjournal wie jede Berufsgruppe. Wie heißt eure?«

»Ganz simpel, nur ›Rechtsmedizin‹.«

»Oh, da ist unser ›Kriminalist‹ schon spitzfindiger, fast eine Familienzeitschrift. Gleich nach der Wissensseite, ›Kriminallistig‹, und noch vor ›Kriminallustig‹, mit den ganzen Polizeiwitzen, mit denen der Paintner sein Büro pflastert, stehen auch Traueranzeigen, von im Dienst erschossenen oder kaum in Rente gegangenen und schon einem Herzinfarkt erlegenen Kollegen.«

Carina hörte nur mit halbem Ohr hin, sie prägte sich die Daten ein. Das Geburts- und Sterbedatum ihrer Mutter. Nur vierunddreißig Jahre alt ist sie geworden, kaum älter als sie jetzt war. »Wie bist du an die Anzeige gekommen?«

»Die findet man im Internet, ältere Hefte der Zeitschrift gibt's als Download. Bestimmt eine Marketingstrategie, der BND öffnet sich der Öffentlichkeit. Transparenz wird heutzutage verlangt, auch von einem etwas behäbigen Geheimapparat, der jetzt immerhin von München-Pullach nach Berlin umgezogen ist.«

»Dann war meine Mutter also dadurch, dass sie in Pullach gearbeitet hat, immer in meiner Nähe?«

»Kurios, nicht? Ich habe sie auch überall vermutet, in der ganzen Welt, dabei lebte sie nur fünf S-Bahn-Haltestellen von hier, das sind zehn Minuten Fahrt.« Er klebte die Todesanzeige neben die anderen vier Zettel an die Wand.

»Und die Todesursache? Ich meine, wie hat sie sich umgebracht?«

Matte gab ihr ein weiteres Blatt aus einem Ordner, das ebenfalls mehrfach kopiert wirkte. Nur ein Papier unter seinen vielen anderen. Carina erkannte die Schrift wieder.

Ich kann nicht mer, mein Leben ist sinnlos, die Weinlese war zu viel für mich, sucht nicht nach mir, ich bin im Mehr.

Iris

Die letzten Worte ihrer Mutter, bevor sie von einer Brücke sprang. Fremd und traurig zugleich. Die Handschrift war fahriger, die Buchstaben weiter auseinander, nicht so konzentriert in gleichmäßiger Miniatur, wie es Carina von den Luftpostpapieren in Erinnerung hatte. »›Mehr‹ ohne h. Was bedeutet ›im Mehr‹ sein? Immer sein oder im Wasser sein?«

»Immer sein, das ist auch schön, darauf bin ich noch gar nicht gekommen.«

»Und Weinlese, ist das wörtlich gemeint?«

»Nein, Operation Weinlese war der Deckname des Einsatzes in Bad Kleinen. Nachdem ich die Todesanzeige gefunden habe, habe ich noch mal versucht, an einen ihrer alten Kollegen heranzukommen. Mit Wolf Dietrich Deiser war Iris in Bad Kleinen zur Überwachung abgestellt. Das allein ist schon eine unglaubliche Geschichte. Ich habe nur am Telefon mit ihm reden können, mit Prepaid-Handy, ich weiß nicht, wie er heute heißt, was er macht und wo er wohnt, aber er scheint immer noch Angst zu haben, darüber zu sprechen.«

»Aber am Ende hast du ihn geknackt?«

Matte verzog den Mund. »Nachdem ich ihm meinen Dienstausweis gefaxt habe und er mir glaubte, dass ich kein Journalist bin. Ein bisschen von ›wir Ermittler müssen zusammenhalten, und wir dürfen die Misere der Bonzen ausbaden, die über unsere Köpfe hinweg entscheiden, wer seinen noch auf dem Hals tragen darf und wer nicht.‹ Deiser schien erleichtert, endlich mit jemandem darüber reden zu können.

Sie hörten in Wismar, von einer beschlagnahmten Wohnung aus, den V-Mann Klaus Steinmetz und die mutmaßliche RAF-Terroristin Birgit Hogefeld ab, die sich in einer Pension gegenüber eingemietet hatten. Der V-Mann trug einen Peilsender am Körper. Du glaubst ja nicht, was der BND für einen Aufwand betrieb, um überhaupt in das Nachbarhaus hineinzukommen. Möglichst unverdächtig, versteht sich. Und das Laute, Auffällige ist oftmals die beste Tarnung. Damals gab es eine Fernsehsendung mit Rudi Carrell, wie hieß die doch gleich?« Er überlegte. »Egal, fällt mir nicht mehr ein, jedenfalls traten in der Show zwei Familien gegeneinander an und mussten sich Dinge von einem Fließband merken. Ach ja, ganz einfach, ›Am laufenden Band‹. Wer sich am meisten merken konnte, durfte alle Gegenstände an sich raffen. Das Zuckerl war, dass sich hinter manch unscheinbarem Teil eine Überraschung verbarg, hinter einem Globus eine Reise zum Beispiel, und das Ziel hat der Kandidat selbst bestimmt, indem er blind auf eine Stelle tippte. Der Traum jedes kleinen Mannes, die Show hatte Spitzen-Einschaltquoten. Also motzten sich Iris und Deiser als flippige Fernsehleute auf und klingelten bei der Familie, deren Wohnung sie zum Spionieren brauchten. Sie hätten eine Reise nach Italien gewonnen, mehr konnte sich der BND, beziehungsweise der Steuerzahler, dann doch nicht leisten, einzige Bedingung: Sie müssten sofort aufbrechen. Wer sagt da schon, das ist ein Irrtum, sie hätten nie bei einem solchen Gewinnspiel mitgemacht.«

»Ich vielleicht«, sagte Carina.

»Ich heute auch, aber damals wahrscheinlich nicht. Urlaubsreisen waren noch Luxus. Jedenfalls hatte der BND seine freie Wohnung, um die Pension gegenüber zu beobachten. Der Befehl lautete: Festnahme der verdächtigen Personen nach Verlassen der Ferienwohnung. Die GSG-9 lauerte in der Nähe der Bushaltestelle, alles verlief scheinbar reibungslos. Zwei Tage und zwei Nächte Totalüberwachung, dann brachen die beiden Objekte, wie sie auch Deiser nennt, auf. Zugriff! Deiser hörte noch den Vermieter übers Tonband, warum sie denn schon abreisten, sie hätten doch im Voraus bezahlt. Hogefeld und Steinmetz erwiderten, dass sie noch Freunde treffen wollten. Das war der Auslöser für den Großalarm. Freunde einer RAF-Terroristin? Hieß das, weitere Terroristen kröchen aus ihren Schlupflöchern? Das könnte der größte Fahndungserfolg der Bundesrepublik werden, nach den unaufgeklärten Verbrechen der letzten Jahre. Nun böte sich die Gelegenheit, die Reste der Baader-Meinhof-Bande auf einmal zu schnappen. Das wollte sich weder BKA noch BND entgehen lassen. Folglich brachen sie den Zugriff ab. Und von da an wurde aus einer exakt getakteten Aktion ein Willkürplan. Steinmetz und Hogefeld fuhren mit dem Zug nach Bad Kleinen, an den Ort, den das BKA für eine Festnahme ausgeschlossen hatte, weil es dort zu unübersichtlich ist. In Windeseile werden überall Kameras angebracht und bewaffnete Posten aufgestellt. Die beiden Objekte treffen sich mit einem weiteren in einem Café zwischen den beiden Bahnsteigen. Du ahnst, wer das war?«

»Wolfgang Grams.«

»Genau. Sie nehmen eine Art Henkersmahlzeit zu sich, bei der sie von über hundert Einsatzkräften überwacht werden. Deiser und Iris sind inzwischen auch per Auto eingetroffen. Spätestens ab dem Zeitpunkt, als die drei Überwachten das Café verlassen, gibt es mehrere Versionen des Einsatzes, das BKA hat den Medienbericht manipuliert, weil sie den V-Mann nicht auffliegen lassen wollten. Das Ende kennst du. Wie es aber genau zu den zwei Todesfällen kam, wusste auch Deiser nicht. Schau, hier ist eine Planzeichnung des Bahnhofs, die gestrichelten Linien markieren den Einsatzverlauf bis zum Mittelbahnsteig.« Er zeigte ihr eine weitere Kopie.

»Und die Kameras?«, fragte Carina und dehnte ihre Schultern, vor Anspannung hatte sie sich kaum zu rühren gewagt.

»Was meinst du?«

»Du sagtest was von Kameras, die überall am Bahnhof installiert waren, wer hat die Filme ausgewertet?«

»Gute Frage, ich ruf nachher noch mal bei einer meiner Quellen an.«

»Echt, das geht, du rufst dort an und fragst, wo der Film von Bad Kleinen hingekommen ist?«

»Probieren kann ich es, ich bezweifle zwar, dass etwas in der Art existiert, sonst wäre der Film doch in den vergangenen zwanzig Jahren aufgetaucht.«

Carina hielt noch immer die Kopie des Abschiedsbriefs in der Hand. »Und was ist mit dem hier?«

»Deiser fand den Brief in der Pullacher Wohnung, als er nach ihr sehen wollte, weil sie in den Wochen nach Bad Kleinen nicht zur Arbeit erschienen war. Er hat ihn mir gefaxt und glaubt, so lautete dann auch die offizielle Version des BND, dass sie sich in der Ostsee ertränkt hat.«

»Also doch Meer?«

»Die Rechtschreibfehler sind mir auch gleich ins Auge gestochen, das passt nicht zu Iris. Ich habe Peter gefragt, er sagte, vielleicht war sie einfach fertig mit den Nerven, vielleicht hat sie auch Drogen genommen oder Schlafmittel. Ich hoffe, er kann uns bald mehr über das Meer mit oder ohne h sagen.«

Es freute Carina, dass ihr Vater plötzlich so große Stücke auf den Kriminalmeister hielt. Als sie Peter kennenlernte, klang es von Mattes Seite noch ganz anders. Es war auch zum ersten Mal, dass sie ihren Vater als Chef bewusst wahrnahm, trotz der Wutanfälle, wenn sein Team nicht so spurte, wie er es verlangte, schien er seinen Untergebenen gegenüber fair zu sein. Er förderte die Talente, vorausgesetzt, man hielt seinen Anforderungen stand.

Er schrieb »BND« groß unter die Todesanzeige von ihrer Mutter auf das Blatt an der Wand. »Kurti war beim BKA, Jering beim BND, Iris und Lambert bei der GSG-9.« Auch diese Bilder beschriftete er. »Wer könnte dieser fünfte Agent sein, was wissen wir über ihn?« Matte klebte ein leeres Blatt daneben und nahm wieder den Stift zu Hand.

»Der Auslöser für Iris' Tod scheint dieser verpatzte Einsatz in Bad Kleinen zu sein. Weißt du, wer die Obduktion der Toten gemacht hat?«

»Das kann ich rausfinden. Heißt das, du steigst voll ein?«

»Was heißt Einsteigen, Papa, die Türen deines Schnellzugs haben sich doch längst hinter mir geschlossen, und zwar mit Zentralverriegelung Marke Haschpapi, ich kann nicht mehr zurück.«

Matte strahlte sie an.

»Freu dich nicht zu früh. Mal was anderes: Gibt oder gab es eigentlich keine Verwandten, eine Familie Erlacher, meine ich?«

»Ihre Mutter, Mona Erlacher, hat sie allein großgezogen. Ich habe sie leider nie kennengelernt, sie starb bei einem Unfall, kurz bevor Iris volljährig war. Die übrigen Verwandten hätten sich nie um sie gekümmert, hat sie mir erzählt. Die Großeltern, also deine Urgroßeltern, lebten in Bad Staffelstein und müssen jetzt, wenn sie noch leben, weit über achtzig sein. Soll ich dir die Adresse heraussuchen?«

Carina verneinte, sie hatte keine Lust auf neue Verwandtschaft, solange sie nicht mal mit der alten richtig klarkam. Sie starrte wieder auf die Zettel an der Wand. »Du hast doch was von zwei Männern gesagt, die kurz nach Bad Kleinen bei der GSG-9 ausgeschieden sind. Einer ist Lambert, dann könnte doch der andere die Nummer fünf sein.«

»Du hast recht. Die beiden steckten auch privat viel zusammen, sagte ein ostdeutscher Kollege von der Bereitschaftspolizei, der damals in Bad Kleinen auch vor Ort war. Lambert war als GSG-9-Beamter an der Schießerei beteiligt, dann muss sein Gruppenkamerad also die Nummer fünf sein.« Er holte einen weiteren Aktenordner aus dem Schrank und suchte darin. »Hier. Neununddreißig Schüsse in vierundzwanzig Sekunden sollen damals gefallen sein.«

»Vierundzwanzig Sekunden?«

»Ja, länger dauerte der gesamte Einsatz nicht.« Er betrachtete wieder die Bilder an der Wand. »Irgendwas, das wir vorhin besprochen haben, fehlt noch, aber ich komme gerade nicht drauf. Fällt dir noch was ein?«

Carina war zwiegespalten und zugleich wie elektrisiert. Ermittelten sie beide jetzt tatsächlich privat? Wann hatte Matte sie zum letzten Mal auf diese Art in einen Fall mit einbezogen? Er hatte es oft versucht, aber sie weigerte sich beharrlich. Als Jugendliche, als sie noch schwankte, ob sie ihm zuliebe doch zur Polizei gehen sollte, anstatt Medizin zu studieren, hatte er abends immer seine aktuellen Fälle mit ihr diskutiert und ihr wirklich das Gefühl gegeben, ihn einen Schritt weitergebracht zu haben. Doch bestimmt hatte sie ihm nur geholfen, das Chaos in seinem Kopf zu ordnen, indem er die Fakten laut aussprach, so wie vorhin. Eigentlich sollte er so etwas mit Silvia tun, und nicht mit ihr. Doch dafür schien es zu spät zu sein. Carinas Blick glitt ebenfalls über die Bilderwand. »Das heißt, dass die GSG-9, das Bundeskriminalamt, der Bundesnachrichtendienst, die Bereitschaftspolizei alle in Bad Kleinen waren. Also ein ganzes Aufgebot oder eine bunte Mischung von Geheimdienstagenten und Elitesoldaten. Du hast vorhin gesagt, dort lagen über hundert Beamte zugleich auf der Lauer, um diese RAF-Leute zu fangen. Ich weiß nicht wie viele Agenten es gibt, aber …«

»Warte«, unterbrach Matte. Er blätterte hastig in den Unterlagen. »An diesem Tag muss es nur so gewimmelt haben von Einsatzwagen und Zivilbeamten. Schon grotesk, lauter etwa gleich alte Männer schlendern, als Normalos getarnt, an diesem kleinen Bahnhof umher. Viele schwer bewaffnet.«

»Dann waren auch Scharfschützen oder Präzisionsrumballerer dabei? Was, wenn Iris …?«

Matte nickte. »Ich verstehe, was du meinst. 1993 Bad Kleinen. 1994 Iris' Selbstmord im Spessart. Das eine könnte der Auslöser für das andere sein oder das Ergebnis oder der Schlusspunkt, wie man es nimmt. Damit haben wir zwei Orte, die *wir* genauer erforschen könnten.« Er betonte das Wir und sah sie an.

»Und Krallinger? Ist es nicht ein merkwürdiger Zufall, dass er sich kurz nach der Sprengung dieses Waldhäuschens umbringt?«

»Oder umgebracht wird«, ergänzte ihr Vater.

»Heißt das, du versuchst herauszufinden, was genau mit meiner Mutter passiert ist?«, fragte Carina.

»Wenn du mir hilfst.«

35.

Wann zogen sie endlich den Vorhang fort, damit Till hinter die Glasscheibe sehen konnte? Wie in einem Kasperltheater kam er sich vor. Mit einem lachenden und einem weinenden Auge. Stundenlang hockte er nun schon in der Aufbahrung und wartete, um einen letzten Blick auf sie zu werfen. Als sich endlich etwas rührte, öffneten sie den Sarg gar nicht. Till donnerte an die Scheibe. »Das könnt ihr doch nicht tun. Los, macht den Deckel auf. Ich will zu ihr.« Aber der Friedhofsarbeiter war längst weg, zur Hintertür hinaus wie der Puppenspieler, der nach der Vorstellung sein Publikum sofort vergessen hatte. Till lief um das Gebäude herum bis zur Anlieferung, wo die Leichenwagen parkten. Dort steckte der Schlüssel samt Bund an der Tür. Er konnte es gar nicht glauben, diesen Schlüssel zu besitzen, würde unbegrenzten Zugang für ihn bedeuten, jederzeit und wann er wollte. Doch wenn sie es merkten, tauschten sie bestimmt die Schlösser aus, und alles wäre umsonst. Also rannte er los. Zum Schlüsseldienst, einiges von Krötes Erspartem ging dafür drauf, das sie hinter der Besteckschublade verwahrte. Vaters Schmusegeld, wie sie es nannte. Die Schlüssel für Haupttor, Verwaltung und Einsegnung, die alle mit kleinen Plastikschildchen versehen waren, bekam er sofort, ein paar von den großen, alten, die bestimmt von Mausoleen stammten, feilte er selbst nach, nachdem er einen Abdruck genommen hatte, das dauerte. Aber Hauptsache er konnte den Schlüsselbund so schnell wie möglich zurückbringen und ihn zwischen die Steine neben der Tür legen, als wäre er jemandem runtergefallen.

Flach und klein sah die Kröte in ihrem Sarg aus, viel kleiner als sie ihm zu Lebzeiten vorgekommen war. Ihr Hals wölbte sich vor, als würde sie gleich zu sprechen beginnen, doch ihr Mund blieb verschlossen. An der Unterlippe hing ein Tropfen, an dem sich eine Fliege labte.

Warum nur hatte die Kröte darauf bestanden, mit ihm an den Starnberger See zu fahren? Er tat ihr den Gefallen, vergaß, als er die Treppe vom menschenleeren Steg ins eiskalte Wasser stieg, seine Armbanduhr abzunehmen. Vor ihm plantschte die Kröte, ganz in ihrem Element, und zeterte sofort: »Die Uhr hat dir dein Vater zur Erstkommunion geschenkt, verdient hast du sie nicht, du Nichtsnutz.« Ihre Atemblase tanzte auf der Wasseroberfläche wie ein Schwimmflügel, nur ohne Ventil, um die Luft rauszulassen. »Ich hab einen Krampf, ich hab einen Krampf«, schrie sie als sie zwanzig Meter vom Ufer weg waren, und er drückte sie runter, bis sie Ruhe gab. Nicht lange, so drei oder vier Minuten vielleicht. Die erste war für die gestrickte Badehose, die er beim Sprung vom Startblock vor der ganzen Klasse verloren hatte, sodass er, den nackten Arsch nach oben gereckt, nach ihr tauchen musste. Die zweite sühnte Hannah, mit ihr hätte er eine Chance auf ein normales Leben gehabt, und die dritte und vierte waren für all die Kästen und Schubläden, in die sie ihn gesperrt hatte, und dafür bekam sie sogar noch eine Minute extra. Nachdem die Wasserwacht sie entdeckt und die Kröte ins Boot gehievt hatte, versuchten sie vergeblich eine Wiederbelebung. Till sah auf seine Uhr. Das Glas war voll Wasser gelaufen, und die Zeiger schwammen darin herum, als hätte sich alle Zeit aufgelöst.

36.

»Na, wieder gesund?« Susanne sah vom Mikroskop auf, als Carina am nächsten Morgen an die angelehnte Tür des Labors klopfte.

»Einigermaßen. Ein bisschen Schnupfen noch.«

»Kein Wunder bei dem Wetter, München scheint zu versinken. Ich bin gespannt, wann die Isar über die Ufer tritt.« Es regnete nun schon den dritten Tag ununterbrochen. »Du kommst bestimmt wegen der Auswertung der Asservate von diesem Gefängnisinsassen?« Susanne stand auf, holte ihren Bericht aus der Ablage und überflog ihn rasch. »Alle Ergebnisse sind negativ. Sein Blut, der Urin, die Abstriche aus den Schleimhäuten. Abgesehen davon, dass der Mann tot ist, war er kerngesund.«

»Also auch kein Gift oder Schlafmittel?«, fragte Carina.

Susanne verneinte. »Ich habe mit dem Fliegentest auf alle flüchtigen Gifte und auch auf Pflanzenschutzmittel geprüft, nichts, bis auf Alkohol im Blut. Vermutlich eine letzte Flasche Schnaps. Seine Leberwerte sind sonst okay, also auch da keine Vergiftung.« Sie gab ihr den Bericht.

»Danke, immerhin ein Mord weniger.«

»Wieso, hast du was anderes erwartet?«

Carina schüttelte den Kopf. »Ich nicht, bei der Obduktion konnte ich auch keine Hinweise für Fremdverschulden finden, aber mein Vater drängte darauf. In diesem Fall hat er scheinbar seine Objektivität verloren. Er ist felsenfest davon überzeugt, dass Krallinger getötet wurde.«

»Ach, das war doch der, der ihn angeschossen hat, mir kam der Name bekannt vor, aber ich habe nicht weiter darüber nachgedacht. Wie geht es deinem Vater?«

Carina zuckte mit den Schultern. »Er arbeitet weiter, als wäre nichts gewesen, und wie es ihm geht, darüber spricht er nicht, jedenfalls nicht mit mir.«

»Wer spricht nicht?« Dr. Herzog trat hinter Carina herein.

»Mein Vater, über die Folgen seiner Schussverletzung«, erklärte sie.

»Was ist damals eigentlich genau passiert?«

»Sie meinen, wo ihn die Kugel getroffen hat?«

Dr. Herzog nickte.

»Mein Vater hatte großes Glück, der Schusskanal verlief knapp neben der Körperschlagader und an den Beckenschlagadern vorbei. Danach gab es Anzeichen für eine Bauchfellverletzung, aber auch darum ist er herumgekommen. Und bisher scheint alles gut zu verheilen.«

»Keine Verwachsungen im Becken und vermehrter Harndrang? Hat er Probleme mit der Prostata?«, fragte Dr. Herzog.

»Doch, zur Toilette muss er öfter als früher, aber ich bin ja nicht ständig mit ihm zusammen.« Carina versuchte ein Lächeln. Sie fühlte sich unwohl, mit ihrem männlichen Kollegen über ihren Vater wie über einen Patienten zu sprechen, vor allem weil er tatsächlich gestern relativ oft aufs Klo gerannt war. »Wie gesagt, mein Vater spricht nicht darüber.«

»Tut mir leid, wenn das jetzt zu persönlich war. Meine Frau sagt immer, ich sprenge jede Kaffeerunde mit meiner Fragerei. Dabei fand ich diesen autoerotischen Suizid letztes Jahr so spannend, ich meine, so was sieht man doch in keinem Fernsehkrimi.« Carina verstand, was er meinte. Der Freundeskreis einer Rechtsmedizinerin reduzierte sich meist auf die Hartgesottenen. Susanne dagegen fand Herzogs Geplauder nicht besonders witzig, was vielleicht daran lag, dass sie damals als Erste am Fundort der Leiche gewesen war, bei der ein Mann seine Lust steigern wollte, indem er sich Drähte im Genitalbereich angeklemmt und unter Strom gesetzt hatte.

»Okay, Susanne«, sagte er, als er ihr angewidertes Gesicht sah. »Ich hab's kapiert und verkneife es mir in Zukunft.« Er tätschelte der Kollegin die Schulter. »Du, ich muss gleich weiter. Ich schaffe es nicht mehr, die Vaterschaftssache hier anzusehen. Kannst du das bitte übernehmen?« Er holte ein beschriftetes Plastikröhrchen aus seiner Aktentasche, in dem ein Tupfer steckte, wie man ihn für einen Mundschleimhaut-Abstrich verwendete.

»Äh, Dr. Herzog, hatten Sie schon Gelegenheit, sich um die DNA-Analyse des Waldfriedhof-Skeletts zu kümmern?«, fragte Carina, bevor er ihr entwischte.

»Schon erledigt, das Ergebnis habe ich an die Polizei weitergeleitet.« Er ging nach draußen. Carina winkte Susanne und folgte ihm auf den Flur, wo sie Mühe hatte, mit ihm Schritt zu halten. »Leider habe ich einen ganzen Oberarmknochen pulverisieren müssen …« Er blieb stehen, als Carina ein Seufzer entfuhr. »Was ist?«

»Schade, das Skelett war bis auf den kleinsten Knochen vollständig.«

»Ich verstehe, was bei mir die Geschwüre sind, ist bei Ihnen die Liebe zu Knochen. Dafür gibt es ein ganz brauchbares Ergebnis. Zuvor habe ich mir die Knochenstruktur angesehen, mit Ihrer Alterseinschätzung liegen Sie richtig, Frau Kollegin. Zwischen zwanzig und dreißig dürfte die junge Frau geworden sein, das bestätigte auch Dr. Pelzer.«

»Ein Anthropologe?« Carina kannte nicht alle Kollegen von Herzog, der auch noch stundenweise als Pathologe im Krankenhaus arbeitete.

»Zahnchirurg. Er war gestern hier, wegen der Leichensache von dieser Sprengung, bei der Sie doch auch Zeugin waren, und danach habe ich ihm die Zähne Ihres Skelettfundes gezeigt.«

»Ich dachte, das BKA hat alles beschlagnahmt?«, fragte sie.

»Bis auf einen Backenzahn, den ich zwischen den Scherben in dem Häuschen gefunden habe. Da lag einiges auf dem Boden, das können Sie mir glauben. Ich wollte es ja sagen, aber bei dem Tumult vorgestern im Seziersaal …, es hat sich einfach nicht ergeben.« Er grinste. »Dr. Pelzer hat sich über die Herausforderung gefreut, verschiedene Methoden zur Altersbestimmung an dem Zahn anzuwenden. Jeder hat sein Steckenpferd, das er am liebsten jeden Tag aus dem Schrank holen will. Die Wurzellänge und die Zahnschichten bestätigten Ihre Alterseinschätzung.«

»Er hat eine Zahnzement-Annulation gemacht?« Carina kannte die Methode, bei der sich die Zahnschichten wie die Jahresringe eines Baums zählen ließen. Ähnlich wie die DNA-Analyse, die die Zerstörung eines ganzen Knochens verlangte, schnitt man dabei den Zahn auf.

»Ja, er hat es mir gezeigt, spannend. Ich durfte die Zementschichten nachzählen. Er kam auf fünfzig, ich einundfünfzig. Am Ende waren's neunundvierzig. Sei's drum, was spielt bei Männern in den besten Jahren ein einzelnes Jahr für eine Rolle?«

In Carina ratterte es, sie ahnte, was gleich kam, und dachte an das lange Gespräch mit ihrem Vater. Herzog war mit der Professorin zusammen in Neumaising gewesen, also hatte auch er was mitgehen lassen. Sollte sie ihm von den Patronenhülsen erzählen, die Vincent gefunden hatte? Besser nicht, das war ebenfalls Unterschlagung von Beweismaterial und damit strafbar. Hoffentlich hatte ihr Vater sie bereits irgendwo sicher verwahrt. Sie wandte sich wieder an Herzog. »Und wie alt war dieser Jering?«

»Laut seinem Ausweis dreiundsechzig. Von ihm habe ich leider keinen Zahn stibitzen können, das wäre aufgefallen. Schade, dass die Professorin schon abgereist ist. Ich maile es ihr lieber nicht, wer weiß, ob unsere Handys nicht alle überwacht werden. Die Überraschung muss warten, bis sie zurück ist. Der Zahn ist von Sascha Lambert, das ist der, von dem das BKA unbedingt Leichenteile finden wollte. Aber an einem ausgebrochenen Zahn stirbt man nicht. Natürlich habe ich auch eine DNA-Analyse gemacht. Das kleine Prachtstück hätte ja auch von einer dritten Person stammen können.«

»Und Sie wollen Ihre Erkenntnisse nicht ans BKA weiterleiten?«

»Nö, welche Erkenntnisse meinen Sie, Frau Dr. Kyreleis? Wie du mir, so kann ich auch, sagte gestern einer meiner Zwillinge. Ich dachte mir nur, dass Sie es vielleicht wissen sollten.«

»Ich?«

»Naja, Sie haben doch die Explosion miterlebt und ihr Leben riskiert und …« Er stockte. »Wenn ich was für Sie tun kann, geben Sie Bescheid.«

»Wieso, was meinen Sie?« Carina hatte immer die klaren

Worte ihres Kollegen geschätzt, dass er plötzlich in Andeutungen sprach, verwirrte sie.

Herzog holte Luft. »Ich denke, dieser Lambert, also, wenn der Sie gesehen hat, dann … Ich an Ihrer Stelle wäre lieber vorsichtig, bis er geschnappt wird, ja?« Er tätschelte ihr den Arm. »So, ich muss jetzt zu einem Tumorpatienten.«

Carinas Gedanken kreisten, doch sie musste sich auf ihren aktuellen Fall konzentrieren. »KOK Paintner weiß schon Bescheid, sagten Sie? Ich meine, was den Datenabgleich angeht?«

»Nein, der ist in Urlaub, hieß es.« Herzog zog sein Handy aus der Brusttasche des Kittels und klickte darauf herum. »Ein Herr Schuster ist jetzt für den Fall zuständig, soll ich Ihnen seine Nummer geben?«

37.

Operation Sommerregen, 1982–1985

Sie hatte gewusst, dass ihr eine dunkle Zeit bevorstand, in der sie von Leid umgeben sein und unvorstellbare Grausamkeiten erfahren würde. Doch trotz der Trockenübungen war Iris nicht auf das vorbereitet, was sie hinter der pakistanischen Grenze erwartete. Wollte sie sich damit unbewusst selbst bestrafen? Weil sie als Mutter versagt hatte und zugunsten ihrer Karriere ihr Kind weggab? Von klein auf besiegte sie ihre Ängste, indem sie einen Schritt auf sie zuging, hinein in die Gefahr.

Russlands Krieg gegen Afghanistan, 1979 mit der Ermordung des Präsidentenehepaares begonnen, dauerte Anfang der Achtzigerjahre noch an. Die Volksstämme des Landes verweigerten sich dem Sozialismus und kämpften, von westlichen Geheimdiensten finanziert, erbittert gegen die ungläubigen Kommunisten. »Sommerregen« hieß die streng geheime Operation des deutschen Bundesnachrichtendienstes in Zusammenarbeit mit dem pakistanischen Geheimdienst, Iris erfuhr nie, wieso. Regen im Sommer, das hörte sich nicht nach Schlammlawine und Erdrutsch an, wie es in Pakistan und Afghanistan häufig passierte, wenn der Regen einmal einsetzte. Vielleicht sollte der lieblich klingende Name die Hoffnung der Agenten aufrechterhalten, eines Tages nach erfüllter Mission nach Deutschland zurückzukehren.

»Help for refugees« stand in ihrem Visum, das sie der pakistanischen Polizei vorlegte. Als Schweizerin Birgit Wyss kam sie aus einem Bergdorf namens Guscha in Graubünden. Ihr Akzent, sollte jemand sich wundern, war dank einer deutschen Mutter, die einen Schweizer geheiratet hatte, nie so stark ausgeprägt. Lediglich einen Singsang im Satzbau studierte sie mithilfe einer Kassette ein. Sollte man tatsächlich in der Schweiz Nachforschungen über sie anstellen, würde man erfahren, dass das Dorf, das Johanna Sypri zu ihrer Heidi-Geschichte inspiriert hatte, im Besitz des Schweizer Militärs war und damit Sperrgebiet. Außer Touristen auf den Spuren der Dichterin, die einst in Korsett und bodenlangem Rock dort hochgestapft war, würde man nichts vorfinden. Wer von den Bergdörflern übrig war, war auf Arbeitssuche ins Tal gezogen.

Am Grenzzaun zu Afghanistan diente eine ehemalige Textilfabrik als Flüchtlingslager. Hier fand ihr offizieller Dienst statt. Die einheimische Kleiderproduktion war zerstört worden, mit Altkleiderhandel aus Europa ließ sich mehr verdienen als mit tradionellen Webarbeiten. So stapelten sich in den Hallen neben internationalen Hilfsgütern auch Berge abgetragener Klamotten. Die Kinder liefen mit bayerischen Brauerei-Shirts herum. »Lass dir raten, trinke …« Gleich nach ihrer Ankunft wurde Iris mit verstümmelten Minenopfern und halb verhungerten Menschen konfrontiert. Leid in einer unverständlichen Sprache und der gebrochene Blick eines Verstorbenen. Iris sah Verwundungen, die sie sich nicht hätte vorstellen können. Es fehlte an Medikamenten, Betäubungsmitteln und Verbandsmaterial. Mit einfachem Draht hielt man Knochen zusammen, von Granaten zerfetzte Körperteile operierte man selten, versorgte nur notdürftig die Wunden und entließ die Patienten wieder. In Deutschland hatte Iris überwiegend an Puppen geübt oder gesunde Kollegen nach Lehrbuch verbunden. Plötzlich war sie erschöpften, dem Tode nahen Menschen ausgesetzt, die alles, ihre gesamte Existenz, hinter sich lassen mussten, um vor Besatzern zu fliehen. Auch wenn die Afghani ihr fremd waren, die Frauen sich unter Ganzkörperschleiern verbargen, so verstand sie nun, was ihre Mutter, die als Jugendliche aus Ostpreußen geflohen war, immer erzählt hatte. Für manches Leid gab es keine Worte.

Den Männern war es verboten, unverschleierte Frauen anzusehen, geschweige denn zu untersuchen. So konnten Krankheiten nicht diagnostiziert werden. Von Weitem, über den Schleier hinweg, war es mehr ein Ratespiel. Dazu kam die Sprachbarriere. Zu den offiziellen Landessprachen Dari und Pantschu gab es weitere neunundvierzig Sprachen und über zweihundert Dialekte, die die Befragung erschwerten. Iris, die dem schottischen Arzt assistierte, musste nicht nur die Worte der Verletzten interpretieren, sondern auch noch ins Englische übersetzen. Anfangs wusste sie nicht, wie sie das anstellen sollte. Sie konnte doch nicht jedes Mal einen Übersetzer holen. Sie dachte an Matte, der in Vernehmungstechnik der Beste ihres Jahrgangs gewesen war, er hätte aus Gesten und Mimik vieles herausgelesen, auch ohne die Worte zu verstehen. Also strengte sie sich an und riet.

In der ersten Zeit vermisste sie einfache Dinge wie Seife, Deo und Zahnpasta. Aber zum Waschen hatte sie selten Gelegenheit. Wasser war kostbar, dafür gab es überall Sand. In den Kleidern, in den Haaren, im Essen. Er drückte in den

Schuhen, rieb in der Unterhose und knirschte zwischen den Zähnen, wenn sie in ein Fladenbrot biss. Iris trug eine knielange Jacke und eine weite Hose, die sie mit einem Ledergürtel zusammenhielt. Ihre hellen Haare verbarg sie unter einer Kappe. In dieser einfachen Männerkleidung galt sie innerhalb des Lagerteams als Neutrum und konnte auf den Schleier verzichten, der sie beim Arbeiten behindert hätte. Sie schlief auf einer dünnen Matte auf dem Betonboden. Alle Knochen taten ihr weh, wenn sie frühmorgens geweckt wurde, kaum, dass sie in den Schlaf gefunden hatte. Aber sie gewöhnte sich an die ständigen Geräusche, erschöpft wie sie war, hätte sie im Stehen schlafen können. Doch sobald sie die Augen schloss, dachte sie an Carina. Wie ging es ihr, wurde sie von Mattes Frau gut behandelt? Wurde sie geliebt? Am schwersten fiel es ihr, auf der Entbindungsstation zu arbeiten. Der Schmerz, die Wehen und dieses überwältigende Gefühl, nicht unter Kontrolle zu haben, was mit einem geschah, war überall auf der Welt gleich. Im Grunde gab es keine Hilfe und Erleichterung, immerhin trennte Iris inmitten der dicht gedrängt campierenden Menschen einen Raum mit Gestellen ab. Die Geburt selbst ließ sich nicht abkürzen, lindern oder beeinflussen.

Oft steckten sich die Frauen gegenseitig Kräuter zu, sodass eine Duftwolke das provisorische Abteil erfüllte. Bald konnte Iris etwas Persisch verstehen. Wenn sie nachts allein war, sehnte sie sich nach einer Zeitung oder einem Buch, nach irgendetwas, das die rotierenden Gedanken an Carina auf andere Pfade lenkte. Mitgenommen hatte sie nichts Deutschsprachiges, das war verboten. Nichts sollte bei ihr gefunden werden, was auf ihre wahre Herkunft hindeutete. Nun war Iris so weit weg, wie es nur ging, und doch dachte sie ständig an ihr Kind. Teil eines großen Ganzen zu sein, das hatte sie gewollt. Doch die Realität fühlte sich anders an. Wozu war sie an der Waffe ausgebildet, wenn sie immer noch zu keinem Einsatz mitdurfte? Ihre Aufgabe bestand lediglich darin, Munitionsfunde und Waffen zu verpacken und das Verladen zu überwachen. Das war nicht das, was sie gewollt hatte, was ihr Chef ihr versprochen hatte. Dafür hätte sie nicht alles hinter sich lassen und ihr Kind aufgeben müssen. Wie sollte sie das nur aushalten, ohne durchzudrehen? Sie fing an, einen Briefblock mit Luftpostpapier zu beschreiben, einfach so, ohne einen bestimmten Empfänger im Blick zu haben. Mit Bleistift, in winzig kleiner Schrift, hielt sie auf diesem dünnen Papier ihre Erlebnisse fest. Ihre Hand bewegte sich kaum beim Schreiben, jederzeit könnte sie das Papier zerknüllen, sollte einer sie ertappen. Ein Zeugnis hinterlassen durfte sie nicht, und doch verspürte sie neue Kraft, sobald sie etwas niedergeschrieben hatte. Was sie aus dem Kopf entließ, machte Platz für Neues, befreite ihr Hirn wie nach einem Großputz. Anfangs überlegte sie, alles in Spiegelschrift zu verfassen, wie ihre Mutter als Verehrerin von Leonardo da Vinci es getan hatte, wenn sie ihre Bilder signierte. Doch die Mühe sparte sie sich, ihre Miniaturschrift konnte sie selbst kaum entziffern. Und darum ging es auch nicht, sie brauchte bloß dringend Platz in ihrem vollgestopften Hirn. Es reichten einzelne Worte, um irgendwo anzusetzen und weiterzumachen. Ab und zu schrieb sie auch ein paar Geschichten für Carina auf, wie die vom Elefantenbaum. Und einmal notierte sie ein Lied, das die Frauen ihren Kinder vorsangen. »A laloe mama si …« Schlaf, mein Kindchen, schlaf. Es erinnerte sie an die Melodie, die sie Carina vorgesungen hatte, als sie sie stillte oder nachts herumtrug. Fast glaubte sie, ein Ziehen in ihrer

Brust zu spüren. Niemals mehr würde sie es singen, und ihre Tochter hatte es bestimmt vergessen. Weg, fort. Auch Musik konnte sterben. Dieses Blatt zerriss sie in kleine Fetzen.

Die anderen Blätter versteckte sie zwischen den Seiten in ihrem Persisch-Wörterbuch. Damit die Seiten nicht durcheinandergerieten, dachte sie sich ein System aus. Egal an welchem Eck oder Blatt sie weitermachte, ergab es jetzt einen Zusammenhang. Ohne Seitenzahl und Datum, erzählte sie fortlauf…

Noch 15 Sekunden

Mein Kopf ist ein leerer Tanzsaal, einige verwelkte Rosen und zerknitterte Bänder auf dem Boden, geborstene Violinen in der Ecke, die letzten Tänzer haben die Masken abgenommen und sehen mit todmüden Augen einander an.

Leonce und Lena, Georg Büchner

38.

»Ich rufe in dieser Skelettsache vom Waldfriedhof an, Frau Dr. Kyreleis. Leider gibt es keine Übereinstimmung mit in der Datenbank vorhandenem Vergleichsmaterial, und die Kripo kann keine vermisste Person finden, auf die Ihre Beschreibung passt. Können wir kurz Ihr Gutachten telefonisch durchgehen?« Carina lehnte sich an die Wand zur Kellertreppe und hörte sich an, was Oberstaatsanwalt Buddeberg zu sagen hatte.

»Sie schreiben, dass die Frau zirka zwanzig Jahre tot sein müsste, das deckt sich mit der Zahnanalyse, die mir Ihr Kollege gefaxt hat. Einleuchtend, das mit den Amalgamplomben. Ich habe mir meine auch zur Jahrtausendwende durch Gold ersetzen lassen und seither meine Ruhe.« Sie hörte Papierrascheln. »Keine Hinweise auf Gewalteinwirkung, so so. Also haben wir vorläufig keine Todesursache. Trotzdem hätte ich diese Sache gern heute noch vom Tisch, darum habe ich gerade mit meiner Frau telefoniert, sie ist einverstanden und stellt Sie für heute von den aktuellen Sektionen frei.«

»Einverstanden, womit?«, fragte Carina. Das Ehepaar Feininger-Buddeberg schien tatsächlich wieder vereint.

»Na, dass Sie eine Gesichtsrekonstruktion anfertigen, schaffen Sie das innerhalb eines Tages? Ich habe meine Sekretärin gebeten, mit der Presse zu sprechen, schon morgen wird eine Suchmeldung geschaltet, vorausgesetzt, Sie liefern vor neunzehn Uhr die Fotos ihrer Rekonstruktion dort ab. Ist das möglich?«

»Ich kann es versuchen.«

»Sehr nett, heute ist nämlich auch mein letzter Arbeitstag, morgen geht's auf Reisen.«

»Und wohin, wenn ich fragen darf?« Im selben Moment bereute sie die Frage, Feininger besuchte eine Fortbildung, und Buddeberg fuhr weg, das klang nicht nach gemeinsam abgesprochenen Ferien. In welches Fettnäpfchen war sie damit getreten?

»Unser dreißigster Hochzeitstag, hat Ihnen meine Frau nichts erzählt?« Ein keckerndes Lachen. »Na ja, meine Püppi wird sich nie ändern, nichts Privates unter den Mitarbeitern, ist ihr Motto. Ich halte es anders in meiner Kanzlei. Wie soll ich mich sonst in einer Strafsache auf einen Kollegen, und mag er noch so jung und unerfahren sein, verlassen können, wenn ich nichts über ihn weiß. Unser ständiges Streitthema zu Hause, ich will Sie nicht weiter damit behelligen. Ab morgen wird auf Malta entspannt, unserer Kennenlern-Insel. So, ja dann. Also den Rest klären Sie bitte mit der Kripo, ich faxe Ihnen gleich die Auftragsbestätigung.«

Nachdem Carina das Fach mit der unbekannten Toten im Adventskalender geöffnet hatte, hob sie den Schädel auf einen Rollwagen und fuhr mit dem Aufzug nach unten. Genauso wie an das Autofahren nach ihrem Unfall hatte sie sich auch wieder an Aufzugfahren gewöhnt. Sie hielt es aus, ohne groß darüber nachzudenken, und ignorierte das flaue Gefühl, wenn der Lift anruckte. In ihrem Arbeitsraum angekommen, stellte sie den Wasserkocher an und goss sich eine Kanne Salbeitee auf, um ihre Halsschmerzen zu lindern. Sie löste den Rest mumifizierter Haut mit der langen Haarsträhne vorsichtig vom Schädel und sicherte sie in einer Papiertüte. Dann steckte sie den Totenkopf auf eine Holzstele und holte ihre Modelliermaterialien aus dem Schrank. Eine Weile betrachtete sie den Kopf, schnitt sich Plastilin ab und wog den Klumpen in den Händen. Sie genoss den Moment. Noch verbarg das kalte, leicht ölige Plastilin das Aussehen dieser Frau, aber gleich würde Carina ihr Wesen herausholen. Langsam formte sich in ihr das Bild eines Gesichts, vage wie eine durchsichtige Hülle stülpte sich ihre Vorstellung über den Schädelknochen. Mehr eine Ahnung als Gewissheit, denn noch hatte sie nichts vermessen und errechnet. Beim Zeichnen ging es ihr ähnlich. Wenn sie den Bleistift zur Hand nahm und zu skizzieren begann, leitete ihre Hand ein unsichtbares Bild weiter, so als hätte ihr Gehirn bereits das gespeichert, was auf dem Papier entstehen sollte. Doch ab irgendeinem Punkt, den sie hinterher nicht genau benennen konnte, kippte der intuitive Prozess, und ein ganz neues Bild löschte das von ihr vorher gedachte, tauschte das innere Bild gegen das wirkliche, wahrhaftige Aussehen aus. Dann lebte das Porträt und berührte den Betrachter.

Wie immer begann sie mit den Augen. Die würden der jungen Frau Ausdruck verleihen. Carina öffnete ihre Vorratskiste. Der Setzkasten enthielt nur noch ein einziges gläsernes Augenpaar, extra vom Hersteller, einem Okularisten, mundgeblasen. Ihr fiel ein, dass Nusser das vorletzte braune Augenpaar für eines seiner Präparate verwendet hatte, das Schoßhündchen der Professorin. Sie hatte vergessen nachzubestellen. Dieses letzte Augenpaar war ungeeignet, die Farbe viel zu auffällig. Jeder, der es betrachtete, würde daran hängen bleiben, wie magisch angezogen, um in diesem Grün zu versinken. Der Okularist hatte sogar sehr aufwendig mit farbigen Glasstäben kleine Strahlen und Punkte in verschiedenen Farbtönen, Türkis, Moosgrün, in die Pupille eingeschmolzen. Gab es solche Augen in der Wirklichkeit überhaupt? Carina hatte sie spontan gekauft, ohne eine Idee für die Verwendung, einfach weil sie ihr gefielen. Sie dachte dabei mehr an ein Fantasieporträt, eine freie Skulptur, die sie vielleicht einmal formen würde, als an eine tatsächliche Gesichtsrekonstruktion. Ihr schwebte dabei eine zerbrechliche, zarte Frau vor, deren Haut fast durchsichtig war und zugleich eine Person, die wusste, welche Wirkung ihr intensiver Blick auf andere hatte. So ein intensives Grün erinnerte sie an das regennasse Gras auf dem Waldfriedhof, bevor der letzte Sonnenstrahl von der Wolkenwand verschluckt worden war. An so eine Augenfarbe erinnerte man sich. Und läge sie damit falsch, bliebe die Tote, auch wenn die Gesichtsproportionen stimmten, vielleicht unerkannt. Was sollte sie tun? Wo kriegte sie auf die Schnelle ein unscheinbareres Augenpaar her? Sollte sie Nusser bitten, eines aus seinen Tierpräparaten auszubauen? Carina holte noch mal die Haarsträhne aus der Tüte. Sandfarben, weder blond noch braun, und der Farbton passte perfekt zu den Augen. Sie wagte es, setzte mithilfe des Plastilins die gläsernen Augenprothesen an genau abgemessenen Punkten in die Augenhöhlen. Danach schnitt sie die Abstandsmarker zurecht, mit denen sie die Dicke der Weichteile, also Muskeln, Fettgewebe und Haut simulierte, und klebte sie an anatomisch markante Stellen des Gesichtsknochens. Dann drückte sie Plastilinstreifen zwischen diesen Stellen auf den Knochen, bis sie die Höhe der Marker erreichte. Den abgebrochenen Nasenrücken verlängerte sie mit

Zahnstochern, ahmte so die Nasenspitze nach. Damit war der wissenschaftliche Teil abgeschlossen, nun konnte sie mit dem Modellieren beginnen. Sie formte die Konturen des Gesichts, bildete die Lippen, die Wangenknochen, die sanfte Wölbung der Stirn und drückte das Kinn zurecht. Der Tee war längst kalt geworden, als sie zurücktrat und ihr Werk betrachtete. Wie lange arbeitete sie bereits an dem Kopf? Ein Ticken drang in ihr Bewusstsein, bisher hatte sie es für das Pulsieren ihres Blutes gehalten, doch nun nahm sie das Geräusch deutlicher wahr. Wie spät war es? Die Tag- und Nachtgleiche hier im Keller verriet ihr nichts über die Uhrzeit. Acht Uhr zweiundzwanzig zeigte die übergroße Pille an, das Werbegeschenk im Regal, das anscheinend stehen geblieben war. Sie würgte etwas von dem bitteren Tee hinunter und arbeitete weiter.

Tick, ticketick.

Mit dem Modellierholz deutete sie das Haar an, formte die verbliebene Haarsträhne nach. Eine lose Welle, die sie der Skulptur hinter ein Ohr klemmte.

Tick, tock, ticketick.

Sie überprüfte den Augenabstand, schob die linke Pupille mit der Spitze ihres kleinen Fingers einen Hauch nach links und erreichte, dass die Augen den Betrachter direkt ansahen.

Tickticketicktick.

Das Ticken wurde lauter, erstarb, kehrte zurück. Alle Konzentration war verflogen, und in ihr pochte es, als setzte sie diesem Ticken ihre innere Uhr entgegen. Irgendwie wollte ihr gerade jeder Angst machen. Erst ihr Vater, dann Herzog. Und alle kamen mit diesem Lambert daher. Warum sollte der ihr was antun? Genau wie sie war er doch sicher froh, mit dem Leben davongekommen zu sein. Noch dazu verletzt.

Tick.

Eine Schusswunde im Bein und eine Zahnlücke. Hatte er wirklich überlebt?

Tock.

Oder hatte er sich schwer verletzt fortgeschleppt, und sein Leichnam war nur noch nicht gefunden worden?

Tacktack.

Verflucht. Das Ticken nervte. Carina wühlte in dem alten Apothekerschrank mit seinen Schaustücken aus Kräutern, Wurzeln und noch relativ frisch wirkenden Blutproben, woher die auch immer stammten. Sie suchte in den vielen Schubladen nach Watte, fand keine, stopfte sich Stücke eines Papiertaschentuchs in die Ohren und stolperte beim Zurückgehen über ein Kabel. Ein rostiger Kolben löste sich von einer ausrangierten Maschine und fiel Carina auf den Zeh. Sie schrie auf.

Ticke-tacke-tick, tick, tick.

Da verhöhnte sie etwas. Es reichte, ihr Entschluss stand fest. Sie stülpte eine Tüte über die Gesichtsrekonstruktion und rollte sie auf dem Wagen in den Nebenraum. Dann fing sie an, die alten Geräte und ausrangierten Möbel auf den Gang zu tragen und in den Aufzug zu stellen.

»Hoppla, Rumpelstilzchen geht um!« Nusser eilte von der Treppe aus zu ihr und packte mit an, als sie eine Verkehrsampel mit Betonfuß hinauswuchtete. »Ich wollte gerade nachsehen, was den Lift blockiert. Und wohin mit deinen Raritäten?«

»Die gehören mir nicht, aber ich ruf trotzdem eine Entrümplungsfirma an, die sollen mit einem Container kommen, oder hast du eine bessere Idee?« Carina keuchte.

»Wie wäre es mit einem Flohmarkt draußen im Hof? Der kommt bestimmt gut an, doch vermutlich erwarten die Leute vor der Rechtsmedizin was anderes als alte Röhrenfernseher oder eine verbeulte Ampel.«

Wanda als großer Flohmarktfan wäre bestimmt sofort zur Stelle, und am Ende stünde das Gerümpel womöglich in Carinas Wohnung. »Was hat die Ampel eigentlich bei uns zu suchen?«

»Die wurde bestimmt für die Rekonstruktion eines Unfalls gebraucht.«

»Ein Versuch, ob es zwischen Gelb und Rot doch noch eine Abstufung gab?« Carina lachte und wischte sich den Schweiß von der Stirn, als sie das schwere Teil endlich in den Aufzug gewuchtet hatten. Ihr folgten eine große Personenwaage, kaputte Mikroskope und Blutdruckmessgeräte, rostige Knochensägen und eine alte Bestrahlungslampe. Zuletzt landete eine aufklappbare, durchgeschmorte Höhensonne vor den überdachten Mülltonnen im Hof und natürlich die Bahnhofsuhr ohne Uhrwerk und Zeiger, die sie zuerst für das Ticken verantwortlich gemacht hatte. Nusser jauchzte verzückt bei jedem Teil. Er wollte sich um die Entsorgung kümmern und fing sofort an, mit seinem Handy Fotos zu schießen. Das eine oder andere Teil würde im Internet vielleicht noch ein paar Euro bringen. Mit dem Geld konnten sie eine neue Vitrine für die Präparate finanzieren. Carina war froh, dass er ihr geholfen hatte und sich um den Rest kümmerte. Welch eine Wohltat, das Gerümpel los zu sein. Sie atmete auf, als sie zurück in ihren leer geräumten Arbeitsraum kam. Bis auf den alten Apothekerschrank an der langen Wand und ihren historischen Schreibtisch auf der anderen Seite stand hier nichts mehr herum. Auf Ballsaalgröße hatte sich der Raum geweitet. Sie mochte das, so konnte sie ihre Gedanken tanzen lassen.

Tick.

Sie rieb sich das Ohr, das Taschentuch war herausgefallen. Anscheinend hallte das Ticken noch nach, so was wie ein Phantomschmerz.

Ticketick.

Oder doch nicht? Es war zum Davonlaufen.

»Rudi?« Carina rannte zu ihm, in seinem Zimmer am Ende des Gangs brannte Licht. Nusser saß bereits am Computer und lud die ersten Handyfotos hoch.

»Was ist? Hast du noch was abzugeben, immer her damit.«

»Komm, und hör dir das an.« Nusser erhob sich aus seinem knarrenden Sessel und folgte ihr, stellte sich in die Mitte des leeren Raums und lauschte. Die Heizung rauschte, und der Regen plätscherte auf das Gitter des Kellerschachts.

Tick.

Da war es.

»Jetzt?«, sagte Carina.

»Was, jetzt?« Nusser musterte sie.

»Hast du es nicht gehört?«

»Nein.«

Ticketicketicke.

»Jetzt wieder. Ticketicketicke.«

»Ich hör nichts.«

Ticktock.

»Aber da tickt was. Leise, doch es ist immer noch da. Ich dachte, es käme aus einem der alten Geräte, aber die sind ja weg.«

»Kann schon sein, ich höre trotzdem nichts. Tut mir leid. Du bist erschöpft, Carina, und erkältet dazu, mach Schluss für heute, und ruh dich aus.«

»Wieso, wie spät ist es überhaupt?«

Nusser sah auf seine silberne Armbanduhr. »Kurz nach halb sieben.«

»Wirklich?« Mehr als acht Stunden am Stück hatte sie durchgearbeitet. Schnell, sie musste die Rekonstruktion fotografieren, damit die Bilder rechtzeitig zur Zeitung kamen.

Nusser schlurfte hinaus, blieb an ihrem Schreibtisch stehen, bückte sich und legte ein Ohr an das Eichenholzgestell, das ein alter Seziertisch war. »Dachte ich es mir doch. Die Totenuhr, jetzt höre ich's auch.«

39.

Hingabe war es, was er suchte. Eine Frau brauchte nicht zu diskutieren oder Forderungen stellen, sie sollte nur zur Verfügung stehen, für ihn allein. War das zu viel verlangt? Sie musste sich nicht rühren, musste einfach nur daliegen, nur anwesend sein. Dafür brachte er all seine Kräfte auf. Mühsam und am ganzen Körper bebend, zögerte er den Höhepunkt hinaus, obwohl ihn schon Schauder überliefen, als er sie nur mit seinen Fingerspitzen berührte. Dabei hatte er sie noch nicht mal entkleidet. Diese Kühle erregte ihn so. Das ganze Geschwafel von flammender Liebe, alles Humbug. Nichts war sinnlicher als kalte Haut, Totenflecken und dieser durchdringende Modergeruch, der faulenden Blumen glich, nur konzentrierter. Zeit, ihr die Blütenblätter auszureißen.

Die Kleider bewahrte er sorgfältig auf, auch wenn er hoffte, dass er sie nicht zurückgeben musste. Diesmal musste es die Richtige sein. Doch das hatte er schon so oft gehofft, und jedes Mal wurde er aufs Neue enttäuscht. Er faltete das bunte Plastikkleid und widmete sich ihrer Unterwäsche. Die kalte Klinge der Schere streifte ihre Haut, als er das Unterhemd aufschnitt. Eine Naturfaser, die noch relativ gut erhalten war, etwas stockfleckig vielleicht, man konnte die ursprüngliche Farbe nicht mehr erkennen, außerdem war der Stoff am Rücken zerfressen. Er fragte sich, welche Tiere das gewesen wa-

Hiermit ermächtige ich das umseitig genannte Unternehmen, den umseitig ausgewiesenen Rechnungsbetrag von meinem umseitig durch Kontonummer und Bankleitzahl bezeichneten Konto durch Lastschrift einzuziehen.

Ich weise mein Kreditinstitut, das durch die umseitig angegebene Bankleitzahl bezeichnet ist, an, bei Nichteinlösen der Lastschrift oder bei Widerspruch gegen die Lastschrift dem umseitig genannten Unternehmen oder einem von ihm beauftragten Dritten auf Anforderung meinen Namen und meine Adresse vollständig mitzuteilen, damit die Ansprüche gegen mich geltend gemacht werden können.

Ich bin damit einverstanden, dass meine Daten für den Zweck der Zahlungsabwicklung elektronisch gespeichert und verarbeitet werden und im Falle der Nichteinlösung diese Tatsache in eine Sperrdatei aufgenommen und an andere Unternehmen, die ebenfalls das Lastschriftverfahren anwenden, zur Nutzung übermittelt wird. Eine Teilnahme am Lastschriftverfahren ist bis zur Bezahlung der offenen Forderung nicht möglich.

Unterschrift

Um die Lesbarkeit des Bondruckes langfristig zu gewährleisten, sind bei der Lagerung direktes Sonnenlicht, feuchte Umgebung und Kontakt mit Weichmachern/Ölen/Fetten/Alkohol/aggressiven Chemiekalien zu vermeiden.

Hiermit ermächtige ich das umseitig genannte Unternehmen, den umseitig ausgewiesenen Rechnungsbetrag von meinem umseitig durch Kontonummer und Bankleitzahl bezeichneten Konto durch Lastschrift einzuziehen.

Ich weise mein Kreditinstitut, das durch die umseitig angegebene Bankleitzahl bezeichnet ist, an, bei Nichteinlösen der Lastschrift oder bei Widerspruch gegen die Lastschrift dem umseitig genannten Unternehmen oder einem von ihm beauftragten Dritten auf Anforderung meinen Namen und meine Adresse vollständig mitzuteilen, damit die Ansprüche gegen mich geltend gemacht werden können.

Ich bin damit einverstanden, dass meine Daten für den Zweck der Zahlungsabwicklung elektronisch gespeichert und verarbeitet werden und im Falle der Nichteinlösung diese Tatsache in eine Sperrdatei aufgenommen und an andere Unternehmen, die ebenfalls das Lastschriftverfahren anwenden, zur Nutzung übermittelt wird. Eine Teilnahme am Lastschriftverfahren ist bis zur Bezahlung der offenen Forderung nicht möglich.

Unterschrift

Um die Lesbarkeit des Bondruckes langfristig zu gewährleisten, sind bei der Lagerung direktes Sonnenlicht, feuchte Umgebung und Kontakt mit Weichmachern/Ölen/Fetten/Alkohol/aggressiven Chemiekalien zu vermeiden.

Hiermit ermächtige ich das umseitig genannte Unternehmen, den umseitig ausgewiesenen Rechnungsbetrag von meinem umseitig durch Kontonummer und Bankleitzahl bezeichneten Konto durch Lastschrift einzuziehen.

Ich weise mein Kreditinstitut, das durch die umseitig angegebene Bankleitzahl bezeichnet ist, an, bei Nichteinlösen der Lastschrift oder bei Widerspruch gegen die Lastschrift dem umseitig genannten Unternehmen oder einem von ihm beauftragten Dritten auf Anforderung meinen Namen und meine Adresse vollständig mitzuteilen, damit die Ansprüche gegen mich geltend gemacht werden können

GALERIA

ren. Großkalibrige, nicht nur Insekten. Hatten sich Maulwürfe an ihr zu schaffen gemacht, die stur ihre Gänge ins Erdreich gruben, egal was ihnen im Weg war? Sie bohrten sich bis in ihr Fleisch vor. Verständlich, sie war aber auch lecker, seine Liebste, so knackig und saftig wie eine frische Kugel Zitroneneis, nein, noch besser, Bittermandelgeschmack. Doch teilen wollte er eigentlich nicht, mit nichts und niemandem. Also kratzte er die Maden aus den Löchern und reinigte die Wunden mit Insektenspray.

Mit einem letzten Schnipp teilte er den BH in der Mitte und das Höschen an den Hüften und streifte ihr beides ab. Da er sie schon im Grab gehabt hatte, musste er nicht sofort über sie herfallen, er konnte sich Zeit lassen. Er zog ihre schlaffen Beine zu sich heran und legte sie sich über die Schultern, alles war bereit, und trotzdem fühlte es sich an, als würde man in ein enges, gefrorenes Betonrohr kriechen wollen, *er* im Gegensatz zu ihm, mochte das nicht. *Er* zog sich bei Kälte nun mal zusammen, ob Till das wollte oder nicht. Till war kein Sonnenanbeter, er zählte sich eher zu den Nachtschattengewächsen, war am liebsten nach Feierabend aktiv. Und der Winter, trotz der gefrorenen Erde, war seine Jahreszeit. Dass sein Organ beim zweiten Mal versagte, lag sicher an Überarbeitung, alle Knochen taten ihm weh. Und natürlich wäre es nett von der Frau gewesen, ihn da unten zu unterstützen, ein bisschen nur. Nicht tot daliegen wie ein Brett. Ein bisschen entgegenkommen, schließlich rettete er sie vor dem völligen Verfall. Aber Till hatte nun mal sie ausgesucht, sie und keine andere, also musste es gehen. Wo ein Wille war, war auch ein Zugang. Er half mit Kampfercreme nach, die brachte noch immer alles zum Glühen, und sie konnten endlich ineinander verschmelzen. Viele Male hintereinander, wenn er einmal angefangen hatte, war er der ausdauerndste Liebhaber der Welt. Lebende Frauen verpassten einiges und wären bestimmt überrascht, wenn sie von ihm wüssten. Doch wer weiß, am Ende kriegte doch jede eine Chance, von ihm gefunden zu werden.

40.

Nusser versprach Carina, sich um ein Schädlingsbekämpfungsmittel zu kümmern. Von ihrem geliebten Schreibtisch wollte sie sich auf keinen Fall trennen. Lieber teilte sie ihn weiter mit tickenden Holzwurmmännchen, die mit diesem Klopfgeräusch die Weibchen anlockten, wie ihr der Präparator erklärte.

Für heute machte sie Feierabend. Von unterwegs rief sie Wanda an und gab ihr Bescheid, dass sie jetzt, mit zwei Tagen Verspätung, heimkomme. Eingekauft hätte ihre Schwester bereits, sonst wären sie in den letzten Tagen verhungert, aber Brot sollte Carina fürs Abendessen mitbringen. Als sie am Rosenheimer Platz mit der Rolltreppe von der S-Bahn hochfuhr, sprühte die Backshop-Verkäuferin schon die Scheiben der Theke ein. Alle Brotkörbe waren bis auf ein Baguette bereits geleert. Carina überlegte, ob sie noch einen Abstecher in den Bioladen machen sollte, aber sie wollte erst mal in ihre Wohnung, sich ausruhen. Also kaufte sie das Baguette, bevor es einen Sprühstoß Reinigungsmittel abkriegte. Essensduft hüllte sie ein, als sie die Treppe zum Dachgeschoss hinaufstieg. Ihr Magen knurrte. Egal was Wanda fabriziert hatte, sie würde es verschlingen. Vor dem Eingang standen wie selbstverständlich Wandas große, geblümte Gummistiefel und daneben Sandros kleine, grüne. Willkommen bei Familie Kyreleis, sagte Carina zu sich selbst und sperrte auf. Die Tür ließ sich nicht ganz öffnen, dahinter und den Flur entlang stapelten sich Umzugskartons. In den anderen Räumen waren die Kartons halb geleert und von Wandas bunten Walleklleidern bedeckt. Ein paar hingen auch auf Bügeln an den Wänden. Ihre Wohnung hatte sich in eine Art Secondhand-Laden verwandelt. Wo blieb die Kundschaft, die den Krempel, wenn sie alles auf einmal nähme, sogar geschenkt kriegen würde? Sandros Spielzeug auf dem Boden machte das Gehen zu einem Hindernislauf. Ein Schienenstück seiner Legoeisenbahn schlängelte sich ins Bad, wodurch die Tür nicht mehr schloss.

»Tata!, ein Maronencurrypotpourri!« Wanda lupfte den Pfannendeckel und präsentierte ihr Schmorwerk. Carinas Küche hatte bisher nur aus einer alten Spüle mit Vorhang bestanden, die der Vormieter zurückgelassen hatte. Drumherum stapelten sich nun auf einer improvisierten Küchenzeile aus Plastikkisten Töpfe und Geschirr und ein Zweiplattenkocher. »Ich hab alle Reste aus meinem Kühlschrank verbraten, für den ich dann übrigens doch noch eine ganz gute Ablöse erhalten habe.« Das in der Pfanne sah sogar halbwegs essbar aus.

»Und was ist das Gelbe da drin?«, fragte Carina.

»Kürbis.«

Carina sah auf den graublau gesprenkelten Schalenberg auf dem Schneidebrett. »Hast du etwa den uralten Zierkürbis zerschnippelt, der bei dir im Bad stand?«

»So alt war der auch wieder nicht, nur ein wenig staubig, aber die Schale ist ja weg.«

»Wo ist Sandro?«

»Der schläft dort hinten.« Wanda drückte Carina zwei Teller und Besteck in den Arm, balancierte selbst die Pfanne ins

Zwiebelturmzimmer und zeigte auf einen Raumteiler aus Kartons. Darunter lagen zwei Matratzen, Wandas zwei Meter lange und Sandros kurze. »Ich habe ihm eine Kistenburg gebaut. Dafür hatten wir in unserer alten Wohnung nie Platz. Er ist vorhin auf dem Boden eingeschlafen, mit dem Stift in der Hand. Er wollte noch ein Bild von den Pinguinen malen, wir waren heute im Zoo. Und das bei dem Wetter, kein Wunder, der ist total kaputt.«

Ihre Schwester fegte die Filzstifte und Sandros Skizzenbuch, das Carina ihm mal geschenkt hatte – genau so eines wie sie es benutzte – von einer Umzugskiste. Mit »Keller, wichtige Unterlagen, zerbrechlich!!!«, war die zum Tisch umfunktionierte Kiste beschriftet. Sie knickte ein, als Wanda die schwere Pfanne darauf abstellte, etwas Soße schwappte heraus.

»Du hattest doch gar keinen Keller«, stellte Carina fest.

»Der Karton stammt noch aus der vorletzten Wohnung, ich weiß gar nicht genau, was da drin ist.« Wanda suchte nach einem Lappen. Carina war schneller, holte Klopapier zum Aufwischen aus dem Bad. Anschließend pflanzten sie sich aufs Sofa und fingen zu essen an.

»Wenigstens den Tisch und die Stühle und unser neues Bett hätte Ralf mir bringen können«, erklärte ihre Schwester kauend. »Aber er hat noch keinen Lastwagen frei, ist gerade mit einem Firmenumzug beschäftigt, musste meine Möbel in seiner Garage einlagern.«

Und da blieben sie hoffentlich auch bis zum Sanktnimmerleinstag, dachte Carina. »Müssen wir nicht leiser sprechen? Nicht dass Sandro aufwacht.«

»Wenn der schläft, dann schläft er.« Wanda winkte ab. »Außerdem mag er es lieber, wenn er Geräusche hört, sonst glaubt er, dass er alleine ist. Zu Hause, also da, wo wir vorher gewohnt haben, habe ich immer den Fernseher laut drehen müssen, wenn er im Bett war, und natürlich alle Türen offen stehen lassen. Manchmal denke ich, er hat das von dir geerbt.«

»Von mir?« Carina spuckte vor Schreck ein Stück Kürbis auf den Teller.

»Als Kind hast du doch so ein Theater gemacht und unseren Eltern damit den letzten Nerv geraubt.«

Carina staunte. Wenn, dann war Wanda doch die gewesen, die das Zubettgehen ewig hinausgezögert und ständig mit ihrem »Carina, schläfst du schon« genervt hatte.

»Sag bloß, du weißt nicht mehr, wie oft du geschrien hast, solange, bis entweder Papa oder Mama bei dir an der Bettkante wachen mussten?«

Carina schüttelte den Kopf. Aber auf einmal flimmerte eine Erinnerung auf. Tatsächlich hatte sie früher oft Albträume. Nie erzählte sie jemandem davon, sondern versuchte sich selbst auszutricksen, indem sie herausfand, dass Blinzeln half. Kam wieder einer der geköpften Männer auf sie zu, in dem dunklen Park, den sie immer durchqueren musste, als gäbe es nur diesen einen Weg, dann blinzelte sie, und schwupp, wachte sie auf. »War es wirklich so schlimm mit mir?«

Wanda lud sich die zweite Portion auf den Teller. »Ein bisschen schon. Manchmal fühle ich mich mit meinem Sohn wie in einer Wiederholungssendung.« Sie schnitt das Brot in Scheiben und grinste Carina an. »Na ja, so schlimm auch wieder nicht. Komm, du hast ja noch gar nichts gegessen, und dann erzähl, warum du doch nicht nach Mexiko gereist bist. Sag bloß, dir ist die Arbeit wichtiger als ein paar Tage Urlaub? Warum hast du mir nicht das Flugticket gegeben, das ist doch jetzt bestimmt verfallen?«

Carina schwieg. Gerade hatte sich für ein paar Minuten

eine andere, nettere Wanda gezeigt, doch die wurde sofort wieder von der alten, gewohnt neidischen Wanda abgelöst. »Ich dachte, du ziehst zu diesem Ralf an den Pilsensee?«

»Er wohnt in einer WG in Schwabing, total überteuert, da ist kein Platz für Frau und Kind. Aber nicht, was du denkst. Wir sind nur Freunde, vorerst. Momentan, und noch dazu bei dem Wetter, geht erst mal gar nichts. Ralf sagt zwar, das Häuschen am See sei winterfest und das Dach einigermaßen dicht, aber seine Eltern haben ihre alten Sachen dort untergestellt und müssten erst ausräumen, damit mein Kram überhaupt Platz hat. Bis September sind sie noch auf Wohnmobiltour in Kenia, vorher müssen wir dir hier leider noch auf die Nerven gehen, wenn das für dich in Ordnung ist. Glaub mir, so kurz vorm Schulanfang hätte ich mir auch was anderes vorgestellt. Ich weiß gar nicht, ob Sandro in München oder auf dem Land draußen in die erste Klasse gehen wird.« So wie sie »Land« betonte, hörte es sich nach Sahara an und nach Beduinenschule. »Wir haben noch nicht mal einen Schulranzen, ganz München scheint leer gekauft zu sein.«

Carina aß weiter. Das Geschmorte schmeckte wider Erwarten gar nicht so schlecht. Langsam füllte sich ihr Magen, sie lehnte sich zurück und spürte, wie neue Kraft sie durchströmte, erst jetzt merkte sie, wie erschöpft sie gewesen war. Sie lauschte Wandas Geplapper über die verschiedenen Schulranzenarten, worüber sie schon mit Silvia gestritten hatte, da sich beide jeweils ein anderes Modell vorstellten. Was Sandro wollte, war anscheinend Nebensache. Ihre vielen Worte kullerten in die Ritzen des vollgestopften Raums und vermischten sich mit dem Geräusch der Regentropfen, die auf das Dach des Zwiebelturms prasselten.

»Wie war's bei Papa?«

»Äh, was?« Carina tauchte aus einer Art Dämmerschlaf auf, so als hätte sie ein Radio nebenherlaufen, aber nicht richtig hingehört.

»Na, hast du dich gut erholt bei ihm? Und hat er dir seine Version von der Trennung vorgejammert?«

»Er hat sich sehr fürsorglich um mich gekümmert, direkt rührend.«

»Das hat er mit mir noch nie gemacht.« Wanda warf das Besteck auf den leeren Teller und stellte ihn auf den Boden. »Wie oft ist es mir schon schlecht gegangen, und keiner war für mich da.«

»Das meinst du jetzt nicht ernst, oder?«

»Doch.« Sie zog die Mundwinkel nach unten, stülpte die Unterlippe vor, genau wie als Kind früher.

Carina lachte. »Wenn ich jetzt ein Foto von dir machen würde, könntest du dich glatt in der ersten Klasse damit bewerben. Vielleicht solltest du dir auch einen Schulranzen aussuchen?«

»Mach dich ruhig lustig über mich, das bin ich gewohnt.« Sie schmollte weiter. »Aber ich soll dir glauben, dass es dir schlecht ging, ganz furchtbar schlecht, und dann hast du dich über Nacht erholt, dank Papas Superpflege.«

»Lass uns nicht streiten, bitte.«

Wanda rückte ein Stück von ihr ab und zog die Beine aufs Sofa. »Wenn sie was brauchen, bin ich gerade recht für Papa und Mama, doch die philosophischen Gespräche führen sie lieber mit dir.«

»Wieso, wann hast du zuletzt mit ihnen gesprochen?«

»Mit Papa noch gar nicht seit der Trennung. Er meldet sich nicht, naja, kein Wunder, wenn sein Herzpüppchen fast in die Luft gesprengt wurde und dann auch noch krank wird.«

Wandas Eifersucht war nicht heilbar. Carina stellte auf Durchzug bei so viel Gejammer. »Mit mir hat er auch nicht über seine Eheprobleme gesprochen, ich finde, das sollen die unter sich ausmachen.« Sie riss die letzte Brotscheibe in kleine Stücke und wischte damit die Pfanne aus. »Er hat nur kurz erwähnt, dass er und Silvia sich auseinandergelebt hätten.« Der genaue Wortlaut fiel ihr nicht mehr ein. »Ihr hat es wohl endgültig mit ihm gereicht.« Ein trockenes lang anhaltendes Husten erklang.

»Schräge Türklingel, woher hast du die eigentlich?«, fragte Wanda.

»Mein Vormieter war doch Dirigent, weißt du nicht mehr?«

Wanda nickte. »Doch, ich erinnere mich. Dann hat er sich das nervige Zuschauerhusten auch noch als Klingel nach Hause geholt. Ich geh schon, das wird Ralf sein, wir wollten ins Kino.« Wanda stand auf und drückte wie selbstverständlich den Türöffner.

Carina lief ihr nach. »Du hast dich verabredet? Und was ist mit Sandro? Du wusstest doch gar nicht, dass ich heute Nacht wieder hier bin?«

»Ralf hat kurz nach dir angerufen. Ich war ewig nicht mehr weg. Sandro schläft sowieso durch. Bis Mitternacht, spätestens eins, bin ich wieder da, okay?« Sie schlüpfte aus ihrer Bluse, warf sie Carina zu, die auswich.

Schlagartig fiel ihr etwas ein. Wanda drehte und wendete einige der behängten Kleiderbügel, bis sie sich für ein buntes Glitzerkleid entschied, dessen Ärmel genauso weit, aber länger als der Rock waren.

»War vorgestern eigentlich jemand von der Polizei da und hat mein T-Shirt abgeholt?«

Wanda steckte im Kleid fest. Carina half ihr, das enge Oberteil über den Busen zu ziehen.

»Puhh, ich hätte doch besser nichts essen sollen«, drang es gedämpft aus der Verschnürung.

Dann kam ein zerzauster Wuschelkopf aus dem Ausschnitt zum Vorschein. »Was? Ja, ja, einer von Papas Laufburschen hat uns gleich unten an der Tür abgefangen. Ich war mit Sandro noch mal in allen Läden mit Schulbedarf. Du glaubst nicht, was ich für einen Schreck gekriegt habe, als der Typ vor mir stand, ganz zu schweigen von den neugierigen Blicken auf der Straße, als wenn du verhaftest wirst.« Wanda übertrieb wieder maßlos.

»Dich als Polizistentochter erschreckt immer noch die Polizei?« Carina gluckste.

»Es gibt doch auch verkleidete Verbrecher, ich hab den jedenfalls nicht gekannt. Oder kennst du alle Kollegen vom Papa?« Sie hielt kurz inne und verdrehte die Augen. »Natürlich, du schon, logisch. Außerdem hätte er auch eine schreckliche Nachricht überbringen können, dass mit dir oder unseren Eltern was passiert ist. Ihr lebt doch ständig zwischen Messern und Schusswaffen. Jedenfalls hatte ich die Wäsche schon längst unten. Du musst echt besser durchgreifen, man kriegt ja nie einen Termin, ständig belagern die anderen Mieter die beiden Waschmaschinen, ich habe mich erst heute Vormittag auf die Liste gequetscht, weil die Fellerer aus dem zweiten Stock in Urlaub gefahren ist und sich ausgestrichen hat. Nur zwei Maschinen und ein Trockner für ein so großes Haus, ich fasse es nicht.« Es klopfte an der Haustür. Wanda rannte hastig ins Bad. »O Gott, wie ich ausschaue. Kannst du Ralf kurz ablenken, ich mach mich schnell frisch.«

Carina stöhnte. Wandas neuen Typen kennenzulernen

darauf hatte sie gerade überhaupt keine Lust. »Und hast du ihm mein T-Shirt noch geben können?«, fragte sie durch die Badtür.

»Der wollte sogar meine Unterwäsche mitnehmen, das täte dem so passen. Ich habe ihm nur dein Zeug gegeben, ich brauche meine Sachen noch«, rief Wanda zurück.

»Ach, Wanda. Der hatte nichts mit deiner Wäsche vor, da geht's um Anhaftung, vielleicht sind auch Spuren von meinem T-Shirt auf deinen Sachen. Hat er dir das nicht erklärt?«

»Nö, der hat sowieso kaum was gesagt, weil die Schremper aus dem Parterre ihn wegen der Autos so zugelabert hat, die ständig auf dem Bürgersteig parken würden und ihr damit die Aussicht versperren.« Oje, der arme Mann hat also beide Ohren zugeschwallt gekriegt, dachte Carina. Aber da sich weder Matte noch jemand von der Spurensicherung gemeldet hatte, würde es schon geklappt haben. »Wie hieß der Polizist?«

»Seinen Namen habe ich mir nicht gemerkt, irgendwas mit Sch oder S oder L.«

41.

Operation Sommerregen, 1986

Glaub es, oder glaub es nicht, nach nur einem Tag und einer Nacht, die König Alfatanumurabi der Vierte mit dem Zimmermädchen Mona verbrachte, reiste er zurück in sein fernes Land. Doch sein Elefant, namens Ob der Dritte weigerte sich, noch einmal über die Alpen zu klettern. Lasst mich hier, mein Herr, sprachen Obs Augen, ich bin alt und schwach, und er hob seinen Rüssel zu einem letzten Gruß. Als Mittendrinkinder, die nicht mal mit ihren Namen angeredet wurden, nur mit den Nummern, verstanden sich Alfi und Ob auch ohne Worte. Aber Alfi wollte sich von seinem treuen Begleiter nicht trennen und trieb ihn vorwärts. Mitten im Englischen Garten brach der alte Elefant zusammen und starb. Wütend und traurig zugleich, ließ Alfi ihn einfach im Gras liegen und stieg für die Weiterreise auf ein Kamel um. Bald bedeckte das wuchernde Grün das Grautier, das die Münchner für einen Findling hielten. Und als Ob mit der Erde verschmolz, wuchs an der Stelle ein Baum mit einer glatten Rinde. Er trug keine Blätter, und wenn die Spaziergänger genau hinsahen, entdeckten sie ein Auge im Stamm vor dem großen kahlen Ast, der ihnen wie ein Rüssel zuwinkte.

Keine Gefangenen, lautete das Motto der Russen, und das bedeutete nicht nur, dass in zerstörten Dörfern nie Überlebende gefunden wurden, sondern auch, dass den deutschen Abgesandten des BND, falls man sie festnahm, nur Selbstmord blieb, um der Folter zu entgehen. Als Sanitäterin getarnt, verpackte Iris hauptsächlich Waffen, die ihre männlichen Kollegen aus den Kriegsgebieten erbeuteten, um sie den Flugzeugen, die Hilfsgüter für die Flüchtlinge brachten, auf dem Rückflug mitzugeben. Trotz aller Gräuel stellte sich nach einigen Monaten so etwas wie Routine ein. Iris maß die verrinnende Zeit an den Festen wie Weihnachten und Ostern, an die sie und ihre Agentenkollegen sich klammerten wie an schwankende Bojen inmitten eines tosenden Meeres. Aus Monaten wurden Jahre, Iris zupfte zum vierten Mal das Lametta von dem mickrigen Baum, den das Versorgungsflugzeug zusammen mit drei Trägern bayerischen Biers im Gepäck gehabt hatte. Fast nadelfrei war die Tanne am dreiundzwanzigsten Dezember hier angekommen. Gedanken an Carina loderten auf, schnell versuchte sie, sie zu verdrängen, doch sie drangen durch die porös gewordene Feuerschutztür in ihrem Inneren. Drei Jahre verbrachte sie nun schon in diesem Niemandsland zwischen Pakistan und Afghanistan. Eine lange Zeit, in der ihre Tochter sich vom Baby zum Kleinkind entwickelt hatte. Nie hatte Iris sie sprechen gehört. Auch nicht gesehen, wie sie das Krabbeln beendete, sich aufrichtete, ein stolzes Grinsen im Gesicht und noch wackelig, schwankend den ersten Schritt wagte. Besuchte sie schon den Kindergarten, spielte dort mit anderen oder mit ihrem Halbgeschwisterkind, dem von Matte und Silvia? Was tat sie am liebsten, womit beschäftigte sie sich? Genug, Iris schob den Riegel vor diese Selbstzerfleischung. Sollte sie jemals dem hier entkommen, würde sie für immer in Carinas Nähe sein, unsichtbar, aber nah.

Verließen die Flüchtlinge das Lager, gab es oft wochenlang kaum etwas zu tun, bis neue Gruppen erschöpfter, halb verhungerter Menschen eintrafen. Waren die Hallen leer, nutzte die kleine Truppe der Deutschen die Gelegenheit für Schießübungen, und auch Iris durfte sich mit ihren Kollegen Uwe, Frank und Arno im Abschießen der Vogelscheuchen messen, denen sie alte Kleider aus den Sammlungen angezogen hatten. Doch zu einem richtigen Einsatz nahmen sie Iris nie mit, und nach ihrer Rückkehr redeten sie wenig. Als Iris nachfragte, winkte Frank ab: »Das willst du besser gar nicht wissen.«

Ganz unerwartet kam ihre Stunde doch noch. Nachdem Uwe mit seiner Frau per Funktelefon gesprochen hatte, trank er den Selbstgebrannten wie Wasser. Ausgerechnet an seinem Geburtstag hatte sie ihm mitgeteilt, dass sie sich scheiden lassen wollte. Irgendwann lag er lallend in der Küche. Frank und Arno waren seit dem Nachmittag jenseits der Grenze unterwegs, wie immer als Mudschaheddin verkleidet. Iris saß noch eine Weile bei Uwe, versuchte ihn zu trösten, hörte sich an, wie er seine Marion kennengelernt hatte und dass er nicht bereit sei, einen solchen Preis für das hier zu bezahlen.

»Was machst du eigentlich hier?« Mit trüben Augen schaute er mehr an ihr vorbei, als dass er sie wahrnahm. Dabei begraptschte er sie. Sie sprang auf, gab vor, aufs Klo zu müssen, und beschloss, einfach in ihrem Zimmer zu verschwinden und abzuschließen. Wenn Uwe wieder nüchtern wäre, würde er sich bestimmt nicht mehr an sein Getatsche und die Gefühlsduseleien erinnern. Unterwegs zu ihrem Zimmer, hörte sie einen Jeep heranpreschen und lief in den Hof.

»Hol Uwe, sie haben Arno, schnell.« Frank sprang ab und sagte, Uwe sollte mit dem LKW hinter ihm herfahren. »Stell dir vor, zehn Kilometer hinter der Grenze haben die Russen ein ganzes Dorf plattgemacht.«

»Dann ist Arno …?«

Frank nickte. Sie wussten beide, was gemeint war, ohne es auszusprechen. »Ich tanke solange. Beeil dich, wir müssen los, die Liste wartet.«

Diese Scheiß-Liste, war die ihm wichtiger als der Verlust seines Kameraden? Waren sie alle tatsächlich schon so abgestumpft? Oder sollte er nicht umsonst sterben, wenn er nicht schon tot war? Die Liste, der Auftrag – deswegen waren sie hier. Fluch und Hohn zugleich, wie die Schlüsselwörter, die Iris vor Jahren am Schreibtisch abgearbeitet hatte. Der BND hatte den Auslandsagenten eine Wunschliste mitgegeben, welches Kriegsmaterial sie erbeuten sollten. Die Deutschen und ihr Papierkram, dafür waren sie in der ganzen Welt bekannt und verrufen.

Iris rannte los, blieb kurz vor der Küche stehen. Uwe hing schnarchend auf dem zerschlissenen Sofa. Er konnte unmöglich fahren, würde alles versauen. Es gab nur eine Möglichkeit. Das war ihre Chance. Sie hastete in Uwes Zimmer, schnappte sich seinen Schlüsselbund, der zwischen den Geburtstagsgeschenken auf seinem Bett lag, schlüpfte in seinen Parka und wickelte sich eines der Tücher um den Kopf. Ihr fehlte die Übung im Turbanbinden, auch wenn sie die Afghani bei der Versorgung ihrer Kopfverletzungen oft genug dabei beobachtet hatte. Draußen mied sie die Außenbeleuchtung, imitierte Uwes breitbeinig schlurfenden Schritt, so als hätte sie nicht schnell genug in die Schuhe gefunden. Frank gab ihr ein Handzeichen und wendete den Jeep, sodass sie in der Garage verschwinden konnte. Es war länger her, dass sie einen Lastwagen gefahren hatte. In der Ausbildung zuletzt und da nur auf dem Hof. Sie schwitzte und zwang sich zur Konzentration, das war doch auch nicht anders, als ein Auto zu lenken, sagte sie sich, nur alles größer und damit einfacher. Kupplung, Gas. Mehr nicht. Es dauerte, bis sie den Motor gestartet bekam, Frank hupte schon. Der LKW heulte auf wie ein Steppenwolf. Iris gab Gas, endlich stellte sich ihr Körper auf Automatik um, sie funktionierte, folgte dem Jeep auf der nur aus ein paar Fahrrinnen bestehenden staubigen Straße in die Morgendämmerung. Der Grenzposten, nur das Kennzeichen überprüfend, sich noch den Schlaf aus den Augen reibend, winkte sie durch. Nach Afghanistan reinzukommen war leicht. Mal sehen, wie der Rückweg ausschaute, dachte sie, als sie das Dorf erreichten, oder das, was noch von ihm übrig war. Es wirkte mehr wie eine Kulisse, in sich zusammengefallen, nachdem das Filmteam abgezogen war. Wie eine warme Dampfwolke hing der Geruch in der Luft. Es roch nach Fleisch. Von dieser Sekunde an, wünschte sie sich an den Schreibtisch zurück, lieber öde Routine als das hier. Jede noch so stumpfsinnige Büroarbeit wäre ihr lieber, als nur noch eine Radumdrehung auf das Grauen zuzufahren, das sie gleich erwarte …

Noch 14 Sekunden

Die Sprache der Liebe ist eine Geheimsprache,
und in ihrer höchsten Vollendung so
schweigsam wie eine Umarmung.

Der Mann ohne Eigenschaften, Robert Musil

42.

»Was für Spuren sollen überhaupt an deinem Shirt sein?« Wanda redete weiter durch die halb offene Badtür. Es klopfte. Widerwillig öffnete Carina.

Peter stand vor ihr.

»Hallo, ich dachte …, ich wollte …, ich könnte …« Unter strähnigen Ponyfransen hervor grinste er sie aus seinen dunklen Augen an.

»Komm rein.« Sie nahm seine Hand – regennass wie seine Jacke, unter der er eine Stofftasche verbarg – und zog ihn in die Wohnung. In seinem dunklen Bartflaum glitzerten im Licht der Flurlampe Wassertropfen. Sie küsste ihn, und er ließ die Tasche fallen und küsste zurück. Lange. Sie umschlangen sich und drückten sich fest aneinander. Er schmeckte nach Regen, nach Luft, nach Wärme.

»Ach so, das ist er also, dein Neuer. Freut mich.« Aus dem Augenwinkel sah Carina Wanda über Sandros Schienen springen, die die Badtür blockierten. Sie wühlte in einer der Umzugskisten, fischte einen ihrer endlos langen Häkelschals heraus, wickelte ihn sich um Schultern und Hals. »Na, dann wird es dir ja nicht langweilig, wenn ich weg bin.«

Carina löste sich von Peter. »Wieso, gehst du ohne Ralf?«

»Er wartet beim Kino auf mich, hat er gerade geschrieben. Bis dann.« Sie zwängte sich barfuß in ein Paar hochhackige, enge Pumps, klemmte sich eine ihrer Häkeltaschen unter den Arm und stakste, ihr buntes Seidenkleid hinter sich bauschend, zur Tür hinaus. »Viel Spaß euch.«

»Es regnet noch, glaube ich«, rief ihr Carina hinterher. Wanda kam zurück, suchte fluchend in den Kisten nach einem Knirps, laut ihrer Beschreibung leuchtend gelb und kaum größer als eine Banane. Carina half ihr und fand nur einen grün karierten, ganz normalen Schirm. Widerwillig griff ihn Wanda, denn er würde ihr Outfit ruinieren, und ging, nachdem sie sich noch schnell Pflaster auf die Fersen geklebt hatte.

Endlich fiel die Tür ins Schloss, und Wandas klackernde Absätze entfernten sich. Peter grinste Carina an, und sie grinste zurück. Sie küsste ihn wieder, umarmte ihn, streichelte sein Gesicht, fuhr über seinen Kopf, seinen Körper hinab. Schmusen war besser als Reden, Carina wäre sowieso nichts eingefallen. Sie kannten sich noch gar nicht, würden sich auf diese Weise erkunden, es dauerte, bis sie sich gegenseitig ausgezogen hatten, alle Zeit stand still. Der Regen spielte für sie die passende Herzmusik. Sanftes Plätschern und wildes Trommeln lösten einander ab.

»Was macht ihr da?« Sandro stand im Schlafanzug neben ihnen.

»Waren wir zu laut, bist du aufgewacht?« Carina löste sich aus Peters Armen und zog sich hastig ihr Shirt über. »Komm, ich bring dich ins Bett zurück.«

»Ich habe Hunger.« Sandro lief in die Küche. »Machst du mir tausend Brote mit Mamalade?«

»Oje, wir haben kein Brot mehr«, flüsterte Carina Peter zu, der sich auch wieder anzog und ihnen in die Küche folgte.

»Müsli?«

»Fehlanzeige.« Carina lupfte die Topfdeckel, außer einem Päckchen Puderzucker, zahlreichen Gewürzen und Geburtstagskerzen war nichts darin. Wanda hat doch was von Einkäufen gesagt …

»Ich lauf los und organisiere was. Zur Not eine Pizza, einverstanden?«, schlug Peter vor, der schnell in seine Hose gehüpft war.

»Ich mag aber Mamaladebrote.« Sandro fing zu weinen an.

Peter ging in die Hocke und redete auf Sandro ein. »Wie wäre es mit Pizzabrot, und wir schmieren Mamalade oder Schokolade drauf?«

Bei Schokolade hellte sich Sandros Gesicht auf. Carina durfte sich bestimmt was von ihrer Schwester anhören, wenn ihr Sohn nachts um elf Schokolade aß. Aber Hauptsache, er musste nicht hungrig wieder einschlafen.

»Und du, Carina, was magst du für eine Pizza?« Peter holte seine Stofftasche auf der »Spruchbeutel« stand. Ob das ein Geschenk seiner Kollegen war?

»Ein Stück Pizzabrot ist okay.« Sie verkniff sich, vor Sandro auszusprechen, dass sie vorhin so viel gegessen hatten, sodass sie immer noch pappsatt war, und gab Peter ihren Schlüssel.

Carina wickelte Sandro in ihre mexikanische Decke und setzte ihn neben sich aufs Sofa. »Ihr wart heute im Zoo, hat die Mama erzählt. Und, was für Tiere habt ihr gesehen?« Er schniefte weiter, hockte kerzengerade da, rührte sich nicht. Die Arme unter der Decke, bis zum Hals, wie fertig zum Versand.

»Darf ich deine Zeichnungen sehen?« Sie hob Sandros Skizzenbuch vom Boden auf. Er nickte. Sie blätterte durch die Seiten. Dass er das Buch überhaupt benutzte, freute sie sehr. Es war länger her, dass sie es ihm geschenkt hatte, bei den Massen an Spielzeug, die er von Oma und Opa, von Wandas Typen oder Wanda selbst geschenkt bekam, hatte sie Angst gehabt, er könnte mit einem leeren Buch gar nichts anfangen. »Du wolltest die Pinguine malen?« Sie schlug die letzte bemalte Seite auf. Sandro hatte ein blaues Viereck gezeichnet und es mit kleinen Ovalen verbunden, die sich darin befanden.

Seine Hände schnellten unter der Decke vor. »Die Pinguine und Seehunde halten überhaupt nicht still, schwimmen immer so rum und so rum.« Sandro zeigte es mit großen Bewegungen. Carina fiel ihr eigenes Kinderbild vom Zoo ein. Sie holte die Mappe aus der Tasche und zeigte es Sandro.

»Der Eisbär ist in seiner Höhle geblieben, der wollte einfach nicht rauskommen. Und beim Löwen haben wir zugeschaut, wie der so einen Fleischberg mit den Ohren noch dran gefressen hat. Ich habe auch so Hunger. Und wo ist meine Mama?« Carina legte ihre Mappe weg und zog Sandro zu sich. Sie blätterte weiter durch sein Skizzenbuch. Wie bei »das ist das Haus des Nikolaus«, erfasste ihr Neffe auf eigenwillige Weise Gegenstände, Menschen, Tiere und Landschaft in einem Strich, ohne den Stift abzusetzen. Nur fürs Innenleben der Fahrzeuge benutzte er manchmal eine andere Farbe. Das Lenkrad, die Sitze, die Kupplung oder die Kolben und Leitungen, sogar die Mechanik unter der Motorhaube, hielt er in allen Einzelheiten fest. »Toll, wie genau du alles bemerkst, ich wüsste jetzt nicht, wie es in so einem Betonmischer aussieht.«

»Aber du hast den Mann gesehen«, sagte Sandro.

»Welchen Mann?«

»Na, den Toten.« Er nahm ihr das Buch weg und blätterte selbst zu einer schwarzen Figur ohne Arme und Beine. Der Bauch war mit Rot durchgekritzelt, so als würde Rauch aufsteigen. Neben der Figur lief das Gekritzel weiter, es sah aus wie rote Grasbüschel. »Die Oma hat der Mama erzählt, dass du den gesehen hast, wie der durch die Luft geflogen ist, und dann bist du krank geworden und musstest beim Opa bleiben.«

Carina überlegte, ob sie Sandro von der Sprengung erzählen sollte, aber dann würde er vermutlich überhaupt nicht mehr schlafen können. »Das ist mein Beruf, ich kümmere mich oft um Tote. Ich schaue nach, wie sie gestorben sind. Aber ich untersuche auch Lebende, denen wehgetan wurde, und versuche herauszufinden, was passiert ist.«

Sandro schwieg. Eine ausweichende Antwort war auch eine Art Lüge. Warum beschwerte sie sich, dass sie als Kind belogen worden war, wenn sie mit ihrem Neffen das Gleiche tat? »Es stimmt, was die Oma gesagt hat. Ja, ich habe leider miterlebt, wie ein Haus gesprengt wurde, aber den Mann, der dabei gestorben ist, habe ich erst hinterher gesehen, als er bei uns in der Rechtsmedizin lag. Ich bin zum Glück nicht so nah dort gewesen, da war jemand, der mich aufgehalten hat, damit mir nichts passiert.« Sie holte Luft. »Und diese Frau hat sich dabei vielleicht verletzt, als sie sich schützend auf mich warf. Ihr Blut ist an meinem T-Shirt, deshalb war ein Polizist vorgestern bei euch, das weißt du doch noch, oder?«

Sandro nickte eifrig. »Ich durfte seine Polizeimütze aufsetzen, bis er fertig gesucht hat. Alle Kisten hat er aufgemacht und drin herumgewühlt.«

»Was für Kisten?«

»Na, die alle hier.« Sandro deutete um sich.

Carina war irritiert. Wanda hatte nichts davon gesagt, dass der Polizist auch hier oben war. »Und die Mama, wo war die?«

»Die war im Keller mit dem anderen Polizisten, ich musste doch aufs Klo und bin schon mal hochgegangen und habe ganz allein mit dem Schlüssel aufgesperrt. Und der Polizist hat mir gar nicht geholfen.« Carina war nahe dran, Wanda auf ihrem Handy anzurufen. Doch dann beruhigte sie sich erst mal wieder, es war eigentlich üblich, dass zwei Polizisten unterwegs sind, bestimmt hatte Wanda es nur nicht erwähnt. Sie würde gleich Peter fragen, bevor sie Wanda im Kino störte, außerdem hatte sie dort ihr Handy ausgeschaltet.

»Und weißt du, was er gesucht hat?«

»Ja, aber gefunden hat er sie nicht. Er hat gesagt, dass ich an der Tür warten soll und nicht weinen und Bescheid geben soll, wenn jemand raufkommt.«

Wenn sie ihn fragte, wie der Polizist ausgesehen hatte, würde Sandro antworten, wie Polizisten eben aussehen, Uniform und eine Pistole, dachte Carina. Sie musste die Frage anders stellen. »Wie war er, der Polizist, hat er jemandem ähnlich gesehen, den du kennst?«

»Ja, dem Opa.«

»Echt?« Carina lachte. Ihr Vater trug schon lange keine Uniform mehr, aber vielleicht hatte er sie für seinen Enkel mal aus dem Schrank geholt und angezogen. »Also so eine grüne Jacke, ein beiges Hemd mit grünen Schulterklappen, und am Ärmel ist ein bayerisches Wappen?«

»Nee, die Mütze und alles war nicht grün.«

Die bayerische Polizei sollte andere Uniformen kriegen, dunkelblaue, aber bisher hatte sich das noch nicht durchgesetzt. Doch vielleicht war das so ein Testlauf? Sie redete sich alles schön, und zugleich wurde immer merkwürdiger, was Sandro erzählte.

»Waren seine Jacke und Hose dunkelblau?«

»Weiß nicht.« Sandro runzelte seine kleine Stirn.

»So wie der Himmel, wenn es Nacht ist?«, half ihm Carina.

»Weiß nicht. Aber er ist genauso gegangen wie der Opa.« Sandro sprang auf und zog ein Bein nach. Er sah tatsächlich aus wie ein kleinwüchsiger Matte Kyreleis, vor allem weil er dabei noch so einen finsteren Blick machte.

»Er ist also gehumpelt?«

Sandro nickte. Carina musste sich beherrschen, ruhig zu bleiben.

»Und hat er was mitgenommen?«

»Ja, die Mütze, die hat er mir wieder weggenommen, und ist gegangen, obwohl die Mama noch gar nicht da war.«

Sie zuckte zusammen, als sie ein Kratzen an der Tür hörte, jemand stocherte am Schloss herum. Ihr Herz raste.

»Hallo, ihr beiden.« Peter, vollbeladen mit mehreren weißen Plastiktüten, streckte den Kopf zur Tür herein. »Das Treppenlicht ist ausgegangen, bevor ich oben war.« Carina stand auf und half ihm mit den Tüten. Das sah nicht nach Pizza aus.

»Ich war beim Chinesen, gebackene Wan Tan, Reis mit Gemüse und Ente süßsauer, ich hoffe, da ist was dabei?«

»Ich mag keine süße Ente essen.« Sandro heulte wieder los. Oje. Das würde ein langer Abend werden. Peter und Carina breiteten die Schälchen mit Reis, Fleisch und Gemüse auf dem Tischkarton aus und fingen zu essen an, kommentierten es mit lautem »mmh« und »lecker«, bis Sandro, der die ganze Zeit im Türrahmen gehockt hatte, langsam angekrochen kam. Carina aß genüsslich und mit großem Appetit, sie wunderte sich, dass sie schon wieder Hunger hatte, aber es roch so gut, und mit Peter an ihrer Seite schmeckte es gleich dreimal besser. Sandro biss in ein Wan Tan und schnappte sich sogar einige Fleischstücke und tauchte sie in die Soße ein. Carina wusste nicht, wie sie das mit dem zweiten Polizisten vor Sandro sagen sollte, also beschloss sie, ihren Neffen erst wieder ins Bett zu bringen. Als er satt war, putzte sie mit Sandro Zähne und kroch mit ihm in die Kistenburg auf die Matratze, wo sie ihm noch eine Geschichte vorlas. Sie schielte zu Peter, hoffentlich war das in Ordnung, dass er so lange auf sie warten musste? Aber er schien mit seinem Notizbuch beschäftigt, wirkte ganz vertieft. Trotzdem einigte sie sich mit Sandro auf die kürzeste, nein, auf die zweitkürzeste Geschichte aus dem Buch, las gegen Ende immer leiser und langsamer, denn Sandro atmete bald tief und gleichmäßig. Geschafft! Als sie aus der Burg kroch, wachte er wieder auf. »Nicht weggehen.« Er krallte sich an ihr fest.

»Wir sind hier bei dir im Zimmer, dort drüben gleich, auf dem Sofa, ja?« Vorsichtig löste sie seine kleinen Finger von ihrem Arm. »Schlaf ruhig, und die Mama kommt auch gleich zurück.« Da war sie sich bei Wanda zwar nicht ganz sicher, aber er akzeptierte es und ließ sie aufstehen.

»Was notierst du?« Sie hockte sich zu Peter.

Er schlug das Notizbuch zu und steckte es wieder in die Hosentasche. »Ach, nur so«, flüsterte er. »Wegen der Luftpostpapiere: Ich habe einiges herausgefunden, was ich dir gern sagen würde. Aber was, wenn er wieder aufwacht?«

»Wanda sagt, Sandro braucht Geräusche, um überhaupt zu schlafen.«

»Dann müssen wir ja nicht reden, nur rascheln.« Er nahm sie wieder in den Arm und küsste sie auf den Hals.

»Aber zu erzählen gibt es auch viel.« Irgendwie fühlte sie sich jetzt nicht mehr so ungezwungen wie vorher, als Sandro noch fest geschlafen hatte. »Lass uns in die Küche gehen. Manches ist vielleicht nicht für Kinderohren geeignet, schätze ich.« Sie lauschten Sandros Atemzügen, er schien eingeschlafen zu sein, und schlichen sich einen Raum weiter. »Bevor du wegen dieser Papiere loslegst, fällt mir noch ein, dass du jetzt für diese Skelettsache vom Waldfriedhof zuständig bist, anstelle von Paintner?«

»Ja, der war so klein mit Hut, als er aus dem Büro deines Vaters zurückkehrte.« Peter zeigte einen schmalen Spalt zwischen Daumen und Zeigefinger. »Er müsste Überstunden abbauen und würde deshalb schon eine Woche früher in Urlaub gehen, hat er zu mir gesagt, als ich ihn fragte, was los sei. Gleich danach rief mich dein Vater zu sich, und da erfuhr ich erst von den Patzern bei deiner Vernehmung. Leider war es zu spät, ihm die Fresse zu polieren. Er war schon weg. Deshalb kann ich mich für meinen Kollegen nur entschuldigen …«

»Da hat er ja direkt Glück gehabt.« Sie strich ihm durch die Haare.

»Oder ich.« Peter grinste sie an. »Jetzt arbeiten wir also schon zum zweiten Mal an einem Fall zusammen. Ich freue mich. Wann fängst du denn mit der Gesichtsrekonstruktion an?«

»Die ist fertig, und die Fotos habe ich auch schon an die Zeitung geschickt, wie Buddeberg es wollte.«

»Das ist Rekordzeit, oder?«

»Normalerweise brauche ich mehr Zeit und vor allem etwas Abstand, ich hoffe, die Skulptur taugt trotzdem was.« Carina holte ihr Handy und zeigte ihm die Fotos.

Peter betrachtete sie lange. »Dieser durchdringende Blick, wie hast du den hingekriegt? Dann die Poren der Haut, man glaubt, die Frau atmet.«

»Hoffen wir, dass es was nützt und jemand sie wiedererkennt.« Carina nahm ihm das Handy weg und schaltete es aus. Zu viel Lob ertrug sie nicht. »Aber nun zu deinen Ermittlungen. Wie lief's im Gefängnis?«

»Katastrophal. Hat dir dein Vater davon erzählt?«

»Ja, er sagte, dass sie Krallingers Habseligkeiten bereits weggeräumt und alle Spuren beseitigt hatten. Nicht mal eine Schnapsflasche?«

»Richtig, in der Zelle war rein gar nichts mehr. Ich habe mir dann den Wärter vorgenommen, der Krallinger gefunden hat, André Trotha, bin zu ihm nach Hause gefahren und hab ihn aus dem Bett geklingelt. Er hat Krallinger einen Kleinen Feigling gegeben, na ja, mehr als einen, also eher ein paar. Du weißt schon, diese Minischnapsflaschen, weil der so gejammert hat. Natürlich ist das nicht erlaubt, also hat er die Fläschchen verschwinden lassen. Aber die Krönung kommt erst noch. Jetzt, wo ich darüber nachdenke, frage ich mich, ob dieser Trotha und Paintner nicht verwandt sind, so viele Patzer wie die beiden auf einmal geliefert haben.«

»Du machst es vielleicht spannend.« Carina wagte sich nicht zu rühren.

»Also.« Peter holte Luft und setzte feierlich an. »Punkt eins. Hast du dir Krallingers Hände angesehen?«

»Ja, die waren völlig sauber, rochen sogar nach Seife und Zitrone, ich habe einen Abstrich genommen, der zusammen mit den anderen Asservaten noch untersucht wird.«

»Das kannst du dir sparen, Trotha hat mir alles gesagt. Er hatte ein halbes Hähnchen und Pommes dabei und mit bloßen Fingern verputzt. Morgens um sieben, das muss man sich mal vorstellen! Und als er dann seine Runde drehte, Krallinger erhängt in der Zelle fand und abschnitt, hat er alles mit seinem Hendlfett verschmiert und mit dem nächstbesten Wisch probiert, seine Spuren zu beseitigen. Hat natürlich nicht geklappt, dann hat er es mit so Zitrusreinigungstüchern versucht, die stecken in der Hendltüte mit drin. Er hat auch Krallingers Hände abgewischt und sogar noch mit Seife nachgeholfen.«

»Also das ist die Erklärung. Mein Vater glaubt felsenfest an Mord, sprach, als ich das mit den gereinigten Händen feststellte, sogar von einer Inszenierung, weißt du, was er damit meint?«

»Er meinte damit Wolfgang Grams, den angeblich letzten RAF-Terroristen, der unter bis heute umstrittenen Umständen 1993 in Bad Kleinen ums Leben kam, offiziell hat er sich selbst erschossen. Aber Schmauchspuren oder sonstige Spuren waren an seinen Händen leider nicht mehr festzustellen, da sie auch gereinigt wurden.«

»Ich hab mit Matte darüber gesprochen, weil doch meine Mutter auch bei diesem Einsatz dabei war.«

»Ich weiß, es steht in den Luftpostpapieren, ich habe noch nicht genau gelesen, was sie dort gemacht hat, aber das Suchwort Bad Kleinen ist mir mehrmals ins Auge gefallen.«

»Sie hat mit einem Kollegen vom Bundesnachrichtendienst Birgit Hogefeld und einen V-Mann vom BKA observiert.« Carina konnte es noch immer nicht glauben, selbst, durch ihre Gene, in solche Sachen verwickelt zu sein, bisher hatte sie sich nur am Rande und nur im Zusammenhang mit ihren Fällen für Politik interessiert. »Und was war damals der Grund, das Grams' Hände gereinigt wurden, weißt du das?«

»Der Rechtsmediziner hatte anscheinend an diesem Tag mehrere Tote auf dem Tisch und musste zuerst die Identität feststellen, deshalb hat er ihm die Hände abgewischt, um Fingerabdrücke zu nehmen.«

»Sie haben nicht mal sicher gewusst, dass es Wolfgang Grams ist?«

»Es geht noch grotesker. Als der missglückte Einsatz in der Öffentlichkeit breitgetreten wurde, setzte man eine unabhängige Untersuchungskommission ein. Dafür trennte man Grams' Hände ab und schickte sie per Plastiktüte und Trockeneis in die Rechtsmedizin nach Zürich.«

Carina sog die Luft durch die Zähne. »Oje. Ich kann es mir denken. Sie quollen auf wie Waschfrauenhände.«

»Genau, alle Spuren waren zerstört, bis auf eine halbrunde Rötung auf der Daumenwurzel, die entstanden sein könnte, als ihm jemand die Waffe gewaltsam aus der Hand drehte. Diese Technik lernt man bei der GSG-9.«

»Lambert«, platzte Carina heraus, und sie erzählte Peter, was sie von ihrem Vater über ihn und den zweiten, noch unbekannten, Kollegen von der GSG-9 wusste.

»Salamander und Calimero«, sagte Peter, nachdem er aufmerksam zugehört hatte. »Die Codenamen der beiden aus den Luftpostpapieren.«

»Salamander, das passt auf Lambert.« Carina rief sich Neumaising vor Augen. »Er hatte was Eidechsenhaftes an sich. Und Calimero, ist das nicht eine Zeichentrickfigur, so eine Maus, die rasend schnell rennen kann?«

Peter lachte. »Nein, du meinst Speedy Gonzales, die schnellste Maus von Mexiko. Bist du der nicht begegnet?«

»Leider nein, die war schon weg. Ich hab nur noch einer Staubwolke hinterhergeschaut. Und wer ist Calimero?«

»Ein schwarzes Küken mit einer Eierschale auf dem Kopf, das in Palermo zusammen mit seiner Freundin Priscilla Abenteuer erlebt. In Salamander und auch in Calimero stecken vier Buchstaben aus Lambert, er könnte also auch Calimero sein.«

»Fünf. Du vergisst das S von Sascha Lambert.« S – der Polzist, der mit Wanda im Wäschekeller gewesen war …, sie wurde langsam hysterisch, allein schon bei Buchstaben. »Du, habt ihr einen bei der Streife, dessen Name mit S oder L oder SCH anfängt?«, fragte sie und versuchte, es so beiläufig wie möglich klingen zu lassen.

»Ja, schon.« Peter überlegte. »Der Leitendorfer Stefan, der Strobl, von dem weiß ich den Vornamen nicht, Ludwig, glaube ich, nein, Lutz, genau, Lutz Strobl oder dann der Schnatterer Leo, wieso?«

»Ach, nichts.« Carina atmete auf, kein Grund zur Beunruhigung. Merkwürdig nur, dass Sandro für den zweiten Polizisten Schmiere stehen sollte, aber vermutlich gab es auch dafür eine einfache Erklärung. Ihr fiel was anderes ein. »Weißt du, dass Vincent Haas in dem Schutt in Neumaising zwei Patronenhülsen gefunden hat, die vom Rohwedder-Attentat stammen?«

»Vincent hat sie untersucht, eingesteckt habe ich die Dinger. Ich wollte sie eigentlich dem BKA geben, habe es aber in dem Trubel vergessen und sie dann wiedergefunden, als ich abends die Hosentaschen ausleerte, und sie am nächsten Tag deinem Vater gegeben. Einen Spurenwert haben sie nicht. Weißt du, was er damit vorhat?«

»Er wollte sie in ein Schließfach sperren und erst noch weitere Beweise sammeln. Was ist mit den Luftpostpapieren, bist du schon weitergekommen?«

»Ein bisschen. Es ist schwieriger, als es auf den ersten Blick scheint. Die Blätter haben keine Seitenzahlen und sind durcheinander, haben keinen Anfang und kein Ende. Allein das dauert. Manche Fragmente sind so winzig geschrieben, dass ich sie nur mit einer Lupe entziffern kann. Alles mit Bleistift, an einigen Stellen verschmiert oder radiert und überkritzelt. Die ursprünglichen Worte, also die ausradierten, kann ich mithilfe von UV-Licht wiederstellen, aber manche Stellen sind auch rausgekratzt worden, also Löcher im Papier.« Wie begeistert er von seiner Arbeit sprach … Carina blickte zärtlich auf ihren Liebsten. Seine Haare standen vom Kopf ab, von ihr verwuschelt, sein Gesicht wirkte leicht zerknautscht. Er kauerte mit seinen langen dünnen Beinen auf Wandas Plastikkiste, zwischen rot geblümten Emaillekochtöpfen.

»Und du glaubst wirklich, dass sie von meiner Mutter verfasst wurden?«, fragte sie, als er eine Pause machte.

»Ja, ihre Fingerabdrücke sind wie die von Lambert, Jering und auch Krallinger in der Datenbank, wie von jedem deutschen Polizeibeamten, allein schon um sie von einem möglichen Tatort, wo sie ermittelt haben, auszuschließen. Außerdem habe ich den Schriftvergleich mit den anderen Dokumenten, die mir dein Vater gegeben hat. Er hat in den letzten Jahren einiges recherchiert, ohne Zweifel, Iris Erlacher war eine BND-Agentin, die als Mitglied einer Spezialtruppe sogenannte operative Einsätze durchführte, was den Mord von politisch unbequemen Leuten bedeutete.«

Carina schätzte offene Worte, trotzdem spürte sie ein Ziehen im Bauch, wenn sie daran dachte, dass dies wirklich ihre Mutter sein sollte. »Dann hat dich mein Vater also in alles eingeweiht?« Peter nickte. »Ein Zeitablauf wäre wichtig, um die Papiere besser zu verstehen. Hast du sie dabei?«

»So was Wertvolles schleppe ich doch nicht durch den Regen. Die Originale liegen im Tresor im Präsidium, wenn jemand Wind davon kriegt, dass ich damit herumspaziere, geht's mir am Ende noch so wie dieser Journalistin. Aber ich habe Aufnahmen davon auf einem Server gespeichert.« Er holte sein Tablet aus dem Spruchbeutel, klickte und wischte darauf herum, bis sich eine passwortgeschützte Seite öffnete. Wie ein mittelalterliches Geheimdokument stellten sich nacheinander die handbeschriebenen Seiten scharf, und nun verstand Carina die Schwierigkeit. Das Blatt, das sie als Erstes gelesen hatte, als sie die Luftpostpapiere in dem Buch der Journalistin entdeckte, war noch am einfachsten zu entziffern gewesen, als sie es gegen ein Licht gehalten hatte. Die restlichen Seiten waren schwer leserlich und wurden durch Vergrößerung nur noch durchsichtiger, da der Bleistiftstrich hellgrau glänzte.

Peter zoomte von einem Blatt zum nächsten. »Die Aufzeichnungen hören immer innerhalb eines Wortes auf. Siehst du, hier?« Er zeigte es ihr. »Vielleicht fehlen hier auch die Anschlussseiten. Aber im Haus der Journalistin ist nichts mehr, ich habe alle Bücher durchsucht. Ganz schön mühsam, vor allem weil man sich dann immer an den Titeln und Geschichten festliest.« Ihr Peter war also eine Leseratte. Carina besaß überhaupt keine Bücher, abgesehen von ein bisschen Fachliteratur, die im Arbeitsraum im Institut stand. Alle Bücher, die sie las, lieh sie sich aus, oder wenn sie eins kaufte, gab sie es nach der Lektüre weiter. Nun war sie neugierig auf Peters Wohnung. Lebte er zwischen vollgestopften Regalen voller Bücher und Dokumente oder so spartanisch wie in seinem Büro? »Was haben die Analysen ergeben?« Carinas Augen flitzten über den Bildschirm.

»Du meinst die Altersbestimmung des Papiers? Schwierig, Vincent hat sich bemüht, den Zeitraum einzugrenzen, nach 1975 auf jeden Fall, da Spuren eines thermomechanischen Holzstoffs enthalten sind, der erst ab da bei der Papierherstellung verwendet wurde. Tinte, Tusche oder ein anderes flüssiges Schreibmittel hätte vielleicht eine Datierungshilfe sein können, aber sie schrieb konsequent mit Bleistift, ein weicher, 2B.«

Die Stärke verwendete auch Carina am liebsten zum Zeichnen. Damit gelangen zarte Linien und harte Schatten zugleich.

»Dieses transparente, aber doch weiche Papier ist in Deutschland nicht mehr erhältlich und muss aus Übersee bestellt werden. Die Zeiten der Briefeschreiberei, wo man auf dünnem Papier schrieb, um Porto zu sparen, sind vorbei. Erinnerst du dich noch, früher gab es das sogar in Blau, passend zu den mit Streifen umrandeten Lustpostumschlägen?«

»Meine mexikanische Freundin schreibt mir auf solchem Papier, sie hat einen Abreißblock, man sieht manchmal die Gummierung oben an der Seite.«

»Und du, wie schreibst du zurück?«

»Auf normalem Papier, meist eine Postkarte, oder ich maile ihr.«

»Genau, heutzutage mailt man lieber. Also das sagt, dass das Papier vor der Jahrtausendwende gekauft wurde, wie lange davor und wann genau es beschrieben wurde, wissen wir nicht.«

»Mmh, keine Ahnung, ob uns das weiterhilft, aber das Bruchstückhafte erinnert mich an was. In Mexiko und schon kurz davor war ich mit einem Archäologen zusammen. Er entpuppte sich als Riesenarsch, aber so wie ich meine Leidenschaft für die Knochen habe, buddelte er in der Erde. Er sagte mal, Archäologen arbeiten rückwärts. Die erste Tonscherbe, die er in der obersten Erdschicht findet, ist die letzte, die zurückgelassen wurde. Um zum Kern zu kommen, muss er sich durch die einzelnen Schichten graben.«

»Du meinst das mit den halben Wörtern oder den Satzteilen am Anfang und Ende?«

»Ja, was, wenn es nur um die Buchstaben geht. Dieses Blatt endet mit einem F, das hier unten rechts fängt mit G für Gefangene an und endet mit ve…, vielleicht für die Silbe VER, verrutscht, verrückt oder Ähnliches, also ein E. Wenn sie das Wort absichtlich nicht ausgeschrieben hat, dann müsste das nächste Blatt, wenn man nach dem Alphabet geht, mit einem F beginnen.« Sie durchsuchte die Seiten. »Vielleicht das hier?« Sie zeigte auf ein Blatt.

»Das gibt's nicht.« Peter strahlte sie an. »Ein simples chronologisches System, wenn die Blätter durcheinandergeraten, sind das versteckte Seitenzahlen. Nur eben keine Zahlen, sondern das ABC. Raffiniert. Langsam verstehe ich, warum dein Vater dich unbedingt als Ermittlerin haben will. Ich habe mich so stark auf den Inhalt konzentriert, dass ich darauf nicht geachtet habe, du bist genial, Carina.« Er zog sie zu sich, küsste sie innig und grinste sie an. »Abgesehen davon, dass ich jetzt schon gerne mehr über diesen Archäologenarsch wissen würde, aber vielleicht erzählst du es mir ja mal bei Gelegenheit, frage ich mich …« Er wurde wieder ernst. »Was, wenn deine Mutter wüsste, dass diese Papiere am Ende, nach einigen Umwegen, zu dir gefunden haben?« Er machte eine Pause und sah sie an. »Das konnte sie doch nicht geplant haben, oder?«

Carina zuckte mit den Schultern. »Warum nicht, schließlich war sie eine BND-Agentin. Nach dem, was mir mein Vater erzählt hat, und du auch mit dieser Geburtstagskarte, die du entschlüsselt hast, wollte sie immer in meiner Nähe sein, also wusste sie vermutlich mehr über uns, als wir ahnen. Vielleicht hat sie damit gerechnet oder es zumindest gehofft, dass wir am Ende ihre Dokumente finden.« Peter vertiefte sich wieder in die Blätter, verglich und schob die Seiten durch Berührung auf dem Tablet in die richtige Reihenfolge. »Ja, das meiste passt«, sagte er nach einer Weile. »Siebzehn Seiten sind es insgesamt. Schau mal auf das Schriftbild, jetzt, wo wir die Seiten chronologisch ordnen können. Hier driften die Zeilen ab, werden schief, laufen ineinander und sind fast unleserlich. Es wirkt, als hätte sie im Dunkeln oder ohne Hinzusehen geschrieben. Ich schätze, sie hat es selbst nicht noch mal durchgelesen, denn es gibt kaum Durchgestrichenes oder Überkritzeltes. Sie wollte sich etwas von der Seele schreiben.«

»Und was steht auf dem Blatt hier, lies vor.« Carina war »Afghanistan« und irgendwas von »Sommerregen« ins Auge gestochen.

»Moment, das ist gar nicht so leicht, aber ich versuche es.«

43.

Operation Sommerregen, 1986

Frank unterdrückte einen Wutanfall und drohte ihr mit der Faust, als er erkannte, dass Iris an Uwes Stelle gefahren war. Zurück ging nicht, das war viel zu gefährlich. Seine Augen blitzten sie an, als sie sich beide die Tücher über Mund und Nase schoben, um den Gestank zu ertragen, doch dann ließ er sie tun, was Uwe getan hätte. Sie durchsuchten die Trümmer nach Munition, um die Liste abzuarbeiten, übersahen die Toten, so gut es ging, durchkämmten das Gelände nach Raketenteilen. Iris hob Beine an, die noch an Körpern hingen oder einzeln verstreut herumlagen, als wären es zermahlene Mauerreste oder bemalte Holzstücke. Bald waren sie beide besudelt von den Körperflüssigkeiten fremder Menschen und stanken danach. Keiner hatte diesen Angriff überlebt. Die, die nicht sofort tot gewesen waren, waren danach ermordet worden. Auch die Tiere hatte man getötet, ein Stall brannte noch rotglühend gegen die Morgensonne. Unter einer Ziege mit aufgeschnittenem Leib ragte ein unversehrtes dünnes Bein hervor, wie das eines Kindes. Iris sah weg und hasste sich dafür. Doch aus dem Augenwinkel nahm sie eine Bewegung wahr, zwang sich zurückzublicken. Das Kind lebte noch. Sie rollte die Ziege von ihm herunter, ein Junge, halbwüchsig, mit schwarzen, blutverschmierten Wuschelhaaren. Er keuchte. Ob das Blut von dem Tier stammte oder ob von seinen eigenen Verletzungen, war nicht zu unterscheiden. Er trug eine Uniformjacke der Roten Armee. Hatte er die angezogen, um zu entkommen? Sie zog ihren Gürtel aus den Schlaufen und band sein zerfetztes Bein am Oberschenkel ab, deckte ihn mit ihrem Turbantuch zu und schrie nach Frank. »Ein Verletzter, schnell. Wir müssen ihn mitnehmen, komm. Alleine kriege ich ihn nicht ins Auto.«

Frank warf seine Metallfunde auf den Lastwagen und stapfte herüber. »Aha, einen Roten haben die übrig gelassen. Was soll's, das geht uns nichts an.«

Der Junge presste die Augen zu, Iris sah seine Augäpfel unter den Lidern hin- und herirren. Seine Lippen zitterten, und Schweißperlen standen ihm auf der Haut, aus seinen Mundwinkeln quoll Blut. Sie konnte nicht sagen, ob er sie registrierte, oder ob er vor Angst so stillhielt. »Bestimmt hat er die Jacke gefunden und angezogen. Ein Flüchtling, wir müssen uns beeilen. Vorsichtig, los, heb mit an.«

Frank wandte sich ab und ging. Iris verstand nicht, was er vorhatte. Verbandskasten hatten sie keinen. Selbst für sich selbst nicht, das war nicht die Mission. Sie rannte ihm nach, zerrte ihn am Arm.

Er schüttelte sie ab. »Der Chef wusste, was er tat, dass er dir nie einen Einsatzbefehl erteilte. Weiber sind sentimental.« Erleichtert sah sie, wie er mit schnellen Schritten zu dem Verletzten zurückging. Sie versuchte ihn einzuholen, stolperte und sah wie er ihr Tuch von dem Jungen wegriss, die Schnellfeuerwaffe ansetzte und schoss. Der kleine Körper zuckte unter den Kugeln, dann breitete sich eine große Blutlache unter ihm aus, sickerte von den Steinen und vermischte sich mit den anderen Pfützen, die schon gerannen. »Nimm deinen Gürtel wieder ab oder willst du Spuren v…

44.

Nachdem Peter vorgelesen hatte, hingen sie eine Weile ihren Gedanken nach. Einzig das Prasseln der Regentropfen auf die Fenstersimse war zu hören. Als Krankenschwester in einem Flüchtlingslager getarnt, berichtete Iris von Waffenspionage. »Operation Sommerregen, der Name passt auch zu dem, was wir gerade tun«, fiel Carina auf.

»Das Wetter stimmt auf jeden Fall, aber ich finde, wir sezieren mehr, als dass wir operieren, oder nicht?«

»Was war das eigentlich genau, damals mit dem BND und Afghanistan? Ich wusste bisher nichts davon.«

»Ich auch nicht, ich musste erst nachsehen. Man findet nur ganz spärliche Veröffentlichungen. Das ist eine der am strengsten geheim gehaltenen Aktionen des BND überhaupt gewesen. Erst 2013 hat ein Journalistenteam die Sache ausgegraben, aber der große Skandal blieb aus. Deutsche Agenten haben sich Anfang der Achtzigerjahre unter die afghanischen Widerstandskämpfer geschleust und erbeuteten Waffen und liegen gebliebene Panzer, die sie dann nach Deutschland verschickten. Die Aktion hat Helmut Schmidt noch genehmigt, und danach lief sie unter Kanzler Kohl vermutlich bis zum offiziellen Kriegsende 1989 weiter. Wie lange genau, ist nicht bekannt.«

»Und da war meine Mutter dabei.«

Peter nickte. »Ein bewegtes Leben hatte sie jedenfalls.«

»Apropos, hast du schon ihren Abschiedsbrief ausgewertet?«

»Noch nicht, aber ich bin dabei.«

»Es gibt so viel, was ich gern von dir wissen will.«

»Ich von dir auch.« Sie fingen wieder zu knutschen an, stießen an einen Emailletopf, es klirrte.

»Mama.« Sandro war aufgewacht. Carina lief zu ihm. Wo blieb Wanda nur, es musste doch längst nach Mitternacht sein? »Mir ist so schlecht.« Sandro begann zu würgen. Carina schleppte ihn schnell aufs Klo, schon im Gang erbrach er sich.

»Das mit dem chinesischen Essen war wohl doch keine so gute Idee.« Peter wischte die Bescherung mit reichlich Klopapier auf.

Carina trug Sandro, der halb auf ihrem Arm schlief, ins Bad, zog ihm einen frischen Schlafanzug an und kühlte ihm das Gesicht.

»Ich geh dann besser.« Peter verabschiedete sich. »Magst du mich morgen Abend besuchen? Vielleicht haben wir bis dahin Leserreaktionen auf deine Gesichtsrekonstruktion. Aber nicht nur deswegen natürlich. Ich wohne am anderen Ende von Haidhausen, in der Milchstraße fünfundzwanzig, die Tram hält direkt davor, ebenfalls Nummer fünfundzwanzig, der Halt ist Wörthstraße.«

»Dann wohnst du auch in Haidhausen?«

»Ja, uns trennen nur ein paar Trambahnhaltestellen. Ich an einem Ende, du am anderen. Halb sieben morgen Abend, oder ist das zu früh?«

»Gern, gute Nacht.« Obwohl sie nach Kotze roch, hundemüde war und Sandro im Arm hielt, der sich an sie klammerte, war Carina warm ums Herz wie schon lange nicht mehr. Nicht nur Schmetterlinge, sondern mindestens Feiningers gesamte Insektenwelt schwirrte in ihrem Bauch. Peter und Carina, sie war verliebt. Sie trug Sandro auf die Matratze zurück, legte ein Handtuch neben ihn in die Kistenburg, falls er sich noch mal erbrechen musste. »Nicht weggehen«, murmelte er. »Ich habe Angst.« Er packte ihr Shirt mit seiner kleinen Faust.

Vorlesen konnte sie ihm jetzt nichts mehr, dabei würde er nur wieder ganz aufwachen, also summte ihm Carina leise ein Lied ins Ohr, das nächstbeste, das ihr einfiel, sie wunderte sich, dass ihr Singsang überhaupt eine Melodie ergab. Sie hörte ihre eigene Stimme in ihrem Kopf vibrieren und fragte sich, woher es stammte. Hatte ihr Vater es gebrummt? Es klang wie eine Hummel, die in einem engen Glas gefangen war, sich nach und nach ihrem Schicksal ergab und dann einen Rhythmus tanzte. Ein Schlaflied aus einfachen Tönen, in einer Endlosschleife. Ihr fiel ein, was Wanda vorhin gesagt hatte, dass sie als Kind so schwierig gewesen war und ihre Eltern genervt hatte. Wie oft musste Matte singen, damit sie sich beruhigte? Das war eines dieser Lieder, die sie schon immer in sich trug, aber nie bewusst wahrgenommen hatte. Warum fiel ihr diese Melodie gerade jetzt ein?

Sie wachte auf, als Wanda sie antippte, um mit ihr den Platz auf dem Matratzenlager zu tauschen. Im Halbschlaf kroch Carina zu ihrer Isomatte hinüber. Am Morgen weckte ein Geräusch sie, als würde ein Bagger eine Tonne Kies direkt neben ihrem Ohr ausleeren. Sandro kippte eine weitere Spielzeugkiste neben ihrer Isomatte aus. »Hilfst du mir Schienen suchen?« Sein kleines Gesicht drückte sich nah an ihres. Er roch noch immer nach Süß-Saurem. Carina zwang sich aufzuwachen und rappelte sich hoch. Wie spät war es, hoffentlich hatte sie nicht verschlafen? Kurz nach sieben auf ihrem Handy. Sie steckte es an den Strom, um es aufzuladen und ging ins Bad. Wandas nackte Füße lugten aus der Kistenburg, sie schlief also noch. Na, wenigstens war Sandro nichts mehr von seiner Übelkeit anzumerken, er quietschte und trappelte herum. Frisch geduscht und umgezogen, ging Carina mit ihm zum Bäcker und kaufte fürs Frühstück ein, räumte die Küche auf und kochte mit Wandas Espressokanne Kaffee und für Sandro warme Milch.

»Ich frühstücke nie.« Wanda setzte sich, in die Bettdecke gewickelt, mit verfilzten Haaren und verschmierter Augenschminke zu ihnen aufs Sofa.

»Dann halt heute, ausnahmsweise.« Carina wollte sich die Laune nicht verderben lassen, sie genoss den Kaffee und eine Müslisemmel, dachte an Peter und summte vor sich hin. Das erfüllte sie, egal was der Tag brachte. Sandro mampfte ebenfalls eine Semmel, endlich mit Erdbeer-*Mama*lade, die es in der Bäckerei gegeben hatte und die ihm jetzt auf beiden Wangen klebte und auf den Fingern und auch am Sofa. »Wie war's denn im Kino?«, fragte sie ihre Schwester.

»Ging so.« Wanda schaufelte sich vier Löffel Zucker in den Kaffee und rührte. »Der Film war langweilig, wir sind vorher raus und noch auf einen Nachtflohmarkt, war aber nichts mehr los dort, bis wir ankamen. Die Fahrt hat ewig gedauert, hinter Ebersberg, in irgend so einer alten Scheune. Ralf sucht nämlich nach Ersatzteilen für sein Boot. Aber dann wollte er nach Hause, weil sie heute einen Umzug nach Köln haben und schon um fünf anfangen mussten. Er hat mich an der S-Bahn-Endstation abgesetzt. Da stand ich dann im Regen und musste siebenunddreißig Minuten warten, bis die S-Bahn kam. Ich glaube, ich werde auch krank, mir ist schon ganz heiß. Und mein Kreislauf ist am Boden. Schau.« Sie zeigte ihr ihre zitternde Hand.

»Vielleicht solltest du einfach etwas essen?«, schlug Carina vor.

»Hast du Orangen und Lachs gekauft?«

»Nee, wir waren nur vorne beim Bäcker. Aber vielleicht könnt ihr ja nachher einen Großeinkauf machen?« Carina holte ihren Geldbeutel und gab Wanda ein paar Scheine.

»Soll ich wieder was kochen heute Abend?« Wanda schob die Scheine in die Brusttasche ihres Nachthemds.

»Für mich nicht, danke. Ich bin bei Peter eingeladen.«

»Oh, dann hat Mama recht, und du wirst auch eine Polizistengattin?«

Sandro rutschte vom Sofa und wühlte weiter in den Legosteinen und Wanda streckte sich auf dem Sofa aus, als Carina aufgestanden war, um ihr Handy abzustecken und auf die Uhr zu sehen. Zwei Anrufe in Abwesenheit, einer von ihrem Vater, der andere vom Institutssekretariat, außerdem blinkte ihre Mailbox, und Peter hatte ihr geschrieben: **Freu mich auf heute Abend, gut geschlafen? Geht's Sandro besser?**

Sie antwortete kurz: **Ich mich auch und zweimal ja.**

»Dein Handy hat wie wild geklingelt, nervig, ich hab geglaubt, mir schneidet einer den Schädel mit der Kreissäge auf, kannst du das nicht leise stellen in der Nacht?« Wanda biss in Sandros restliche Semmel und bestrich sich eine Breze mit Butter.

Carina steckte ihre Kopfhörer an, da Sandro einen Unfall nachspielte und täuschend echt ein Feuerwehrauto imitierte, und hörte ihre Mailbox ab. Als Erstes gab ihr Frau Schauer Bescheid, dass sie ihren Kollegen Henseler im Krematorim vertreten sollte. Also hatte sie heute Außendienst anstatt Sektionsdienst. Dann klickte sie auf die zweite Mitteilung:

»Frau Dr. Kyreleis, hier Michael Schwalbe. Entschuldigen Sie die frühe Störung. Aber ich weiß mir keinen anderen Ausweg mehr, bei der Polizei glauben sie mir nicht, und ich dachte, vielleicht könnten Sie, mit Ihren Kontakten zur Polizei, ein gutes Wort für mich einlegen. Meine Frau ist nun seit zwei Wochen und vier Tagen verschwunden. Das ist so gar nicht ihre Art. Bei uns rufen die Kunden an und beschweren sich, weil sie Termine versäumt hat. Natürlich hoffe ich auch, dass es ihr gut geht und sich alles einfach aufklärt, aber es lässt mir keine Ruhe, ich glaube, ihr ist was passiert.«

45.

Die ersten Male war es nur reine Lust, Till ergriff die Nächstbeste, die sich ihm beim Aufsperren der Aufbahrungshalle offenbarte, fiel über sie her, als wäre sie ein Stück Fleisch. Erst nach und nach entdeckte er die Schönheit einer toten Frau für sich. Die alte Schachtel mit der Gießkanne, die ihn dabei beobachtete, erlitt bestimmt einen Herzinfarkt und würde in den nächsten Tagen hier für ihn bereitliegen. Dabei waren manche gar nicht sein Typ, aber mangels Besserer, deckte er nur das Notwendigste von ihnen auf, befriedigte sich an Ort und Stelle und schnitt noch ein paar Haare von ihrem Dreieck ab, für seine Sammlung. Gefiel ihm eine, nahm er die Mühe auf sich und schaffte sie nach Hause, um sie seinen Eltern zu präsentieren. Die Kröte hatte immer etwas zu meckern, Vater enthielt sich und stichelte erst gegen Ende, wenn Till ihrer auch schon längst überdrüssig geworden war. Um die Gruftplatten aufzukriegen, versteckte er ein Dreibein mit Kurbel und Flasche im leeren Krötengrab. Unter der Steinplatte, die er nur zur Seite zu schieben brauchte – schließlich hatte er sie selbst eingesetzt – verwahrte er so sein Werkzeug, wenn er auf Beutezug war. Er variierte die Entsorgung, tauschte die Toten in den Särgen aus oder legte eine zweite dazu. Damit keine ihn je vergaß, erhielten sie eine gefaltete Grabbeigabe von ihm. Mit dem Schlüsselbund waren die Friedshofsbesuche kein Problem, selbst wenn die Verwaltung aus irgendwelchen Gründen einen der Schlüssel erneuerte, reichte ihm einer, um Zugang zu allen anderen zu haben. Doch etwas machte ihm Sorge, hing es mit dem Alter zusammen, dass er sich schneller langweilte? Früher hatten seine Beziehungen länger gedauert, inzwischen beendete er sie oft schon nach wenigen Tagen oder sogar Stunden. Einmal drehte er noch auf halbem Weg um, nachdem er eine so mühsam ans Licht der Welt geholt hatte, als er bemerkte, dass die Tote älter als die Kröte war, wie sollte er das vor ihr rechtfertigen? Gelegentlich überschnitten sich die Frauen, oft hockte noch eine zu Hause, und er ging trotzdem wieder auf Jagd. Natürlich plagte ihn dann das schlechtes Gewissen. Untreue oder Fremdgehen duldeten Vaters Gesetze nicht. Aber immer derselbe Geruch, immer derselbe Körper zu Hause, das war kaum auszuhalten, er brauchte Frischfleisch.

Anfangs dachte Till, nur er führe ein Doppelleben. Aber mit den Jahren stellte er fest, dass die meisten seiner Kollegen etwas verbargen, irgendeine Seite, die ihre Mitmenschen ablehnen würden, wenn sie davon erführen. Also war er nicht ganz so unnormal, wie er gedacht hatte, und mit den Jahren fiel es ihm leichter, seine Vorlieben zu akzeptieren. Ja, er schätzte seine Situation, die so komfortabel war, verglichen mit dem, womit seine Kollegen sich herumschlugen: von der Frau verlassen, von den Kindern getrennt, Scheidungskrieg. Wenn er bei Wind und Wetter mit seinem selbstgebauten Fahrrad nach Hause kam, erwartete ihn seine Familie schon sehnsüchtig. Und mit einer guten Tasse Kaffee, nicht dieses Billigzeug aus dem Supermarkt, konnte er selbst die Kröte beruhigen. Seine Familie würde ihn nie verlassen, und das war mehr, als sich die meisten von diesen Spruchbeuteln erträumten.

Noch 13 Sekunden

Manches ist leichter getan, als gesagt.

Wortschatz, Michael Richter

46.

Wetterfest, in ihre wasserabweisende Winterjacke warm verpackt, machte sie sich auf den Weg zur Trambahnhaltestelle am Regerplatz. Es goss in einer Endlosschleife, so als würde das unten abgelaufene Wasser sofort wieder nach oben gepumpt. An den beschlagenen Fenstern der einfahrenden Tram zeichneten sich bunte Flecke von an die Scheiben gepresster Kleidung ab. Die Waggons waren überfüllt, und Carina quetschte sich zwischen die dampfenden Menschen – Rucksäcke, volle Einkaufstaschen und ein Zwillingskinderwagen – kein Sitzplatz in Sicht. Alle waren in Regenmäntel gehüllt oder mit Schirmen bewaffnet. Carina stellte sich neben den Stempelautomat, einen Dackel zu Füßen, der einen blau-weißen Regenhut trug. Ein Mann klemmte einen zwei Meter langen Apfelpflücker in die Tür, da er sonst nicht wusste, wohin mit dem langen Teil. Nach wenigen Minuten hatte sie schon das Gefühl, in ihrer Jacke zu baden, doch lieber so, als durchgefroren.

+ Sintflut erreicht München + Jahrhundertregen + Isar-Pegelstand überschritten, tickerte es unter der elektronischen Haltestellenanzeige. Mit einiger Mühe, da sie ihre Arme kaum ausstrecken konnte, holte sie ihr Handy aus der Tasche und wählte die Nummer ihres Vaters. Er hatte nur angerufen und keine Nachricht hinterlassen.

»Hallo, Carina.« Er meldete sich sofort. »Ich bin in einer Konferenz, kann leider bloß kurz sprechen.«

»Der Bestatter Schwalbe hat mich gerade angerufen«, beeilte sich Carina zu sagen. »Er ist sehr beunruhigt wegen seiner Frau, die immer noch verschwunden ist. Er weiß, dass ich mit dir verwandt bin, dadurch erhofft er sich jetzt endlich Hilfe.« Der Apfelpflückertyp hörte ihr mit großen Augen zu.

»Alles klar, ich gehe in der Kaffeepause zur Vermisstenstelle und hake dort mal nach, du brauchst dich also nicht weiter zu kümmern, ich regle das. Was anderes, ich fahre heute Nachmittag nach Wolfratshausen zu dem Zeugen von der Brücke, von dem ich dir erzählt habe, kommst du mit?«

»Der Bauarbeiter, der von Autos und Scheinwerfern geweckt wurde? Ich dachte, der weiß nichts Konkretes?«

»Ein Lastwagenfahrer, er ist aber schon seit zwanzig Jahren in Rente. Ich habe ihn gestern …« Der Dackel jaulte auf, als seine Besitzerin, die ein paar Meter weiter gesessen hatte, aufstand und aussteigen wollte, seine Leine wickelte sich um die Räder des Kinderwagens. Carina bückte sich und befreite das Tier. Tumult entstand, die anderen Fahrgäste schimpften, dass es unmöglich sei, so ein Viecherl hier reinzuquetschen. Einer sprach sogar von Choleragefahr. Carina stieg ebenfalls aus, lieber ging sie zu Fuß, als sich das noch einmal anzutun. »Was hast du gesagt, ich habe den letzten Teil nicht verstanden?« Sie zog die Kapuze über Handy und Ohr.

»Ich sagte, dass ich den Zeugen gestern noch mal angerufen habe, es ist ja oft so, dass das Gewissen sich regt, kaum dass man alles geleugnet hat.«

»Sprichst du aus Erfahrung?«

»Sicher. Ich kann dich gegen Mittag, sagen wir um halb zwölf, abholen, in Ordnung?«

»Ich habe Dienst im Krematorium und muss danach sehen, was noch im Institut ansteht.«

»Dann schreib mir doch eine SMS, oder ruf noch mal an, sobald du mehr weißt, ja?«

Ihr Vater gab schon wieder Vollgas. Ihr ging das alles viel zu schnell, gedanklich war sie ganz woanders, und jetzt sollte sie heute einem alten Mann gegenübersitzen, der ihre Mutter vielleicht in den Tod springen sah? »Ich melde mich.« Sie legte auf. Am Ostfriedhof angekommen, stapfte sie an einem moosüberwachsenen, morschen Wegweiser vorbei, auf dem, frisch mit Blattgold aufgeklopft, die Buchstaben »KREMATORIUM« leuchteten. Das weiße Gebäude mit dem Glockenturm erinnerte sie vom Baustil an eine Kirche amerikanischer Siedler. Jeder, der sich in Deutschland einäschern ließ, wurde einer gerichtlichen Leichenschau durch einen Rechtsmediziner unterzogen, damit niemand diese Bestattungsart zur Mordvertuschung benutzte. Wie bei den Obduktionen, die sie im Seziersaal des Instituts vornahm, wusste Carina auch hier nicht, was sie erwartete. Ein entstelltes Unfallopfer, ein Mors in tabula, also ein auf dem Operationstisch Verstorbener, oder etwa ein totes Kind? An der Eingangstreppe lehnte ein schwarzes Herrenfahrrad. Über den Sattel war eine grüne Plastiktüte als Regenschutz gestülpt, wie ihr Vater sie als Aktentasche benutzte. Sie begrüßte Lüthi, den Krematoriumswärter, der einen angebissenen Apfel und einen Krimi weglegte, als sie an der Glastür zu seinem Büro klopfte. »Und, ist es spannend, Ihr Buch?«

»Mega. Ich habe heute Morgen fast die Neuzugänge verpasst, so gefesselt war ich von meinem Landsmann.« Er hatte einen leicht hüpfenden Akzent. Carina las die Titelschrift des schwarz glänzenden Buchs. »Mördergrab« von Mats Lensbø. Das klang nicht nach einem Schweizer.

»Sie sind Schwede?«, fragte sie.

Er stand auf und ging voraus, führte sie an der Brennanlage vorbei. »Mein Vater ist Schweizer und meine Mutter Norwegerin.« Also daher seine hünenhafte Statur von bestimmt zwei Metern. »Nicht wundern, warum heute noch nichts bullert hier.« Er klopfte auf einen der riesigen Öfen, die mit mehreren Kammern und Rohren die Halle füllten. »Sie sind gerade ausgestellt, und wenn alles klappt, geht's nachmittags weiter. Wir warten noch auf die Techniker. Das lang angekündigte neue Filtersystem soll endlich eingebaut werden. Ah, da ist ja einer von ihnen, na dann läuft es, denke ich mal.« Er winkte einem Mann in einem hellgrauen Overall zu, den Carina zwischen den silbernen Rohren und Kästen übersehen hätte, wenn nicht das Licht der Glut um seinen Kopf geschwelt hätte wie ein Heiligenschein.

»Sind die Abgasauflagen verschärft worden?«

»Ja, Sie ahnen nicht, was sich in den Filtern alles sammelt. So ein toter Körper ist inzwischen die reinste Chemiefabrik. Medikamente, Chemotherapie, Silikon und Botox, das muss auch irgendwohin, wenn's nicht mehr gebraucht wird. Dazu kommen Quecksilber, Dioxin und Furan. Wussten Sie, dass Furan, diese stark giftige Flüssigkeit, tatsächlich als Geschmacksträger in Kaffee nachgewiesen wurde? Na ja, ich muss mich selbst an der Nase packen, ich als leidenschaftlicher Kaffeetrinker, trinke am liebsten Selbstgemahlenen, wegen des Aromas, das habe ich von meiner Mutter übernommen, diesen Spleen.« Sie erreichten den Keller, wo die einheitlichen Kiefernsärge in einem fünf Grad kühlen Raum standen. Lüthi rollte einen Sarg nach dem anderen heran, öffnete die Schrauben und hob mit der Wucht seiner langen, kräftigen Arme die Sargdeckel ab. Sieben Leichen sollten nach Carinas Freigabe eingeäschert werden. Sechs der Toten trugen nur ein weißes Flügelhemd, alle eine Windel. Sie streifte sich Einmalhandschuhe über und schlitzte mit einem Skalpell, das wie die übrigen Werkzeuge auf einem Tisch bereitlag, die grauen Umschläge aus Recyclingpapier auf und holte den rosa Leichenschauschein heraus. Auch beim letzten Schriftstück über einen Menschen achtete man auf die Umwelt. Sie verglich den Namen mit dem Zettel, der am Fuß des Toten befestigt war. Alle sieben waren in einem Münchner Pflegeheim oder Altersheim in der näheren Umgebung verstorben. Sie untersuchte jede Stelle der Körper auf ungewöhnliche Einstiche, blaue Flecken oder andere Auffälligkeiten. Der siebente, ein zweiundneunzig Jahre alt gewordener Mann lag in einem schwarzen Anzug mit Fliege auf dem weißen Hemdkragen im Sarg. Seine Wangen waren eingefallen, und seinen Kopf zierte nur mehr ein heller Haarflaum. Carina rührte der Anblick, denn der Alte umklammerte in seinen knotigen Fingern mehrere rote Rosen, deren Blütenblätter abfielen, als der Wärter sie in den Sargdeckel legte. Es dauerte eine Weile, bis er ihm die schwarz glänzenden Schuhe, die Socken und dann den ganzen Anzug ausgezogen hatte. Ihr fiel die Papierrose wieder ein, die bei dem Skelett gelegen hatte. Als der alte Mann nackt war, und ein wenig verloren in dem großen Kiefernsarg wirkte, begann sie mit der Untersuchung. »Wissen Sie, was Rosen im Zusammenhang mit dem Tod bedeuten?« Carina zog die Augenlider des Toten mit einer Pinzette hoch, um zu prüfen, ob sie unterblutet waren, wie auch bei Krallinger wäre das ein Hinweis auf einen Erstickungstod. Doch hier waren die Bindehäute hellrosa, und damit lag kein Hinweis auf Gewalteinwirkung vor.

»Ich würde sagen, der Mann ist geliebt worden«, erklärte er. Carina glaubte schon, das wäre alles, was Lüthi dazu einfiel, doch dann ergänzte er: »War das nicht diese griechische Göttin, ach, wie hieß die doch gleich, Apollonia, nee, Aphrodite, ja genau. Die in die Dornen der weißen Rosen stieg und sie mit ihrem Blut rot färbte?«

»Also sind Rosen auch ein Symbol für Schmerz?« Sie sah in den Mund, ob es dort Spuren von Erbrochenem oder einen verdächtigen Gegenstand gab.

»Im christlichen Glauben wuchs die rote Rose aus einem Blutstropfen von Jesus, die Rose symbolisiert aber auch die Gottesmutter Maria, in dieser Blume ist das alles vereint, Schönheit, Schmerz und Trauer. Der Rosengarten bei uns in Bern war früher ein Friedhof, heute ist es eine Parkanlage mit Hunderten Rosensorten. Waren Sie schon mal in Bern?«

Carina verneinte. Alles was sie von der Schweiz kannte, war Schokolade und die Heidi-Geschichte.

»Jede Farbe hat natürlich auch noch eine Bedeutung. Gelbe Rosen stehen für Freundschaft und Dankbarkeit, aber auch für Neid und Untreue, also der schwache Abglanz oder der Schatten der roten Rose.«

»Und die weiße?«

»Mmh, Mondlicht und Geheimnis. Sie gilt als Zeichen der Verschwiegenheit und ist daher oft in Beichtstühle geschnitzt.«

»Interessant, woher wissen Sie das?«

»Abgebrochenes Theologiestudium. Die Religion lebt von Symbolen.« Er grinste.

Sie tastete den ganzen Leichnam nach Knochenbrüchen ab, hob seine Beine und Arme an, suchte seine Haut nach Stichwunden oder Schnitten ab. Auch Geschwüre vom Wundliegen fand sie keine. Also gab sie den Leichnam frei. Seine Kleidung legte Lüthi auf den Nackten, streute die Rosenblätter darüber und verschloss den letzten Sarg wieder.

Siebenmal Herzschwäche. Carina hakte die Leichenschauscheine ab und unterschrieb sie. Auch bei dem unter Rosen Gebetteten hatte sie keine Anzeichen für eine vertuschte andere Todesursache gefunden. Zum Schluss sterben wir alle daran, dachte sie. Das Herz hört als Letztes zu schlagen auf, egal welcher Todesart wir erliegen. Als sie aus dem Krematorium wieder ins Freie trat, saugte sie die frische Regenluft tief ein. Ihre Nase war noch verstopft, und hinter ihrer Stirn pochte es. Wenn die Anspannung der Arbeit nachließ, merkte sie, dass noch ein Rest Erkältung in ihr steckte. Zeit für eine kleine Pause. Immer hier zu arbeiten, würde ihr schwerfallen, sie bewunderte den Kollegen, der im Krematorium regelmäßig Dienst tat. Wie Lüthi brauchte man wohl einen guten Krimi, um das jeden Tag durchzustehen. Sie sah auf die Uhr, kurz vor elf, trotz allem war es schneller gegangen, als sie gedacht hatte. In einem Giesinger Bistro bestellte sie sich eine Apfelschorle und eine Kürbissuppe, kletterte auf einen der Hochstühle, die an der Tischreihe vor dem Fenster standen. So konnte sie beim Essen nach draußen sehen. Unter ihre Schirme geduckt, hasteten die Leute durch den Regen, keiner hielt sich unnötig lange auf der Straße auf. Carina zog ihr Skizzenbuch und ihr Mäppchen mit den Bleistiften aus der Tasche. Sie wollte noch den alten Mann im Anzug aus der Erinnerung zeichnen, besonders seine Hände, die die Rosen umklammerten, hatten sich ihr eingeprägt. Als sie den Bleistift spitzte, hielt sie inne. Wie ihre Mutter, benutzte auch sie am liebsten Bleistifte, um das Erlebte um sich herum festzuhalten. Allein schon der Geruch des Graphits beflügelte Carina und ließ die Bilder aus ihrem Kopf aufs Papier gleiten. Sie skizzierte erst die Umrisse der Hände, verstärkte dann die Linien um die Fingergelenke, schraffierte die Falten und Poren der Haut, setzte harte Schatten, da wo die Finger auf dem Anzug aufgelegen hatten, und holte mit dem Radiergummi helle Stellen heraus, wo das Licht auf die Knöchel schien. Jemand hatte Abschied von dem alten Mann genommen und ihm diese Rosen mitgegeben. Sie zeichnete die Blütenblätter rings um die Hände in zartem Grau. Ihre Mutter war nirgends beerdigt, nie zu Asche verbrannt und in keiner Urne beigesetzt worden, es gab keinen Ort, wo sie um sie trauern konnte. Auf einmal stand ihr Entschluss fest. Sie rief im Institut an und fragte Dr. Herzog, der ihre Chefin vertrat, ob sie am Nachmittag freihaben könnte, danach gab sie Matte Bescheid.

47.

Am Morgen, gleich nach dem Aufstehen, eilte Till zum Briefkasten. Er fieberte dem entgegen, was ihn wohl heute erwartete. Nichts und niemand durfte ihn in den folgenden Minuten, die die wertvollsten des Tages waren, stören. Er steckte das Telefon ab und stopfte ein Taschentuch unter die Klingel, sonst fiel der alten Frau Hirschbiegel über ihm wieder ein, nach einem Tropfen Öl oder etwas Zucker zu verlangen. Noch ein Schluck Kaffee, dann stellte er die Tasse zur Seite, räumte die Kaffeemühle und das übrige Frühstücksgeschirr ab und breitete die Zeitung auf dem Tisch aus. Mit vor Aufregung feuchten Händen blätterte er, brauchte die Finger nicht mit der Zunge zu benetzen. Brav las er zuerst die Schlagzeilen, vertiefte sich in einige Artikel, um den schönsten Teil noch etwas hinauszuzögern. Das steigerte die Vorfreude. Ohne Vorspeise keine Hauptspeise. Unfälle, tragische Missgeschicke, Theateraufführungen und Bauvorhaben. Er überflog viel Belangloses. Das Übliche halt, Schauergeschichten neben Bauchpinseleien, manchmal wunderte er sich, mit welchem Unsinn die Redaktion ihr Blatt füllte. Genug Information für diesen Tag, jetzt zum Eigentlichen. Er schlug die Doppelseite auf. Liebeserklärungen, allein für ihn verfasst. Feierlich in schwarze Rahmen gekleidet, lechzten all jene Unglückseligen nach ihm. Noch ohne zu lesen, glitten seine Augen über das Papier, noch ließ er allein die Aufmachung auf sich wirken. Bei einem Foto blieb er hängen. Das Bild einer Brillenträgerin. Wie immer nur schwarz-weiß und sicher zu ihrer besten Zeit aufgenommen, aber das war in Ordnung. Er würde sie sich sowieso herrichten, keine war stets in Bestform. Aus einem faltigen Gesicht lächelte sie übertrieben breit in die Kamera, einen Hauch zu freundlich für seinen Geschmack, pietätlos. Deshalb wandte er sich den anderen Anzeigen zu. Als Einleitung dienten die üblichen Bibelzitate.

Selig die Trauernden, denn sie sollen getröstet werden und Wer mir vertraut, wird leben, selbst wenn er stirbt. Der Korinthersspruch von Glaube, Hoffnung, Liebe, zierte genauso oft Hochzeitsannouncen wie Todesanzeigen. ... wovon die Liebe die größte unter ihnen ist. Das passte zu Leben und Tod, doch meist nicht zu der Frau, die der Spruch anpries. Vermutlich suchten die Unternehmen die Zitate aus, womöglich gab es sogar Vordrucke, sodass die Angehörigen nur noch ankreuzen mussten. Er las die Namen, stellte sich das weibliche Wesen dahinter vor, klang es wohltuend in seinen Ohren, rechnete er mithilfe der Daten ihr Alter aus. Barbara, 1929 geboren, war zu alt. Ein paar Jahre älter als er, ging zur Not, aber diese hier könnte seine Großmutter sein. Dann eben die Nächste, Elvira, 1968 geboren. Zwar nicht mehr taufrisch, aber eventuell noch ganz knackig und einen Versuch wert. Ein Tropfen fiel auf die Anzeige. Hastig wischte er sich über den Mund. Schon wieder hatte er sich nicht unter Kontrolle. Er rieb über das Blatt, und die Unterseite kam zum Vorschein. »Kompostieranla«, lugte durch das Loch anstelle der Liebe. Mist. Früher, wenn ihm die Kröte das Haar mit Essig walkte, war das auch manchmal passiert. Ohne dass er es merkte, tropfte es aus ihm heraus. Die Kröte ekelte sich vor ihm und zog Gummihandschuhe an. Er sah zu ihr rüber, sie schien nichts bemerkt zu haben. Vorsichtig tupfte er das Papier mit dem Hemdsärmel trocken.

Eine vielfach kopierte Rose mit Dornen wand sich um ein Kreuz.

»Durch einen tragischen Verkehrsunfall verloren wir …« Er brach ab. Vermutlich war diese Elvira beschädigt, vielleicht sogar nicht mehr vollständig, das missfiel ihm. Perfektion im Körperbau verlangte er nicht, er ließ sich gern überraschen, aber alle Gliedmaßen brauchte er schon. Was, wenn ein Bein oder ein Arm fehlte oder ihr Gesicht entstellt war? Mal ganz abgesehen von den süßeren Körperpartien. Also weiter.

»Worte können unseren Schmerz nicht ausdrücken, aber wir waren nicht allein.« Das kündigte eine Renata an, sechsundfünfzig. Grenzwertig. Der Rest waren Männer. Er blätterte weiter. Manchmal entdeckte er auch noch unter den Schlagzeilen im Kulturteil ein paar Anzeigen, die vorne keinen Platz gefunden hatten. Tatsächlich. Sein Herz schlug schneller, er hielt sich den Mund zu und las.

Wenn ihr in den Sternenhimmel blickt, sucht
euch den hellsten unter allen, dort sitze ich,
schaut zu mir hinauf und freut euch mit mir.
Plötzlich und unerwartet ist unsere Pia aus unserer
Mitte gerissen worden, sie wurde nur 25 Jahre alt.

Mit Leuchtstift markierte er sich den Kennenlerntermin, übertrug ihn in seinen Mondkalender, schnitt die Anzeige aus und klebte sie auf einen Audi sechshundert an die Wand.

48.

Sie erwachte von der Regentrommel, sah den Tropfen zu, die in kleinen Bächen die Windschutzscheibe hinabrannen. Langsam sickerte es in ihr Bewusstsein, die Scheibenwischer waren ausgestellt, das Auto stand. Hatte Matte an einer Tankstelle gehalten? Wo befanden sie sich? Ihre Glieder waren bleischwer, weigerten sich noch, sich zu bewegen. So fest hatte Carina schon lange nicht mehr geschlafen, den Kopf an den Gurt gelehnt, duselte sie fast wieder ein. Dann riss sie sich hoch. Wo war ihr Vater? Sie wischte die Seitenscheibe frei, die von ihrem Atem beschlagen war. Das Rauschen kam nicht nur vom Regen, Mattes Ford stand an einem Fluss, dessen Wasser toste. Nicht mehr lange, und der Parkplatz wurde überflutet, trotz Sandsäcken, die bereits das Ufer dämmten. War das die Isar? Oder wie hieß der andere Fluss doch gleich, der Wolfratshausen durchquerte? Sie kam nicht darauf. Nach Rastplatz sah es nicht aus, eher nach einem Wohngebiet. Auf der Herfahrt hatte sie ihrem Vater detailliert Krallingers Laborergebnis erklärt. Er hörte es sich an, sagte nichts dazu, was Carina wunderte. Dann hatte sie ihren Gedanken nachgehangen, in die verregnete Landschaft gestarrt und musste eingeschlafen sein. Ein Zettel lag auf dem Fahrersitz.

Ich geh schon mal vor, wollte dich nicht wecken. Klingle bei Franz Richter, am Loisachbogen 56.

Loisach, genau, so hieß der schäumende Fluss, der, wenn es so weiterregnete, über die Ufer treten würde. Und Franz Richter, war das der Name des Zeugen von der Brücke? Sie holte ihre Tasche vom Rücksitz und stieg aus. Der Regen weckte sie endgültig mit seiner kalten Dusche. Schnell rannte sie zur Nummer sechsundfünfzig, einem Wohnblock mit kleinen Balkonen und zehn Namensschildern am überdachten Eingang.

Als sie bei Richter klingelte, krächzte eine verzerrte Stimme in den Lautsprecher. »Ja?«

»Hier Carina, äh, mein Vater, Matthias Kyreleis, ist der schon bei Ihnen?« Sie kam sich wie ein Schulmädchen vor, das ihren Papa suchte. Aber was hätte sie auch sonst sagen sollen, Kyreleis von der Rechtsmedizin? Der alte Mann hätte womöglich einen Herzinfarkt gekriegt, und außerdem war sie doch rein privat hier.

»Zweiter Stock, dritte Tür links.« Es dauerte eine Weile, bis der Summer ertönte. Oben war die Tür angelehnt. Carina schob sie mit einem Klopfen auf und trat in einen hellen Flur. Kochdunst stieg ihr in die Nase. Sie hörte ein Zwitschern. An den Wänden hingen vier großformatige Bilder, die den schlauchartigen Flur fast erdrückten. Beim Betrachten glaubte Carina in den Gemälden drinzustehen, so nah war es zur Nachbarwand. Auf einem drehte sich anstelle der Windmühlenflügel das Mühlengebäude selbst. Ein Flügel diente als Spalier, an ihm wuchs ein Apfelbaum, von dem eine Birne herabgefallen war, an der ein Huhn pickte. Auf einem anderen saß eine schwarzgekleidete Frau in einem roten Zimmer. Sie trug eine Rabenmaske und hinter ihr hing ein leerer

Käfig, dessen Türchen offen stand. Das dritte war ein dichtes Blätterwerk, in dem sich Geheimnisse tarnten. Carina erkannte die Umrisse eines riesigen Tieres, an dessen Zunge ein kleiner Mensch klebte. Die Bilder waren alle mit ANOM signiert. Das war griechisch und leitete sich, soviel sie wusste von Anomie ab, was das Brechen von Verhaltensregeln innerhalb einer Gruppe bezeichnete.

»Carina, hier sind wir.« Die Stimme ihres Vaters, er humpelte ihr auch schon entgegen, ohne seinen Walkingstock, der lag auf dem Rücksitz. Wie hatte er es mit seiner schmerzenden Hüfte nur die zwei Treppen hoch geschafft? Sie selbst war noch außer Atem.

»Endlich ein Durchbruch«, wisperte er und schob sie vorwärts. »Er hat Iris gesehen.« – »Herr Richter, das ist meine älteste Tochter, Carina«, stellte er sie vor, als sie in der Küche ankamen, wo ein alter Mann zusammengesunken auf der Eckbank saß. »Sie unterstützt mich bei der Aufklärung dieses mysteriösen Todesfalls.« Aha, dann hatte er Franz Richter also nicht gesagt, dass Iris Erlacher seine frühere Geliebte und ihre Mutter war. Gehörte das wieder zu einer seiner undurchschaubaren Vernehmungsstrategien? Wie blöd nur, dass sie nicht eingeweiht war und verschlafen hatte. Auf dem Herd dampfte ein zweistöckiger Topf vor sich hin. Es roch nach Kartoffeln. Die Spüle mit dem karierten Vorhang, hinter dem ein Kehrblech und ein Abfalleimer hervorlugten, erinnerte Carina an ihre zu Hause, die ihr Vormieter zurückgelassen hatte. Auf dem Fensterbrett stand ein schwarzer Käfig, der dem auf dem Flurbild mit der Rabenbraut glich. Auch bei ihm stand die Käfigtür offen. Alles wirkte sauber und aufgeräumt, kein Staub in den Ecken, auch nicht in den dunkelgrün gestrichenen Regalfächern, wo Franz Richter seine Lebensmittel, Gebäck und Brot in einem Korb, und einen Stapel Zeitschriften aufbewahrte. Die klobige Keramiklampe über dem Tisch verbreitete ein warmgelbes Licht. Carina umrundete die Eckbank und begrüßte Franz Richter. Ein hellblauer Vogel hockte auf seinen Knien und krabbelte geschwind seinen Hemdsärmel hoch, als sie näher trat. Richter sah auf, zuckte zusammen, als sich ihre Blicke trafen. Das zweite Mal innerhalb weniger Tage hatte ihr Gesicht diese Wirkung. Michael Schwalbe hatte auch so reagiert. Ihr ging es ähnlich, als sie Richter ansah, für eine Sekunde glaubte sie, der Tote aus dem Krematoriumssarg säße vor ihr. Franz Richter musste weit über achtzig sein, schätzte Carina. Seine kleinen, hellen Augen weiteten sich, und sein Mund zuckte, doch er erwiderte den Gruß nicht. »Und wie heißt du?« Sie hielt dem Wellensittich einen Finger hin.

»Bazi.« Das Tier antwortete tatsächlich, Carina staunte. Es klang, wie von einem alten Tonband abgespult, hohl und blechern.

»Der Vogel spricht, verblüffend wirklich«, sagte Matte. »Er kann sogar die Verkehrsfunkmelodie vom Radio, ich hab's vorhin gehört.« Ein Lächeln umspielte Richters Mund, er schien stolz auf seinen Wundervogel zu sein.

»Und wer hat die Bilder im Flur gemalt?«, fragte Carina.

»Weiß nicht, die habe ich geschenkt gekriegt.« Richter sprach mit leicht schräg gelegtem Kopf, genau wie sein Bazi. »Lange hing da nichts, und jetzt ist es eben schön bunt.«

»Darf ich mich setzen?«, fragte sie. Der Alte nickte, rückte aber kein Stück zu Seite, sodass Carina wieder um den Tisch herumging und auf die Eckbank rutschte. Eine Tasse, aus der ein Teebeutel hing, eine Flasche Rum vor ihm. In den Hohlräumen der Buchstaben eines umgedrehten Metallschildes lagen Erdnüsse. FRANKY entzifferte Carina, die Spiegelschrift. Das war das typische Nummerschild, wie es bei Brummifahrern oft hinter der Frontscheibe stand. Ihnen bot er kein Getränk an.

»Also, Herr Richter. Ich hoffe, ich habe Sie richtig verstanden, unterbrechen Sie mich, wenn es anders war.« Matte rieb sich mit der Handkante über die Hüfte, hörte sofort auf, als er Carinas Seitenblick bemerkte, rückte stattdessen seinen Stuhl so, dass er die Beine ausstrecken konnte. »In der Nacht des 23. September 1994 haben Sie in einem Bauwagen am Anfang der Brückenbaustelle übernachtet und wurden von Autolärm geweckt. Als sie nach draußen sahen, erkannten sie eine Frau in einem gepunkteten Mantel, die im Scheinwerferlicht zwischen zwei Autos auf der Brücke stand. Die Marken und die Nummernschilder konnten Sie nicht erkennen, weil Sie zu weit weg waren und es Nacht war. Die Baustelle war nur an den Ufer-Absperrungen mit ein paar Warnleuchten ausgestattet. Außerdem regnete es wie heute. Sie machten Licht, wollten rausgehen, um die Leute zu vertreiben, als es knallte.«

»Ein dumpfer Schlag war es«, platzte Herr Richter heraus. »Es klang nicht wie ein Schuss, trotzdem habe ich es noch heute in den Ohren.« Er drehte Carina den Rücken zu. »Das wusste ich erst später, dass es eine Waffe war.«

Carina sah wie er zum Fenster hinaus. Über dem Nachbarhaus ballten sich Regenwolken zu einem nächsten Auftritt zusammen. Was sollte sie denken, fühlen, hatte das hier mit ihr zu tun, mit ihrer Mutter – war sie diese Frau, auf die geschossen worden war, bezeichnete ihr Vater das als Durchbruch? Die orange-weißen Streifen eines umgeklappten Sonnenschirms auf einem Balkon gegenüber stachen ihr ins Auge.

»Knapp vier Meter schon.«

»Was meinen Sie?«, fragte Matte.

»Wenn das so weiterpisst, läuft die Tiefgarage voll.« Er sprach vom Wetter. »Die Loisach geht über, wie beim Pfingsthochwasser, und wir können direkt zuschauen.«

»Welches Pfingsthochwasser?«

»1999 war das, erinnern Sie sich nicht mehr daran, der Weltuntergang, haben wir alle geglaubt, Sie etwa nicht?«

»Herr Richter, bitte, Sie hörten also nur einen Schuss?«, versuchte Matte ihn wieder in die Spur zu bringen.

»Ja.«

»Aus einem der Fahrzeuge ist demnach ein Mann ausgestiegen und hat auf die Frau eine Waffe gerichtet, woraufhin sie fiel. Und das haben Sie ganz genau gesehen?«

»Das habe ich doch schon gesagt. Bald braucht mein Bazi eine Schwimmweste, stimmt's.« Er grunzte und gab dem Vogel einen Kuss aufs Gefieder.

»Alarm, A-larm«, erwiderte der Vogel.

»Der Bazi fliegt nicht mehr. Wir beide mit unseren alten Knochen, doch im Oberstübchen ist noch alles tipptopp, da fehlt sich nichts.« Carina nahm eine Erdnuss und hielt sie Bazi hin. Der Vogel schnappte danach, die Nuss entglitt ihm aber wieder, er rollte sie auf Carinas Handfläche hin und her. Es sah wie Schnabelfußball aus. »Du musst die Nuss vorkauen, so große Stücke kriegt der Bazi nicht runter.« Und der Alte machte es vor, legte sich die Erdnuss zwischen das zahnlückige, grünschimmernde Gebiss und kaute eine Weile. Bevor er den Krümelbrei auf ihre Hand zurückspuckte, zog sie sie lieber fort. So benutzte er seine eigene Handfläche als Teller, und Bazi bediente sich mit großem Appitit an dem Nussbrei.

»Mein Vater will wissen, was Sie nach dem Schuss gemacht haben.« Carina hoffte, dass er nun zu einer Antwort bereit war.

»Wer, sie, die Leute oder ich?« Der Alte war hellwach, keine Spur von Demenz. Er trieb nur ein Spiel mit ihnen.

»Sie, Herr Richter, was taten Sie?« Matte zog eine Augenbraue hoch und signalisierte Carina, dass er den nächsten Spielzug wieder selbst übernehmen wollte.

»Was soll ich schon gemacht haben. In die Hose habe ich mir gemacht, oder was hätten Sie getan?« Richter wischte sich die Hand an der Hose ab. Seine großen Hände waren zerfurcht, ein dickes Aderngeflecht zog sich über seinen Handrücken. Der Nagel seines rechten Daumens wirkte seltsam entstellt, und die beiden Daumengelenke waren steif, sodass er Schwierigkeiten hatte sie abzuknicken. Vermutlich starke Arthritis oder zu viel gearbeitet oder beides, dachte Carina. Arbeiterhände, bestimmt hatte er früher selbst die Ladung auf seinen LKW geschaufelt.

»Eine Scheißangst hatte ich, das ist doch klar.« Wieder brachte er die Worte heraus wie ein knurrender Wachhund, der aus seiner Hütte bellte, ohne sich allzu viel zu bewegen. »Ich habe das Licht ausgemacht und mich geduckt. Am Ende schießen die noch auf mich.«

»Sie sind also nicht rausgegangen und haben nachgesehen, was genau passiert ist?« Matte verlagerte seine Sitzhaltung und verzog das Gesicht. »Vielleicht lebte die Frau noch?«

»Soll das ein Vorwurf sein?« Ihr Vater riskierte Tee ins Gesicht, dachte Carina, wenn er so weitermachte.

»Natürlich nicht, ich will mir nur die ganze Situation so gut wie möglich vorstellen können, deshalb frage ich weiter, auch wenn es unbequem wird.«

»Ha, das kann man sagen. Wer will schon gern erschossen werden. Und überhaupt, wie soll die Frau noch gelebt haben, die ist doch in den Brückenpfeiler gefallen, da ging's acht Meter hinunter. Das übersteht keiner.«

»In den Pfeiler? Vorhin sagten Sie, die Frau sei zusammengebrochen.«

»Ich hab gesagt, sie ist von der Brücke gefallen, bin ich hier in einem Fleischwolf? Oder hören Sie schlecht? Ich dachte zuerst, sie wäre in den Main gestürzt, horchte, ob ich sie aufklatschen hörte, aber es regnete und …« Er zögerte, trank ein paar Schlucke. Etwas Tee rann ihm am Kinn vorbei, die Kehle hinunter in den aufgeknöpften Hemdkragen und wurde von den weißwollenen Brusthaaren aufgefangen, die zu glitzern anfingen. Er goss sich Rum nach, ließ die Tasse aber noch stehen. »Dann sind die Männer zu mir reingekommen. Ich bin sofort unter den Klapptisch gekrochen, stellte ihn schräg, um ihn als Schild zu benutzen. Gleich als sie die Tür aufgetreten haben, rief ich, dass ich nichts gesehen hätte, aber damit verriet ich mich erst recht. ›Wie kannst du nichts gesehen haben, wo es nichts zu sehen gibt?‹ Sie zerrten mich ins Freie heraus und fragten, ob ich Familie hätte. Warum knallen die mich nicht sofort ab, dachte ich. Es gab eine Frau damals, und sie hatte auch ein Kind, nicht von mir, aber ich sorgte für die beiden. Sie trugen nicht meinen Namen, wären damit in Sicherheit, doch was, wenn sie meinen Kumpel über sie ausquetschten, er kannte sie, seit sie mich einmal von der Arbeit abholten. Hatte ich eine Chance zu entkommen und sie nicht zu verraten? Was mein Job sei, außer zum Fenster rauszuglotzen, fragte einer der vier. Sie trugen Masken wie so Skimützen, sahen wie Sicherheitsleute aus, ganz schwarz, mein Unterhemd leuchtete dagegen im Schein ihrer Taschenlampen. Ob ich so eine Art Wächter sei oder von der Baufirma? Ich bin Berufskraftfahrer, sagte ich. Ob ich die Schlüssel von dem Betonmischer hätte? Der hing im Bauwagen unterm Erste-Hilfe-Kasten. Dann zwangen sie mich, es zu tun.«

49.

Wegen neuer Aufgaben in der Heimat holte Eigermüller sie zurück. Iris glaubte, dass das nur vorgeschoben war, ihr eigenmächtiges Handeln in Afghanistan war bestimmt der Grund, dass sie zurückgeschickt wurde. So saß sie wieder im Pullacher Großraumbüro, in netter Sekretärinnenuniform – Rock, Bluse und sogar Seidenstrumpfhose. Eine frische Liste mit Schlüsselwörtern vor sich, als ob nichts gewesen wäre. Soldat und Schreibkraft zugleich. Bis Eigermüller sie in sein Büro rief, zum Sondereinsatz. Wieder war Iris die einzige Frau in einer Männergruppe. Aber diesmal sollten sie in ihrer Freizeit Geheimaufträge ausführen, der Bürojob blieb. Manchmal würde ihre Scharfschützenpräzision gefragt sein, dann waren komplizierte Vorbereitungen vonnöten, kündigte Eigermüller an. »Das Geld« wie ihr Chef seine Vorgesetzten nannte, wollte unbequeme Bundesbürger ausschalten. Vorlaut gewordene Prominente sollten mundtot gemacht, die Attentate der RAF in die Schuhe geschoben und dadurch die Überwachungsgesetze verschärft werden.

»So schlagen wir zwei oder mehr Fliegen mit einer Klappe«, erklärte Eigermüller und rieb sich den Hosenbund, als trüge er dort schon den Gürtel des tapferen Schneiderleins, mit »Sieben auf einen Streich« bestickt.

»Gibt es überhaupt noch Mitglieder der RAF?«, fragte Iris. »Ich dachte, der kleine Rest ist in der DDR untergetaucht?«

»Das spielt keine Rolle, das Phantom der Baader-Meinhofs genügt, um Angst und Schrecken zu verbreiten, Hauptsache ihr fünf bleibt unentdeckt.« So lauerten sie in Privatwohnungen und richteten per Genickschuss hin, bauten eine komplizierte Sprengfalle auf einer Straße im Zentrum Deutschlands, die per Lichtschranke gezündet wurde, oder zielten über viele Meter Entfernung auf ihre Opfer. Anfangs täuschten sie noch die Vorgehensweisen der RAF vor, hinterließen Fluchtwagen, aber keine brauchbaren Spuren. Später gingen sie zu einfachen Hinrichtungen über, das war mit weniger Aufwand zu betreiben. Der Chef eines Rüstungskonzerns, ein Atomphysiker, ein Bankmanager und der Manager der Treuhand. Ein paar Attentate missglückten, aber bald konnte Iris die Morde nicht mehr zählen. Nicht zu vergessen die Leibwächter, Fahrer und Ehefrauen, die gelegentlich schwer verletzt und traumatiert mit dem Leben davonkamen.

Iris hielt alles in den Luftpostpapieren fest, die sie auch in den Jahren nach Afghanistan fortführte. Offenbar war noch nichts davon an die Öffentlichkeit gedrungen, so wie sie es mithilfe dieser Journalistin geplant hatte. Vielleicht wurde es aber auch nur vertuscht. Nicht zum ersten Mal in der Geschichte der Bundesrepublik. Leben retten und nicht mehr zerstören, das war ihr Ziel gewesen, als sie das Häuschen in Neumaising in die Luft sprengte. Sie wollte Salamander und Calimero loswerden, die ihr längst auf den Fersen waren. Aber vor allem wollte sie Carina weiter beschützen, und ausgerechnet ihre eigene Tochter hätte sie um ein Haar auch getötet. Es geschah ihr nur recht, dass Iris im Gesicht eine Narbe bleiben würde, von dem Holzsplitter, der sie traf, als sie Carina mit ihrem Körper vor den herumfliegenden Trümmern abschirmte. Die Wunde hatte sie sich vor dem Spiegelschrank im Bad des Schwalbehauses selbst zugenäht, kurz bevor sie von Michael Abschied nahm. Er ahnte nichts, war wie immer auf dem Sprung, ob zu seiner neuen Freundin oder sonst wohin, fragte kurz, was sie da habe, als er das Pflaster sah.

»Ach nichts Schlimmes, mich hat eine Wespe gestochen, und ich konnte es nicht lassen, den Stich aufzukratzen.«

Sie besprachen die neuen Aufträge. Iris hatte, schon bevor sie die Sprengung legte, ihren Mitarbeitern die anstehenden Arbeiten zugeteilt. Neun Beisetzungen, zwei Überführungen waren geplant, aber weiter als eine Woche im Voraus konnte Iris nichts delegieren, sonst wäre Michael aufgefallen, dass sie verschwinden wollte. Er musste sowieso lernen, ohne sie zurechtzukommen, oder er bat seine Neue, mit ins Geschäft einzusteigen. Sie sah ihm nach, wie er mit Elena scherzte, in den Leichenwagen einstieg und davonfuhr. Dann begann sie, das ganze Haus umzukrempeln, sie packte alles ein, was auf sie persönlich hindeutete. Ihre Bestatterkostüme ließ sie bis auf eines zurück. Nur Dinge, die nicht nach Gloria Schwalbe aussahen, musste sie vernichten. Als sie zwei Stunden später durch die Haustür auf die Straße trat, trug sie einen Rucksack mit ihrem Waschzeug, ein paar Wechselsachen und etwas Bargeld, mehr nicht. Trotzdem durchforstete sie während der Busfahrt in Gedanken noch mal alle Schränke und Nischen. Hatte sie auch wirklich jedes Foto, auf dem sie war, und auch die Briefe und Notizen, alles Handschriftliche, entfernt? Sie ließ zwar nie etwas Verräterisches herumliegen, aber selbst sie war nicht immer auf Habt-Acht. Mal fiel eine Notiz von einem Telefonat auf den Boden und landete unter dem Teppich. Oder die eine Aufnahme von der Beerdigung, bei der der Fotograf ihre gesamte Breitseite ins Bild gerückt hatte, rutschte in die Sesselritze. Nein, auch dort hatte sie alles abgesucht. Sie hinterließ nichts, was auf Iris Erlacher hindeutete. Falls Michael Besuch von der Polizei bekäme, weil er sie doch irgendwann als vermisst meldete, würden sie nichts Verdächtiges finden. Oder doch? Siedend heiß fiel ihr etwas ein, sollte sie umkehren? Nein, das würde niemand finden und wenn, würden sie es nicht deuten können. Es sei denn … Sie wischte den Gedanken fort. Als sie einundfünfzig Minuten später in Wolfratshausen ausstieg, streifte sie die Gloria Schwalbe endgültig ab wie eine überflüssig gewordene Haut und verwandelte sich wieder in die unsichtbare Iris zurück, die Agentin, die viele Identitäten besaß.

Noch 12 Sekunden

So tief musst du
dich fallen lassen und so
lange schrein
bis du den Schrei verstehst
dann erst
ist er
dein Schrei
wenn du das Spiel verstehst
dann erst
ist es
kein Spiel mehr.

Ulla Hahn

50.

»Was sollten Sie tun, Herr Richter?«, drängte ihr Vater.

Der Alte ignorierte ihn, drehte den Kopf leicht zu Carina, musterte sie kurz, drehte sich wieder zum Fenster, als stünde dort was auf der Mattscheibe. »Beton in den Pfeiler gießen, das sollte ich tun. Die Tote bedecken, und falls ich jemals etwas davon sagen würde, würden sie mich und meine Verwandten auf die gleiche Weise beseitigen, nur lebend hinabstoßen. Danach schlugen sie mich nieder.« Er hielt seine rechte Hand hoch, dicht unter die Lampe und drehte den verkrümmten Daumen. »Damit ich es auch nicht vergesse, zertrat mir einer die Hand. Viermal gebrochen war der Daumen, ich konnte wochenlang nichts aufheben. Und bei solchem Wetter wie in den letzten Tagen zieht die ganze Hand wie ein fauler Zahn.« Nun trank er doch.

Matte zog drei Fotos aus seiner Jackeninnenseite. Jering, Lambert und Krallinger.

»Erkennen Sie einen der Männer?«

Richter beugte sich über den Tisch, schüttelte den Kopf.

»Die zwei hier sind tot.« Matte tippte auf Krallinger und Jering.

»Zwei zu zwei, also Gleichstand. Und was ist mit dem vierten, gibt es von dem kein Foto?«

Carinas Vater ignorierte die Frage. »Salamander und Calimero, haben sie diese Namen schon mal gehört?«

»Ist das Erste nicht eine Schuhmarke? Und das Zweite klingt ausländisch, geht's dabei auch um Schuhe?«

»Das sind Decknamen oder Spitznamen von zweien der Männer. Haben Sie die vielleicht rufen hören?«

Richter rieb sich die Augen und brachte damit Bazi zum Flattern. »Einer hieß Claudio, das weiß ich noch, weil ich mir dachte, die wissen den Namen von meiner Freundin schon, die Claudia ist in Gefahr, dann sagte der mit der Waffe zu dem, der mir die Hand zertrat: ›Claudio, hör auf, es reicht, lass uns abhauen.‹«

Carina sah Matte an. Er blinzelte ihr zu, um ihr zu signalisieren, dass er es registriert hatte.

Der Alte seufzte schwer. »Schöne Aussichten, dann können also immer noch zwei von denen hier aufkreuzen und uns kaltmachen?«

»Uns?«

»Äh, den Bazi und mich.« Er streichelte den Vogel.

»Keine Angst, Herr Richter. Darum sind wir hier, damit das nicht passiert und wir die Männer kriegen.«

»Die kriegen Sie nicht mehr, die haben sich längst ins Ausland abgesetzt.«

»Wie kommen Sie da drauf?«

»Das ist doch klar, das waren welche von der RAF, so ein Hinrichtungskommando. Wer weiß, vielleicht war die Frau auch eine Zeugin von irgendwas. Diese Terroristen haben doch damals an jeder Ecke wen umgebracht.«

»Und die Frau, wie hat die ausgesehen, sie stand doch im Licht?«

»Ich hab sie nur von hinten gesehen, sie hatte die Kapuze von ihrem Mantel überm Kopf.«

»Aber es war eindeutig eine Frau?«

»Von der Figur her schon, ja, doch, als ich sie dort unten liegen sah.«

»Sie lag in dem Pfeiler, tief unten, das haben Sie ganz genau gesehen, obwohl es finster war?«

»Ich konnte doch nicht im Dunkeln betonieren, wir haben die Baulampen eingeschaltet. Was geschieht jetzt? Verhaften Sie mich, weil ich eine Straftat verdeckt habe oder sogar wegen Beihilfe zum Mord?«

»Vorerst geht es nur um Ihre Zeugenaussage, die ist sehr wichtig für uns, Herr Richter, bitte sehen Sie sich noch mal die Fotos an.«

Widerwillig nahm der Alte seine Brille vom Radio und betrachtete die Bilder noch mal genauer. »Ich kenne diese Leute nicht, da kann ich mir die Fotos noch hundert Mal anschauen. So geschniegelte Typen waren das auch nicht, die waren vermummt, und die kleinen Ausschnitte ihrer Gesichter zwischen der Strickmaske gaben bei dem Regen auch nicht viel her. Warum das Ganze überhaupt? Die Frau ist tot und nicht mehr zu finden, oder wollen Sie die ganze Brücke abreißen? Ich bin alt und sterbe vermutlich, bevor ich im Gefängnis sitze. Meiner Claudia können sie auch nichts mehr antun, sie ist vor zehn Jahren an einem Schlaganfall gestorben, und ihr Sohn, der hat mich längst vergessen.«

Schweigsam hörte Carina die ganze Zeit zu. Sie dachte an die Angehörigen, mit denen sie ab und zu Gespräche in der Rechtsmedizin führte, damit sie Klarheit erhielten, wie und unter welchen Umständen ihr Verwandter gestorben war. Kein Arzt oder kein Polizist nahm sich Zeit für sie, dafür gab es in der Rechtsmedizin die Möglichkeit. Bei diesen Gesprächen nahm sie kein Blatt vor den Mund, sagte und erklärte mehr, als gefragt wurde. Denn manchmal fehlten den

Angehörigen die Worte für das, was in ihnen vorging, und meist wollten sie viel mehr wissen, als sie sich zu fragen trauten. »Kannten Sie die Frau?«, fragte sie aus einer plötzlichen Eingebung heraus.

»Was, wieso sollte ich?« Er lugte zu ihr, rieb sich mit der kaputten Hand den Nacken. Carina holte ihr Notizbuch hervor.

»Nein, lass das.« Matte ahnte, was sie vorhatte, wollte sie davon abhalten. Jetzt wurde Richter neugierig und rutschte näher zu ihr. Sie schlug die Seiten mit den Babyfotos auf. Falls sie damit die Strategie ihres Vaters verpatzte, hätte er sie besser vorher einweihen sollen. Schließlich ging es hier um ihre Mutter, und er drängte doch darauf, dass die Umstände ihres Todes aufgeklärt wurden. »So hat sie, oder besser gesagt, so könnte sie ausgesehen haben, damals war sie noch zehn, nein, zwölf Jahre jünger.«

Der Alte nahm ihr Notizbuch vorsichtig in die Hände und hielt sich die Seiten nah vors Gesicht.

»Iris Erlacher heißt sie, und das Kind auf den Fotos bin ich. Sie war meine Mutter.«

Richter klappte das Buch zu und schob es auf ihre Tischseite zurück. »Ich bin müde, ich muss meine Tabletten nehmen und mich hinlegen. Geht.« Er wurde wieder grantig. »Lasst mich endlich in Ruhe. Los, fort.« Matte stand auf, sammelte die Fotos ein und streckte ihm die Hand hin. Der Alte nahm sie kurz. Auch Carina reichte ihm die Hand, sie spürte seine schwielige Haut und wie er mit dem verkrüppelten Daumen über ihren Handrücken strich, bevor er sie losließ.

51.

Hinter der einen Spalt geöffneten Schlafzimmertür hatte Iris alles mit angehört. Sie wartete, bis Matte und Carina wieder im Auto saßen. Nicht, dass sie es sich anders überlegten und noch mal hochkämen. Am schwersten war es ihr gefallen, als ihre Tochter die Wohnung betrat, im Flur verweilte, nur eine Mauer von ihr getrennt, und wahrscheinlich die Bilder ihrer Großmutter betrachtete. Vor Jahren hatte Iris sie hierhergebracht, gleich als sie mit den Möglichkeiten einer Agentin herausgefunden hatte, wer ihr richtiger Vater war. Nach Pullach, in die BND-Wohnung, konnte und wollte sie Monas Gemälde nicht mitnehmen. Ihr Vater half ihr auch bei der Inszenierung des Selbstmordes. Er legte eine Europalette und ein Polster auf die beiden herausragenden Pfosten über dem Brückenpfeiler, wo sie draufsprang, nachdem Salamander auf sie geschossen hatte. Auch wenn ihr die Kugel bloß ihren gepunkteten Regenmantel zerfetzte und dann auf die schutzsichere Weste traf, nahm ihr der dumpfe Schmerz fast die Luft. Dennoch gelang es ihr, sich zwischen dem Brückengestänge abzufangen und knapp über dem Wasser ans Ufer zu krabbeln. Wieso schaltete ihr Vater das Licht im Bauwagen ein und verriet sich? Sie hatten abgesprochen, falls *die vier* nicht selbst auf die Idee kämen und die falsche Tote einbetonierten, dass er das noch vor dem Morgengrauen erledigte. Doch dann wäre er fast erschossen worden. Zeugen konnten sie keine gebrauchen. Sie misshandelten ihn jedoch nur, bedrohten ihn vermutlich, wie auch Iris das gelernt hatte, und anschließend zerquetschte Salamander seine rechte Hand mit seinem GSG-9 Sicherheitsstiefel.

»Alles gut, Papa?« Sie schaltete die Kartoffeln aus, das Wasser war bis auf wenige Millimeter verdampft.

»Das war kein Fehler«, sagte Franz Richter.

»Was meinst du?« Iris schüttete Sauerkraut in einen Topf und wickelte ein paar Bratwürste aus einem Papier.

»Fehler, Fehler«, rief Bazi und lief am Fensterbrett entlang.

Ihr Vater seufzte und trank den Rest Tee. »Ich hatte Angst um dich, damals auf der Brücke. Ich dachte, sie sehen dich und knallen dich doch noch richtig ab. Darum habe ich das Licht im Bauwagen angeknipst. Aber warum hast du es mir nicht gesagt?« Iris setzte sich zu ihm und nahm seine verkrüppelte Hand. Tränen tropften ihm in den Hemdkragen. Seine Unterlippe zitterte. »Diese Carina ist meine Enkelin, stimmt's?«

52.

»Der Aufzug ist im Nachbarhaus.« Ihr Vater lotste sie durch eine Verbindungstür am Ende des Gangs.

»Hast du wieder stärkere Schmerzen in der Hüfte?«

»Ach was, mir geht's wie Franz Richter, ich spüre nur den verdammten Regen, weiter nichts«, wiegelte Matte ab. »Nun komm.«

»Ich nehme die Treppe, wir sehen uns unten.« Nach dem Gehörten jetzt mit dem Fahrstuhl zu fahren verschaffte ihr erneut Beklemmungen.

»Endlich haben wir was, einen Anfang, einen entscheidenden.« Matte saß schon in seinem Wagen, als sie unten ankam.

»Glaubst du, dass das wirklich Iris war, dass ihr Grab so ein Brückenpfeiler im Spessart ist?«

»Auch wenn es eine schreckliche Vorstellung ist, an der ich bestimmt noch Jahre knabbern werde, ja, ich glaube, dass es so gewesen sein muss. Der alte Mann spricht die Wahrheit.« Sie schwiegen, Matte fuhr los.

»Und das mit Calimero, weißt du inzwischen, wer dahintersteckt?«, fragte Carina nach einer Weile.

»Claudio Meier, der zweite Mann bei der GSG-9, aber er ist tot, starb im Frühjahr in einem Münchner Hospiz.« Calimero, alias Claudio Meier. Diese Buchstaben steckten in seinem richtigen Namen, dann hatte Carina recht gehabt, mit Sascha Lambert als Salamander. Das musste sie Peter erzählen. »Warum hast du dann so getan, als wüsstest du nichts von dem vierten Mann?«

»Ich wollte es von Richter selbst hören.«

»Und außerdem hast du ihm nicht gesagt, dass wir verwandt sind, also ich, mit der Frau, die er einbetoniert hat?« Es klang noch unwirklicher, jetzt da sie es aussprach. Ihre Mutter stützte mit ihren Knochen eine Brücke.

»Den Part wollte ich dir überlassen, hat ja auch seine Wirkung getan.«

»Er hat uns rausgeworfen, tolle Wirkung. Hast du die Gemälde im Flur gesehen?«

»Ja, du hast ihn doch danach gefragt, wieso gefielen Sie dir?«

»Sie sind alle mit ANOM signiert. Doch das N war spiegelverkehrt.« Carina schrieb die Buchstaben auf die angelaufene Windschutzscheibe. »Die Mutter von Iris, wie hieß die doch gleich?«

»Mona, sie hat im Hotel Bayerischer Hof in München gearbeitet. Iris hat nie erzählt, dass sie auch noch gemalt hätte. Mona Lisa, Mona Sonstwas, das ist wahrscheinlich genau so ein beliebter Name unter Künstlern wie Leonardo.«

»Da Vinci hat seine gesamten Werke in Spiegelschrift geschrieben.« Carina faszinierten seine anatomischen Zeichnungen schon immer. »Woran ist Mona Erlacher eigentlich gestorben?«

»Sie wurde auf einer Kreuzung von einem LKW erfasst und überfahren, der Fahrer wurde nie ermittelt.« Matte sah sie an. »Du glaubst, Franz Richter ist der Mörder ihrer Mutter, und damit er seine Tat nie vergisst, hängt er sich ihre Bilder an die Wand?«

»Er hat doch gesagt, dass sie noch nicht lange dort hängen. Monas Tod muss Jahrzehnte her sein, oder?«

Matte nickte. »1977, als Iris siebzehn war. Aber ich weiß nicht. Ist das nicht reichlich viel spekuliert, darüber muss ich in Ruhe nachdenken.«

»Apropos Spekulation, hast du dich eigentlich um Michael Schwalbe gekümmert?«

»Mist, das habe ich total vergessen, zu blöd. Tut mir echt leid, die Konferenz heute Morgen und dann das hier hat mich total in Beschlag genommen.« Er blickte auf die Uhr, zwanzig nach vier. »Bestattungen Schwalbe ist das nicht in Grünwald?«

Carina klickte auf die Suchfunktion ihres Smartphones. »Ja, Eichleite dreizehn. Soll ich das Navi einschalten?«

»Brauchst du nicht, in Grünwald kenne ich mich aus. Dort gibt es sogar eine Karl-Valentin-Straße.« Ihre Mutter war ein großer Fan dieses Komikers gewesen. »Hast du Lust, bei der Raubritterburg einen Kaffee zu trinken, liegt sowieso auf dem Rückweg?«

»Wieso Raubritter?«

»Einst in Grünwald im Isartal, glaubt es mir, da war einmal, da haben edle Ritter g'haust, dene hat's vor gar nichts graust.« Er stimmte Karl Valentins berühmtes Lied an und klopfte im Takt aufs Lenkrad. Ihr Vater war, trotz der beklemmenden Erkenntnis mit der Brücke, bester Laune.

»Die Burg existiert wirklich?«

»Ein paar der Gebäude sind den Abhang hinunter in die Isar gerutscht, aber der Rest ist stilvoll renoviert worden. Erst war es ein Jagdschloss, im Besitz der Wittelsbacher, dann Staatsgefängnis. Heute ist ein Teil der archäologischen Staatssammlung drin und ein paar Raritäten berühmter Münchner Familien, auch der Familie von Karl Valentin, der ja gebürtig Valentin Fey hieß.« Er lachte sie an. »Ich sehe schon, meine liebe Mexikanerin, ich muss dir mal München zeigen. Und hinterher schütteln wir Gloria Schwalbe kurz die Hand, wenn sie wieder aufgetaucht ist, und dann ist das mit der Ähnlichkeit ein für alle Mal aus der Welt. Was hältst du davon?«

Wegen einer Sperre, ein Baum war auf die Tölzer Straße gestürzt, wurden sie über Schäftlarn umgeleitet und kamen erst kurz nach fünf in Grünwald an. Das Burgmuseum hatte bereits geschlossen. Auf dem hohen schlichten Turm des mit vielen Wappen verzierten Gebäudes knatterte eine bayerische Fahne im Wind. Wenigstens hatte Carina nun die Raubritterburg von außen gesehen. Dafür lud Michael Schwalbe sie in sein Haus ein. »Danke, Frau Dr. Kyreleis, dass Sie sich kümmern. Darf ich Ihnen und Ihrem Vater einen Kaffee anbieten?« Er führte sie an einem gekachelten Raum mit pompösen Seidenblumengestecken und Särgen in Miniaturformaten vorbei in ein Wohnzimmer mit Couch und Schrankwand. »Ich wollte Sie sowieso fragen, ob ich Ihre Gesichtsrekonstruktion meines Vaters kaufen kann?«

»Das ist ungewöhnlich«, sagte Carina. »Normalerweise entferne ich die Knetmasse komplett wieder. Möchten Sie den Kopf ihres Vaters denn nicht bei seinen Gebeinen bestatten?«

»Sein Körper wurde eingeäschert.« Er zog die Glasscheibe einer Anrichte auf. Im unteren Fach hortete er seine Schnäpse und Liköre, im Fach darüber stand ein ungewöhnlich großer eiförmiger Metallgegenstand.

»Der Tank einer Harley Davidson?«, Matte entzifferte die verkratzte Beschriftung.

Schwalbe nickte. »Das, was vom Bike meines Vaters nach dem Unfall übrig blieb, das meiste musste verschrottet werden. Ich habe den Tank ausgebeult, hinten ist noch eine größere Delle.« Er zog einen Silberrahmen mit einem Brautpaar hervor und gab ihn Carina. Zum ersten Mal sah sie den jungen Edgar Schwalbe, den sie als alten Mann rekonstruiert hatte. Trotz dichtem Haarschopf erkannte sie seine markante Gesichtsform wieder, die sie herausgearbeitet hatte. Die höckerige, große Nase, die er auch seinem Sohn vererbt hatte, und den verschmitzten Ausdruck seiner Augen. »Das neben ihm ist meine Mutter, sie starb als ich fünfzehn war.« Er zeigte auf das Bild. »Ihre Asche hat mein Vater hier im Schrank aufbewahrt. Ich habe ihn oft mit ihr reden hören, wie früher, als sie noch lebte, besprach er alles Geschäftliche und Private mit ihr. So sparte er sich den Weg zum Friedhof. Nach seinem Motorradunfall habe ich dann die Asche von beiden hier drin vermischt.« Er klopfte auf den Tank.

»Ist das erlaubt, die Asche von Angehörigen bei sich zu Hause aufzubewahren?«, fragte Carina.

»Mit ein paar Tricks schon.« Er zwinkerte Carina zu und sah kurz zu Matte. »Keine Sorge, Herr Kommissar. Alles legal, wenn auch etwas umständlich. Dank dem Totengräber-Netzwerk, dem Privileg eines Bestatters. Dafür musste mein Vater zwar noch mal reisen, aber das entsprach sowieso seinem Naturell, denn in der Schweiz oder in Holland ist es erlaubt. Ich entschied mich für ein Stück Wiese im Emmental, und ein Kollege nahm den Eintrag ins Schweizer Sterberegister vor und setzte die sterblichen Überreste meines Vaters dort bei. Danach forderte ich die Urne an, wo sie als Blumenerde getarnt auf dem Rücksitz eines ganz normalen PKWs – ein Leichenwagen wäre zu auffällig gewesen – nach Deutschland einreiste. Sie können das ruhig beim BDB überprüfen. Also, beim Bund deutscher Bestatter. Mein Vater hat sich engagiert, damit Bestatter mehr Prestige erhalten und auch ausbilden dürfen. Erlebt hat er es leider nicht mehr. Erst seit 2003 ist ›Bestattungsfachkraft‹ ein staatlich anerkannter Ausbildungsberuf. Gloria hat bei ihm von der Pieke auf gelernt und ich natürlich auch, obwohl ich eine Zeit lang was anderes werden wollte. Aber früher oder später kommt man zu seinen Wurzeln zurück, stimmt's? Polizist und Gerichtsmedizin, Ihre Berufe passen doch auch zusammen. Schauen Sie, und das ist meine Familie.« Er zeigte auf einen großen aquarellierten Baum voller Schildchen mit Namen und Daten, der in einem Rahmen hinter der Couch hing. »Unser Stammbaum. Im Mittelalter waren die Schwalbes noch Scharfrichter, die in der Kirche einen gesonderten Platz zugewiesen bekamen, geächtet und gefürchtet zugleich. Mir wurde die Totenpflege praktisch in die Wiege gelegt. So wie sich ein Landwirt erst um seine Tiere kümmert, bevor er sich selbst zum Essen hinsetzt, versorgten wir in unserer Familie seit Generationen zuerst die Verstorbenen. ›Erst der Gast, dann das Brot‹, sagte mein Vater immer, wenn wir Tote zu Hause hatten. Meinen ersten Leichnam wusch ich mit zehn, ein Geschenk für Papa zum Vatertag, damit er sich auch mal ausruhen konnte. So, genug geplappert, nehmen Sie Platz, ich bin gleich zurück.« Carina studierte die weit verzweigte Bestatterdynastie auf dem Bild, und ihr fiel auf, dass nicht nur die Tochter des Scharfrichters wieder einen Scharfrichter geehelicht hatte, sondern es auch in der Neuzeit so weiterging, wo sich nur die Berufsbezeichungen änderten.

Ihr Vater machte es sich auf dem Sofa bequem und blätterte in den BDB-Magazinen die unter dem Couchtisch lagen, bis Schwalbe ihnen Kaffee, Wasser und einen Teller mit Gebäck servierte.

»Bitte, greifen Sie zu. Nussecken, das Lieblingsgebäck meiner Frau, ich hoffe, Sie mögen so was auch? Selbst wenn Gloria gleich zur Tür hereinkommt, wird sie uns bestimmt verzeihen, dass wir sie gegessen haben, und morgen kann ich frische kaufen.« Carina lehnte dankend ab. Ihr lag noch die Autofahrt im Magen. Sie nippte lieber an einem Glas Wasser.

»Ich nehme gern eine.« Matte tunkte eine breite Nussecke in die zierliche Kaffeetasse und kleckerte auf Tisch und Hose. »Mmh, sehr lecker! Dann hat sich Ihre Frau also nach wie vor nicht gemeldet?«

»Nein, leider. Kein Anruf, kein Brief, keine SMS, nichts. Ich habe es Ihrer Tochter bereits gesagt, das ist so gar nicht Glorias Art. Ich meine, wir haben unsere Probleme, wie es in langjährigen Ehen so ist. Sie wissen bestimmt, was ich meine, Herr Kyreleis, aber man kennt einander doch und vertraut sich. Jeder braucht mal eine Auszeit, besonders in unserem Job. Auch da wissen wir alle drei, wovon ich rede, oder?«

»Unser Job ist das Lebensende anderer, kann man so sagen.« Auf die Gemeinsamkeit ihrer Ehen wollte ihr Vater anscheinend nicht eingehen. »Dem Kollegen von der Vermisstenstelle sagten Sie, dass Ihre Frau öfter verreise, sogar für Wochen?«

»Ja, das bereue ich nun, vielleicht wären die dann schon längst auf der Suche nach ihr.«

Matte biss noch mal von der Nussecke ab. »Wann, sagen Sie, haben Sie Ihre Frau zuletzt gesehen?«

»Am Montag vor zwei Wochen.«

»Und wohin ist sie gewöhnlich verreist?«

»Ach, verschieden, mal zu einer Thanatologie-Fortbildung nach Dresden oder zu einem Tagebuchschreibkurs im Kloster Schlehdorf oder zu einer Fastenkur an den Chiemsee.

Nichts außer einem Apfel als Belohnung am Ende der Woche, kein Wunder, dass sie die zwei Kilo weniger sofort wieder draufhatte.« Er lächelte. »Verstehen Sie mich nicht falsch, ich liebe meine Frau, so wie sie ist, jedes Pfund. Auch ich habe mit den Jahren zugelegt.« Er klopfte sich auf den Bauch. »Es tut der Seele und den Nerven besser, nicht ganz ungepolstert den Schicksalen ausgeliefert zu sein, die wir tagtäglich zu hören kriegen. Meine Frau wusste immer rechtzeitig, wann ihr der Rund-um-die-Uhr-Betrieb zu viel wurde, dann zog sie die Bremse und erholte sich irgendwo. Selbst wenn sie noch einen Tag dranhängte, rief sie stets von unterwegs an.«

»Verreisen Sie selbst auch gelegentlich?«

»Gelegentlich, ja.« Schwalbe hielt ihnen noch mal den Teller mit dem Gebäck hin. Carina wollte noch immer nichts. Bei Franz Richter im Brotkorb hatte auch eine Nussecke gelegen, fiel ihr auf einmal ein. Der Bestatter lehnte sich zurück, lockerte sich die Krawatte und öffnete den obersten Hemdknopf. »Ich hoffe, es stört Sie nicht? Die Dinger kann ich nämlich nicht leiden.« Mit Schwung zog er die Krawatte aus dem Kragen und rollte sie zusammen. »Wie ich vorhin schon sagte, Gloria und ich vertrauen uns, aber wir geben uns auch gegenseitig Freiräume.« Er rollte die Krawatte zu einer festen Schnecke, legte sie auf den Tisch und bohrte mit dem Zeigefinger in die Mitte. »Ich nehme an, dass Sie es früher oder später sowieso erfahren werden, also sage ich es besser gleich. Ich habe eine Freundin, seit einem halben Jahr etwa. Wir treffen uns ab und zu in Hotels, sie ist auch verheiratet, ihr Mann ist nicht so tolerant wie Gloria, darum würde ich sie namentlich gern aus der Sache heraushalten.«

»Noch liegt keine Anzeige vor, Herr Schwalbe«, sagte Matte. »Wir ermitteln nicht, wenn Sie das aber möchten, dann müssen Sie schon alle Karten auf den Tisch legen. Was, wenn Sie Ihre Frau nur für tolerant halten, sie aber Ihre Untreue gar nicht so leicht verkraftet, wie Sie glauben?«

»Sie meinen, dass Gloria sich was angetan hat? Niemals. Dazu ist sie zu bodenständig, und wir sehen es doch auch tagtäglich, sterben werden wir alle so oder so, also wozu noch selbst nachhelfen?«

»Wie kam sie von hier weg, etwa zu Fuß?«

»Ich nehme es an, unsere fünf Autos, zwei PKWs, zwei Leichenwagen, ein Unimog sind alle da.«

»Gab es denn Kontobewegungen seither?«

»Ich habe erst gestern nachgesehen, als ich die Zahlungseingänge überprüft habe, normalerweise macht Gloria die ganze Buchführung, allein das bringt mich schon ins Schwitzen. Nein, mir ist nichts aufgefallen. Aber sie hat sich manchmal was zur Seite gelegt, nicht viel, so ein bisschen Belohnungsgeld, wie sie es nannte, also über ein bisschen Bargeld, ein paar Hunderter, dürfte sie verfügen.«

»Belohnung wofür?«

»Ach, das war mehr so eine selbst auferlegte Kasteiung. Sie wollte wieder abnehmen und probierte unzählige Diäten aus, und wenn sie abends nichts aß oder mal einen Tag lang nur Salat oder tatsächlich dann mal ein Kilo abnahm, dann zahlte sie sich selbst aus.«

»Was hat sie mitgenommen, was fehlt in Ihrem Haushalt?«

»Kleidung, meinen Sie? Tut mir leid, da habe ich keinen Überblick, welche Hose oder Bluse von ihr fehlt. Darum habe ich mich nie gekümmert. Ihr Schrank wirkt genauso voll wie vorher und sonst, nein, Geschirr oder dergleichen ist alles noch vollzählig.«

»Fällt Ihnen denn kein Gegenstand ein, den Ihre Frau immer dabeihatte, wenn sie länger verreiste?«

»Mmh, da muss ich nachdenken.«

»Wo ist Ihre Toilette?«, fragte Carina in die Grübelpause hinein und stand auf. Ihr war auf einmal schlecht, außerdem musste sie wirklich aufs Klo, vielleicht ging es ihr danach wieder besser.

»Die zweite Tür links neben der Küche.«

Als sie die Badtür verriegelte, klemmte sie fast den Gürtel eines grauen Bademantels ein, der dahinter hing. In ihrem Bauch gurgelte es. Auf dem Klo sitzend, schweifte ihr Blick über die Einrichtung, und sie versuchte, anhand der Gegenstände auf den Charakter der Bewohner zu schließen. Hinter einem durchsichtigen Duschvorhang stand ein Bio-Gingko-&-Koffein-Shampoo für den Mann. In der Seifenschale lag ein Nassrasierer, daneben ein Duschbad, Marke erfrischend-herb. In einem schmalen hohen Regal neben der Waschmaschine lagen weiße Handtücher, fein säuberlich auf Kante eingeräumt. Nach einer Weile ließ die Übelkeit nach, sie fühlte sich tatsächlich besser, stand auf und spülte. Als sie sich die Hände wusch und den Spiegelschrank über dem Waschbecken öffnete, ließ sie das Wasser laufen, um das verräterische Klicken zu übertönen. Hier waren mehrere farbige Zahnbürsten in einem Becher aufbewahrt, und alles, was man für Maniküre und Pediküre brauchte. Keine Schminke. Kein Parfüm. Vielleicht schminkte sich Frau Schwalbe nicht? Aber benutzte sie auch kein Haarwaschmittel oder Deo? Oder bewahrte sie es woanders auf? Carina hob den Deckel der Wäschekiste. Ein paar karierte Boxershorts lagen am Boden, die Trommel der Waschmaschine war leer. Aus einem Impuls heraus schob sie eine Hand zwischen die

Handtücher im Regal und tastete bis zur Wand. Verbarg sich dahinter etwas? Im obersten Stapel war nichts. Sie zog den Arm zurück, schämte sich augenblicklich und ordnete den Stapel wieder, Kante auf Kante. Was ging es sie an, wenn die Schwalbes tatsächlich etwas hinter ihren Handtüchern versteckten? Aber sie konnte der Versuchung nicht widerstehen, ihre Hand auch in den unteren Stapel zu schieben. Nichts. Ganz unten im Regal lagerten Klopapierrollen. Sie wollte schon gehen, doch dann räumte sie die Rollen heraus. Auch dahinter befand sich nichts. Wie peinlich. Eine nach der anderen schichtete sie wieder in das Fach und hoffte, dass nicht auffiel, was sie getan hatte. In der Mitte einer Rolle steckte etwas. Sie klopfte ein hellgelbes Bündel heraus, das sie an eines von Wandas Häkelstücken erinnerte, da es mit Luftmaschenschnüren umwickelt war. Sie knüpfte es auf, wollte nicht sehen, was sie sah, in ihrem Kopf summte es. Sie kniff die Augen zusammen. Babyschuhe. Ein Paar, das Paar, das sie als Kind auf den Fotos mit ihrer Mutter trug. Auf der Spitze des linken Schuhs war ein blauer Halbkreis eingestickt, auf dem rechten ein großes E. Wenn das ein Buchstabe war, dann war der Halbkreis auch einer. C und E. Carina Erlacher.

53.

Der lang ersehnte, aufregende Tag lag vor ihm. Auch wenn das Wetter trüb war. Es nieselte, als Till am Waldfriedhof ankam. Er klappte den Mantelkragen hoch und stellte sich an ein anderes Grab in der Nähe der Aussegnungshalle. Das Grab des Dichters mochte er, er sehnte sich auch nach einer unendlichen Geschichte, jedes Mal. Zum Dank hinterließ er ihm eine gefaltete Gabe aus Vaters Buch. Als sämtliche Gäste eingetroffen waren, mischte er sich unter die Gruppe. Man begrüßte ihn mit einem traurigen Nicken, als gehörte er dazu. Auf Beerdigungen trafen oft Menschen zusammen, die sich nicht kannten oder sich aus den Augen verloren hatten. Wer wusste noch genau, ob er nicht der Neffe oder Cousin von der und dem war, wie hieß er doch gleich? Das konnte man auch noch in Ruhe beim Leichenschmaus herausfinden, aber da würde Till nicht dabei sein, und sie hätten ihn längst vergessen. Doch vorher war jeder Fremde, der den Schmerz mit den Untröstlichen teilte, willkommen. Die Ansprache hielt ein freier Redner. Er verwendete anstelle von Jesus und Gott Vergleiche aus der Natur, um das kaum erblühte Leben und den tapferen, aber letztendlich vergeblichen Kampf gegen den Tod, in erträgliche Bilder zu verpacken. Mangels der Paradies- oder Himmelsversion schwafelte er von einer Birke, die den Elementen trotzte, bis sie am Ende doch geknickt wurde, um wieder eins zu sein mit der Erde wie zu Beginn.

Neben dem Sarg stand ein fleckiger Stofftorso ohne Kopf. Daran hatten sie ein gerahmtes Foto der jungen Frau geheftet.

»Die Schneiderpuppe hätten sie wenigstens noch reinigen können«, hörte Till es in der Bank tuscheln.

Als hätte der Prediger das auch mitbekommen, erzählte er von Pias künstlerischem Talent. Sie entwarf und schneiderte ihre Kleidung selbst, hatte eine vielversprechende Karriere als Designerin vor sich. Dazu warf ein Beamer Strichzeichnungen von langen, dünnen Frauen an die Wand. Etliche schnäuzten sich geräuschvoll. Till hätte nicht zu sagen vermocht, ob es Pias Art war, wie sie Frauen darstellte, aufs Wesentliche beschränkt, oder ob es der klare Blick ihres Fotos war, der ihn fixierte. Auch wenn er ihre einstige Strahlkraft nie zu Gesicht kriegen würde, entbrannte er für diese Frau und musste sie besitzen, so bald wie möglich.

Noch **11** Sekunden

El Segundero
Digo instante
y en la primera sílaba el instante
se hunde en el no volver.

Der Sekundenzeiger
Ich sage Augenblick,
und mit der ersten Silbe sinkt
der Augenblick ins Nie-mehr-Wieder.

José Emilio Pacheco, Mexiko

54.

Als sie sich einigermaßen gefasst hatte, öffnete sie die Tür einen Spalt und lauschte dem Gespräch im Wohnzimmer. War Michael Schwalbe wirklich mit ihrer richtigen Mutter verheiratet? Aber das hieß, dass sie lebte, auch wenn sie nun verschwunden war. Oder waren diese Babyschuhe zufällig so ähnlich, wie die, die sie getragen hatte? Mit ihren Initialen, bevor sie von den Kyreleis' adoptiert worden war? Sie hörte Gemurmel, konnte die Worte nicht verstehen. Es klang, als nehme ihr Vater nun doch eine Vermisstenanzeige auf, falls er dazu überhaupt befugt war. An den Wänden im Flur hingen Landschaftsaufnahmen, nirgends ein persönliches Porträtfoto. Sie ging hinein und setzte sich wieder aufs Sofa. Die Teller waren zur Seite geschoben. Auf dem Tisch lagen Mattes Fotos von Lambert, Jering und Krallinger.

»Alles in Ordnung?«, fragte ihr Vater.

Carina nickte, schlug die Beine übereinander und verschränkte die Arme.

»Stell dir vor, Herr Schwalbe hat Lambert wiedererkannt. Er war gestern hier und hat nach Gloria gefragt.«

»War er verletzt?«, fragte Carina.

»Wie meinen Sie das?« Schwalbe verstand nicht.

»Blaue Flecken im Gesicht, eine geschwollene Wange oder hat er gehinkt? Er wurde angeschossen, und war in eine Sprengung verwickelt, bei der ein Haus in die Luft flog. Dabei hat er einen Backenzahn verloren. Es ist zwar schon mehr als zwei Wochen her, aber je nach Grad der Verletzung wird es nicht so schnell verheilt sein, außerdem kommt es darauf an, ob er einen Arzt aufgesucht hat.«

»Nein, dieser Lambert, wie Sie sagen, war eigentlich ganz normal. Mir pressierte es nur gerade, darum habe ich ihn eher abgewimmelt. Ob er humpelte, mmh, darauf habe ich nicht geachtet, tut mir leid.«

»Ihr habt einen Zahn?«, funkte Matte dazwischen. »Das hast du mir noch gar nicht gesagt.«

»Mein Rechtsmedizin-Kollege hat ihn bei den Leichenteilen von Jering entdeckt, er stimmt mit der DNA von Lambert überein.«

Sie umklammerte die Babyschuhe in der Faust, um diesen Lambert ging es jetzt nicht. »Ich weiß nicht, ob du das schon gefragt hast, aber, Herr Schwalbe, gibt es Fotos von Ihrer Frau?«

»Ja, klar.« Schwalbe stand auf. »Ich bin nicht so talentiert, was das Fotografieren betrifft, unsere Familienschnappschüsse hat Gloria übernommen. Sie hat auch die Muße gehabt, die Fotos einzuordnen. Warten Sie.« Er holte aus der Schublade unter der Tank-Urnen-Vitrine zwei dicke Fotoalben und schlug sie auf. »Seltsam, hier fehlen welche.« Er blätterte weiter, neben Landschaftsaufnahmen und Fotos von Gebäuden klebten leere Fotoecken. »Hier, das war in Weimar, ein Wochenendausflug, ich bin mir sicher, dass es da auch ein paar Fotos gab, die ich von ihr geknipst habe.« Er drehte das Album so, dass sie die Aufnahmen sehen konnten. »Oder hier, die zwei Wochen auf Juist, merkwürdig. Hier müsste ein größeres Porträtfoto kleben, das ich von ihr gemacht habe, als sie verbotenerweise eine Möwe mit einem Keks fütterte, auch das fehlt.« Schwalbe durchsuchte die Schublade. »Vielleicht hat sie sie für einen bestimmten Zweck herausgenommen.« Er fand sie nicht.

»Haben Sie eine Digitalkamera?«, fragte Carina.

»Nein, meine Frau hat ein Fotohandy, aber mit Prepaid, zu einem monatlichen Vertrag mit irgend so einer Halsabschneiderfirma konnten wir uns bisher nicht entschließen.«

»Gibt es keine Fotos von Beerdigungen, wo Ihre Frau mit drauf ist?«, fragte Matte.

»Wenn es keine Promibeerdigung ist, wird eigentlich selten geknipst, und wir Bestatter halten uns eher im Hintergrund. Wir gehören ja nicht zu den Sargträgern. Das gilt auch für unser Werbematerial. Im Frühjahr, als wir den Ausstellungsraum renoviert haben, hatten wir so einen Werbemenschen da, der uns die Website und die Prospekte und alles gestaltet hat. Er wollte uns überreden, auch Fotos von uns mit abzubilden. Heutzutage sei der persönliche Ansprechpartner wichtig und unerlässlich, aber Gloria lehnte ab. Aber warten Sie.« Er zog seine Brieftasche aus der Jackett-Innentasche und sortierte mehrere Frauenbilder wie ein Kartenspiel um. »Ah, hier. Etwas verknittert, ich habe es jahrelang in meinem kleinen Geldbeutel in der Gesäßtasche mit mir herumgeschleppt. Sehen Sie, das ist Gloria.« Die Umrisse einer molligen Frau, schräg von unten fotografiert. Weiße Knicke durchzogen das Bild, ihr Gesicht war nicht zu erkennen.

»Hat sie sich vielleicht verletzt, kurz bevor sie verschwand? Ist Ihnen irgendetwas aufgefallen?« Carina gab ihm das wertlose Foto zurück.

»Verletzt? Nicht dass ich wüsste, sie hatte zwar ein großes Pflaster auf der Stirn, war aber bloß ein aufgekratzter Stich, hat sie gesagt.«

Zurück im Auto schwiegen sie. Carina fiel auf, dass sie und ihr Vater, wenn es um wichtige Dinge ging, meistens in seinem Ford saßen. Matte drehte den Zündschlüssel.

»Ich habe Angst.« Carina sprach aus, was sie fühlte.

»Angst wovor?« Matte schaltete den Wagen wieder aus.

»Was, wenn dieser Lambert weiß, dass wir die Luftpostpapiere haben, hinter denen er und Jering her waren?«

»Niemand außer Peter, mir und dir weiß davon.«

»Und Vincent und Verena und wahrscheinlich noch andere Kollegen von dir. Du vergisst, dass Lambert selbst Beamter war, er hat genau wie du sein Netzwerk. Wer Spuren verfolgt, macht Spuren. Er weiß, dass du nach ihm geforscht hast.«

»Ich lass ihn zur Fahndung ausschreiben, wir finden ihn.«

»Wie hießen die Streifenpolizisten, die mein Shirt bei Wanda abgeholt haben?«

»Der Strobl Lutz hat es geholt, ich glaube nicht, dass er einen Kollegen dabeihatte, wieso?« Und Carina erzählte ihm, was Sandro gesagt hatte, dass ein zweiter Polizist bei ihm oben war und in Wandas Umzugskisten nach etwas gesucht hat.

»Mmh, ich frag Lutz gleich, Lambert wird sich doch nicht zu euch raufschleichen, während ein Streifenwagen vor eurem Haus steht?« Das kam Carina jetzt, wo ihr Vater es aussprach, auch unwahrscheinlich vor. Und wer weiß, vielleicht hatte Wanda vor lauter Schulranzenwahn geflunkert. Carina glaubte eher Sandro als ihrer Schwester. Sie holte Luft und sprach aus, was ihr schon auf der Zunge brannte. »Und was, wenn meine Mutter noch lebt?« Ihre Lippen zitterten.

Matte schüttelte den Kopf. Stur wie bei der Krallingerobduktion, wollte er einfach nicht wahrhaben, was offensichtlich war. »Wir finden Gloria und auch diesen Lambert, und dann wird sich alles aufklären. Die Ähnlichkeit, die verschwundenen Fotos, ich glaube vielmehr, da steckt eine Ehekrise dahinter. Schwalbe sagt, seine Frau hätte immer mal wieder Geld abgezwackt, er hätte nie was gesagt, weil auch er von ihrem gemeinsamen Einnahmen die Hotelrechnungen für seine Eskapaden bezahlt. Gloria Schwalbe hatte einfach genug von den Seitensprüngen ihres Mannes und ist für eine Weile abgetaucht.«

»Und Lambert, angenommen er war es, was hat er hier gesucht?«

»Er hat nach seiner Schwester gefragt, die Gloria beigesetzt hat, und wollte nur mit ihr persönlich darüber sprechen. Als Michael Schwalbe sagte, dass seine Frau zurzeit verreist sei und ob er weiterhelfen könnte, ist er gegangen.«

»Und das Pflaster in Gloria Schwalbes Gesicht? Hat sich eigentlich wegen der Blutspuren an meinem Shirt schon was ergeben?«

»Jetzt bringst du aber was durcheinander. Du denkst, Iris lebt, und sie war die Attentäterin in Neumaising, die dich geschützt hat?«

Manchmal war er verdammt schwer von Begriff. Carina lockerte ihre verschwitzte Faust. Jetzt, wo sie sie losließ, entfalteten sich die Babyschuhe wie eine Papierblume auf ihrer Handfläche.

55.

Explosion in Wochenendhäuschen: Ein Toter identifiziert
(Starnberg) Wie die Münchner Rechtsmedizin nun bekannt gab, wurde bei der Explosion in einer Waldsiedlung in Neumaising, einem Ortsteil von Pöcking, im Landkreis Starnberg, aus bisher noch ungeklärten Ursachen eine Person getötet, die Polizei ging bisher von zwei Opfern aus. Bei dem Toten handelt es sich um den 63-jährigen Felix J., der als Herrenmodenverkäufer in einem Outlet-Store in Ingolstadt Village arbeitete. Eine Zeugin behauptete, einen weiteren Mann am Tatort gesehen zu haben, doch von ihm fehlt bisher jede Spur. Ob er als Tatverdächtiger gilt oder ob es sich um einen Unfall handelte, wird noch ermittelt. »Auch ein Suizid ist nicht ausgeschlossen«, sagte ein Sprecher der Polizei. Die Gerüchte, dass in Neumaising ein Waffenversteck gewesen sei und Reste von Dynamit gefunden wurden, kommentierten die Ermittler nicht. (af)

Seit zwei Wochen lebte Iris nun bei ihrem Vater, war dabei, sich einen Kundenstamm aufzubauen. Als Altenpflegerin. So konnte sie für Franz sorgen und zugleich einer unauffälligen Arbeit nachgehen, solange sie behutsam vorging und keiner Konkurrenz in die Quere kam. Ihre Kontakte hatte sie sich in den letzten Jahren schon aufgebaut, sie wusste schließlich nie, wann sie abtauchen musste, falls *die vier* ihr auf die Spur kämen. Nachdem sie geglaubt hatte, auch Salamander und Calimero beseitigt zu haben, wähnte sie sich schon fast in Sicherheit. Und jetzt diese Zeitungsmeldung, zwei Wochen nach der Sprengung des Waldhäuschens! In dem Artikel erwähnten sie nicht, dass Felix ein ehemaliger BND-Beamter gewesen war. Iris fragte sich, ob sie das absichtlich geheim hielten? Und handelte es sich bei dieser Zeugin um ihre Tochter? Was hatte Carina an diesem Tag dort eigentlich gemacht? War sie den Spuren der ermordeten Journalistin gefolgt, etwa allein? Wie hatte Sascha Lambert entkommen können? Sie musste ihn finden und endgültig vernichten. Nur wie? Wie spürte man einen Agenten auf, der seinem Codenamen alle Ehre machte? Eidechsengleich schlängelte er sich durch jede Ritze. Wie sonst hatte er die Sprengung überlebt? Aber dass all ihre Liebsten unversehrt waren, bedeutete, dass er noch nichts unternommen hatte. Vielleicht war er verletzt? Mehr als nur die Schusswunde, die ihm bestimmt noch zusetzte? Sollte sie sich an Wolf wenden, ihren BND-Kollegen, den sie von allen noch für am vertrauenswürdigsten hielt? Was würde er sagen, wenn er erfuhr, dass sie lebte? Doch dann setzte sie das in Gang, was sie unbedingt vermeiden wollte. Wenn überhaupt, war Calimero eine Spur zu Salamander gewesen. Calimero, oder besser gesagt, Claudio Meier, der Kopf der fünf, der, den sie alle für den Kontaktmann zum »Geld« hielten, weil er ihnen die Aufträge vermittelte. Ihn besuchte sie vor einem halben Jahr im Hospiz, kurz bevor er gestorben war. Er hatte Edgar Schwalbe umgebracht, dafür hasste sie ihn noch über den Tod hinaus. Nur weil der Bestatter mit seiner Harley Davidson noch mal nach Neumaising fuhr, wo er sie zuvor, nach der Vergewaltigung durch die vier, aufgelesen hatte. Kaltblütig drängte Claudio Meier den alten Bestatter von der Straße ab, sodass ihm bei dem Unfall der Kopf abgerissen wurde. Wie viele Menschen würden noch durch Iris leiden? Sie musste Salamander aus dem Weg räumen, koste es, was es wolle. Angeblich hatte Claudio Meier sie nicht verraten, vermutlich war es auch so, denn sonst wären sie, Carina, Matte oder Michael schon lange tot oder zumindest in Salamanders Gewalt. Beste Freunde waren sie gewesen, Lambert und Meier, Partner, die sich blind vertrauen mussten, um ihre Einsätze bei der GSG-9 durchziehen zu können. Claudio lebte bis zuletzt in München-Laim, das wusste sie aus den Sterbedaten. Um die Beisetzung kümmerte sich zwar Michael, aber die Einträge im Computer tippte Iris von seinen handschriftlichen Notizen ab. Eine Nichte aus Berlin reiste extra für die Urnenbeisetzung an, aber ob sie seine Wohnung ausgeräumt hatte oder nun selbst dort wohnte, ging aus den Unterlagen nicht hervor. Iris fuhr in die Camerloherstraße dreiundachtzig. »C. Meier« stand noch auf der Klingel.

56.

»Herr Schwalbe, dieser Lambert, hat er auch eine Jahreszahl genannt, wann die Beisetzung seiner Schwester gewesen sein soll?«, fragte Matte, als der Bestatter in Unterhemd und Jogginghose, ein Handtuch über der Schulter, noch mal an die Tür kam.

»Entschuldigung, ich war im Keller und habe trainiert.« Er überlegte. »Ja, 1994. Das Jahr habe ich mir natürlich gemerkt, denn da starb mein Vater, und ich heiratete Gloria. Und es war auch der Grund, warum ich eingesehen habe, dass ihm nur meine Frau Auskunft geben kann, ich war noch immatrikuliert, habe das Studium aber dann geschmissen, um das Unternehmen weiterzuleiten.«

»Haben Sie Aufzeichnungen über die Beisetzungen aus dieser Zeit? Dürfen wir noch mal reinkommen?«

»Nur auf Karteikarten, wir haben erst vor zehn Jahren angefangen, auf Computer umzustellen. Aber kommen Sie.« Er führte sie diesmal am Kühlraum vorbei zu einem kleinen, vollgestellten Büro, wo er eine Schublade mit Hängeregistern aufzog und ein paar Mappen herausnahm. »Das sind die Trauerfälle von 1994. Gehen wir nach hinten ins Beratungszimmer.« Sie nahmen auf einer gepolsterten Bank an einem achteckigen Tisch Platz. Carina blickte durch das Erkerfenster in den Garten. In großen Pfützen sammelte sich das Regenwasser in der Wiese, und der einzige Baum hatte fast seine gesamten Blätter dem Unwetter geopfert. Zwischen den kahlen Ästen hockte eine Elster und trotze mit aufgeplustertem Gefieder dem Regen. Schwalbe durchsuchte die Dokumente bis er zum Buchstaben L gelangte. »Lachmair, Ladisch, und hier kommt schon Lauenstein, und dann geht es mit M weiter, tut mir leid, eine Familie Lambert ist nicht dabei. Sehen Sie.« Er zeigte auf die Lauenstein-Mappe, auf der auch »Dr. Münchberg« stand. »Wir schreiben die Namen der Angehörigen, wenn sie anders lauten, in Klammern dazu. Ich muss gestehen, ich habe gestern Abend schon mal den ganzen Jahrgang durchgesehen, kurz nachdem dieser Mann hier war, er hat mir ja nicht seinen Namen genannt, nur die Jahreszahl. Im Zusammenhang mit meiner Frau gab es da nämlich eine Sache, an die ich gleich gedacht habe, als er nach seiner Schwester fragte.« Er zog eine Mappe heraus, die mit »Mitterbichler, Andrea« beschriftet war. »Das war eine Wohnungsleiche, ziemlich verwest, als sie gefunden wurde, und meine Frau machte Überstunden, um sie für den Bruder, der sie noch mal sehen wollte, herzurichten.«

»Ist das ein ungewöhnlicher Auftrag?«, fragte Matte.

»An sich nicht, es kommt zwar nicht häufig vor und gilt daher eher als Extra bei uns, genauso wie Auslandsüberführungen. Aber so etwas wird gut bezahlt, also sind wir natürlich daran interessiert. Ich war sehr in Eile an diesem Abend, ich habe meiner Frau noch geholfen, die Tote aus dem Sarg zu heben, musste dann aber weg.«

Er schien ständig in Eile zu sein, bemerkte Carina.

»Und Sie glauben, das könnte die Verwandte von Lambert gewesen sein?«

»Nein, darauf habe ich keinen Hinweis gefunden.« Schwalbe zog ein Blatt mit den persönlichen Daten der Verstorbenen heraus. »Die Tote war von der Rechtsmedizin bereits freigegeben, vielleicht erinnern Sie sich noch an den Fall, Frau Dr. Kyreleis? Ach, Quatsch, was rede ich. 1994, da waren Sie noch gar nicht auf der Welt.«

»Ich war zwölf.« Carina versuchte, seine Übertreibung als Kompliment zu nehmen, und überflog das Papier.

»Und schon fest entschlossen, Ärztin zu werden?«

»Eigentlich schon«, gab Carina zu.

»Und das mit dem Gesichter Rekonstruieren, wann kam das dazu?«

»Herr Schwalbe, was ist mit diesem Fall«, unterbrach ihn Matte.

»Nun ja, die Leiche dieser Andrea Mitterbichler sollte am nächsten Tag beigesetzt werden, und meine Frau hat ihr noch das Gesicht präpariert. Das ist eine aufwendige Arbeit, man muss die Knochen aufschneiden und die Haut einspritzen. Eine Kunst geradezu, wenn man ein halbwegs natürliches Aussehen bei so einer Fäulnistoten erzeugen will. Ihnen, Frau Doktor, muss ich das nicht erklären, das dürfte tatsächlich mit einer Gesichtsrekonstruktion vergleichbar sein, nur dass wir noch vorhandenes Gewebe haben.« Er zeigte ihnen ein Foto. »Ein Bewerbungsfoto, die junge Frau hat in einem Immobilienbüro gearbeitet, bevor sie depressiv wurde. Das Bild haben uns ihre Eltern gegeben, für die Todesanzeige und das Sterbekärtchen. Ich hatte was vergessen, ich glaube, mein Schwimmzeug, damals war ich leidenschaftlicher Rettungschwimmer.« Er klopfte auf seinen Bauch. »Na, den Schwimmring trage ich ja noch bei mir.« Er holte Luft. »Na, jedenfalls als ich zurückkam, arbeitete meine Frau intensiv an dem Gesicht der Toten, dafür verwendete sie als Vorlage ein Foto, aber nicht dieses hier, sondern eines von sich. Sie drehte es schnell um, als ich sie küsste, und seither habe ich es auch nicht mehr gesehen. Ich weiß bis heute nicht, warum sie das tat, ich kann nur vermuten.«

»Und was denken Sie, warum Ihre Frau das gemacht hat?«, fragte Carina.

»Sie hat vermutlich Geld von einem Nichtangehörigen erhalten, vielleicht dem Liebhaber der Toten, der noch einen würdigen letzten Anblick von ihr verlangte. Das sollte meine Trumpfkarte gegen Gloria sein, falls sie mir wegen meiner Seitensprünge doch mal eine Szene macht. Aber dazu ist es nie gekommen, wie gesagt, sie ist sehr tolerant, was das betrifft. Jedenfalls habe ich mir, als ich zurückkam, die Dokumente angeschaut, und sehen Sie …« Er zeigte auf die Daten der Angehörigen. »Das sind die Namen und Geburtsdaten ihrer Eltern. Es gibt keinen Bruder, Andrea Mitterbichler hat überhaupt keine Geschwister.«

Carina zeigte ihm die Babyschuhe. »Wissen Sie, wem die gehören?«

57.

Er wartete genau drei Tage, bis sich der größte Rummel legte und auch die entferntesten Verwandten ans Grab gepilgert waren. Außerdem musste er sich auch nach dem Mondkalender richten. Der kündigte Vollmond an, wenn das Wetter mitspielte, würde er also gute Sicht haben. Mit Taschenlampe zu arbeiten wäre viel zu auffällig gewesen, wer weiß, wer trotz des Verbots nachts auf dem Waldfriedhof noch alles herumschlich. Rechtzeitig vor Schließung harrte er in einer Parzelle weitab von Pias Grab der Dämmerung. Noch war die nachtschwarze Wolkendecke dicht. Er hoffte, dass wenigstens ein schmaler Streifen Mondlicht zum Vorschein kam, sonst würde er sich wieder ganz auf sein Fingerspitzengefühl verlassen müssen. Was nicht das Schlechteste war, dachte er und spürte schon ein Kribbeln überall. Die Friedhofsverwaltung zog pünktlich in den Feierabend. Keiner kontrollierte, ob hier noch jemand zurückblieb. Das war auch nicht möglich, das Gelände war viel zu groß, um hinter jeden Baum, Busch oder Grabstein nach einem Lebendigen zu schauen. An Pias Grab ließen die Blumen bereits ihre Köpfe hängen, verströmten dabei einen solch erregenden Duft, als hätten sie sich schon mit dem Lebenssaft seiner Zukünftigen vollgesaugt. Genüsslich biss er in eine Blüte, umschloss sie mit seiner Zunge und schwenkte sie im Mund herum. Lang konnte er es nicht mehr aushalten, endlich zu Pia vorzudringen. Er bückte sich, wollte den ersten Kranz zur Seite legen, als ein Mütterchen den Weg entlangschlurfte. Till erstarrte und würgte die Blüte hinunter. Die Alte ging mit wackelndem Kopf an ihm vorbei, ohne ihn wahrzunehmen, hängte die Gießkanne an den Brunnen zurück und verließ den Friedhof durch einen der Notausgänge. Finsternis ringsum. Seine Augen unterschieden dennoch die Umrisse, Schatten war nicht gleich Schatten, und außerdem hatte er sich alles eingeprägt. Eine Menge Arbeit lag vor ihm. Sorgfältig räumte er die Kränze und Gestecke zur Seite, achtete auf die Spruchbänder, damit er sie hinterher genauso wieder hindrapieren konnte. Dann setzte er den ersten Spatenstich. Das noch lockere Erdreich erleichterte den Anfang. Trotzdem schlauchte es ihn, je tiefer er vorstieß, die Arme wurden ihm schwer. Keuchend musste er öfter absetzen, um zu verschnaufen. Doch es half nichts, er zwang sich weiterzumachen. Nach einer Ewigkeit, wie es ihm schien, klopfte er mit seiner Schaufel auf Holz. Mit neuem Schwung legte er den Sarg frei und öffnete den Deckel. In diesem Moment riss die Wolkendecke auf, und Mondlicht fiel auf seine Braut. Da konnte er sich nicht mehr beherrschen. Er riss sich die nass geschwitzten Kleider vom Leib und legte sich auf sie.

Noch 10 Sekunden

»Furcht ist allemal Furcht vor etwas ganz Bestimmtem: Furcht vor dem Zahnarzt, Furcht vor dem Examen, Furcht vor Vermögensverlusten, und solche Furcht hat nichts mit der Angst zu tun, als welche unbestimmte Angst ist oder auf der Ebene des Schauens Grauen, ein Zustand, dessen Wesen und Sinn nur als das Vorgefühl der Lebenstatsache verstanden werden kann, die wir den Tod nennen.«

Die Grundlagen der Charakterkunde, 1910, Ludwig Klages

58.

Eigentlich hatte sie sich auf den Abend mit Peter gefreut, doch jetzt, als ihr Vater sie am Rosenheimer Platz absetzte, war sie kurz davor, einen Rückzieher zu machen. Matte dachte, sie ginge in die Franziskanerstraße in ihre Wohnung, und einen Moment erwog sie tatsächlich heimzugehen. Heute war einfach zu viel passiert, sie war aufgewühlt und durcheinander, konnte all das noch gar nicht einordnen oder begreifen. Andererseits war sie neugierig, wie Peter wohnte, und noch dazu steckte er in dem, was ihre Familie betraf, schon mittendrin. Zu Hause erwartete sie vermutlich auch keine Ruhe, sondern Wanda pur. Also folgte sie – dem Regen trotzend, mit übergestülpter Kapuze und den Händen in den warmen Taschen ihrer Winterjacke – zu Fuß den Straßenbahnschienen bis in eine verkehrsberuhigte Zone. Zwischen zwei Hochhäusern standen sechs niedrige Häuser, die wie aus der Zeit gefallen wirkten. Als Überreste des früheren Herbergsviertels boten sie im vorigen Jahrhundert Tagelöhnern und Handwerksfamilien eine billige Unterkunft und standen jetzt unter Denkmalschutz. Ein Straßenkehrer in Neon-Montur fischte mit seinem Reisigbesen aufgeweichte Zeitungsreste und eine verirrte grüne Plastiktüte vom Bürgersteig, die von ihrem Vater stammen könnte. Oder vielleicht war sie auch von Lüthis Fahrrad abgefallen? Der Arbeiter trug eine fellbesetzte Mütze mit Ohrenklappen und dicke

Fäustlinge. Der Sommer schien endgültig Vergangenheit zu sein. Das vorletzte Häuschen in der Milchstraße schmiegte sich mit nur einem Stockwerk und zwei Erkerfenstern im Dach an die fensterlose Mauer eines fünfstöckigen Hauses. Peter empfing sie mit einem Kuss und zog sie in den hellgrünen Flur. Holzvertäfelung, gestreifte Läufer auf knarrenden Dielen, niedrige Decken und Bücherregale in jeder Nische. Auch auf Brettern zwischen den Zimmertüren stapelten sich Bücher. Peter, mit seinen eins neunzig, stieß fast an die Decke und zog leicht den Kopf ein. »Was für ein Traumhaus, ich dachte, so was gibt's nicht mehr in der Stadt.«

Carina schlüpfte aus den nassen Schuhen und folgte ihm in einen höheren Raum, in dem er besser stehen konnte. Sie sah sich um. Entweder hatte er alles extra für sie blitzblank geputzt, oder er war sehr ordentlich. Sie tippte auf Letzteres, wenn sie an sein Büro dachte.

»Ich habe das Haus vor fünf Jahren von meiner Oma geerbt, besser gesagt meine Schwester und ich zusammen. Aber für Lilo und ihre Familie mit zwei Kindern ist es zu klein, so stottere ich ihren Anteil monatlich an sie ab, quasi als Miete.«

»Deine Schwester heißt Lilo?«

»Eigentlich Elisabeth Luise, meine Eltern wollten bei ihrem ersten Kind beiden Großmüttern huldigen, aber das konnte ich als drei Jahre jüngerer Bruder nicht aussprechen, und so habe ich sie Lilo genannt.«

»Der geborene Sprachkünstler. Und was macht deine Schwester beruflich?« Carina fiel auf, dass sie, im Gegensatz zu ihm, fast nichts von seiner Familie wusste. Seine Nichten hatte er mal erwähnt, aber mehr auch nicht. Lebte er eigentlich allein, selbst das hatte sie nie gefragt, sie war einfach davon ausgegangen, dass er Single war, wenn er mit ihr anbandelte. An den drei Haken des Garderobenbretts hing nur seine Jacke, die er immer trug, und ein paar blank polierte schwarze Herrenschuhe standen darunter. Nichts deutete auf eine Mitbewohnerin hin, bis auf die Wandfarbe. Doch der Pastellanstrich stammte vielleicht noch von der Oma oder war ein Tipp der Schwester, nahm sie an. Sie dachte an Michael Schwalbe. Die Babyschuhe hatte er noch nie gesehen, und er konnte sich auch nicht erklären, wieso sie in der Klorolle steckten. Das musste sie alles Peter erzählen, unbedingt. Sie umarmte ihn und versank in seinen Küssen.

»Ich … zeig … dir … mal … das … Haus, damit … du … dich … zurechtfindest.« Und er zog sie weiter, zog sie an sich, zog sie aus. Sie schielte zur Tür, hoffentlich war die richtig verschlossen. Was war nur mit ihr los, sonst war sie doch auch nicht so ängstlich, dachte sie noch, bis sie anfing seine Zärtlichkeiten zu erwidern. Die gewundene Treppe hinauf, lagen sie schon auf den Stufen aufeinander. Weiter nach oben. Etwas trampelte über sie hinweg, als Peter ihr aus dem T-Shirt half, ihren BH aufhakte und ihre Brüste küsste.

»Das ist Mia, meine Mitbewohnerin.«

Also doch, dachte sie und öffnete den Gürtel seiner Hose. Sie hangelten sich weiter nach oben, über die Teppiche als Wegweiser, bis zu seinem Bett. Auf dem metallenen Himmelbett fielen sie zwischen den Kissen übereinander her. Peter berührte jeden Flecken ihrer Haut mit seinem Mund, und Carina begann Bilder zu sehen, wie immer kurz vor dem Höhepunkt. Sie ging den Weg durch Haidhausen zurück, sah in den Regenhimmel, trieb auf einen Stern zu, aus dem es herabregnete. Sie folgte dem Strahl, wurde niedergeworfen, fiel und fiel durch ein Loch in der Straße, in ein Nichts aus

Berührungen, hörte Worte aus Stille. Dann stellte sie sich vor, wo genau Peter gerade zwischen ihren Beinen mit seiner Zunge war und wurde augenblicklich in die Gegenwart zurückgerissen. Er stoppte.

»Mach weiter«, sagte sie. Es war ihr peinlich, warum auch immer. Und dann war er dran, es dauerte, bis sie seinen Körper erkundet und herausgefunden hatte, was ihm gefiel. Draußen war es längst finster, als sie eine Pause einlegten und Peter das Licht anknipste. »Hast du Hunger?«

Sie sammelten ihre Kleidung auf dem Rückweg nach unten wieder auf und zogen sich ein bisschen was davon an. Ihr war warm, und es kribbelte noch überall. Sie wollte jetzt nicht auf einem Stuhl weit weg von ihm sitzen, lieber auf seinem Schoß. Also hockten sie sich vor den offenen Kühlschrank und aßen, was Peter eingekauft hatte, gleich so, wie es darin lag. Kirschtomaten aus der Papiertüte, Mozarella aus der Salzlake, Kräuterquark. Sie tauchten die Finger ein und bissen vom Hartkäse ab. Peter angelte eine Packung Grissini von der Ablage. »Eigentlich wollte ich alles schön herrichten, mit Kerzen und so.«

»Eigentlich.« Sie öffnete die Packung, knabberte eine der knusprigen Stangen an und hielt ihm das andere Ende entgegen.

»Ich finde es ein wenig kühl hier, du nicht?« Peter versuchte, sie hochzuheben und gleichzeitig den Kühlschrank zu schließen. Sie kippten auf den Teppich und zerdrückten die anderen Grissini, balgten sich in den Krümeln. »So schön aufgeräumt und geputzt hast du, und dann zerstöre ich alles in fünf Minuten.« Sie küsste ihn wieder, frischkäseverschmiert. »Außerdem will ich dir eigentlich ganz viel erzählen.«

»Eigentlich«, sagte er und zog ihr wieder das Shirt aus.
»Wenn wir genug haben.«
»Dann wird das nie was.«

Später hörte sie ein Ticken, noch klang es fern. »Hast du einen alten Wecker?«, fragte sie Peter.

»Mmmh«, murmelte er im Halbschlaf. Sie wollte sehen, wollte die Augen öffnen, aber so sehr sie die Lider aufriss, es blieb finster. Sie rannte im Dunkeln hin und her, stolperte, stürzte, sie musste doch müde werden, sie war doch so müde. Der Schlaf stand wie eine Sehnsucht vor ihr, zum Greifen nah, aber sie erreichte ihn nicht. Schweißgebadet stürzte sie sich auf einen alten Mann, der dort an einer Klippe saß, krallte sich in sein Gesicht. Sie wachte auf, sie musste aufs Klo. Wie spät war es? Sie hatte jegliches Zeitgefühl verloren, für sie konnte es Mitternacht genauso wie früher Morgen sein. Licht fiel von den Straßenlaternen durch die kleinen Scheiben zwischen den Fensterkreuzen und gab ihr ein paar Umrisse preis. Der Regen warf sich gegen das Glas, als würde jemand eine Gießkanne herumschwenken. Wenn das so weiterging, schwamm München davon. Sie löste sich aus Peters Arm. Ihr Liebster drehte sich um und schlief weiter. Leise kletterte sie aus dem Bett und hangelte sich in den Flur, die Dielen knarrten. Sie tastete sich an der Wand entlang, berührte Bilderrahmen und Bücher, stolperte über Peters Hose und verfing sich mit den Zehen in seinem Gürtel, fand endlich den Lichtschalter und knipste das Flurlicht an. Sein Notizbuch war herausgefallen, sie hob es auf. Ein ganz zerfleddertes Ding, das einige Wasserschäden überstanden zu haben schien. An der Seite steckte in einem aus Klebeband geformten Ring ein kurzgespitzter Bleistift. Seine Einträge erinnerten sie an die Luftpostpapiere, auch er schrieb in winzigen Buchstaben dicht an dicht seine Beobachtungen auf. Eigentlich wühlte Carina nicht in anderer Leute Sachen. Sie wollte das Büchlein zurücklegen, doch dann stachen ihr Frauennamen ins Auge. Eifersucht flammte in ihr auf. War Peter ein Frauenheld, der seine Eroberungen in seinem Notizbuch sammelte? Sie schob die nächste Zimmertür auf, fand das Bad, hockte sich aufs Klo und las. Nach einer Weile hätte sie sein Notizbuch am liebsten in der Schüssel versenkt, aber sie klebte an den Seiten. Eigens für jede Frau hatte er eine Tabelle angelegt, Worte gesammelt und ihr Wesen analysiert. Mit wie vielen von ihnen saß er halb nackt vorm Kühlschrank? Sie blätterte bis zu den letzten vollgeschriebenen Seiten. »Carina«, stand dort, unterstrichen.

59.

Pia war zwar noch lecker, übertrieb es aber mit der Zeit. Die Süßigkeit quoll ihr aus allen Poren. Da könnte er gleich in Zucker und Omas Sauerkraut, gemischt mit gärigen Pflaumen und dem Rest Gulasch von letzter Woche baden. Bald ödete sie ihn tödlich an. Der immer gleiche Blick, das gezierte Getue, ihren Körper kannte er inzwischen in- und auswendig, auch wenn er wieder weicher geworden war. Doch ihm kam das wie ein letztes Aufbäumen vor. Vor allem, weil sie einen Blähbauch kriegte, obwohl er ihre Ernährung streng überwachte. Alles hatte sein Verfallsdatum, und ihres war deutlich überschritten. Da half auch kein Lüften, wie es bei der Kröte funktioniert hatte. Weg mit ihr! Die Frauen, die er bisher mitgebracht hatte, dörrten einfach nicht ein. Vielleicht weil sie, im Vergleich zur Kröte, frischer waren, sich an den Rest Materie krallten, als gäbe es einen Funken Hoffnung auf Auferstehung. Die Kröte konnte über soviel Dummheit nur trocken lachen und bestärkte ihn in seinem Entschluss. Sollte diese Pia doch dahin zurück, wo sie herkam, oder nicht weit davon. Auch wenn Till sich die Mühe des Eingrabens ersparte, hatte sie es am Ende sogar schöner als zuvor und das alles ohne extra Gruftkosten für ihre Angehörigen. Till war großzügig, schließlich war Pia ihm zu Diensten gewesen, und er gönnte ihr den Luxus, zog ihr das selbstgenähte Kleid wieder an und hüllte sie in ein Laken wie eine Königin.

60.

Auch von ihr hatte Peter ein Profil angelegt. Allein aus den paar Worten SMS, die sie sich schrieben? Oder bildete er sein Urteil auch aus dem Gesprochenen? Checkte er sie ab, ob sie seiner würdig war? »S-Typ, Tendenz H-Typ, denkt vorwiegend in Bildern. Neugierig, sehr empfindlich, temperamentvoll, begeisterungsfähig, hängt verbissen an einer Sache, ermüdet aber auch schnell. Sie neigt zu Wutausbrüchen (hat bei ihren Eltern die Wohnung verwüstet). Hat Angst verlassen zu werden. Beruhigt sich, wenn sie Aufmerksamkeit erhält. Ihr Appetit ist wechselhaft, und ihre Krankheiten treten plötzlich auf. Viel Durst.«

Pff, schnaubend klappte sie sein Notizbuch zu. Eigentlich hatte sie tatsächlich was trinken wollen, aber das verkniff sie sich jetzt. Wieder mal hatte sie vertraut, wieder mal war sie nur benutzt worden, wieder mal hatte sie gehofft, jemanden an ihrer Seite zu finden, mit dem sie alles teilen konnte. Sie wog ab, gleich abzuhauen oder Peter zu wecken und einen Streit anzuzetteln. Wie er so dalag, tief in die Kissen gedrückt, musste sie ihn einfach im Licht der Flurlampe ansehen, sich seine Konturen einprägen. Sie würde ihn gleich in der Früh zur Rede stellen, sie war kein S-Typ oder was das sein sollte, aufbrausend oder sonst was. Sie kroch wieder zu ihm ins Bett, nah an der Kante, möglichst ohne ihn zu berühren. Lange wälzte sie sich von einer Seite auf die andere, konnte nicht einschlafen. Dann hörte sie wieder dieses Ticken, doch sie hatte keinen Wecker auf seinem Nachtischchen gesehen, bevor sie das Licht ausknipste. Sollte sie doch aufstehen, sich anziehen und gehen? Im Dunkeln tastete sie nach ihrer Tasche, fischte das Knetestück heraus und grub ihre Finger in das kalte, ölige Plastilin, drückte ihre ganze Wut hinein, auf ihre Mutter, auf ihren Vater, auf Peter, auf sich selbst. Dabei riss sie Stückchen ab und beschmierte sich, bedeckte sich, bis sie unsichtbar war. Kein Lambert oder sonst wer würde sie mehr finden.

»Was hast du denn da?« Ein Kuss weckte sie. Peter wollte ihr den kleinen Rest Knete wegnehmen, den sie an die Brust gedrückt hielt wie ein Kuscheltier. Die Helligkeit blendete sie. Nun würde sie sein Haus zum ersten Mal bei Tageslicht sehen. »Frühstück, Liebste.«

»Wie spät ist es?«, murmelte sie und wollte die Augen wieder schließen.

»Halb sieben, ich dachte mir, ich weck dich, damit wir noch reden können, in Ordnung?«

»Mmh, gleich, nur noch eine Minute.« Sie drückte sich wieder in die Kissen zurück.

»Wir haben jede Menge Hinweise gekriegt, zu deiner Gesichtsrekonstruktion.« Peter streichelte ihren Nacken.

»Echt?« Carina wandte sich um und schlug die Bettdecke zurück. Etwas sprang von ihren Füßen. Eine braun-gelb gefleckte Katze.

»Mia kennst du ja schon. Mia, das ist Carina«, stellte Peter sie einander vor. Die Katze suchte sich eine neue Kuhle im Bett und rollte sich blinzelnd ein. »Ich wollte dir das mit der Gesichtsrekonstruktion gestern schon sagen, ich wollte so viel mit dir besprechen, aber …« Er liebkoste ihre Brüste.

Sie stoppte seine Hand, so konnte sie sich nicht konzentrieren. »Ich habe den Zeitungsartikel nicht zu sehen gekriegt, was stand denn dabei?«

Er holte die Zeitung von einem Bücherstapel neben dem Bett und schlug die Seite auf.

Die Polizei bittet um Mithilfe bei der Identifizierung einer jungen Frau, die zwischen zwanzig und dreißig Jahre alt sein soll, 1,60 cm groß, Haarfarbe hellbraun bis dunkelblond, Augenfarbe grün. Ihre skelettierte Leiche wurde irrtümlich in einer Gruft auf dem Münchner Waldfriedhof abgelegt. Hinweise werden unter 089–1 173 972 oder bei jeder anderen Polizeidienststelle entgegengenommen.

Daneben war die Skulptur einmal von vorne und einmal im Profil abgebildet. »Mist, sie haben die Augenfarbe benannt, das ist viel zu markant und stimmt vielleicht nicht. Ich hatte nur keine anderen Glasaugen mehr und konnte auf die Schnelle keine auftreiben.« Nun bereute Carina ihre Entscheidung, hätte sie doch besser Nusser zwei Prothesen aus seinen Kunstwerken abgeluchst.

»Aber woher wissen die Journalisten das, das hier sind doch Schwarz-Weiß-Fotos?«

»An die Zeitung habe ich Farbbilder gemailt.«

»Wir hatten jedenfalls gestern etliche Anrufe. Deine Skulptur berührt, sie ist sehr kunstvoll gemacht, und die junge Frau war wunderschön. Ein bisschen sieht sie der Nofretete ähnlich, nur ohne den hohen Hut.«

»Findest du?« Die gerade Linie zwischen Stirn und Nase, Peter könnte recht haben.

»Doch leider entpuppten sich die meisten Anrufe bei näherer Nachfrage als Wichtigtuerei. Einer sagte, er hätte sie als Tramperin nach Italien mitgenommen und am Gardasee abgesetzt. Eine Frau wollte wissen, wieso ihre Tochter in der Zeitung sei, sie wäre vor achtzehn Jahren gestorben und beerdigt, sie war sehr aufgebracht und beschimpfte meine Kollegin am Telefon.«

»Hat deine Kollegin nach besonderen Merkmalen gefragt?«

»Natürlich, die Frau sagte, ihre Tochter hätte einen verkrüppelten Zeigefinger gehabt, nach einem Sportunfall.« Peter zupfte etwas aus Carinas Haaren. »Mein kleines Lehmmädchen, worin hast du dich denn gewälzt?«

Nun sah sie es selbst, ihre Arme und ihre Brust waren kneteverschmiert. Sie warf den Kneterest zurück in ihre Tasche. »Warte mal, am Handskelett der Toten, am Zeigefingerknochen der linken Hand, hat sich ein Kallus gebildet, vermutlich nach einem schlecht verheilten Trümmerbruch, so was kann zu einer Gelenkversteifung führen. Woran ist die Tochter der Anruferin gestorben?«

Peter zog das Notizbuch aus der hinteren Hosentasche, und Carina fiel blitzartig ein, dass sie eigentlich stinksauer auf ihn war.

»Renate Klein heißt die Frau, ich hab es mir notiert. Ich rufe sie gleich mal an und frage sie.«

»Kann ich bei dir duschen?«

Er nickte. »Der Badofen bullert schon, geht noch mit Holz bei mir, wie zu Omas Zeiten. Handtuch und alles liegt im Regal, nimm dir einfach, was du brauchst. Magst du Kaffee oder Tee?«

Carina holte Luft. »Äh, ich mag vor allem kein Forschungsobjekt für dich sein«, platzte sie heraus. »Keine von den H- und S-Frauen, die du in deinem Notizbuch sammelst.«

»Du hast es gelesen? Warst du auf heute Nacht?«

»Ich musste aufs Klo, und da habe ich es am Boden liegen sehen.« Ein bisschen schämte sie sich, dass sie seine persönlichen Notizen gelesen hatte, aber ihr Zorn überwog.

»Das sind keine Exfreundinnen von mir, wenn du das glaubst. Die hier …« Er blätterte in dem Buch und zeigte ihr die Stelle. »Ist meine Kollegin Antje, die den Hinweisen nachgegangen ist, ein Hör-Typ, abgekürzt mit H-Typ. Und das hier ist meine Schwester, und der hier ist ein Mann, der Leitendorfer, Stefan, ein Kollege von der Streife. Nach ihm hast du mich doch neulich gefragt?«

»Mmmpf.« Sie schmollte noch, verschränkte die Arme vor der nackten Brust und wippte mit dem Fuß. Peter war wirklich bei ihrem Vater in die Lehre gegangen, er beherrschte es schon genauso wie er, auf ihre Fragen mit einer Gegenfrage zu antworten. »Also, dann war der Leitendorfer der zweite Polizist, der bei meinem Neffen oben war, um mein Shirt für die Spurensicherung abzuholen?« Wusste Peter, was das für Spuren waren?

»Ja, er hat Sandro in die Wohnung hochbegleitet, während Lutz mit deiner Schwester in den Keller gegangen ist. Sandro musste so dringend aufs Klo und wollte nicht allein rauf. Dann hat Steff noch nach einem Kuscheltier oder einer Puppe gesucht, die dein Neffe unbedingt haben wollte. Katrin oder Kevin heißt das Teil, sagte Steff, gefunden hat er es aber leider nicht.«

»Du meinst Kerstin?« Das kam ihr bekannt vor. Carina unterdrückte ein Schmunzeln. Wie oft hatte sie schon mit Sandro nach dieser verflixten Kerstin gesucht.

»Kann sein. Bitte verzeih, ich hätte dich fragen sollen, ob ich in deinen Sachen lesen darf, aber die Versuchung war einfach zu groß für mich als Sprachprofiler.«

»Dann hast du in der Mappe mit meinen alten Sachen gestöbert, als ich Sandro ins Bett gebracht habe?«

»Meine Augen springen einfach auf jeden Text von einer Person, die ich näher kenne oder kennenlernen will, ich lasse keine Gelegenheit aus, um zu trainieren. Geht's dir nicht ähnlich mit Gesichtern? Wenn du Leute skizzierst, hat doch auch keiner was dagegen, oder? Ich wollte es dir sagen, überhaupt wie so vieles, was wir uns noch erzählen müssen. Wir haben halt mit der Körpersprache angefangen, auch nicht schlecht.« Er fuhr mit seiner Nase über ihren Oberarm. Es prickelte. »An wem könnte ich am besten üben, wenn nicht an jemandem, den ich liebe. Ich wollte nur herausfinden, wie dein sprachlicher Fingerabdruck lautet, mehr nicht.«

»Schieb dir deinen sprachlichen Fingerabdruck sonst wohin.« Sie rückte weg, er rutschte nach, sie rückte weg, er rutschte nach. Blieb nur noch die Wahl, beim nächsten Hopser vom Bett zu fallen oder aufzustehen. Mia hatte sie schon vertrieben. Mit erhobenem Katzenschwanz sprang sie aufs Fensterbrett.

»Jetzt sei nicht sauer«, sagte er. »Du hast in meinen Geheimnissen geschnüffelt und ich in deinen, damit sind wir quitt. Bestimmt hast du mich doch auch schon rechtsmedizinisch untersucht oder etwa nicht? Auf Elsterart vielleicht? Was sagen dir meine Knochen?« Gegen ihren Willen musste sie lächeln. Es stimmte, auch sie übte an den Menschen um sich herum.

»Und was ist ein S-Typ?«

»Sehtyp, abgekürzt, ich wollte wissen, ob du schon immer

so visuell warst, oder ob sich das verändert hat mit den Jahren – was allerdings äußerst selten vorkommt. Dafür habe ich mir die Schlüsselwörter in deiner Geschichte, ›Drei Tage unsichtbar‹, abgeschrieben. Wie du die Welt siehst, ohne selbst gesehen zu werden, wer möchte das nicht mal ausprobieren? Aber du beschreibst nicht, was du nun beobachtest, sondern du verlegst dich ganz aufs Hören, das finde ich faszinierend. Du schilderst die Geräusche, die auf dich einströmen so, als würden deine Ohren allein spazieren gehen. Kaum was du fühlst oder siehst. Ein Fühltyp hätte geschrieben, dass er den Wind oder den Regen auf der Haut spürt oder an etwas stößt, was ihn schmerzt.« Er nahm sein Notizbuch und las die abgeschriebenen Stellen vor: »Es klang wie das Rauschen eines Wasserfalls / Ich hörte ein Fiepen wie von einer Maus / Mein Herz schlug wie eine alte Wanduhr.«

Sie dachte an das Ticken in der Nacht. »Hast du eine Uhr hier irgendwo?«

»Nur die alte Küchenuhr unten, von meiner Oma, die geht aber nach, deshalb ziehe ich sie nicht mehr auf. Ich glaube nicht, dass man die bis hier herauf hört. Und meine Armbanduhr, die hab ich immer in der Hosentasche, aber die tickt nicht.«

»Zeig her.«

Peter gab sie ihr. Carina hielt sie sich ans Ohr. »Natürlich tickt die und wie, ticktick, ticktick. Das war es, was ich gehört habe.«

»Ich höre nichts.« Er presste sich die Uhr ans Ohr. »Sonst könnte ich auch nicht schlafen. Tut mir leid, das nächste Mal lasse ich sie im Keller, versprochen. Aber nun ab mit dir in die Dusche, ich muss dir nämlich beim Frühstück unbedingt zeigen, was ich herausgefunden habe.«

Noch 9 Sekunden

Man hat halt oft so eine Sehnsucht in sich – aber dann kehrt man zurück mit gebrochenen Flügeln und das Leben geht weiter, als wär man nie dabei gewesen.

Kasimir und Karoline, Ödön v. Horvath

61.

Peter erwartete sie gleich hinter der Badtür, Carina glaubte schon, er wollte sie erschrecken, aber er führte sie zu einem Stehpult. »Hältst du es noch ein paar Minuten aus, oder verhungerst du gleich?«

Sollte das eine Anspielung auf das Profil sein, das er von ihr erstellt hatte? Natürlich hatte sie großen Hunger und vor allem Durst, aber sie riss sich zusammen, lieber würde sie auf der Stelle tot umfallen, als das zuzugeben. »Nee, geht schon. Was ist?«

In der schrägen Ablage war eine Glasscheibe eingebaut, die von unten beleuchtet wurde wie ein Röntgentisch. Darauf lagen ein Stapel Papiere und ein kleines Heft, das mit »Iris Erlacher« beschriftet war. »Dein Vater hat mir diese Dokumente von deiner Mutter zum Vergleichen gegeben. Die kennst du doch, oder?«

Carina schüttelte den Kopf und zog die zwei Handtücher fester, die sie sich wie einen Bikini um den Körper geschlungen hatte. »Nee, vorgestern hat er mir zum ersten Mal gesagt, dass noch mehr als die Luftpostpapiere von ihr existiert, aber gezeigt hat er mir ihre Sachen nie.« *»Gebrochene Flügel«, zur Aufführung von »Kasimir und Karoline« von Ödön v. Horvath im Studentenwerk am 20. 06. 1972,* stand auf einem der Blätter. Ein Entwurf für die Hochschulzeitung, in der Handschrift der Luftpostpapiere, nur größer und schwungvoller.

Carina war viel zu aufgeregt, um zu lesen. Vorsichtig nahm sie das nächste Blatt, darauf standen Orte: München, Hamburg, Bad Kleinen, Wismar. Dazu hatte sie Uhrzeiten vermerkt. »Ist das ein Fahrplan?«

»Vermutlich.«

Als Nächstes blätterte sie in dem Oktavheft, darin hatte Iris Bücher aufgelistet, die sie offenbar während ihres Studiums las. Ein paar Titel zur Ermittlung der Todesursache, Spurensuche und Kindesmisshandlung kannte Carina auch. Ihre Mutter hatte sich für Ähnliches wie sie interessiert, dachte sie, nur warum wechselte sie dann die Seite? Oder gab es kein Gut und Böse, Recht und Unrecht, wenn man für den Staat mordete? In ihr grummelte es, sie schwankte. Ein Glas Wasser wäre die Rettung. Peter fing sie ab. »Ist dir schwindlig? Sollen wir lieber doch erst frühstücken?«

»Geht schon.« Carina wollte da durch, jetzt, wo sie endlich die Gelegenheit erhielt, und in Peters Armen fasste sie sich wieder. »Hast du auch ihren Abschiedsbrief gesehen?«

»Ja, darauf wollte ich hinaus. Dein Vater hat mir eine Kopie gegeben, die ihm der BND-Kollege deiner Mutter gefaxt hat.« Er ließ sie los, zog das unterste Papier aus dem Stapel. »Schlechte Qualität, alles ziemlich undeutlich und verpixelt, aber trotzdem konnte ich was Interessantes herausfinden, Moment.« Er räumte alles bis auf die Theaterkritik von »Kasimir und Karoline« vom Lichttisch und legte die Kopie des Abschiedsbriefs darauf. »Schau her, fällt dir was auf?«

Carina beugte sich vor und betrachtete die zwei übereinander liegenden Blätter. »Ja, natürlich, es ist eindeutig ihre Handschrift, sogar die Buchstabengröße und Zeilenabstände stimmen überein.«

»Nicht nur das, lies vor.«

Sie tat es und musste sich überwinden, diese seltsamen Worte mit »mehr« und »Mehr« erneut zu lesen. »Ich kann nicht mer, mein Leben ist sinnlos, die Weinlese war zu viel für mich, sucht nicht nach mir, ich bin im Mehr, Iris.« Während sie las, schob Peter das Papier darunter hin und her. nicht immer, lautete die identische Zeile auf der Theaterkritik und es gab auch noch andere Übereinstimmungen wie ich kann, mein Leben, lesenswert, viel und Sehnsucht.

Hastig zog Peter den Entwurf weg und legte eine handschriftliche Rechnung unter den Abschiedsbrief. Zwei Fl. Wein, 13,80 DM plus Mehrwertsteuer. »Alle Wörter habe ich nicht gefunden, ich schätze, es gab noch andere Dokumente in ihrer Wohnung, die der Verfasser benutzt hat.«

»Der Verfasser? Aber dann …, du glaubst, dass sie das gar nicht war?«

»Zu Neunundneunzigkommaneun Prozent. Es wirkt natürlich poetisch, Mehr anstatt Meer und so weiter, aber ich glaube, das Ganze hat einen anderen Grund.« Er grinste sie an. »Kein Mensch, selbst deine Agentenmutter nicht, kann sich selbst kopieren, das gelingt nicht. Es gibt immer kleine Abweichungen, auch wenn sie ihre eigenen Texte abschrieb, es sei denn, jemand hat einen Lichttisch oder eine Fensterscheibe benutzt und …«

»Es durchgepaust«, beendete Carina den Satz.

»Ja, und ich weiß auch, wer das gemacht hat«, ergänzte er.

62.

Danach stromerte er noch ein bisschen über den Waldfriedhof, auf der Suche nach einem neuen Aushub. In der Aufbahrung war nichts los, doch Vorsicht, wenn er Pech hatte, gelangte er wieder nur zu einem Mann und ertastete ein paar Weichteile zu viel. Vertane Liebesmüh! Was war bloß los mit den Münchnerinnen, lebten die zu gesund? Hatten ihnen die Bioläden an jeder Ecke und die Schönheitschirurgen zusammen mit dieser ganzen Heilmedizin endlich ein ewiges Leben verschafft? Nichts, aber auch gar kein frisches Grab weit und breit in Sicht. Sollte er es wieder auf die alte Tour tun, auf Vollmond oder wenigstens eine halbwegs gute Beleuchtung warten und ein älteres Frauengrab öffnen? Auf der Steinbank neben dem Brunnen lag jemand. Vermutlich eine Pennerin, die sich schon mal ihr Nachtquartier sicherte. Sie schien einen Schirm oder wenigstens eine Plane vergessen zu haben, lag in einem Wollpulli und dünner Stoffhose dort, die jetzt schon völlig durchweicht waren. Was soll's, auf Schnapsdämpfe stand er nicht. Er rümpfte die Nase und schnüffelte, näherte sich ihr langsam, Baum für Baum. Noch roch er nichts Alkoholisches, im Gegenteil. Er sog den Duft ein, und sein Herz klopfte schneller, als schlängelte sich der Frühling durch den Regen. Wie ein Schneeglöckchen, im Tau gestorben, lag sie dort. Auch wenn die Frau nur schlief, könnte er sich doch vorstellen, dass er sie …? Nein, sie würde sich wehren und ihn zulabern wie alle Krötenverschnitte. Er brauchte Hingabe, keine Diskussion. Noch hatte sie sich nicht geregt, er spürte keinen Atem, auch als er ganz nah bei ihr stand und sein Ohr auf ihren Mund legte, hörte er nichts. Tiefschlaf. Bestimmt drehte sie sich gleich, sah ihn aus wässrigen Augen an und schrie. Eine Strähne ihres hellen Haares hatte sich aus ihrem Zopf gelöst. Ihr Hals war weiß und lang, keine Ader pulsierte. Ein Arm hing schlaff herab. Kaum zu glauben, der Himmel schenkte ihm eine Frau, einfach so? Dabei hatte er doch seinen Glauben bereits als Kind verloren, als er seinen Vater mit der Kröte ertappte. Das Grunzen des heiligen Mannes hatte nichts mit Wunderwirken zu tun, das war genauso erdig wie Tills Trieb. Hatte ihm jemand eine Tote hingelegt, um ihn zu schnappen? Wenn sie ihn ergriffen, konnte er immer noch sagen, er hätte der Frau nur helfen und sie zu einem Arzt bringen wollen. Er stupste sie an, falls sie erwachte, würde er davonlaufen. Sie reagierte nicht. Er kniff sie. Autsch, sie war schon erstarrt. Wie sollte er sie dann in den Rollstuhl kriegen? Wenigstens war sie seitlich liegend, mit angewinkelten Beinen gestorben. Er klappte den Rollstuhl auf, setzte sich hinein und zog sie zu sich auf den Schoß, steif wie ein Brett war sie, breitete eine Decke über sie beide, so als hätte er, der Behinderte, eine besonders große Spielkonsole auf seinen Armlehnen montiert. In die Tram kam er damit nicht, er musste den ganzen weiten Weg per Armmuskulatur nach Hause schieben. Ihm blieb auch kein Leid erspart, doch der Lohn war süß und wurde mit jeder Umdrehung, die er die Räder voranpeitschte, purer Zucker.

63.

»Fällt dir noch etwas auf, wenn du die alten Texte deiner Mutter liest? Egal welche, ob sie zwanzig, dreißig oder älter war?«, forderte Peter Carina auf.

Sie vertiefte sich nochmal in das Material, überflog einige Zeilen und Absätze, dann glitt ihr Blick wieder zu dem Abschiedsbrief auf dem Lichttisch. »Nur, dass sie natürlich noch die alte Rechtschreibung verwendet, dass mit scharfem ß zum Beispiel, worauf willst du hinaus?«

»Die Rechtschreibung, genau, deine Mutter war eine sehr geübte Schreiberin, auch in den Luftpostpapieren macht sie kaum Fehler, der Verfasser ihres Abschiedsbriefs aber schon. Allein der Anfang. ›Ich‹ klein geschrieben.« Er suchte nochmal in dem Stapel mit den Kopien. »Trotha, den Gefängnistrottel, habe ich nochmal in die Mangel genommen. Ich bin richtig stolz, dass mir das sogar telefonisch gelungen ist. Mir ist eingefallen, dass er doch gesagt hat, bevor er Krallingers Hände mit Zitrustüchern und Seife gereinigt hat, hätte er zuerst den nächstbesten Wisch benutzt.«

»Sag bloß …« Carina stockte der Atem.

»Genau. Mit Krallingers Abschiedsbrief. Er hat ihn mit der Schnapsflasche und den Hendlresten und allem, was ihn belastet hätte, in den Müll geschmissen. Bei sich zuhause, natürlich.« Peter zeigte ihr eine Kopie, auf der ein kleiner aus einigen Fetzen zusammengeklebter Zettel abgebildet war.

sucht die Schult bei
euch stop
die Weld ist eine
Salamiescheibe stop
und frißt mich auf
Stop stop stop
alles ist wurscht
Kurt

Carina entzifferte ihn laut.

»Durch das Stop klingt es wie ein Telegramm an die Nachwelt. Und die Salamischeibe, soll das eine Anspielung auf sein Feuermal sein? Salami mit ie, Schuld mit t, dafür Welt mit d.«

Peter nickte. »Du hast das Zeug zur Profilerin.« Er streichelte ihre Wange. »Krallinger hatte eine Lese-Rechtschreib-Schwäche, das erkennt man nicht nur an den Fehlern, sondern auch an der Druckschrift. Ein geübter Schreiber würde vermutlich seine letzten Zeilen in Schreibschrift verfassen, noch dazu unter Alkoholeinfluss.«

»Und habt ihr den Brief schon technisch untersucht?«

»Ja, neben fettigen Fingerabdrücken von Trotha haben wir auch Kurt Krallingers gefunden. Das kleingeschriebene ›ich‹ ist graphologisch gesehen nahezu identisch mit dem ich aus dem Abschiedsbrief deiner Mutter. Siehst du, hier.« Er legte Krallingers Brief auf den Mehr-Brief.

»Verblüffend.« Carina sprach es aus, doch in ihrem Inneren musste es sich erst zusammensetzen. »Dann ist Kurt Krallinger ein Bindeglied zwischen meiner Mutter und meinem Vater gewesen, so was wie ein Schlüssel. Freund, Attentäter, Mitagent.« »Wahrscheinlich fallen uns noch einige andere Bezeichnungen ein. Aber jetzt komm, frühstücken.«

»Pia Klein starb mit fünfundzwanzig an einer Hirnblutung. Sie ist auf dem Heimweg von der Arbeit vom Rad gekippt, und als der Krankenwagen kam, war sie schon tot«, sagte Peter und schenkte am mit bunten Blumenranken bemalten Küchentisch Kaffee und Saft ein. Sogar Orangen hatte er ausgepresst. Carina würde alles bis auf den letzten Schluck austrinken und aufessen. Sie schaufelte sein unfassbar gutes Müsli fast ganz allein in sich rein, ihr Magen glich einer leeren Halle. »Hast du …« Noch ein Löffel. Sie kaute, schluckte. »Hast du ihre Mutter nach dem Kleid gefragt?«

»Ja, Pia ist in ihrem selbst genähten Portemonnaie-Kleid beerdigt worden. Aber, warte, du lenkst mich ab mit deinen Reizen.« Sie trug noch immer ihren Handtuchbikini. Der Knoten auf ihrer Brust hatte sich gelockert. Peter legte eine Hand auf ihr Dekolleté und versuchte gleichzeitig, in seinem Notizbuch zu blättern. »Pia war auf der Münchner Modeschule.« Er konnte der Versuchung nicht widerstehen und strich Carina über den Streifen nackte Bauchhaut, der zwischen den zwei Handtüchern hervorlugte.

Es kribbelte, sie ließ ihn weiterstreicheln, auch als seine Finger die Handtücher lösten. »Und jetzt?«

Er seufzte. »Jetzt müssen wir leider, leider ein bisschen arbeiten. Ich habe Frau Klein ins Präsidium bestellt, um ihr die Fotos von dem Kleid zu zeigen. Kommst du mit? Dann könntest du auch eine Speichelprobe von ihr für den DNA-Vergleich nehmen, wenn sie einverstanden ist.«

Carina nickte. »Regnet es noch?«

»Und wie. Lust auf eine zweite Tasse Kaffee?«

»Auch.«

Um drei Minuten nach neun hetzten sie unter Peters Jacke geduckt vom Parkplatz zur Eingangspforte des Polizeipräsidiums. Carinas Handy klingelte.

»Frau Dr. Kyreleis? Hier Igor Dorner vom Waldfriedhof. Entschuldigen Sie die frühe Störung, aber wir haben eine weitere Leiche zu viel. Können Sie herkommen?«

»Was ist passiert?«

»Wir machen jetzt nach und nach alle Grüfte auf, bei dem Dauerregen laufen die uns sonst noch voll, und es besteht Einsturzgefahr, einige sind denkmalgeschützt. Um acht haben wir angefangen, das Krone-Mausoleum auszupumpen, es stand fast bis zum Rand voll Wasser.«

»Krone? Ist das eine Grabstätte der Zirkusfamilie?«

»Ja, eines unserer schönsten Mausoleen, kennen Sie es gar nicht? Leider ist nun unsere Pumpe ausgefallen, Kurzschluss. Einer der Schaffner ist zum Baumarkt gefahren und hat eine neue besorgt, aber die bringt längst die Leistung der alten nicht. Es dauert einfach, bis der Wasserspiegel sinkt, und von oben kommt immer noch jede Menge nach.« Er hielt inne. »Ich will Sie mit unseren technischen Problemen nicht unnötig aufhalten, jedenfalls haben wir nun ungefähr die Hälfte rausgepumpt, und da schwappten uns ein paar Füße entgegen. Wir wissen noch nicht, wo der Leichnam herkommt, aber die Nischen, in die die Särge reingestellt wurden, sind alle fest verschlossen, soweit ich das sehen konnte. Die letzte Angehörige der Familie wurde 1995 hier beigesetzt, das kann also keiner der Zirkusleute sein. Diesmal ist es nämlich eine relativ frische Leiche. Naja, abgesehen davon, dass sie seit dem Regen im Wasser liegt, was ihr wahrscheinlich nicht guttut. Außerdem schwimmen noch einige Blumen aus Papier mit drin herum.«

»Papierblumen?« Carina horchte auf. »Ich nehme mir ein Taxi und kann in zwanzig Minuten bei Ihnen sein. Wie finde ich die Krone-Grabstätte?« Auf eine weitere Odyssee quer durch den Waldfriedhof hatte sie heute wirklich keine Lust.

»Das ist einfach, gleich hinter der Aussegnungshalle, nah an der Mauer, aber ich warte am besten bei den Sphinxen auf Sie.«

Carina legte auf. Peter war ein Stück vorausgegangen und redete am Kaffeeautomaten mit einer uniformierten Kollegin. Na, wenigstens hatte sich das mit Sandro und diesem ominösen Polizisten aufgeklärt. Sie musste Silvia recht geben, das Erlebnis mit der Sprengung setzte sich in ihrem Unterbewusstsein ab und kochte immer mal wieder hoch. Sie sollte in nächster Zeit vorsichtig mit sich und anderen sein. Würde es weggehen, wenn sie sich damit beschäftigte, oder half Verdrängen und Ignorieren? Dabei war ihr nicht mal wirklich etwas passiert, sie war körperlich unversehrt. Wie musste es dann erst Leuten ergehen, die eine Verletzung davontrugen? Schon oft hatte sie Personen befragt, die in eine Tat verwickelt waren, aber nun spürte sie, was Traumatisierung auslösen konnte. Ängste, die scheinbar aus dem Nichts kamen. Allein das merkwürdige Ticken, das sie überall gehört hatte, dabei war es gar keine Zeitbombe gewesen. Sie musste mit Peter darüber reden. So vieles hatte sie ihm noch nicht erzählt, in dieser Angelegenheit vom Waldfriedhof arbeiteten sie doch sowieso zusammen, vielleicht ergab sich da dann endlich mehr Zeit.

»Kannst du mir einen Tatortkoffer leihen?«, fragte sie Peter, als er sein Gespräch beendet hatte. »Du musst leider allein mit Frau Klein reden, ich fahre gleich zum Waldfriedhof, sie haben wieder eine Leiche, die in einem falschen Grab abgelegt wurde.«

»Klingt, als würdest du einen Zusammenhang zu dem Skelettfund sehen?«

»Ich weiß nicht genau, aber der Verwalter sagte eben, dass sie wieder Papierblumen gefunden hätten.« Sie suchte in ihrer Tasche und holte die leicht zerdrückte Rose hervor. »Wie diese hier, die bei der skelettierten Toten lag.«

Sie setzten sich auf die Besucherstühle neben einem Büro, und Peter entfaltete die Blume, es war ein herausgerissenes Blatt aus einem Buch, beidseitig mit Text bedruckt. Es ist richtig, was wir oben wahrscheinlich gemacht, daß der Anspruch auf Liebesbesitz den Frauen verhältnismäßig noch mehr als den Männern eigen, so muß auch die Eifersuchtsanlage verhältnismäßig noch mehr auf weiblicher als auf männlicher Seite zu suchen sein; was tatsächlich der Fall und nur deshalb meist übersehen wird, weil die Eifersucht der Frau sich durchweg weit besser als die des Mannes zu verbergen weiß und weit weniger aktiv sich gebärdet. Inzwischen wurzelt die weibliche Neigung und Fähigkeit zur Intrige unter zehn Malen neunmal in der Eifersucht!

»Der Text kommt mir bekannt vor, aber mir fällt nicht ein, wo ich ihn schon mal gelesen habe.«

»Na, dann strengen Sie sich besser an, Mister Sprachprofiler«, neckte sie ihn. »Der Autor dieses Werkes scheint ein Frauenversteher zu sein – oder eher ein Besserwisser. Der Sprache und Rechtschreibung nach stammt das Buch aus dem vorigen Jahrhundert.«

Peter nickte. »Also jemand wie Nietzsche oder Schopenhauer, mehr ein Frauenverachter als –flüsterer? Wie kommt es, dass das Papier nicht zerfallen ist?«

»Die Blume ist beim Öffnen des Lakens in das die Tote gewickelt war, herausgefallen. Das bedeutet, dass sie erst im skelettierten Zustand in der Männergruft abgelegt wurde. Auf dem Michael-Ende-Grab habe ich eine ähnliche Rose gesehen.« Sie zeigte Peter das Foto auf dem Handy.

»Die ist nicht so vergilbt wie die hier, aber die könnte auch ein Blatt aus einem Buch sein. Siehst du die Schriftzeilen hier.« Er vergrößerte den Ausschnitt mit zwei Fingern. Ein Paar kam durch die Tür, stellte sich dem Pförtner als Sonja und Udo Klein vor. Sie fragten, wo sie hinmüssten. Peter stand auf. »Geh zu den Haasen, und lass dir von ihnen alles geben, was du brauchst. Ich kümmere mich um die Papiere von der Staatsanwaltschaft, damit obduziert werden kann, und komme so schnell wie möglich nach. Du kannst ja nachsehen, ob die Rose noch auf dem Ende-Grab liegt, dann können wir vergleichen, ja?« Er küsste sie auf die Wange und trat auf das Ehepaar zu.

»Du, Peter?«

»Ja?«

»Ach, nichts.«

Als sie an Herrn und Frau Klein vorbeiging, betrachtete sie das Profil der Frau. Ein Schauder durchfuhr sie. Der Übergang zwischen Stirn und Nase, die Höhe der Wangenknochen und die Form des Kinns. Ihre Gesichtszüge glichen der Toten aus der Männergruft.

Mit Schutzkleidung der Spurensicherung im Gepäck stieg Carina aus dem Taxi und wurde von Dorner tatsächlich am Tor der Sphinxe erwartet. Er steckte in einer grau-schwarzen Neoprenhose und hohen Gummistiefeln, wie Angler sie trugen.

»Recht viel besser sind Sie aber heute auch nicht gegen diese Sintflut gewappnet«, sagte er mit Blick auf ihre Jeans und die Turnschuhe. »Dafür habe ich vorgesorgt, ein Paar Gummistiefel steht für Sie bereit, Größe vierundvierzig zwar, aber Sie können ja Ihre Schuhe anlassen, wenn Sie reinschlüpfen. Pfundig, dass Sie so schnell Zeit hatten. So etwas haben wir seit Jahrzehnten nicht mehr erlebt. Mein Vorgänger erzählte mal von einer Schneeschmelze im Februar, die die Toten aus den Gräbern schwemmte, aber dass es ununterbrochen schüttet, hatten wir noch nie.«

»Ach, Herr Dorner, diese Papierblumen«, unterbrach sie ihn, als sie an der Aussegnungshalle vorbeikamen, von der es links zum Grab des Dichters gegangen wäre. »Am Michael-Ende-Grab liegt auch eine Papierrose, dürfte ich die bitte für die weiteren Ermittlungen mitnehmen?«

»Die stammt bestimmt von einem Fan des Dichters, Sie glauben nicht, was wir an Gedenktagen wie seinem Geburtstag oder Todestag hinterher alles wegräumen. Manchmal pilgern ganze Literaturgruppen her, mit Papptellern und Besteck, was sie natürlich dann liegen lassen. Aber warum nicht, wenn es weiterhilft. Ich hole sie Ihnen nachher gleich, falls der Regen noch was davon übrig gelassen hat.« Sie bogen nach rechts ab, vorbei an einer Trauergruppe, deren schwarze Schirme eine Kuppel bildeten. Hinter dem Leichenschauhaus und der Sarganlieferung gelangten sie zum Krone-Mausoleum, einem runden Gebäude mit schmalen, dunkel getönten Fenstern und bemoostem Spitzdach. Ein kleines, versteinertes Zirkuszelt, vor dessen Eingang zwei weibliche Figuren, den Kopf in ein Tuch gehüllt, standen. Ein großer, prächtiger weißer Steinelefant kniete im düsteren Innern. Carina schaltete ihre Taschenlampe ein und leuchtete ihn an. Sein Rüssel war eingerollt und sein Blick gesenkt. »ICH BIN DER ANFANG UND DAS ENDE« stand in einem mit Blättern und Trauben verzierten Bogen über ihm. An den Wänden ringsum hingen Bronzereliefs, Porträts der Zirkusleute. Auf dem Fußboden waren Decken ausgebreitet, um den Marmor nicht zu beschädigen, darauf standen mehrere Maschinen. Neben der kaputten großen, ratterte eine kleine Pumpe auf Hochtouren. Ein Schlauch führte vor dem Elefanten in ein Loch, aus dem das Ende einer Leiter ragte. Carina sah die Leitersprossen hinab, die im Wasser versanken. Schaum und Holzteile wirbelten auf der Oberfläche der braunen Brühe. Respekt für Igor und seine Schaffner, die dort hinabgestiegen waren und den Leichnam geborgen hatten. »Wo ist er?«

»Der Fredi? Der ist noch mal zum Baumarkt, um eine zweite und dritte Pumpe für die anderen Grüfte zu kaufen.«

»Nein, ich meine den Leichnam.« Vielleicht hatten sie ihn schon in die Aufbahrung gebracht?

»Warten Sie, mit etwas Geduld …« Dorner zeigte in das Loch. »Dort drüben, gleich, ah, jetzt schwappt es ihn wieder her.« Eine weiße Fußsohle, auf der sich eine Waschhaut gebildet hatte, trieb in ihr Sichtfeld. »Ich dachte, ich lasse den Toten noch an Ort und Stelle, damit wir keine Spuren verwischen.« Dorner gab ihr die Gummistiefel und eine wasserdichte Latzhose, wie er selbst eine anhatte. »Ziehen Sie besser die noch über. Ist kalt dort unten.«

64.

All die Jahre über hatten sie Calimero für den Kontaktmann zum »Geld« gehalten, vermittelte er ihnen doch die Aufträge. Aber bei ihrem letzten Treffen in Neumaising, kurz nach dem Rohwedder-Attentat, beteuerte er, nur die Schließfachnummer zu kennen für das Fach, in dem sie ihre Anweisungen erhielten. Und als sie ihn kurz vor seinem Tod im Hospiz besuchte, wusste er, dass Iris ihren Tod nur inszeniert hatte. Aber woher? Dass sie, mit einem Erpresserbrief und schutzsicherer Weste, die *vier* zu dieser Spessartbrücke gelockt hatte. Auch dass sie als Bestatterin untergetaucht war, wusste er. Gab es Hinweise oder Unterlagen in seinem Nachlass über sie als Gloria Schwalbe? Wenn ja, bestimmt verschlüsselt, er würde sie kaum leicht einsehbar herumliegen lassen. Hinter Iris klackerten Absätze auf dem Pflaster. Seit ein paar Tagen regnete es ununterbrochen.

»Frau Herzfeld?« Nicola Meier, Calimeros Nichte, hastete herbei und sperrte die Außentür auf, damit Iris in ihrem eleganten Kostüm endlich ins Trockene käme. Als Maria von Herzfeld hatte Iris sich am Telefon ausgegeben und ihren Schweizer-Kassetten-Akzent eingesetzt, der mit den Jahren etwas eingerostet war. Sie fragte Nicola Meier, ob das »Objekt« zu kaufen oder zu mieten sei, ihr Sohn suche dringend eine Wohnung in Uninähe. Er sei nicht davon abzubringen gewesen, ausgerechnet in München Medizin zu studieren, dabei besäße die Familie Herzfeld im Kanton Zürich mehrere Häuser mit freien Wohnungen, aber sie habe ihm das nicht ausreden können. Vater und Sohn trügen so ihre Kämpfe aus, ob sie verstehe, was sie meine? Insgeheim wollte Jean-Claude nur möglichst weit weg von seinem Vater, dem bekannten Gefäßchirurgen von Herzfeld. Deshalb habe sie ihrem Sohn versprochen, sich um eine unscheinbare Unterkunft zu kümmern, die ihn als ganz normalen Studenten erscheinen ließ, und ihren Makler beauftragt, nach geeigneten Objekten zu suchen. Über Umwege hätten sie von dem in der Camerloherstraße erfahren. Wie nebenbei flocht Iris bei dem Telefonat eine hohe Summe ein, die sie bereit war zu zahlen. Sie sei das Umrechnen von Franken in Euro nicht gewohnt, ob das nicht zu niedrig berechnet sei? Dabei handelte es sich lediglich um zwei dunkle Zimmer im Keller, die Calimero per Testament, das Michael in der Nachttischschublade des Hospiz' gefunden hatte, seiner Nichte vererbte. Sie würde es sich überlegen, hatte Nicola Meier erwidert, und Iris wusste, dass sie angebissen hatte. Also verabredeten sie sich zu einer Besichtigung.

»Entrümpelt sind die Zimmer bereits, das habe ich sofort nach Ihrem Anruf veranlasst, Frau von Herzfeld. Ihr Sohn kann sofort einziehen, wenn er will.«

Iris erschrak, sie hatte gehofft, dass das nicht passiert war. »Ach, und ich dachte, wir müssten nicht extra möblieren. Jean-Claude wollte nicht erst noch alles einrichten müssen.« Es klang etwas kläglich, aber ihr fiel auf die Schnelle nichts Besseres ein.

»Mein Onkel, der bis zum Frühjahr hier wohnte, besaß nicht viel, ich glaube kaum, dass seine wenigen Habseligkeiten Ihren Geschmack oder besser gesagt, den Ihres Sohnes, getroffen hätten.« Sie stiegen eine Kellertreppe hinab, und Nicola Meier sperrte die Tür zur Wohnung auf. Sie drückte auf den Lichtschalter, eine nackte Glühbirne leuchtete auf. Bis auf einen Besen in der Ecke war alles leer. Helle und dunkle Flecken an den Wänden verrieten, wo die Möbel gestanden und Bilder gehangen hatten. Aus. Calimero hatte ihr keinen Hinweis hinterlassen, oder Salamander war ihr auch hier zuvorgekommen, hatte womöglich den Entrümpler gespielt und war nun im Besitz von dem, was Iris nicht benennen konnte, geschweige denn dass sie wusste, was sie überhaupt suchte. Im zweiten Raum ging das Licht nicht. »Warten Sie, ich hole schnell eine neue Glühbirne aus dem Auto, ich habe vorhin extra welche gekauft, ich bin gleich zurück.« Nicola Meier lief los, Iris wusste nicht weiter. Am besten, sie verschwand, bevor Calimeros Nichte zurück war. Der Wohnungsschlüssel steckte noch in der Tür, daran baumelte ein Schlüsselanhänger. Iris hakte ihn ab. Den Schlüssel schob sie wieder ins Schloss zurück und hastete die Kellertreppe hoch, durch den Eingang auf die Straße. Auf der anderen Seite verbarg sie sich in einem Durchgang und wartete, bis Nicola Meier zurückkam und im Haus verschwand. Sie rannte durch einen Hinterhof, quer über einen Spielplatz, wo ihre eleganten Schuhe im Sand versanken. Etliche Häuserecken weiter betrat sie das nächstbeste Café, setzte sich, noch nach Atem ringend, an einen Tisch und bestellte einen Chai und eine Nussecke. Erst dann öffnete sie die Faust und betrachtete den Schlüsselanhänger. Die Eierschale des Kükens hatte einen Schraubverschluss, sie drehte ihn auf. Ein Chip lag darin.

Noch 8 Sekunden

MEIN EPITAPH:
VERGEBENS.
SIE STARB
AN DEN FOLGEN
DES LEBENS.

Mascha Kaléko

65.

Wie sollte sie es mit drei Nummern zu großen Gummistiefeln die Leiter hinunterschaffen, ohne hängen zu bleiben und in die Brühe zu stürzen? Sie bekam jetzt schon weiche Knie, wenn sie in das Loch lugte. Trotzdem tauschte sie ihre Taschenlampe gegen Dorners Stirnlampe, die an seinem vor Nässe triefenden Hut mit der Elsterfeder klemmte, und stieg in ihren Riesenschuhen in das Mausoleum hinab. Vorsichtig versuchte sie Tritt zu fassen, ohne auszurutschen. Dabei umklammerte sie die Leiter wie ein Rettungsseil. Dunkelheit umfing sie, je tiefer sie kam. Der Lichtkegel der Lampe fing einen kleinen Kadaver ein, der an ihr Bein schwappte, als sie in das Wasser eintauchte. Hatte diese Art Grabstätte von diesem Tierchen ihren Namen? Eine Papierrose schwamm heran und noch eine. Carina fischte sie heraus. Weitere Sprossen führten hinunter, bevor sie festen Boden erreichte. Bis zur Stiefelgrenze von Bracke umgeben, die Hände ausgestreckt, um das Gleichgewicht zu halten und um nirgends dagegenzustoßen, tastete sie sich auf dem Grund vorwärts. Nun war sie dankbar, so viele Kleiderschichten zu tragen, so kam sie nicht mit den Dingen in Berührung, die im Licht, auf der Oberfläche schwimmend, sichtbar wurden. Soweit sie erkennen konnte, trugen vier Säulen das Gewölbe. Es schien achteckig zu sein. Hier unten entfaltete sich die eigentliche Zirkusarena. Carina erblickte die Umrisse der Sargnischen ringsum, genau dort, wo in einer Manege das Publikum saß. Aber wo war der Leichnam hingetrieben? Sie sah nach oben. Was, wenn jemand den Deckel schloss und sie lebendig hier unten begrub? Wie sollte sie sich bemerkbar machen, so tief unter der Erde? Das Ausstiegsloch lag nur ein paar Meter weg von ihr und schien zugleich unerreichbar weit. Das hatte sie damals auch gedacht, als Silvia sie im Radlkeller einsperrte, nachdem sie und Wanda sie mit ihren Streitereien zur Weißglut getrieben hatten. Auszeit, ein paar Minuten nur, erklärte sie ihren neuen Erziehungsversuch und drehte den Schlüssel im Schloss. Carina schrie das ganze Haus zusammen, donnerte gegen die Tür, vergeblich und eine Ewigkeit lang. Vor Wut ließ sie aus sämtlichen Rädern die Luft heraus, hockte sich heulend in eine Ecke, und dachte darüber nach, wie es sich anfühlen musste, zu verhungern und zu verdursten, nicht mehr zu atmen und allein zu sterben. Von außen schob sich eine Leiter durch den Kellerschacht. Wanda, ihre allerliebste Schwester, rettete sie. Dass sie der Grund war, warum Carina dort zur Besinnung kommen sollte, war augenblicklich vergessen. Sie fielen sich in die Arme. Wanda hatte sogar Proviant dabei, damit sie gemeinsam fliehen konnten. Weit weg, wie ganz arme Waisenkinder. Zumindest bis zum Spielplatz im Innenhof.

Wo blieb Dorner nur? Er wollte doch sofort nachkommen und war nur kurz zum Telefonieren ins Freie gegangen, um seine Arbeiter und den Bestatter zu verständigen, damit sie den Toten bergen und rasch ins Institut überführen konnten. Die Stirnlampe flackerte, hoffentlich war die Batterie nicht gleich leer. Sie watete weiter, rutschte über Widerstände auf dem Grund. Ihr Handy hatte Carina bei ihren Sachen oben gelassen. Sie tastete sich zu den Mauern vor, fuhr mit den Händen an den Wänden entlang, griff in Rillen. Wie Dorner gesagt hatte, waren die Nischen verschlossen. Auf einmal erstarb das Rauschen und Blubbern. Die Pumpe war abgestellt worden, nur beim Gehen wallte das Wasser um Carinas Beine und durchbrach die Stille mit einem Plätschern. Dann hörte sie es. Sie blieb stehen. Tickete, tick, tick. Tack. Tick. Nicht auch noch hier. Panik überfiel sie, schnürte ihr die Kehle zu. Sie keuchte, schloss die Augen und lehnte sich an eine Wand, als ihre Beine versagten. Hinter ihr gab der Deckel einer Grabnische nach wie aus Pappe und wurde nach innen gedrückt. Morsches Holz splitterte aus dem Rahmen. So dicht schienen die Fächer doch nicht mehr zu sein. Vorne bewegte sich etwas. Die Leiter wurde nach oben gezogen. Nicht! Halt! Sie wollte nicht hier bleiben. Carina lief los, schwankte, stolperte. Wanda, flehte sie innerlich, hilf mir. Ihre Schwester kam auch mit scheinbar ausweglosen Situationen klar. Etwas umfasste sie. Sie wehrte es ab. Doch es trieb wieder zu ihr. Kurzentschlossen packte sie zu, es war ein Arm, der in einem Ärmel steckte. Eine silberne Uhr glitzerte am Handgelenk.

66.

Ein perfekter Tag. Bis elf Uhr hatte er frei und konnte mit seiner Familie in Ruhe frühstücken. Seine Eltern saßen schon zurechtgemacht am Tisch. Es roch nach frischen Semmeln und Brezen, und die Kröte erhielt extra einen Zwetschgendatschi, auf dem Till eine Wespe zerteilt hatte.

Ach, Junge, wer soll das denn alles essen? Die Kröte moserte wie immer. Ich will, aber ich darf doch nicht, mein Zucker. Auch jetzt noch achtete sie auf Figur und Gesundheit.

Wenn was übrig bleibt, mache ich Semmelknödel und eine Schwammerlsuppe dazu. Die mögt ihr doch? Mit der Aussicht auf ihr Lieblingsgericht besänftigte er sie. Und falls dann immer noch was da ist, geh ich mit einem von euch Enten füttern am Flaucher, ist das ein Angebot?

Das hob die Stimmung. Ich will, ich will, riefen sie im Duett.

Bei ihnen wurde nichts verschwendet oder weggeworfen. So war er aufgewachsen, die Kröte hatte es ihm eingeimpft. Das Butterpapier kratzte er mit dem Messer sauber, und mit den Kaffeeresten goss er die Topfpflanzen, darum gediehen die auch so, wie alles, was Till berührte. Seine Müllgebühren standen in keiner Relation zur fast leeren Tonne, die er jede Woche rausstellte. Und wenn es wirklich mal mehr Abfall gab, dann warf er die Säcke sowieso nicht in den Hausmüll, das wäre zu auffällig gewesen. Lieber verteilte er es auf mehrere Tüten und stopfte sie in die städtischen Abfalleimer.

Obwohl er lüftete, auch jetzt noch das Fenster gekippt war und die frische Regenluft, die so wunderbar reinigte, hereinströmte, müffelte Vater heute wieder. Till konnte machen, was er wollte. Er verstand das nicht. Vaters Kleider waren abgestaubt und gebürstet, wie die Kröte ihn das gelehrt hatte, und seine Knochen gewebefrei. Also versprühte er ein bisschen Tannenduft im Raum. Schon besser. Er atmete auf. So ein Spinnentier oder ein Oktupus mit mehreren Händen müsste er sein, um alles zu schaffen. Für den neuen, allerletzten Beginn heute. Er schaltete das Radio ein und suchte Krötes Lieblingssender. Normalerweise ertrug er Dauergequake nicht, er hörte lieber Features, kulturelle Beiträge, die ihm Denkanstöße lieferten. Aber heute tat er ihr den Gefallen, pfiff sogar mit, als eine Filmmusik mit großem Orchester in die Breite gezogen wurde. Vater bockte wie üblich, er wollte lieber die Andacht hören.

Mit welchen Ohren denn, unkte die Kröte und gollerte tief aus dem Hals.

Till nahm ihm zur Strafe die Arme weg. Die Kröte gluckste zufrieden, so hatte auch sie Ruhe vor seiner Grabscherei. Eigentlich wollte er sich nicht mehr in ihre Beziehung einmischen, er hatte genug mit seinen eigenen Partnerschaften zu tun. Aber einer musste sich um sie kümmern. Doch nun würde alles anders werden, die Last konnte er sich künftig teilen, diesmal hatte er die Richtige gefunden. Wie sie ihm konkret beistehen sollte, wusste er noch nicht, aber darüber machte er sich vorerst keine Gedanken. Schon an die Gegenwart zu denken sprengte ihm fast den Schädel, die Zukunft konnte und wollte er jetzt noch nicht planen.

Ein Restrisiko blieb immer. Auch wenn er alles bis ins Kleinste plante und durchdachte, wusste er nie, wie seine Eltern auf die Neue reagierten. Er konnte es noch so oft durchspielen, irgendwann schienen sie jede sattzuhaben, so bezaubernd sie auch anfangs war. Die beiden Alten waren unberechenbar. Die perfekte Schwiegertochter gab es aus ihrer Sicht nicht, sie würden immer etwas an ihr auszusetzen haben. Bisher hatten sie auch recht gehabt, das musste er zugeben. Er war selber irgendwann jede leid. Doch die Neue gab Hoffnung. So frisch war noch keine gewesen, fast warm noch. Aber das hatte sich auf der Heimfahrt quer durchs nasse München gelegt, er mochte seine Liebsten lieber kühl. Diesmal hatte er alles richtig gemacht, hatte versucht, all das, was bei den anderen anstößig war und nicht gepasst hatte, auszumerzen und zu verbessern.

Ich will meine Arme zurück, kreischte Vater. Ohne sie, kann ich nicht predigen.

Till stellte sich taub.

67.

Die Friedhofsarbeiter halfen Carina wieder aus der unterirdischen Manege. Dankbar blinzelte sie in den trüben Regentag. Fredi, der Schaffner, mit einer violett verfärbten Wange, aber scheinbar von Zahnschmerzen befreit, hatte beim Steinelefant zwei Strahler aufgestellt, die das gesamte Mausoleum ausleuchteten, und dafür kurz die Pumpe abgesteckt. Dabei hatte sich der Pumpenschlauch um die Sprossen gewickelt, sodass er die Leiter ein Stück hochziehen musste und Carina glauben ließ, sie würde dort unten eingesperrt werden. An den Elefanten gelehnt, überwachte sie die Bergung der toten Frau lieber von oben, nachdem sie die Wassertemperatur und die Temperatur der Umgebung gemessen hatte. In sechzehn Grad war sie herumgewatet, und hier oben hatte es, trotz des Dauerregens immerhin noch zweiundzwanzig. Jetzt, wo die Männer hinunterstiegen, erwärmte sich das Wasser voraussichtlich noch. Es dauerte eine Weile, bis Dorner und seine Arbeiter den Leichnam auf eine Plastiktrage gelegt und festgeschnallt hatten, um sie durch die Bodenöffnung nach oben zu hieven. In Schräglage auf der Leiter lief das meiste Wasser ab. Dann schoben sie sie ganz nach oben und stellten sie zu Carinas Füßen ab. Außer einem langen Wollpullover und der Armbanduhr trug die Tote nichts, auch die Unterhose fehlte. Carina maß die Rektaltemperatur. Dorner, der auf der Leiter stand, sagte, die Krone-Leute wären alle in ihren Zirkusgewändern beigesetzt worden, ein melierter Pulli passte nicht dazu. Bis auf die Waschhaut an Händen und Füßen und ein leicht aufgedunsenes Gesicht war die Frau kaum verwest. Carina stellte auch keine Hautablösungen fest. Das sagte ihr, dass sie erst seit Beginn des Regens im Wasser lag, aber noch nicht, wie lange sie sich dort unten im Mausoleum befunden hatte, dazu musste sie obduzieren. Bevor Dorner und Fredi wieder die Leiter erklommen, bat sie sie, dort unten, jetzt mit der besseren Ausleuchtung, nach weiteren Papierblumen zu suchen. Tatsächlich, sie fanden noch ein paar und legten sie, eine nach der anderen, dem Elefanten vor den Rüssel.

»Hey, warst du ohne mich Tiefseetauchen?« Mit schlammverschmierten Gummistiefeln machte Peter einen großen Schritt und trat auf die Plane.

Carina berichtete ihm, was sie gefunden hatte. »Und du? Wie lief's mit den Kleins?«

»Sie haben das Kleid wiedererkannt, sie hatten sogar ein Foto von einer Modenschau dabei, wo ihre Pia es selbst vorgeführt hat.« Er zeigte Carina das Bild auf seinem Handy. Die junge Frau hatte Ähnlichkeit mit ihrer Gesichtsrekonstruktion, auch wenn sie auf dem Foto stark geschminkt war und eine silberne Perücke trug. Aber noch erstaunlicher war etwas anderes. Carina vergrößerte den Ausschnitt. »Hatte sie tatsächlich grüne Augen?«

»Ja. Verblüffend. Hier, so sah sie normalerweise aus.« Er klickte zu einem anderen Bild. Pia Klein lachte in die Kamera, hellbraunes, glattes Haar und ein akkurat geschnittener Pony, der auf Höhe der Augenbrauen endete, verdeckte ihre feinen Gesichtszüge fast. Bei dieser Aufnahme käme niemand auf eine Ähnlichkeit mit Nofretete. Carina betrachtete die Knochenformen, den Abstand zwischen Auge, Nase,

Mund. Es war, als begegnete sie einer vertrauten Freundin wieder.

»Jetzt wollte das Ehepaar Klein natürlich wissen, wer dann anstelle ihrer Tochter in deren Grab liegt, darum war ich mit Michael Schwalbe bei ihrem Familiengrab, Parzelle neunzig, hier auf dem Friedhof«, erzählte Peter weiter.

»Und?« Carina schlüpfte aus der Anglerkluft.

»Niemand. Wir haben es gerade aufgemacht. Nur Sargreste, ein Messinggriff mit einem Stück Holz, aber der Bagger hat keinen Leichnam oder Knochen aus dem Grab geholt. Frau Klein ist fix und fertig. Seit achtzehn Jahren sind sie zur falschen Grabstätte gepilgert. Aber bis ich erst mal die Exhumierung, oder wie man das jetzt nennen soll, genehmigt gekriegt habe …! Buddebergs Urlaubsvertretung kam ganz schön ins Schwitzen. Falls das Grab leer sei, wäre es kein »Entderdigen«, was Exhumieren wörtlich bedeutet, hat mir der Oberschlauberger-Staatsanwalt erklärt. Der heißt wirklich Berger. Roland Berger. Welchen Auftrag er mir dann erteilen soll? Das konnte ich ihm auch nicht beantworten, ich hab doch kein Jura studiert. Also hat er mit dem Richter telefoniert. Der verweigerte erst die Exhumierung, da der Leichnam von Pia Klein bereits exhumiert wäre und im Institut bei euch läge. Grotesk. Mir fiel nur noch ein, dass wir das Grab einfach polizeilich beschlagnahmen und dann durchsuchen könnten. Ich sagte das mehr im Scherz, aber das war am Ende die Lösung, ein Durchsuchungsbeschluss.«

Die Friedhofsarbeiter hatten das Wasser noch mal gründlich abgesucht, doch keine weiteren Rosen oder restliche Kleidung gefunden. Erst kam Schaffner Fredi, dann stieg Igor Dorner, seinen Hut mit einer Hand festhaltend, durch die enge Öffung die Leiter wieder herauf.

»Dank Herrn Dorner, der mir gleich einen Arbeiter mit Bagger abstellte, konnten wir das Grab der Familie Klein sofort öffnen«, bezog ihn Peter mit in ihr Gespräch ein. Dorner, tropfnass, nickte und stellte sich zu ihnen. Die Schaffner steckten die Tote in einen Leichensack, und Carina bückte sich, um den Reißverschluss vorsichtig über ihrem Gesicht zuzuziehen.

»Halt, warten Sie, die kenne ich«, entfuhr es Dorner. »Ich bin mir zwar nicht völlig sicher, aber ja, der Pullover. Blonde Haare, Pferdeschwanz. Ein hübsches Mädel. Sie kam öfter her, saß dort drüben, las etwas oder träumte vor sich hin.« Er zeigte nach rechts, wo zwischen zwei Gräberfeldern eine grünlich schimmernde, nassglänzende Bank stand. »Jetzt fällt es mir ein, sie war an dem Tag da, als es zu regnen anfing.«

Seit wann regnete es jetzt? Seit Carina nach Mexiko fliegen wollte, und das war fünf Tage her. »Dann wissen wir, dass sie am Montag noch gelebt hat.«

Dorner nickte. »Ich wollte die junge Frau schon ansprechen, sie sah so müde aus. Das tun zwar Montag früh die meisten, aber ich fragte mich, ob sie vielleicht ihre Arbeit verloren hatte oder so. Leider musste ich weg, zu einer Beisetzung, und danach habe ich es vergessen.« Er begann, sich aus seinem Neoprenanzug zu schälen. Peter notierte sich ein paar Stichpunkte. Und auch Carina versuchte, sich alles zu merken und einzuordnen. Dorners Aussage half bei der Bestimmung des Todeszeitpunktes, die bei im Wasser gefundenen Leichen, noch dazu wie hier nach Wetterumschwung und Kälte in der Gruft, keine leichte Sache war.

»Eine Veränderung auf dem Grab kurz nach der Beerdigung, verschobene oder fehlende Kränze, würden Sie so etwas bemerken?«

»Frau Doktor, wissen Sie, wie groß unser Friedhof ist? Wir haben manchmal bis zu zwölf Beisetzungen an einem Tag und das nur im alten Teil, nicht einberechnet die Stoßzeiten wie Weihnachten, wo es mehr Selbstmorde gibt.« Also brummt der Laden doch, dachte Carina. Kein Grund zu jammern. Auf der Fahrt am Montag hatte er noch ganz anders geklungen. Genug scheint auch im Friedhofsgewerbe nie genug zu sein.

»Aber ich könnte in unserem K-Buch nachsehen, das liegt in meinem Büro.«

»K für Kondulenz?«, fragte Peter.

»Kuriositätenbuch. Darin halten wir nur für uns intern fest, was hier so passiert. Vom Gießkannenklau bis zu Schäferstündchen auf den Grabsteinen. Kommen Sie mit in mein Büro, dann zeige ich es Ihnen. Ich muss mich sowieso umziehen, meine Gummihose war nicht dicht.« An seinem Oberschenkel hatte sich die hellgraue Anzughose dunkel verfärbt. »Nicht dass Sie denken, ich hätte eine schwache Blase.« Er rieb auf dem Fleck herum, was ihn eher noch vergrößerte.

Ein Leichenwagen fuhr rückwärts vors Mausoleum. Michael Schwalbe und eine Frau in einem dunkelgrauen Kostüm stiegen aus. »So schnell sieht man sich wieder«, begrüßte der Bestatter Carina und stellte seine Mitarbeiterin vor. »Das ist Elena, unsere Auszubildende.«

Die Frau, die in Carinas Alter war, sie aber um einen halben Kopf überragte und eine etwas gekrümmte Haltung einnahm, weil sie vermutlich ständig mit kleineren Menschen zu tun hatte, gab ihr die Hand. »Wir haben uns schon mal getroffen, vielleicht erinnern Sie sich?«

»Nein, tut mir leid.« Die Gläser ihrer Brille zwängten ihre kleine Stupsnase ein wie durchsichtige Schmetterlingsflügel.

»Als wir das ermordete Ehepaar Loos abgeholt haben?«, versuchte Elena, Carinas Erinnerung auf die Sprünge zu helfen. Dann war sie die Bestatterin gewesen, die Carina nur am Rande wahrgenommen hatte, also nicht ihre Mutter.

»Dann waren Sie damals nicht mit Ihrer Frau am Tatort, Herr Schwalbe?« Carina wandte sich an ihn.

»Wenn Elena das sagt, stimmt es auch, sie ist mein Gehirn, Kalender und was noch alles, stimmt's?« Er zwinkerte ihr zu. Elenas Miene blieb ausdruckslos, der Flirtversuch ihres Chefs prallte an ihr ab. Schwalbe zog an seiner Krawatte. »Ja doch, klar. Das war auch so. Meiner Frau ging es gesundheitlich nicht gut, sodass ich mit Elena in die Menterschwaige zu der Schießerei gefahren bin, um die Toten zu überführen.« Er öffnete den Kofferraum des Leichenwagens, zog eine Bahre heraus. »Und, Frau Dr. Kyreleis, haben Sie schon darüber nachgedacht, ob ich Ihnen Ihre Gesichtsrekonstruktion meines Vaters abkaufen kann?«

»Noch nicht, aber ich melde mich, ja?« Das wäre das erste Mal, dass eine ihrer Skulpturen auf dem Originalschädel verblieb, war das rechtlich erlaubt? Vermutlich hatte Schwalbe das längst dank seines Bestattervereins geklärt. Sie begannen die Krone-Tote umzubetten. Plötzlich fiel Carina der Imker in Neumaising ein, hatte er nicht einen Leichenwagen gesehen, an dem Tag kurz vor der Sprengung? Mitten im Wald, nicht weit von dem Waldhaus und dem Fundort des Bestatterschädels? Gab es einen Zusammenhang? Ihr schwirrte der Kopf. Sie trat ins Freie, unter einen Baum, dessen dichtes Blätterdach den Regen weitgehend abhielt, rief im Institut an und verständigte Frau Schauer, dass in Kürze ein Neuzugang eintraf, den sie am frühen Nachmittag obduzieren würde. Sie bat sie, Nusser und Susanne, die beide wie Carina Dienst hatten, zu verständigen. Als das geklärt war, las sie die Nachricht, die ihr Vater ihr geschrieben hatte.

Blutspurenanalyse v.d. T-Shirt positiv, lebt Iris??? Ruf mich bitte an.

Jetzt war es nicht mehr nur ein Gefühl oder eine Ansammlung sogenannter weicher Indizien, wie sie das in der Rechtsmedizin nannten, nun gab es einen Beweis. Sie suchte Peter, der die Papierblumen einsammelte und mit Dorner das weitere Vorgehen besprach. War das Krone-Mausoleum ein Tatort, den sie vorerst so belassen sollten, oder konnten sie mit dem Abpumpen weitermachen? Peter entschied, dass das Wasser rausmusste, so oder so. Und Dorner ging, um seine Schaffner anzuweisen.

»Kann ich dich sprechen?«, Carina bat Peter nach draußen. Regen wehte ihnen von links ins Gesicht. »Der Imker aus Neumaising, der den Schädel von Edgar Schwalbe fand, hat doch was von einem Leichenwagen gesagt, bist du dieser Spur eigentlich nachgegangen?«

»Ja, ich habe bei allen Beerdigungsfirmen im Landkreis Starnberg angerufen und meine Nachfrage sogar noch bis Weilheim und zum Ammersee ausgedehnt. Keiner war an diesem Tag dort. Vielleicht hat nur ein durchreisender Bestatter von weiter weg eine Pinkelpause gemacht und am Waldrand geparkt. Wieso kommst du jetzt da drauf?«

»Es ist mir eingefallen, als ich Schwalbes Leichenwagen gesehen habe. Die Frau, die mich bei der Sprengung mit ihrem Körper geschützt hat, ist meine Mutter, Iris Erlacher alias Gloria Schwalbe.«

»Wie? Ich verstehe gar nichts mehr. Wer hat dich geschützt

und wieso Gloria Schwalbe?« Der Wind drehte und blies ihnen den Regen jetzt von rechts ins Gesicht. Peter lief Wasser von den Haaren.

»Das Shirt, das ich trug, dein Kollege … Ach, komm.« Sie zog ihn an der Hand. »Ich erzähle es dir gleich, können wir uns irgendwo unterstellen?« Sie liefen an der Aufbahrungshalle vorbei, wo unter den Bögen eines Verbindungsgangs zur Aussegnung eine lange Holzbank stand, auf die sie sich setzten und dicht zusammenrückten. Die schnellste Form der Heizung. Auch wenn Carina dachte, das zusammenzufassen müsste hundert Stunden dauern, und die hatten sie nicht, schließlich musste sie so schnell wie möglich obduzieren, denn war ein Leichnam erst mal aus dem Wasser heraus, faulte er schnell. Und trotzdem war jetzt der Augenblick, alles zu sagen, und sie tat es, so wie es ihr durch den Kopf schoss, ohne abzuwägen, ob es zu diesem Fall passte oder zu dem anderen, ob es Peter weiterbrachte oder ihre Beziehung stärkte, ob es wichtig oder unwichtig war. Und als Carina es aussprach, fügte sich das ganze, lähmende Wirrwarr zu einer logischen Reihenfolge, so als würden völlig unzusammenhängende Ereignisse auf einmal einen Sinn ergeben.

Für Peter schien es nicht so klar zu sein, auf seinem Gesicht zeichneten sich nacheinander sämtliche Gemütszustände ab, als würde sie im Zeitraffer durch ein Comicheft blättern. Er runzelte die Stirn, zog die Nase kraus, riss die Augen auf und spitzte die Lippen. »Du glaubst, deine Mutter lebt? Sie ist als Gloria Schwalbe untergetaucht, bis ihr Lambert und Jering auf die Spur kamen und den Bestatter umbrachten, Michaels Vater, dessen Gesicht du rekonstruiert hast, und nun ist deine Mutter wieder verschwunden, vielleicht auf der Suche nach einer neuen Identität?«

»Ja«, sagte Carina schlicht. »Egal, was sie dir sagen, ich bin immer in deiner Nähe. Das hast du doch selbst aus der Geburtstagskarte entziffert, die meine Mutter mir zum zwölften Geburtstag geschrieben hat. Kurz danach ist sie in den Untergrund gegangen, wurde zu Gloria Schwalbe.«

»Was sagt dein Vater dazu?«

Sie zeigte ihm Mattes Nachricht. »Ich dachte, du wusstest das mit meinem T-Shirt und der Blutspur darauf?«

»Nein, ich glaubte, es ginge um eine andere Sache, Steff erzählte mir das mit Sandro und dass dein Vater ihn und Lutz angefunkt hätte, Wäsche bei euch abzuholen. Ich meine, es ist ja nicht das erste Mal, dass unsere DNA oder Fremdanhaftungen an unserer Kleidung von einem Tatort ausgeschlossen werden müssen, oder?« Das stimmte, und zugleich tat es ihr leid, dass sie ihn nicht früher eingeweiht hatte.

»Warum hast du mir damals nicht gleich gesagt, dass da eine Frau war, die dich geschützt hat?«, ergänzte er leise.

»Ich habe es zwar wahrgenommen, aber nicht wahrhaben wollen, einen Moment dachte ich sogar, du bist es gewesen, weil du gleich nach der Sprengung bei mir warst. Erst hinterher ist es mir eingefallen, und selbst da habe ich noch gezweifelt, ob ich mir nicht alles nur einbilde.« Peter drückte sie an sich. Arm in Arm saßen sie dort eine Weile und starrten in den Regen. Eine Mutter haben und wieder verlieren, dachte Carina. So ist das also.

»Ach, hier sind Sie.« Dorner bog um die Ecke und eilte auf sie zu. Sein Anzug triefte vor Nässe, und die Elsterfeder hing schief von der Hutkante. »Ich habe Sie schon gesucht. Der Bestatter wusste auch nicht, wohin Sie verschwunden sind. Er ist gerade abgefahren. Kommen Sie, gehen wir doch hinein, der Tod kriegt uns auch im Trockenen.« Er kicherte über seinen eigenen Witz und sperrte die Tür zur Verwaltung auf.

»Ich muss leider fahren«, sagte Carina. Sie wandte sich an Peter. »Kommst du mit? Du willst doch bei der Obduktion dabei sein?«

»Äh, natürlich. Ich rufe gleich den Staatsanwalt an und gebe der Spurensicherung Bescheid, dass sie auch dazukommen. Aber dieses K-Buch muss ich kurz noch sehen.«

Carina fiel seine Blutphobie ein, wie wollte er damit eine Leichenöffnung durchstehen? Und wie löste er das bei Obduktionen, die zur Arbeit bei der Mordkommission nun mal dazugehörten? Na, hoffentlich gab es noch genügend von der Pfefferminzsalbe der Studenten und vom Riechsalz, doch wie sie Nusser kannte, hatte er einen Vorrat. Aber war es nicht besser, Peter überwand sich und gewöhnte sich daran? Ihr war es mit ihrer Angst vor Autos und engen Räumen – kein Wunder nach dem was sie erlebt hatte – doch auch einigermaßen gelungen. Sogar vorhin im Mausoleum hatte sie sich wacker geschlagen. Woher stammte überhaupt sein extremer Ekel vor Blut?

»Bevor ich's vergesse, Frau Dr. Kyreleis. Auf dem Michael-Ende-Grab lag keine Papierblume oder sonst irgendetwas, aber im Kompost, hinter dem Grablichtspender habe ich das hier gefunden.« Dorner zog etwas aus seiner Westentasche. »Leider etwas zerquetscht.«

68.

In der Nacht hatte er sie ausgiebig getestet und ihr auf einer Skala von eins bis zehn eine glatte Sieben gegeben, denn das erste Mal sollte noch ausbaufähig sein. Wenn er ehrlich war, hatte sie sich dermaßen versteift, dass er sich wie ein Steinbohrer fühlte. Trotz allem schnitt sie verhältnismäßig gut ab. Ihre Vorgängerinnen erreichten oft nicht mal eine Vier oder Drei Komma Fünf. Seine Eltern brauchten nicht zu wissen, dass sie bereits die Nacht miteinander verbracht hatten. Das musste doch erlaubt sein, wie sollte er sonst wissen, ob die Neue was taugte. Vater quengelte weiter nach seinen Armen, aber Ladies first. Der Krötendutt kostete Till einige Nerven. Ihre strohigen Fransen glitten ihm ständig aus dem Kamm und lösten sich beim geringsten Rucken ganz von der Kopfhaut. Da half auch kein Sekundenkleber, bald papptem ihm mehr Haare auf den Händen als an Krötes Kopf. Eine letzte Strähne verblieb, die er vorsichtig eindrehte und unter das Haarnetz stülpte.

Was führst du im Schilde, Till. Ich kenn dich, ich kenn dich so genau. Spuck's aus, was ist los? Die Kröte bemerkte seine Qualen, ihr entging keine seiner Regungen. Doch er biss sich auf die Lippe, um nichts zu verraten.

Du verbirgst doch was, ich seh es dir an. Wie konnte sie überhaupt noch was sehen, ihre Pupillen waren nichts als Rosinen. Nein, diesmal musste sie sich gedulden, er blieb hart.

Es kommt ja doch raus, also kannst du es mir auch gleich sagen. Sie gab nicht auf, klackerte mit dem Gebiss, wie sie es tat, seit sie mit der Zunge zu schnalzen verlernt hatte. Sollte sie ruhig noch etwas zappeln und klappern mit allem, was ihr verblieben war. Das hielt sie lebendig und schenkte Till die volle Aufmerksamkeit.

Noch 7 Sekunden

Der Tod ist kein Ereignis des Lebens.
Den Tod erlebt man nicht.

Ludwig Wittgenstein

69.

»Das ist sie, danke.« Carina nahm die Papierblume oder das, was noch von ihr übrig war, von Dorner wie eine Auszeichnung entgegen, gab sie aber gleich an Peter weiter, der sie in eine separate Tüte steckte. »Ach, komm doch noch kurz mit«, flehte er.

»Genau, Frau Doktor. Ein Tässchen Tee, vielleicht hört es ja doch noch zu regnen auf.« Carina gab sich geschlagen, außerdem konnte sie auch von drinnen ein Taxi rufen. Vor dem Büro des Friedhofsverwalters hängten sie ihre nassen Jacken an einen Garderobenständer, und Peter stellte seine Gummistiefel auf ein Abtropfgitter darunter. Dorner drehte den Heizlüfter auf, drückte den Hebel des Wasserkochers, holte Tassen aus einem Schrank. Als der Kocher blubberte, klemmte er ein halbes Dutzend Teebeutel in eine Kanne und goss Wasser dazu. Dann verschwand er noch mal durch den Flur, um sich umzuziehen.

»Für Tee habe ich jetzt aber überhaupt keinen Nerv«, flüsterte Carina.

»Wir stürzen ihn runter und hauen ab, so schnell es geht, ja?« Peter telefonierte, und Carina las wie auf Kohlen sämtliche Prospekte zur Trauerbegleitung, die auf einem Tischchen vor dem Büro standen. Endlich kam Dorner zurück. Er trug nun eine helle, etwas zu kurze Jeans, unter der gelbe Wollsocken herauslugten. »Ich habe mir Fredis Ersatzhose geliehen, meinen Nadelstreifen habe ich gestern eingesaut, er ist noch in der Reinigung. Hier macht eben jeder alles, von wegen Büroarbeit, wie es in der Stellenausschreibung hieß. Und, haben Sie schon einen Ermittlungsansatz?«

»Wir überprüfen noch.« Anscheinend wollte Peter Dorner nicht einweihen, verdächtigte er ihn etwa?

Er hatte eine graublaue Mappe mitgebracht, aus der viele Zettel ragten. »Voilà, unser K-Buch, wie wir es nennen, mehr eine Notizsammlung aus zusammengeklebten alten Schulheften, Material aus fünfzig Jahren immerhin. Wir tackern immer wieder ein neues Heft dran, wenn das alte voll ist.« Er goss ihnen Tee ein, der an den Schlamm im Krone-Mausoleum erinnerte, so dunkel kam er aus der Kanne. Carina schielte auf die große Messinguhr, deren Ziffern einzeln an die Wand geschraubt waren. Kurz vor halb eins. Um eins warteten die Kollegen im Institut auf sie.

»Grüner Tee, der aber braun ist, komisch. Na, hoffentlich schmeckt er trotzdem.« Dorner schob ihnen je eine Tasse zu. »Ich selbst trinke nie gefärbtes Wasser, aber bei dem Wetter bleibt einem wohl nichts anderes übrig. Für einen Glühwein ist es zu früh, oder? Ich könnte nachsehen, ob wir noch einen draußen in den liegen gebliebenen Geschenkkörben haben?« Sie lehnten dankend ab. Carina wärmte sich an der Tasse, zu trinken traute sie sich nicht. Dorners Handy klingelte, er sah auf das Display. »Kann ich Sie allein lassen? Ich muss gleich wieder los, zur nächsten Gruft. Hoffentlich diesmal ohne Leiche, die nicht dort hingehört.«

Peter stand auf. »Wir gehen auch. Kann ich das K-Buch mitnehmen, Sie kriegen es zurück, wenn die Ermittlungen abgeschlossen sind.«

»Kein Problem, obwohl es schon eine Rarität ist inzwischen, und jeder von uns gern darin blättert, wenn mal nichts los ist.« Dementsprechend sah das unförmige Blätterwerk auch aus. »Falls in der Zwischenzeit was passiert, schreiben wir einfach in ein neues Heft, doch bei dem Wetter ist es zum Glück ruhiger.«

»Besser, Sie rufen uns gleich an, Herr Dorner.«

»Natürlich, war nur Spaß, Herr Kommissar, oder doch nicht ganz, freuen Sie sich nicht zu früh. Manchmal sind es wirklich Lappalien, die wir da notieren.« Er beugte sich über den Tisch, schlug eine der ersten Seiten in der Sammlung auf und las einen Eintrag vor. »›Montag, 25. April 1957. Wieder drei blaue Gießkannen geklaut. Bestellung grüne Gießkannen, nicht so beliebt. Brunnen Parzelle vierhundertzehn, NT‹, das heißt neuer Teil des Friedhofs. Oder hier.« Er blätterte weiter. »Nein, das hat bestimmt der Fredi geschrieben, der hat eine Klaue, die ist nicht zu entziffern.« Er überblätterte es. »Dann hier, das war erst letzte Woche. ›Rollstuhlfahrer belästigt Teufelsanbeter.‹ Jetzt weiß ich nicht, ob damit gemeint ist, dass der Rollstuhlfahrer belästigt wurde oder umgekehrt. Diese Satanisten sterben nie aus, bleiches Gesicht und bodenlanger, schwarzer Ledermantel, von hinten kannst du Männlein und Weiblein nicht unterscheiden und von vorne noch weniger vor lauter Metall im Gesicht. Dass die keine Angst vorm Blitz haben, wenn sie hier herumgeistern. Sie lassen ihre Zigarettenkippen, die Sektkorken und sonstige Verpackungen auf den Grabsteinen liegen, ganz zu schweigen von den Parisern, die wir in Massen aufsammeln, damit uns kein Gießkannenmütterchen einen Herzinfarkt kriegt.«

»Aber die Namen von solchen Leuten schreiben Sie nie auf?«, fragte Peter.

»Wie soll das gehen? Die hauen ab, sobald sie uns entdeckt haben, ohne vorher ihren Ausweis zu zücken.«

»Was bedeuten die kleinen Zeichen?« Carina fielen bei einigen Einträgen Smileys auf.

»Herzchen bedeutet Schäferstündchen auf dem Grabstein, Hörner und Kreuz bedeutet satanische Messe, U bedeutet Unordnung. Dort zum Beispiel. ›Kapellenbank herausgetragen, Bierflaschen, Scherben. Parzelle hundertdreiundzwanzig.‹ Oder hier, das Herzchen. ›Auffälliger Mann in Leichenhalle, angeblich Sarg geöffnet und an Leiche herumgefu…‹ Ach, das kann ich nicht lesen, dabei habe ich es selbst geschrieben. Die alte Frau Lauber, eins von diesen Gießkannen-Weiblein sitzt fast jede Woche bei mir am Schreibtisch und meldet mir irgendein Vergehen gegen die Friedhofsordnung. Die kennt die Paragrafen besser als ich. Einmal war es ein unfreundlicher Gehbehinderter, dann stören die vielen Raben sie, die würden den Meisen alles wegfressen und die vermutlich dem nächst kleineren Viehzeug. Oder sie stellt fest, dass die Gießkannen zu einem Muster aufgestellt wurden. Jetzt, wo ich Ihnen davon erzähle, fällt mir erst auf, dass Frau Lauber schon länger nicht mehr da war. Ich gebe zu, ein bisschen froh zu sein. Nur damit sie Ruhe gibt, habe ich all diese angeblichen Vergehen hier eingetragen, als ich nämlich kontrollierte, war da nichts. Weder in der Aufbahrung noch sonstwo, und auch meine Mitarbeiter haben nichts Auffälliges bemerkt.«

Peter notierte sich den Namen. »Lauber und weiter?«

Dorner zögerte. »Ich glaube nicht, dass sie Ihnen was Konkreteres sagen kann, sie ist etwas verwirrt.«

»Haben Sie ihren Namen und die Adresse?«

»Lauber, Elli. Sie wohnt in der Aurikelstraße, gleich hinterm Waldfriedhof, darum hat sie auch Zeit, hier ständig herzulatschen. Die Hausnummer weiß ich nicht. Soll ich nachsehen?«

»Danke, die finde ich.« Peter schrieb sich alles auf.

»Veränderungen an frischen Gräbern würden Ihnen also nicht auffallen?«, fiel Carina noch ein.

»Worauf wollen Sie hinaus?«

»Abgerissene Kranzschleifen, umgekippte Grabschalen?«

»Das habe ich doch schon gesagt, wenn wir auch noch nach der Beisetzung die Gräber kontrollieren müssten, würden wir gar nicht mehr fertig, was uns am Ende auch niemand bezahlt.« Dorner musterte sie, zupfte sich an der Nase. »Mmh, ja, einmal, doch, als wir ein frisches Grab ausgehoben hatten, da kam der Fredi am nächsten Morgen zu mir und sagte, irgendein Tier oder was hätte sich von dem Loch ins Nachbargrab durchgewühlt über Nacht. Es war Vollmond, daran erinnere ich mich noch genau, weil wir danach am meisten Abfall von den Teufelsanbetern wegzuräumen haben.« Dorner blätterte zu den letzten Einträgen. »Vor zwei Monaten war das, Parzelle vierundfünfzig. Das könnten die üblichen Randalierer gewesen sein, als Mutprobe, es kann aber auch das Nachbargrab noch mal heimlich aufgemacht worden sein. Der Sarg ist auch aufgebrochen worden, war nicht schwer, weil er eh schon halb verfallen war. Darin lag ein Mann oder jedenfalls das, was noch von ihm übrig war.«

»Sie beerdigen die Toten immer mit dem Kopf zum Grabstein, oder?«, fragte Carina.

»Ja, natürlich, verkehrt herum, das bringt Unglück, wenn man daran glaubt. Auf jeden Fall ist es pietätlos, wir betten die Toten schon ordentlich.«

»Und woher wissen Sie, wo Kopf und wo Fuß ist, bei einem geschlossenen Sarg?«

»Ganz gleich sind die Särge meist gar nicht gearbeitet, früher waren sogar zu den Füßen hin schmal zulaufende modern. Am Fußende sind auch solche Herstellermarken drauf und dann noch die Klebezettel der Bestatter mit dem Namen des Verstorbenen. Und wir vom Friedhofspersonal achten natürlich bei jedem Transport, Aufladen, Umladen, genau darauf, dass nichts vertauscht wird. Und obendrein habe ich für alle Fälle immer den hier dabei.« Aus einer Schreibtischschublade zog er einen Tacker. »Eine kleine Heftzwecke am Kopfende ist für die Angehörigen unsichtbar und für uns ein Wegweiser.«

»Und wissen Sie noch, in welcher Höhe der Sarg dieses Mannes aufgebrochen wurde?«

Dorner überlegte, zeigte dann auf seine Hosentaschen. »Ich würde sagen, um die Körpermitte herum und etwas weiter runter bis zum Oberschenkel.«

»Anscheinend hat er festgestellt, dass der Tote ein Mann ist und ihn dann in Ruhe gelassen.« Carina versuchte Peter mit einem Blick zu signalisieren, dass diese Aussage wichtig war. »Ich denke in Richtung Grabschändung, Nekrophilie.«

»Sie meinen … Sex mit Toten, na, da kann ich mir was Schöneres vorstellen. Aber warten Sie, mir fällt da noch eine Sache ein, die ist aber schon länger her.« Dorner riss fast an den Seiten, so hastig blätterte er im K-Buch vor und zurück. »Wo war das bloß gleich, ich habe es doch gelesen, zehn, fünfzehn Jahre ist das schon her. Einer meiner Vorgänger hat es geschrieben, dass von einer frischen Erdaushebung, die für eine Bestattung vorbereitet worden war, ein Gang zum Nachbargrab verlief. So als hätte sich auch ein Tier zum Sarg nebenan durchgegraben. Hier.« Er zeigte ihnen die Notiz. »Parzelle hundertsiebenunddreißig, sechzehn B.«

»In diesem Abschnitt ist auch das leere Grab von Pia Klein, das wir vorhin geöffnet haben.« Peter suchte in seinem Notizbuch. »Genau, Nummer 137-W-16A. Jetzt wissen wir, wie er die Tote aus dem Grab gekriegt hat. Sind Ihnen noch weitere Fälle von Nekrophilie bekannt?«

»Nur einmal, das war kurz nach meiner Einstellung hier.« Er fand die Seite und las vor. »AB, das steht für Aufbahrung: Leichnam Karla D.: hochgeschobenes Totenhemd, Streichholzschachtel, angesengtes Schamhaar. Wir dachten, derjenige hätte uns die ganze Halle abfackeln können. Aber wo melde ich das, bei der Feuerwehr?«

»Bei uns, Herr Dorner.«

»In Zukunft, versprochen. Doch es gab keine Einbruchspuren, also Beweise, und die Tote ist längst unter der Erde. Natürlich habe ich mich gefragt, wie der bei uns reingekommen ist, die Särge werden unter Aufsicht angeliefert und können in der Aufbahrung nur von außen durch Glasscheiben betrachtet werden.«

»Und wer hat alles einen Schlüssel?«, fragte Peter.

Dorner nahm zum ersten Mal den Hut ab und kratzte sich am Haarkranz. »Für meine Leute verbürge ich mich, wir sind ein Superteam, jeder kann sich auf den anderen verlassen.«

»Das meinte ich auch nicht, Herr Dorner, vorerst verdächtigt niemand Sie oder Ihre Mitarbeiter. Wir müssen aber klären, wie ein Nekrophiler von außerhalb hier reinkommen kann.«

»Das haben wir der Frau Doktor schon erklärt. Der Friedhof ist nachts zugesperrt.«

»Stimmt«, sagte Carina. »Es gibt mechanische Drehknöpfe an den Notausgängen, man kann raus, aber nicht mehr rein.«

Er öffnete ein Schränkchen neben der Tür und klappte mehrere Metallfächer um. Schlüssel in allen Formen und Größen waren darin aufgehängt. »Alle Schlüssel zu den Gruften hängen an ihrem Platz, sehen Sie? Bis auf einen.« Er zog ihn aus der Hosentasche. »Der neunundachtzigste ist dieser hier, der vom Krone-Mausoleum.«

70.

Er zog sich ein frisches Hemd an, das mit den Hirschhornknöpfen und dem Stehkragen gefiel der Kröte am besten. Bügeln konnte er inzwischen, ganz ohne ihre Hilfe. Er überlegte, ob er seine Braut auch umkleiden sollte, aber dann entschloss er sich, ihr den Pullover zu lassen. Mutter schätzte gute Handarbeit, und wie es schien, war der Pulli sogar selbst gestrickt. Sie suppte etwas, nicht der Rede wert, das würde sich geben, wenn er die Heizung weiterlaufen ließ. Dann war es so weit. Der feierliche Moment. Er rollte seine neue Geliebte ins Esszimmer an ihren vorgesehenen Platz. Eine Kerze brannte, und Servietten waren gefaltet. Bald begannen die Testfragen, harmlos zuerst, dann gezielter – wie beim Polizeiverhör. Kein Entkommen würde es geben bis zur letzten Antwort und darüber hinaus. Auch wenn sein Schätzchen alles preisgab, wusste Till am Ende trotzdem nicht, ob sie seinen Eltern genügte. Gutes Aussehen und Benehmen waren nicht alles. Er hatte nie wirklich herausgefunden, was genau ihnen nicht passte, was sie von einer Schwiegertochter erwarteten. Es schien, als sei keine willkommen, als verlangten sie das Unmögliche. Hinterher musste er das meiste wegwerfen. Die wenigsten Eroberungen waren die Mühe wert, noch einmal bestattet zu werden. Außerdem stürzte er sich jedes Mal in Unkosten mit den Delikatessen aus der Feinkostabteilung, die er ihnen auftischte, um sie milde zu stimmen. Oft war es die reinste Verschwendung, denn er war viel zu aufgewühlt, um sich solche Mengen reinzuwürgen. Doch das war ihm seine Zukünftige wert, die auch die Gegenwärtige und Vergangene war.

Schau an, schon wieder eine Neue. Die Kröte räusperte sich, und Vater verschüttete sein Weißbier. Die Schöne tat ihre Wirkung.

Voilà, Viola, sagte er. Auf dieses Wortspiel hatte er sich schon besonders gefreut. Ihren richtigen Namen kannte er ausnahmsweise nicht, also dachte er sich einen aus. Sie schwiegen, doch Till merkte, wie seine Eltern die Neue beäugten.

Vio was? Und ist das nicht ein Musikinstrument?, fragte Vater, als ihm Till eine Schüssel unterschob.

Viola ist französisch und bedeutet so viel wie: Schaut her, hier ist sie.

Ach, dann ist sie Französin?, Krötes Kehlsack pumpte.

Er fütterte sie mit dem Kuchen, das beruhigte sie.

Nein, sie heißt nur Viola, ja, genau wie das Streichinstrument.

Ist ihr Becken breit genug, ich will Enkelkinder!

Bestimmt nicht, die sperrst du in keine Kiste, dachte Till. Aber laut sagte er: Ihr könnt direkt mit ihr reden, fragt sie doch mal selber was, forderte er seine Eltern auf.

Und was ist ihr, äh, also der Vater, Großvater und Urgroßvater von Ihnen von Beruf? Die Kröte strengte sich an.

Das wusste Till diesmal nicht, manchmal stand was in der Zeitung oder dann auf der Beerdigung wurde was erzählt, aber Viola war ein Himmelsgeschenk ohne Ausweis und Ahnenpass. Nur ein paar Kröten hatte sie dabeigehabt, die ließ er ihr auch. Er war ja kein Unmensch. Also flunkerte er wild drauflos, saugte sich was aus den Fingern, und am Ende machte es ihm sogar Spaß. Ihr Vater ist Pianist, er reist auf Kreuzfahrtschiffen und unterhält die Leute. Das gefällt dir doch, Mutter?

Sie schwieg.

Und Violas Mutter ist Balletttänzerin, sie war sogar Solistin im, äh, im bulgarischen Staatstheater, jawohl, und hat aber nach Violas Geburt aufgehört und leitet jetzt eine Schule mit lauter so grazilem Nachwuchs wie ihrer Tochter.

Die Kröte gähnte. Warum bringst du uns nicht mal eine Adlige, Till. Immer nur so ein Lumpengesindel, wir dulden keine Künstler in unserer Familie, ich hab von dieser Hannah noch die Nase voll. Und überhaupt, warum schon wieder eine. Sind wir dir nicht genug?

Mäßige dich. So kannst du nicht mit uns umspringen.

Uns? Das ich nicht lache. Ha, ha. Gehört sie schon zu dir? Ihr kennt euch doch noch gar nicht.

Wenn du so weitermachst, sperr ich dich in den Keller und lass dich verschimmeln bis in alle Ewigkeit, schimpfte Till.

Schön haben Sie es hier. Endlich ergriff Viola mit hoher Piepsstimme das Wort. Till hat mir schon so viel über Sie erzählt.

So, hoffentlich nur Gutes, quakte die Kröte.

Selbstverständlich. Ich finde es wichtig, dass sich Eltern und Kinder verstehen, auch nach dem Tod oder gerade dann. Sie können stolz auf Ihren Sohn sein, Till ist der Beste in allem, und ich liebe ihn sehr.

Eine Hitze ist das heute wieder, sagte die Kröte.

Es bleibt noch bis zum Wochenende so, ergänzte Vater.

Aber es regnet doch, hört ihr nicht, wie die Tropfen gegen die Fensterscheiben prasseln?, rief Till.

Ich höre nichts. Die Kröte verlangte einen Nachschlag Sahne auf ihren Zwetschgendatschi, sie kriegte den Hals nicht voll.

Ihr könnt sagen, was ihr wollt, diesmal ist sie es wirklich, und sie bleibt es auch, konterte Till.

Vater kicherte und hakte sich wieder mal den Unterkiefer aus. Es verlief zäh, noch kam kein richtiges Gespräch auf. Till holte die Zeitung und las die Anzeigen vor.

71.

»Hey, du hast ausgeräumt, wo hast du das ganze Zeug hingebracht?« Peter breitete verschiedenes Gebäck, und Vollkornsemmeln mit Käse und Salat belegt auf dem Schreibtisch aus, als sie sich drei Stunden später in ihrem Arbeitszimmer wiedertrafen. Carina genoss den neu gewonnenen Platz hier im Institut auch sehr, das hätte sie längst tun sollen. Nun war das wenige, was sie brauchte, gleich zu finden, und sie fühlte sich freier und nicht mehr so eingezwängt. Ganz so, wie zu Beginn in ihrer Wohnung. Sie sehnte sich danach, auch dort wieder die Herrin über ihre eigenen vier Wände zu sein. Doch wie sollte sie das Wanda beibringen? Offenbar tat sich überhaupt nichts in Richtung Umzug oder Auszug. Carina hatte aus der Mitarbeiterküche zwei große Milchkaffee geholt und biss in eine Semmel. Peter knabberte an seiner Nussecke. »Das ist das Lieblingsgebäck meiner Mutter«, sagte sie zu ihm. »Michael Schwalbe hat es gesagt, als mein Vater und ich gestern bei ihm waren.«

»Hast du deinen Vater zurückgerufen?«

Sie schüttelte den Kopf. »Er wird sich schon melden, wenn es dringend ist.«

»Dafür weiß ich was Neues. Ich habe mit meinem Professor gesprochen. Er wurde im Juni 1993, ein paar Tage nach der Katastrophe von Bad Kleinen, als Sprachprofiler zu einem Krisenstab der Regierung bestellt. Ich habe dir doch erzählt, dass er sich mit den RAF-Geheimcodes beschäftigt hat, darum wollte ihn die Regierung auch dabeihaben, um die RAF-Sache ein für alle Mal vom Tisch zu kriegen. Das BKA ist verpflichtet, alle Einsätze mitzufilmen, also auch die Schießerei auf dem kleinen Bahnhof, zu dem deine Mutter und Lambert und Jering und wer weiß, wer noch, abgestellt wurden.« Peter rührte Zucker in seinen Kaffee und trank einen Schluck.

»Mensch, du machst es vielleicht spannend!«

»Ist es ja auch, mein Professor hat gesagt, er und einige andere Experten hätten kaum zu atmen gewagt, als die Technik endlich so weit stand, der Raum verdunkelt worden war und die ersten Bilder gezeigt wurden. Unscharf und verwackelt sah man in die Bahnunterführung. Es wirkte, als hätte jemand eine Kamera in der Tasche versteckt und rannte. Dann ging es die Treppe hinauf, und dann kam nur noch Schnee.«

»Wie?«

»Filmriss. Es gab auch keinen Ton mehr, vierundzwanzig Sekunden lang, und setzte erst in der fünfundzwanzigsten Sekunde ein, als eine Person zu sehen war, die auf den Gleisen lag. Wolfgang Grams. Der BKA-Filmvorführer entschuldigte sich, da sei wohl eine Panne passiert, ausgerechnet.«

»Das gibt's nicht.«

»Doch, so war es. Jemand hat also bewusst herausgeschnitten, was vorgefallen ist.«

»Dann könnte es doch sein, dass diese fehlenden Sekunden irgendwo noch existieren?« Peter nickte. »Ja, zusammen mit den Luftpostpapieren wären sie der Beweis, was damals wirklich vorgefallen ist und wer für die RAF-Morde der dritten Generation verantwortlich ist.«

»Mein Vater hat herausgefunden, wer Calimero ist, hat er es dir schon gesagt?«

»Ja, und auch über deine Mutter haben wir kurz gesprochen. Wo versteckt sie sich bloß?«

Carina zeigte ihm die Babyschuhe, die sie in ihrer Tasche in das kleine Fach mit Reißverschluss gesteckt hatte. Peter hielt sie wie ein kostbares Relikt in den Händen, und das waren sie ja auch. Carina kämpfte gegen die Tränen an. Warum heulte sie jetzt? Peter umarmte sie. Seine Bartstoppeln kitzelten und brachten sie zum Lachen. »Und ich dachte wirklich, du hast dich nur vor der Obduktion der Krone-Toten drücken wollen.« Peter hatte doch glatt die gesamte Leichenschau verpasst.

»Wieso sollte ich?«

»Na, wegen deiner Blutphobie?«

»Ach die, wie nett, dass du mich daran erinnerst. Nun sag, was hast du herausgefunden?«

»An der Nase und am Mund der Toten war kein Schaumpilz, wie er sich normalerweise nach der Bergung einer Wasserleiche bildet, das heißt, die Frau hat kein Wasser eingeatmet.« Peter wirkte zwar recht gelassen, als sie ihm ihre Obduktionsergebnisse aufzählte, aber Carina hatte den Verdacht, dass er das immer so deichselte, wichtige Telefonte, wie das mit seinem Professor vorschob, um möglichst kein Blut sehen zu müssen. Sie stoppte in ihrem Bericht. »Wenn ich davon erzähle, wird dir nicht schlecht, oder?«

»Ich reiße mich zusammen.« Er nahm eine Kirschtasche, biss ab, seine Zähne und Finger verfärbten sich.

Carina stand auf, holte eine Phiole aus dem Apothekerschrank, schüttelte den rotbraunen Inhalt darin auf und zeigte sie Peter. »Warum graust es dich zwar vor dem hier, aber nicht vor Kirschen, die sind doch auch rot?«

»Jetzt, wo du es sagst.« Angewidert legte er das Teilchen

weg und fuhr sich mit zitternder Hand über den Mund. »Was ist das, stammt das Blut von der Krone-Leiche?« Er wurde blass, seine Augenlider flatterten.

Sie grinste. »Nein, ich weiß nicht mal, ob das Blut ist, vielleicht auch nur uralte Farbe oder Kirschsaft. Spann deine Oberschenkel an.« Sie legte das Glasröhrchen weg und umfasste seine Beine. »Fest.«

»Warum?« Sein Kopf drohte, nach hinten zu kippen.

»Das wirkt dem Absacken deines Blutes entgegen, und du wirst nicht ohnmächtig. Mach's einfach.«

Mit zusammengebissenen Zähnen gab er sein Bestes, und tatsächlich, langsam bekam er wieder Farbe.

Carina atmete auf, setzte sich und berichtete weiter. »Die Lungenflügel der Toten waren nicht aufgebläht wie es Ertrinkungsopfer sonst haben. Im Abgleich mit den Temperaturen würde ich sagen, sie hat höchstens zwei Tage im Wasser gelegen, eher kürzer.«

Peter richtete sich auf. »Dann wurde sie gestern oder vorgestern, als es schon regnete, in die Krone-Gruft getragen. Was ist die Todesursache?«

»Wir haben einen Schnelltest gemacht, die genauen Ergebnisse stehen noch aus. Herzstillstand, verursacht durch eine Überdosis Heroin.«

»Eine Drogentote?«

»Das ist das Merkwürdige, ich habe nur eine einzige Einstichstelle am Hals gefunden, sonst keinerlei Stichwunden an den Venen. Das ist ungewöhnlich für eine Suchtkranke, die abhängig ist und sich regelmäßig spritzt. Wirklich schade, dass du nicht dabei warst.«

»Das nächste Mal, ich bessere mich, Frau Doktor, versprochen. Das heißt also, jemand hat ihr eine Überdosis verpasst?«

»Sie kann sich auch selbst die Spritze gesetzt haben, aber unter ihren Fingernägeln habe ich keine Spuren gefunden, was natürlich auch das Wasser beseitigt haben kann.«

»Was ist mit unserem Nekrophilen?«

»Mehrere Verletzungen in der Scheide deuten darauf hin, dass sie bereits tot war, als er Verkehr mit ihr hatte, also dass sie bereits totenstarr war. Dafür haben wir was für die DNA.«

»Jetzt mach du es nicht so spannend. Sperma vielleicht?«

»Nein, dazu hat sie zu lange im Wasser gelegen, noch dazu ohne Slip. Aber wir konnten zwei dunkle Schamhaare aus ihren hellen herauskämmen.«

»Jetzt müssen wir nur noch herausfinden, wer sie ist. Vincent hat die Auswertung der Fingerabdrücke bestimmt schon geschickt.« Peter holte den Laptop aus seinem Rucksack. Im Gegensatz zu ihm, war Vincent Haas von der Spurensicherung bei der Obduktion dabei gewesen und hatte Fingerabdrücke genommen, indem er mit einem Löffel ein Papier an jeden der eingeschwärzten Finger der Toten drückte. »Nein, keine Überstimmung, schreibt er per Mail. Dann schauen wir mal in die Vermisstendatei.« Er loggte sich ein und tippte, weiblich, 1,76 cm, 65 kg, Anfang dreißig, blondes, halblanges Haar in eine Leiste ein. Nichts, keine Aufrufe.

»Vergiss nicht die Armbanduhr. Vielleicht erkennt die jemand wieder?«

»Eine Herrenuhr, vom Wasser beschädigt. Ein japanisches Fabrikat und leider in jedem Kaufhaus zu kriegen, aber trotzdem.« Peter tippte die Angaben ein und scrollte die Meldungen der letzten Stunden durch. »Nichts, die hier sind alle zu alt oder männlich. Bis auf eine Thailänderin, einunddreißig, aber sie ist eindeutig europäisch, oder?« Carina biss in ihre

Vollkornkäsesemmel und nickte, Peter schien der Appetit vergangen zu sein.

»Also keine, die zu ihrer Beschreibung passt.« Er schrieb eine E-Mail. »Ich leite die Daten gleich an alle Polizeidienststellen weiter und schicke es auch in die anderen europäischen Länder.«

»Dem Zahnstatus nach stammt sie aus Osteuropa. Sollen wir eine Isotopenanalyse machen?«, schlug Carina vor. »Haar- und Gewebeproben hätten wir.« Mit dieser Methode erstellte man einen geografischen Fingerabdruck einer Person und konnte auf Grund ihres Essverhaltens und der Kleidung herausfinden, woher jemand stammte, sogar, wohin jemand gereist war.

»Sehr gut, ich bitte den Staatsanwalt, euch die Auftragsgenehmigung zu faxen.«

»Und ich sage Susanne und Dr. Herzog nachher gleich Bescheid.« Ihre beiden Kollegen waren inzwischen die weltweit anerkannten Experten in dieser Methode. »Ich habe Susanne übrigens gefragt, was ein Etuikleid ist. Sie kennt sich mit solchen Sachen aus.«

»Ach, das selbst genähte von Pia Klein?«

»Ja, so nennt man ein enganliegendes Schlauchkleid, berühmt geworden durch Jacqueline Kennedy, Audrey Hepburn und Édith Piaf.«

»Interessant.«

»Das klingt eher gelangweilt. Bei Modefragen stellen Männer eben auf Durchzug.«

»Ertappt.« Er grinste sie an.

»Wie hast du es genannt, Portemonnaie-Kleid? Damit hättest du bei der Krone-Toten richtiggelegen, schau.« Carina zeigte ihm ein Handyfoto des auf links gedrehten Wollpullovers. »Als ich die Tote auszog, hätte ich mich fast in den Finger gestochen.« Ein Fünfzig- und ein Zwanzigeuroschein waren innen auf Brusthöhe mit Sicherheitsnadeln befestigt. »Was denkst du, warum hat sie das gemacht?«

Peter überlegte. »Das erinnert an Flüchtlinge, die ihre letzten Habseligkeiten nah am Körper verstecken. War ein Etikett im Pullover?«

Carina verneinte. »Selbst gestrickt, Vincent untersucht die Wolle noch auf andere Faserspuren.«

»Aber unser Täter, wenn wir davon ausgehen, dass er das mit Pia Klein und jetzt auch bei der Krone-Toten war, scheint ihnen ihre Kleidung zu lassen, nur die Unterwäsche behält er.«

»An ihrem Geld hat er auch kein Interesse. Außer er war es, der ihr die Scheine angeheftet hat.« Peter seufzte. »Ich sehe aber immer noch keinen richtigen Ermittlungsansatz. Nur lauter lose Fäden, wir wissen nicht mal, ob es einer oder mehrere Nekrophile sind und ob die Fälle zusammenhängen, dann ist der Täter im letzten Fall nun auch des Mordes verdächtig. Er wird sie wohl kaum gefunden haben.«

»Wenn es stimmt, dass es die junge Frau von der Parkbank war, wie Dorner behauptet, könnte er sie doch tatsächlich nach ihrem goldenen Schuss dort entdeckt haben. Sozusagen auf dem Präsentierteller«, wandte Carina ein. »Das Fixerbesteck haben die Schaffner entsorgt, sie räumen ständig was von diesen Satanisten weg, wie Dorner erzählt hat.«

»Möglich.« Peter griff doch wieder zum Gebäck und aß weiter. »Mit der einzigen Zeugin, Elli Lauber, haben wir leider auch Pech. Ich habe mit ihrer Tochter gesprochen, ihre Mutter ist vor zwei Wochen verstorben. Sie wurde eingeäschert und auf dem Ostfriedhof beigesetzt.«

»Und was hat sie dann immer auf dem Waldfriedhof gemacht, wenn das Familiengrab auf dem Ostfriedhof ist?«

»Das habe ich auch gefragt. Die Tochter hat erst ein bisschen herumgedruckst, es ist kein Familiengrab, sondern ein Urnenfeld, wohl aus Kostengründen. Auf dem Waldfriedhof hätte ihre Mutter die Sternenkinder besucht, das sind …«

»Ich weiß«, unterbrach ihn Carina. »Totgeborene Babys oder Fehlgeburten. Lange war es verboten, sie normal zu beerdigen, aber jetzt gibt's eigens angelegte Grabstätten, die oft sehr liebevoll gestaltet sind. Hat die alte Frau Lauber denn selbst eine Fehlgeburt gehabt?«

»Ja, deshalb war sie so gerne an diesen Gräbern für die toten Kinder, hat mir die Tochter am Telefon erzählt. Ich habe sie gefragt, ob sie was von der Beobachtung wusste, die ihre Mutter gemacht hätte, dass jemand sich an einer der Leichen in der Aufbahrung zu schaffen gemacht hat. Leider Fehlanzeige. Tja, wir haben also vorerst nichts.«

»Nekrophilie ist gar nicht direkt gesetzlich verankert, wusstest du das? Ich habe vorhin, nach der Obduktion, im Strafgesetzbuch nachgeschlagen. Wenn Kriminelle ihre gerade umgebrachten Opfer noch vergewaltigen, gelten sie als Mörder. Tateinheit schwere Unzucht.« Sie holte das rot eingebundene, schwergewichtige Werk aus dem Regal und schlug die eingemerkte Stelle auf. »Störung der Totenruhe ist strafbar, also wenn jemand einen Toten oder Teile des Körpers eines Verstorbenen, ein totes ungeborenes Baby oder auch die Asche eines verstorbenen Menschen wegnimmt oder mit diesem Unfug treibt. Ebenso wird derjenige bestraft, der, ich zitiere, ›eine Aufbahrungsstätte, eine Beisetzungsstätte oder eine öffentliche Totengedenkstätte zerstört oder beschädigt oder wenn er dort einen beschimpfenden Unfug verübt‹.«

Sie sah auf. »Beschimpfender Unfug, oha. Welche Worte darf man dabei verwenden? Fluchen wird nicht erlaubt sein, nicht dass sich jemand über das Schimpfen aufregt.« Sie grinste Peter an, wurde wieder ernst, als sie seine Grübelfurchen sah. »Beschädigt hat er nichts, er hat die Toten nur umgebettet. Es wird schwierig sein, falls er geschnappt wird, den Tatbestand zu erfassen, aber das ist dann die Sorge des Richters. Die Frau jedenfalls hat der Täter, ob Mörder oder Nekrophiler, erst vor Kurzem ins Krone-Mausoleum geworfen. Wie war das möglich? Dorner hat uns doch die Schlüssel zu den Mausoleen gezeigt. Keiner von den neunundachtzig Stück fehlt, und die Zirkusgrabstätte ist mit einem Eisengitter verschlossen.«

»Das ist auch nicht das einzige Hindernis, das unser ›Phili‹, wie wir ihn von jetzt an nennen, schlage ich vor, zu überwinden hatte. Allein um die Bodenplatte aufzukriegen, hätte er einen Flaschenzug gebraucht.« Peter verdrückte die restliche Kirschtasche, und Carina konnte nicht widerstehen, ihm den verschmierten Mund sauberzuküssen.

»Wenn er nun Steinmetz ist?« Jetzt klebte auch sie.

»Kann sein. Wir müssen alle überprüfen, erst die ganzen Friedhofsangestellten, dann die Firmen, die sonst noch mit der Totengräberei zu tun haben. Das Problem ist nur, dass ich das allein machen soll, dein Vater hat mir keinen Kollegen zur Verfügung gestellt. Wir sind in der Urlaubszeit sowieso unterbesetzt. Wer weiß, ob Mister Elsterfeder nicht auch eine Neigung zu Toten hat.«

»Dorner ist nicht nekrophil. Soviel ich mitgekriegt habe, liebt der lebendige Frauen und war schon mehrmals verheiratet.«

»Vielleicht alles Tarnung. Auf jeden Fall haben wir ihn und seine Leute aufgescheucht. Wenn es jemand von ihnen ist, wird er sich vorerst zurückhalten, und es wird schwer, ihn in flagranti erwischen zu können. Aber womöglich bringt uns das hier weiter.« Er schob die Bäckertüten zur Seite, holte aus seinem Rucksack die Papierblumen, die er inzwischen alle aufgefaltet hatte, und breitete die Blätter auf dem Schreibtisch aus.

»Wieder herausgerissene Buchseiten«, bemerkte Carina. »Beidseitig mit Text bedruckt.«

Peter las ein Stück vor.

Welchen Vorteil aber die Untersuchung aus einer Betrachtung der Sprache zöge, dafür bietet ein schönes Beispiel der ein wenig veraltete Ge-… Er blätterte um und las weiter. … brauch von »Witz« in der Bedeutung von »Verstand«, wie er noch heute in »Vorwitz«, »Aberwitz«, »Wahnwitz« nachklingt. Finden wir nämlich für natürliche Gescheitheit die Zusammensetzung »Mutterwitz« im Schwange, der durchaus kein »Vaterwitz« an die Seite tritt, so sehen wir, daß der »Genius der Sprache« oder doch unsrer Sprache wenigstens die unverbaute Auffassungsgabe vornehmlich auf weiblicher Seite sucht und hätten damit für die feinere Sonderung der Fähigkeiten einen unschätzbaren Fingerzeig bekommen.

»Was soll das denn sein? Aufgaben und Methoden«, entzifferte Carina, die Überschrift dieses Blattes. Sie nahm ein anderes und las laut. ›Phantasierende! Wünscht er sie züchtig und verhüllt, sie wird es sein; wünscht er sie dreist und von angezogener Nacktheit, sie ist es auch: immer aber angetan mit jenem Flor der Phantasme, durch den allererst eine wie das … Oje, ganz schön umständlich ausgedrückt.« Carina seufzte und las weiter.‹ … … andere zum erotischen Reiz zu werden vermag. Daran hat auch der immer weiter um sich greifende Berufszwang und ihrer aus einer tiefen Instinktwandlung des Mannes quellenden Vermännlichung erstaunlich wenig geändert.« Sie legte das Blatt ab. »Na, ein Erotikratgeber ist das nicht gerade.«

Peter lachte.

Auf einer anderen Seite, unter Das Gefüge des Charakters standen Formeln wie diese:

$$Eg = \frac{Lg}{Tg} = \frac{1}{3} = \frac{1}{3}$$

»Eg steht für Gefühlserregbarkeit, Lg für Gefühlslebhaftigkeit und Gefühlstiefe.« Er holte ein Buch aus dem Rucksack. »Hier, ich war noch kurz zu Hause. Die Seiten stammen aus einem alten Buch über Charakterbildung von 1910. Damals ein Bestseller, es wurde mehrfach aufgelegt.«

Carina staunte, sie las aus diesen Faltpapierseiten rein gar nichts heraus, außer Schmalz und Umständlichkeit. Anscheinend war die große Bibliothek in seinem Haus nicht nur von der Oma vererbt oder Wandschmuck, sondern auch von ihm gelesen worden. »Hast du etwa auch noch Psychologie studiert?«

»Nee, aber Graphologie. Das gehört ein bisschen mit zur Sprachforschung, und da gab es Anfang des zwanzigsten Jahrhunderts diesen Philosophen und Psychologen namens Ludwig Klages, der mit einigen Schwabinger Künstlern befreundet war oder besser gesagt, sich mit ihnen in Cafés traf und herumstritt. Stefan George, Alfred Schuler und Karl Wolfskehl zum Beispiel. Klages war auch der Geliebte von Franziska von Reventlow.«

»Die Skandalgräfin der Münchner Bohème?« Wenigstens

von ihr hatte Carina schon gehört. Sie war eine der ersten Frauen, die das Recht auf freie Liebe lebten. »War sie nicht auch Künstlerin?«

»Die Reventlow schrieb über Schwabing, das sie übrigens *Wahnmoching* nannte, einen humoristischen Schlüsselroman: ›Herrn Dames Aufzeichnungen‹, darin findet sich auch einiges über die Kosmiker.«

»Komiker mit S?« Carina fiel ein, dass sie es in ihrem letzten Fall mit einem Komiker beziehungsweise einem Möchtegern-Kabarettisten zu tun gehabt hatten.

»Kosmiker von Kosmos. Ludwig Klages und seine Freunde suchten im Heidentum neue Ideale, alles ein wenig aufgesetzt, aber Hauptsache es ging gegen das christliche und jüdische Weltbild. Klages hat sich dann nach dem Zerwürfnis der Gruppe mit Schriftmerkmalen beschäftigt und ihnen bestimmte Charaktereigenschaften zugeordnet. Eigentlich wollte Franziska von Reventlow Malerin werden, sie brach mit ihrer adligen norddeutschen Familie und zog nach einer gescheiterten Ehe nach München, wo sie Schriftstellerin wurde und mit einigen Künstlern zusammen war, Erich Mühsam, Oskar Panizza. Rilke warf ihr jeden Morgen ein Liebesgedicht in den Briefkasten.«

»O wie schön, kann ich das auch haben?« Sie küsste Peter wieder. »Ich glaube, ich habe mich noch gar nicht für dein SMS-Gedicht bedankt.«

»Was jetzt, hier?«

Sie schob ihre Hände unter sein Shirt, strich mit den Finger über seinen Bauch. »Und wenn wir es ganz anders probieren? Ich meine im Fall Phili?« Keineswegs wollte sie ein zweites Mal von einem ihrer Kollegen beim Schmusen erwischt werden. »Wenn wir ihm eine Falle stellen oder uns auf die Lauer legen, so was in der Art? Eine Rechtsmedizinerin und ein Kriminaler werden doch einem Nekrophilen auf die Spur kommen können.«

»Klingt, als hättest du schon eine Idee?«

»Nur ein Gedankenspiel. Abgesehen davon, wie er sich die Toten beschafft oder an sie rankommt, stellt sich für mich die Frage, wie er überhaupt auf sie aufmerksam wird. Er wählt doch speziell junge Frauen aus, anscheinend keine Mädchen und keine älteren, sondern sein Typ scheint zwischen zwanzig und dreißig zu liegen, also Frauen im heiratsfähigen Alter.«

»Du meinst, er sucht sich eine tote Frau fürs Leben?«

Carina kicherte. »Aus seiner Sicht ist das vielleicht gar nicht so abwegig. Warum sonst würde er sich die Mühe machen, sie umzubetten?«

»Vielleicht geht er noch mit ihnen aus?«, flachste Peter weiter.

»Oder er nimmt sie mit nach Hause und stellt sie seinen Eltern vor.«

»Ha, ja, genau. Oh, mein Sohn, deine Angebetete scheint aus einem anrüchigen Hause zu kommen, irgendwie müffelt sie leicht.« Peter spitzte die Lippen und verdrehte die Augen.

»Er hat sie eine Zeit lang bei sich, und wenn der Gestank zu groß wird, lädt er sie in einem anderen Grab ab. Was erklärt, warum die Skelettierte in einer reinen Männergruft lag.«

Peter wurde wieder ernst. »Der Umstand, dass er für seine vorerst Letzte, die Krone-Tote, das schönste Mausoleum auf dem Friedhof gewählt hat, heißt vielleicht, dass er um diese ganz besonders trauert, und auch die Blumen sprechen dafür, dass es tatsächlich so was wie eine würdige Beisetzung sein sollte für eine entlassene Braut.«

Carina nickte. »Die Papierrosen, stimmt, sie sind ein Symbol für Leben und Tod. Darüber habe ich mich mit dem Krematoriumswärter unterhalten, er hat mal Theologie studiert und kannte sich mit Symbolen aus.«

»Rosen schenkt man auch seiner Braut, das passt doch zu unserem Phili und auch zu den Kosmikern, die auf der Suche nach einer neuen Religion waren. Rosen findet man auch oft als Verzierung in Beichtstühlen.«

»Du meinst, Phili ist streng katholisch und schämt sich für seine spezielle Neigung, sodass er Papierblumen aus einem Charakterbuch faltet und sie zu den Toten dazulegt?«

Peter stopfte sein Shirt zurück in die Hose. »Auf jeden Fall muss er sein Geheimnis verbergen, er führt ein Doppelleben. Ich glaube, seine Arbeitskollegen und Freunde wären überrascht, wenn sie von seiner Leidenschaft erführen.«

»Warum wird einer überhaupt nekrophil, ich meine, was sind die Ursachen, gibt es dafür eine Erklärung?« Carina schmiegte sich wieder an ihn, zog sein Shirt diesmal hinten aus seiner Hose und fuhr ihm den Rücken hoch.

»Ich war vorhin noch schnell bei Fromm, der hat die gesammelten Werke zur Sexualforschung.«

»Echt? In der Asservatenkammer?« Carina setzte sich auf. »Ich dachte, das mit Fromms Privatarchiv oberhalb der Wendeltreppe wäre nur ein Gerücht.« Einmal war sie dabei gewesen, als ihr Vater den Kollegen Fromm mit der ›Kunst des Liebens‹, aufgezogen hatte, dem berühmten Buch, das sein Namensvetter geschrieben hatte.

»Unser Erich behauptet tatsächlich, ein entfernter Verwandter, Großvetter oder so ähnlich, von dem Psychoanalytiker und Philosophen zu sein. Erich Fromm, also der Analytiker, hat übrigens auch über Nekrophilie geschrieben, darum wurde unser ›Assi-Erich‹, wie wir ihn nennen, auch hellhörig, als ich deinem Vater von unseren Ermittlungen berichtete.« Er sagte »unsere«, und Carina streckte sich. Es freute sie, dass er sie so mit einbezog. Alles mit Peter zu besprechen und zu teilen, daran könnte sie sich glatt gewöhnen.

»Erich Fromm bezeichnet zum Beispiel Adolf Hitler als nekrophil. Zerstörungswut, mit einer Vorliebe für schlechte Gerüche. Aber ich müsste mich noch weiter in sein Werk vertiefen. Der Sexualforscher Hans von Hentig sagt, dass es an der Furcht vor Frauen liegt und der damit verbundenen Angst vor Widerstand, warum ein toter Körper bevorzugt wird.«

»Das leuchtet ein. Okay, du bist rehabilitiert. Ich meine, weil du dich vor der Obduktion gedrückt hast.« Sie knuffte ihn in die Seite. »Also was wissen wir? Phili gräbt tote Frauen aus, oder er befummelt die, die in der Leichenhalle aufgebahrt sind. Vermutlich ist kein System dahinter, sondern einfach Zufall und Gelegenheit. Wie können wir so jemanden schnappen? Alle registrierten Nekrophilen durchzugehen und sie zu Hause zu besuchen bringt vermutlich nichts?«

»Richtig, ich habe schon nachgesehen, im Raum München haben wir nur eine Anzeige erhalten, die auch im Zusammenhang mit Sodomie registriert wurde, aber der Beschuldigte ist bereits 1976 gestorben.«

»Mmh, dann noch mal zurück zu dem, wie er überhaupt auf die Frauen aufmerksam wird. Wie würdest du an seiner Stelle jemanden kennenlernen wollen?«

»Also eine, die schon tot ist?«

»Ja, wie erfährt er davon, dass es eine Neue für ihn auf dem Friedhof gibt?«

»Du bist genial, Carina. Wenn ich dich nicht schon lieben würde, würde ich dich dafür lieben.«

72.

Wie schon Pia, quoll bald auch Viola all ihr Konfekt aus sämtlichen Körperöffnungen. Soviel Nascherei vertrug selbst Till nicht. Außerdem, nüchtern betrachtet, was bot sie ihm überhaupt noch, außer Grünfäule und schlaffer Haut? Unter Partnerschaft stellte er sich wirklich was anderes vor. Er ließ sich doch auch nicht so gehen, trainierte morgens und abends mit Liegestützen und Kniebeugen, damit er sich die Manneskraft noch im Alter bewahrte. Und dann blieb auch der Makel ihrer Herkunft. Woher stammte sie, warum vermisste keiner sie? Wer ließ denn so etwas Zartes einfach auf einem Friedhof herumliegen, ohne Grabkreuz und Segensspruch? Till durchforstete die Zeitung und auch die Internetseite der Polizei. Niemand suchte sie. Kein Wunder, so wie sie stank. Da half auch kein Lüften und zum Fenster raus Heizen. Etwas Mitleid mischte sich dennoch unter den Ekel. Verloren, wie aus der Zeit gefallen, wirkte sie, also schenkte er ihr seine kaputte Armbanduhr. Und als er sie endlich losgeworden war, stach ihm eine neue Anzeige ins Auge. Sein Jagdfieber erwachte.

Noch 6 Sekunden

Eigenartig
wie das Wort eigenartig
es fast als fremdartig hinstellt
eine eigene Art zu haben

Erich Fried

73.

Traueranzeigen mussten wie Kontaktanzeigen für einen Nekrophilen sein. Also hatten sie eine aufgeben.

Mit nur achtundzwanzig Jahren,
in der Blüte ihres Lebens, ist unsere geliebte Tochter
Michaela Häring von uns gegangen.

Auf einer Bank vor dem ausgewählten Sargabteil kuschelte sich Carina an Peter und rührte sich nicht. »Wenigstens trocken hier«, flüsterte er und hielt sie fest umschlungen. Es wurde langsam dunkel, nur die zwei Kerzen hinter der Glasscheibe flackerten und erhellten den geschlossenen Sarg vom Typ Boston.

»Warum sind die Sargmodelle nach Städtenamen benannt?«, wisperte sie.

»Keine Ahnung, das müssen wir Schwalbe fragen.« Der Bestatter hatte ihnen diesen Sarg geliehen und hergebracht. »Der Geruch der großen weiten Welt vielleicht? In welcher Stadt würdest du denn gern liegen? Lass mich raten, Mexico-City?«

»Nicht unbedingt, zu viele Abgase, lieber …, mmh«, sie überlegte. »Irgendeine unbekannte, damit ich mich nach dem Tod noch überraschen lassen kann. Und du?«

»Florenz oder Venedig oder München, ich glaube, ich bleibe hier.« Er grinste sie an und küsste sie auf die Nasenspitze.

In allen Münchner Zeitungen und auch online war die Traueranzeige zu lesen. Die Beerdigung sollte schon am Montagmorgen sein, also hatte Phili zwei Tage Zeit, wenn er sich die Mühe ersparen wollte, sein neues Blind Date ausgraben zu müssen. Wie sich die lange Zeit vertreiben, wenn man nicht reden und nicht knutschen durfte, um aufmerksam genug zu bleiben? Die Minuten dehnten sich ins Unendliche, und zugleich war es wunderschön, mit Peter hier zu sitzen und nichts zu tun. Vielleicht war das die Art Entspannung, die sie, abgesehen von der Räumlichkeit, so lange gesucht hatte? »Wie spät ist es?« Carina schreckte hoch, dank Peters gleichmäßig einschläferndem Herzschlag war sie eingenickt.

Er drückte auf seine Armbanduhr. »Kurz nach elf erst.«

»Meinst du, er wartet bis Mitternacht?«

»Wenn alles ein Ritual ist, vielleicht. Ich glaube aber eher, dass es ein Drang ist, ein Trieb, er scheißt auf Rituale, wenn sich die Gelegenheit bietet, und die haben wir ihm ja ermöglicht. Psst. Ich höre was.« Da, das Geräusch von einem Schlüssel. An dem halb zugezogenen Vorhang vorbei spähten sie durch die Glasscheibe. Die Umrisse eines Mannes, der an den Sarg trat. Carina wagte kaum zu atmen.

»Ich schleich mich nach draußen und von hinten an ihn ran.« Peter löste sich von ihr, duckte sich an dem Aufbahrungsfenster vorbei und lief nach vorne. Carina blieb zurück, fixierte den Mann. Er öffnete die Sargschrauben. Sie konnte sein Gesicht nicht erkennen, weil er das Licht im Rücken hatte, aber sie prägte sich seine Umrisse ein. Dorner war kleiner und Fredi kräftiger, was war mit dem Wärter aus dem Krematorium? Nach Peters Theorie musste es jemand aus dem Umfeld des Friedhofs sein, und sie kannten ihn womöglich. Schwer zu sagen, der Mann wirkte korpulent und zugleich hager. Er war an die zwei Meter groß. Vielleicht trug er nur mehrere Schichten Kleidung? Dann blies er die Kerzen aus. Carina hörte, wie er den Sargdeckel anhob. Er wollte sein Werk im Dunkeln verrichten. Wo blieb Peter nur? So weit war der Weg um das Gebäude herum doch nicht. Sollte sie Verstärkung rufen? Ein Déjà-vu, wie vor wenigen Wochen in Neumaising, wieder einmal beobachtete sie etwas und konnte selbst nicht eingreifen. Sie hätten Phili gleich bei der Tür auflauern sollen, anstatt hier zu warten. Doch stundenlang im Regen hocken, noch dazu vergeblich vielleicht? Darum entschieden sie sich für die Bank im Gebäude, direkt vor dem Schaufenster. Ihr Handy klingelte. Mist, sie hatte vergessen, es lautlos zu stellen. Hastig drückte sie auf Ablehnen. Es polterte hinter der Glasscheibe.

»Polizei, bleiben Sie stehen!«, rief Peter. Türen schlugen, jemand kreischte auf. Nein! Carina rannte los. Wie war sie nur auf diese Schnapsidee mit der Anzeige gekommen? Es war ihre Schuld, wenn Peter nun was passiert war. Mit Herzklopfen schlüpfte sie durch die Tür nach draußen. Die Gräber lagen im Dämmerlicht der Straßenlaternen, die schwach über die Friedhofsmauer schienen. Vereinzelt glühten Grableuchten zwischen den Bäumen auf wie rote Irrlichter. Regenschleiher wehten herab. Sie schlich die Hauswand entlang, von einer Ecke zur nächsten, bis sie die Einfahrt für die Leichenwagen erreichte. Das Eisentor stand offen. Vorsichtig lugte sie um den Torpfosten. Lauerte dort jemand, oder lag dort jemand verletzt am Boden? Sie entdeckte niemanden. Nichts rührte sich. Wo war Peter bloß? Sie zuckte zusammen, als plötzlich jemand direkt hinter ihr keuchte.

74.

»Ich … hab … ihn … ver…loren«, japste Peter. »Er ist raus… gerannt und war auf einmal … wie vom Erdboden verschluckt.«

»Wie kann das sein?« Carina überwand den ersten Schreck und beruhigte sich langsam wieder. Peter war nichts geschehen. Er war nur völlig außer Atem und hielt sich die Brust. Als er wieder normal sprechen konnte, redete er weiter. »Ich muss unbedingt mehr Sport machen, dabei hielt ich mich eigentlich für fit. Der Typ, du hast ihn doch auch gesehen, der war flink wie ein Wiesel.« Sie wichen wieder dem Regen aus und stellten sich unter die Torbögen des Verwaltungsgebäudes.

»Du hast ihn bis auf die Straße verfolgt und dann?«

»Nichts, entweder ist er dort in eines der parkenden Autos gesprungen, aber ich habe keine Tür gehört und auch keines wegfahren sehen, oder er ist noch hier irgendwo und hat mich nur getäuscht. Das muss in der Sekunde gewesen sein, als ich noch hinter der Mauer entlangrannte bis zum Notausgang. Weiter hinten gingen Leute auf dem Bürgersteig. Ein Paar mit Hund und Regenschirm und auf der anderen Seite überquerte ein Rollstuhlfahrer gerade die Straße, aber sie haben nichts gesehen.«

»Du hast sie befragt?«

»Das Pärchen schon. Soweit ich konnte, mir ist ja vom

Rennen fast die Luft weggeblieben. Die Frau hat ihren Hund, so einen rehäugigen Minikläffer, der sogar einen karierten Regenschutz trug, sofort auf den Arm genommen und an sich gepresst, als wollte ich ihn killen.«

»Und der Rollstuhlfahrer?«

»Der war schon weg, hatte nicht mal einen Schirm bei dem Sauwetter.«

»Erinnerst du dich an den Eintrag im K-Buch mit dem Satanisten und dem Rollstuhlfahrer? Und die Beobachtung von Elli Lauber mit einem Gehbehinderten? Vielleicht war damit ein Rollstuhlfahrer gemeint. Das ist doch die beste Tarnung, hat ja auch bei dir geklappt.«

»Verflucht. Ich Volltrottel.«

»Wer weiß, ob ich recht habe.« Sie hoffte es jedoch. Die Vorstellung, dass Phili noch hier auf dem Gelände herumschlich, gefiel ihr weniger. »Und jetzt?«

Noch 5 Sekunden

O du gräbst und ich grab,
und ich grab mich dir zu,
und am Finger erwacht uns der Ring.

Paul Celan

75.

Am Sonntagmorgen frühstückten sie zusammen in Peters Haus und kauten zum x-ten Mal den vergangenen Abend durch. Sein Handy klingelte. Er sah auf das Display und stellte laut, sodass Carina mithören konnte.

»Herr Schuster, hier Lauber, Gudrun. Sie hatten mich doch nach so einer Sache auf dem Friedhof gefragt, die meine Mutter beoachtet haben soll? Ihr Anruf hat mir keine Ruhe gelassen, und da ich sowieso die Sachen meiner Mutter aussortieren musste, habe ich ein bisschen genauer hingeschaut und in einer Mappe mit lauter Beschwerdebriefen was gefunden. Alles Mögliche hat sie darin verwahrt, Leserbriefe, die sie doch tatsächlich an Zeitungen und Zeitschriften geschickt hat. Mir war es ehrlich gesagt schon peinlich, mit ihr irgendwohin zu gehen, und von unseren Verwandten wurden wir längst nicht mehr zum Kaffeetrinken eingeladen. Keiner konnte ihr Gesülze ertragen, sie hat immer über alles und jeden geschimpft, aber dass sie es auch öffentlich getan hat, wusste ich nicht.«

»Frau Lauber, was haben Sie entdeckt?«, stoppte Peter ihren Redefluss.

»Da lag ein Brief mit einem Zeitungsausschnitt. Na ja, Brief ist übertrieben, mehr ein Entwurf. Ich weiß auch nicht, an wen sie den senden wollte oder ob sie eine Abschrift tatsächlich weggeschickt hat, soll ich ihn vorbeibringen?«

»Haben Sie ein Handy mit Fotofunktion?«

»Schon, aber da muss ich meinen Sohn fragen, wie das geht. Moment. Also gut, dann leg ich jetzt auf.«

Es dauerte eine weitere Tasse Kaffee und eine Breze, bis Peters Handy erneut ertönte. Schnell schloss er es an seinen Laptop und vergrößerte die zwei Fotos, die Frau Lauber geschickt hatte. Das eine war ein handgeschriebener Brief, in einer gleichmäßigen, nach rechts zeigenden Handschrift, bei der die Kleinbuchstaben n und u nur durch einen Querstrich auf dem U zu unterscheiden waren. Manche Textstellen waren durchgestrichen, aber trotzdem noch zu lesen.

Am 27. Mai, kurz vor 18 Uhr, war ich beim Blumengießen auf dem Waldfriedhof, ~~wie immer jeden Mittwoch und Samstag, um mich um das Grab meines~~. Dabei fiel mir ein Mann ~~Rollstuhlfahrer~~ auf, der sich auf einem ~~wurzelbezogenen~~ Pfad über die Wurzeln mit seinem Rollstuhl abmühte. Gerade als ich ihm ~~überlegte, ob ich ihm helfen sollte~~ helfen wollte, ~~da~~ stand er plötzlich auf und ließ das Gefährt stehen. Ich wunderte mich, dachte, jemand erlaubte sich einen Scherz oder übte ~~etwas~~ Rollstuhlfahren, wie es ~~manchmal~~ Jugendliche tun, ~~das hab ich schon gehört~~, ~~dass~~ die im Zivildienst ~~so was~~ ausprobieren sollen, ~~damit sie wissen,~~ wie es den Leuten geht, die sie betreuen. Er ~~hatte~~ bemerkte mich nicht, als er die Leichenhalle betrat. Er muss einen Schlüssel haben, denn dort ist doch sonst abgesperrt. Ich folgte ihm und sah, wie er den Sarg von der Frau Göpfert öffnete, deren Namen ich noch gelesen habe, als ich herkam. … ielt ich ihn für einen Bestatter oder einen von der Friedhofsverwaltung. Auch wenn er keinen Anzug trug, sondern einen dunklen Pullover, darunter ein weißes Hemd und eine ~~Tschiens~~ Jeans, braune Schuhe mit roten Socken, daran erinnere ich mich noch ganz genau, weil er ~~nämlich~~ die Schuhe auszog, als er in den Sarg schlüpfte. Auf die Frau Göpfert drauf, hat er sich gelegt! Stellen Sie sich vor!!! Vorher hat er sich noch an ihrem ~~Nacht~~Leichenhemd zu schaffen gemacht, es ~~ihr bis zum Hals~~ hochgerafft. Mir ist fast das Herz stehen geblieben, aber ich habe mich zusammengerissen, ~~und~~ bin zur Friedhofsverwaltung gelaufen und habe dem Herrn Dorner alles erzählt. Doch der ~~winkte nur ab,~~ wollte mir nicht glauben, hat es ~~weil ich so drauf bestand~~ nur in so ein zerfleddertes ~~Sammelsurium~~ Heftwerk eingetragen, dass er hinterher bestimmt wegwirft. Ich will aber, dass Sie der Sache nachgehen. Wo kämen wir denn hin, wenn jeder mit uns auch noch nach dem Tod machen kann, was er will? Sechs Wochen ist das jetzt her, mir geht es ~~sehr elend schlecht~~ gar nicht gut. Trotz allem habe ich den Vorfall zu vergessen versucht~~, aber nun~~. Jetzt habe ich den Mann in der Zeitung entdeckt. ~~Das Schwein~~ Der auf dem Bild hinten links, das ist der~~jenige,~~ ~~welcher Sie wissen schon~~ der ~~mit~~ sich an der Frau Göpfert vergangen hat.

Hastig wechselte Peter zu dem anderen Foto, einem Zeitungsausschnitt. Verpixelte, leicht unscharfe Gesichter wurden erkennbar. Eine Aufnahme mit mehreren Leuten, die vor Metallrohren standen.

Krematorium bekommt einen neuen Filter

Fast 600 000 Euro wird die Stadt München für ein neues Filtersystem ausgeben, das sukzessive eingebaut werden soll. Emissionsschutz ist uns heilig, sagte der zuständige Amtsleiter Markus Hammer. Von links nach rechts: Günther Haidler, Anna Entz, Thorsten Lüthi, Till Koischeder, Florian Bertagnolli.

»Lüthi kenne ich, er ist Krematoriumswärter, halb Norweger, halb Schweizer.« Carina zeigte auf ihn. Den Mann daneben hatte Elisabeth Lauber so dick mit Kugelschreiber eingekreist, dass sein Gesicht fast nicht mehr zu erkennen war. Aber trotzdem kam er ihr irgendwie bekannt vor.

76.

»Kommst du mit ins Krematorium?« Peter trank den letzten Schluck Kaffee, leerte Mia eine große Portion Katzenfutter auf einen Teller, bevor sie ihn und Carina weiter in die nackten Zehen biss. Dann suchte er eilig seine Sachen zusammen.

»Ich habe um neun Dienst.« Carina zog sich fertig an. »Muss erst sehen, was heute ansteht, vielleicht hat Susanne die Ergebnisse der Toxikologie zur Krone-Leiche.«

»Das schaffen wir.« Es war kurz nach acht. »Ich verständige eine Streife, sie sollen schon mal zum Krematorium fahren und diesen Koischeder festhalten.«

Auf der Fahrt mit Peters Auto zum Ostfriedhof meldete sich Rüdiger per Funk. Den bulligen Polizisten mit Pferdeschwanz und langen grauen Koteletten kannte Carina auch. »Till Koischeder ist kein Krematoriumsangestellter, er arbeitet für die Ofensetzerfirma. Wie hieß die doch gleich, Chrissi?« Es knackte in der Leitung.

Jemand anderes antwortete an Rüdigers Stelle. »IFK. Industriefeuerung Kalt, die sind in Neufahrn draußen, Tierkremtorien, Sonderöfen für Krankenhausabfälle und Filteranlagen.«

Jetzt sprach wieder Rüdiger: »Sollen wir dort hinfahren?«

»Nein, danke. Ich übernehme selbst.« Peter drückte die Austaste. »Logg dich doch mal bitte über mein Handy in die

Adressdatei ein.« Er reichte es Carina. »Und such raus, wo Till Koischeder wohnt.« Er nannte ihr seine Zugangsdaten.

»Till gibt's keinen, nur eine Mathilda Koischeder, Rappenseestraße fünf.«

»Die Mutter, die Schwester? Oder glaubst du, dass er verheiratet ist?«

»Du hast von Tarnung geredet, warum nicht?«

»Lass uns kurz vorbeifahren, einverstanden?«

Carina nickte, rief Susanne Schmetterer an und sagte, dass sie doch eine Stunde später käme.

»Willst du gar nicht wissen, was ich die halbe Nacht getrieben habe?« Ihre Kollegin klang eher aufgedreht als übermüdet. »Das mit der Isotopenanalyse ist schwierig, die Frau scheint an vielen Orten gelebt zu haben. Wir haben Spuren aus den Benelux-Ländern, aber auch aus Großbritannien. Aufgewachsen ist sie wahrscheinlich in Osteuropa, ich tippe auf Polen. Ich leite es gleich an diesen Peter Schuster weiter, der gestern bei der Obduktion nicht aufgetaucht ist, damit die Polizei die Vermisstensuche ausdehnt.«

»Das kann ich tun, ich treffe ihn sowieso,« flunkerte Carina. »Wow, du warst superschnell, danke. Und ich beeile mich auch, damit du früher nach Hause fahren kannst, ja?«

»Wen triffst du nachher?«, fragte Peter, als sie aufgelegt hatte.

Carina grinste ihn an. »Na, wen wohl, den Obduktionsschwänzer. Susanne hat eine Nachtschicht eingelegt, laut Analyse ist die Krone-Tote, mit großer Wahrscheinlichkeit Polin. Frag mich aber jetzt nicht, mit welchem Atom sie das genau bestimmt hat.«

»Atom? Das mit diesen Isotopen kapiere ich nicht so genau, Chemie war in der Schule nicht gerade meine Stärke.«

»Bis ins kleinste Detail kann ich es dir auch nicht erklären, das ist Susannes Spezialgebiet, aber ich weiß, dass die Isotopen-Mischung, die sich in jedem Körper befindet, weil sie über die Nahrung, Wasser und Luft aufgenommen wird, in Haaren und Zähnen nachweisbar ist und dann den jeweiligen Regionen, wo dieser Mensch gelebt oder aufgewachsen ist, zugeordnet werden kann.«

»Rappenseestraße fünf, das müsste es sein.« Peter hielt in einer Parklücke vor einem mehrstöckigen Haus.

Am leuchtend rot bemalten Briefkasten lehnte ein schwarzes Herrenrad mit dünnen Treckingreifen. In der Sattelrille sammelte sich Regenwasser. So eins hatte doch beim Krematorium gestanden? Da war diese Tüte, eine dieser Lieblingsplastiktüten ihres Vaters, noch über den Sattel gebreitet gewesen, um ihn vor Nässe zu schützen, nun flatterte sie am Lenker. Ihr war aufgefallen, dass das Rad keinen Markennamen trug und wie selbst zusammengebaut und gestrichen wirkte. Ihren Vater hatte Carina noch immer nicht zurückgerufen. Was gab es auch zu sagen, jetzt wo ihre Mutter lebte und wieder abgetaucht war? Sofort verdrängte sie jeden Gedanken daran, sie wollte lieber mit Peter zusammen sein und nicht ständig über Vergangenes grübeln. Peter nahm seine Waffe aus dem Handschuhfach.

»Meinst du, die wirst du brauchen?«

»Besser, ich hab sie umsonst dabei als einmal zu wenig.« Sie stiegen aus und klingelten bei M. Koischeder. Niemand öffnete.

»Dem Klingelschild nach muss es die Parterrewohnung sein.« Carina spähte zwischen den Regentropfen auf ihrer Brille und denen auf den Scheiben ins mit Stores verhängte Fenster. Es wirkte düster dort drinnen, einzelne Umrisse von Möbeln waren zu erkennen, wenn sie sich anstrengte. Ein Küchenschrank, eine Eckbank, zwei große Blumentöpfe, aus denen Farnkraut wucherte, oder waren das die Konturen von Personen? »Scheint keiner zu Hause zu sein. Die Vorhänge sehen ganz schön vergilbt aus, findest du nicht?«

»Ich kenn mich mit Vorhängen nicht aus, die von meiner Oma, mit Blumen und Rauten, konnte ich nicht mehr sehen und habe sie in die Altkleidersammlung getan. Aber du hast recht, vielleicht ist diese Mathilda eine Kettenraucherin?« Peter legte ein Ohr an eine Fensterscheibe und lauschte. »Ich höre ein Summen wie von einem alten Kühlschrank, oder haben sie das Radio schnell leise gestellt?«

»Die zwei Topfpflanzen auf der Bank, sind das Leute?«

»Wahrscheinlich haben sie schnell das Licht ausgemacht, als wir eingeparkt haben, und müssen nun im Dunkeln ausharren, bis wir fort sind. Sehe ich etwa wie ein Gerichtsvollzieher aus? Vermutlich ist einer von ihnen unters Bett gekrochen. So haben wir das immer gemacht, wenn unerwünschter Besuch kam. Ihr nicht?«

Carina lachte. »Meine Mutter, ich meine Silvia, neigt eher dazu, die Tür schon vorher aufzureißen, um Leute anzulocken, ihr konnte es bei uns nie voll genug sein.« Ein Schwall Wasser rann aus der Dachrinne und genau in Peters Kragen, er fluchte und klingelte noch mal.

»Komisch, die rühren sich gar nicht, dabei haben wir ihnen doch jetzt ein Schauspiel geboten. Ich gehe rein.« Er drückte zwei Klingeln weiter oben und sagte: »Paket für Koischeder, ich leg's vor die Tür«, als der Summer ertönte. Der Hausflur war in Brauntönen gefliest, und ihre Schritte hallten. Gleich neben dem Eingang ging es zur Koischeder-Wohnung, sie hatten richtig geraten. Peter zückte einen Dietrich. »Den benutze ich auch für meine eigene Haustür, wenn ich den Schlüssel vergesse.«

»Und was sagst du, wenn jemand kommt?«

»Gefahr in Verzug. Willst du nicht lieber hier warten?« Die Tür sprang auf, und Peter zog die Waffe. »Herr Koischeder, Frau Koischeder, Polizei, ich komme jetzt rein zu Ih…« Die letzte Silbe verschluckte er, da ihnen ein Schwall Fliegen entgegenschwirrte, und er hastig den Mund schloss. Dicker Mief von mindestens drei Wochen alten Steaks, im Mülleimer vergessen, erfüllte die Luft. Den Geruch kannte Carina. Insekten surrten um ihre Köpfe und vernebelten die Sicht. Im Flur hingen Kleisterpapiere wie Lampions aneinandergereiht von der Decke. Peter stieß dagegen, als er den Lichtschalter suchte, blieb mit seinen Haaren kleben. Das Papier war schon mit einer zweiten Schicht Fliegen bedeckt, die auf ihren toten Artgenossen sirrten.

Als Carina ihn befreite, fiel ihr Blick auf die Wand. »Schau mal, auch eine Form von Wiege.« Sie zeigte auf ein gerahmtes Schwarz-Weiß-Foto, auf dem ein Kleinkind in einer Kommodenschublade lag. Neben einem altmodischen, mit Glitzerstoff bezogenen Telefon stand eine silberne Schnupftabakdose. Carina zog ihr letztes Paar Einmalhandschuhe über. Vorsichtig hob sie den Deckel ab und hielt den Inhalt unter die Flurlampe. »Haare. Sehr kurz abgeschnitten, in vielen Farben«, flüsterte sie und zeigte sie Peter. »Solche wie sie sich im Abfluß der Dusche sammeln.«

»Schamhaare?«

Sie nickte.

»Hast du auch einen Handschuh für mich?« Carina gab ihm ihren linken. Peter streifte ihn über und öffnete die Schublade des Telefonschränkchen.

Danke, dass du bei uns warst!
Unsere geliebte Pia, im stillen Gedenken wird
sie für immer in unserem Herzen sein.

Wie andere Leute Krawatten horteten, lagen hier Kranzschleifen mit den verschiedensten Inschriften. Sie betraten den Raum mit den zwei Fenstern, den sie von draußen gesehen hatten. Am Tisch saß ein Skelett in einem prächtigen rot-goldenen Mantel mit passender bestickter Kappe, die ihm schief in die knöcherne Stirn hing. Elle und Speiche waren wie Messer und Gabel sorgfältig auf der Tischdecke aufgereiht. Daneben hockte eine dicke Frau, die von ihrem Busen gestützt wurde, der auf der Tischkante auflag. Ihr Kopf versank in den Schultern, und ihr Doppelkinn hing kropfartig wie die Atemblase einer Kröte zwischen Kinn und Schlüsselbein seitlich aus dem Hals. Sie fläzte eher, als dass sie saß. Die Augen waren nur mehr zwei schlitzartige Löcher, ihre Gesichtszüge lederartig braunschwarz mumifiziert.

»Wenn das Mathilda ist, dann hab ich recht gehabt mit der Kettenraucherin«, sagte Peter. Als sie näher traten, entwichen der Toten aus den Mundwinkeln Fliegen wie schwarze Rauchfahnen. »Und wer ist der Beichtvater im goldenen Ornat neben ihr?« Darauf wusste Carina noch keine Antwort. Sie durchsuchten die übrige Wohnung. Auf Küche und Bad folgte ein Zimmer mit Doppelbett und großem wandfüllendem Eichenschrank und daneben ein kleineres Zimmer mit einem Einzelbett, das mit einer Automotiv-Tapete beklebt war. Einzelne Autos waren mit Zeitungsausschnitten überdeckt. Todesanzeigen. Ihre gefälschte war auch darunter, sogar mit einem roten Herz eingekreist.

»Wir haben ihn.« Peter klang irgendwie feierlich. Von den Tierchen abgesehen, die Nischen und Fußbodenleisten wie krabblige Muster bedeckten, war alles penibel aufgeräumt und an seinem Platz. Sogar der Rollstuhl stand zusammengefaltet hinter der Tür, neben Bügelbrett und Wäscheständer.

»Komm, wir warten besser draußen auf die Spurensicherung.« Peter wollte Carina am Arm zurück in den Flur ziehen. Ihr Blick fiel auf das Regal mit ein paar Karl-May-Büchern und einem Stapel Zeitschriften. Dazwischen klemmte ein ockerfarbenes Buch, das zusammengedrückt aussah, sodass man den Titel nicht gleich erkennen konnte. Klages: »Die Grundlagen der Charakterkunde«. Sie zog am Buchrücken und hielt nur noch den Umschlag in den Händen. Alle Seiten waren herausgetrennt worden. Innen auf dem Pappdeckel stand durchgestrichen ein Name.

Noch 4 Sekunden

Es regnet – doch sie merkt es kaum,
weil noch ihr Herz vor Glück erzittert:
Im Kuss versank die Welt im Traum.
Ihr Kleid ist nass und ganz zerknittert

und so verächtlich hochgeschoben,
als wären ihre Knie für alle da.
Ein Regentropfen, der zu Nichts zerstoben,
der hat gesehn, was niemand sonst noch sah.

So tief hat sie noch nie gefühlt -
so sinnlos selig müssen Tiere sein!
Ihr Haar ist wie zu einem Heiligenschein
zerwühlt -Laternen spinnen sich drin ein.

Der Kuss, Wolfgang Borchert

77.

Draußen im Hausflur hielt Peter mit Matte telefonisch Rücksprache und setzte auch den Staatsanwalt von den zwei Toten in Kenntnis. Dann bestellte er die Spurensicherung und Kollegen vom Kriminaldauerdienst in die Rappenseestraße. »Du sollst deinen Vater dringend zurückrufen«, rief er zwischendurch zu Carina.

»Später«, erwiderte sie. Alles war immer dringend bei Matte, aber jetzt war das hier wichtiger.

»Er hat mir die Verantwortung über die Tatortgruppe übertragen«, sagte Peter, als er alles organisiert hatte. »Meine erste ganz eigene Fallermittlung.« Er klopfte sich auf die Brust und imitierte dann einen Hustenanfall.

»Super, ich gratuliere dir.« Sie küsste ihn. »Herr Kriminaloberkommissar.«

»Na, so weit ist es noch lange nicht.«

Welch Glück, dass die Toten blutlos sind, dachte Carina, doch das behielt sie lieber für sich. Peter telefonierte mit dem Einwohnermeldeamt. Die Verstärkung traf mit Blaulicht und Sirene ein, Rüdiger und Christian und zwei weitere Streifenpolizisten. Auch die beiden Haasen von der Kriminaltechnik parkten mit ihrem Kastenwagen halb über Radlweg und Gehsteig. Sie besprachen sich vor der angelehnten Koischeder-Tür.

»Da drinnen sitzen zwei Tote. Der flüchtige Hauptverdächtige heißt Till Koischeder, neunundvierzig Jahre, eins zweiundneunzig, hagerer Typ, braune Haare, stoppelkurz geschnitten. Man könnte fast meinen, ein älteres Double von mir, nur fitter und flinker. Ich habe ihn bereits zur Fahnung ausgeschrieben.« Peter zeigte ein Foto, das ihm die Ofensetzerfirma gemailt hatte. Carina wusste plötzlich, wo und wann sie diesen Till gesehen hatte.

»Er hat rote Haare«, sagte sie. »Jedenfalls vor zwei Tagen noch, als ich ihn im Krematorium gesehen habe. Der Techniker, der dort eine neue Filteranlage eingebaut hat.« Es hatte gewirkt, als ob er sich über eine Flamme beugte, dabei waren die Öfen doch abgestellt.

»Noch wissen wir nicht, ob die beiden da drin ermordet wurden, aber von einem natürlichen Tod gehen wir vorerst nicht aus. Sucht also nach Hinweisen auf Fremdverschulden.« Peters Stimme hallte im Treppenhaus, er dämpfte sie, als sie in den anderen Stockwerken Türen aufgehen hörten. Bald glühten seine Wangen, und zwischen seinen Augenbrauen bildete sich eine tiefe Furche. Die hätte Carina ihm am liebsten sofort glatt knutschen mögen. »Till Koischeder hat möglicherweise auch eine gestern aufgefundene Frau umgebracht. Also sucht nach Fixerbesteck, Drogen und dergleichen und natürlich nach Werkzeug, mit dem er die Grüfte aufgehebelt hat.«

»Gibt es Haustiere?«, fragte Vincent.

»Außer einem Haufen Insekten haben wir nichts Lebendes entdeckt. Ach, Carina. Wir brauchen noch einen Entomologen. Und Christian und Rüdiger …« Er wandte sich an die Polizisten von der Streife, die im Krematorium nach Till Koischeder gefragt hatten und ebenfalls hergekommen waren. »Ihr sperrt ab, lasst keinen Unbefugten durch und teilt weitere Kollegen ein, um die Anwohner zu befragen. Die Nachbarn oberhalb hören uns sowieso schon zu, fragt, was sie über Till Koischeder wissen. Wann sie ihn zuletzt gesehen haben und so weiter. Seit dem Tod seiner Mutter vor drei Jahren lebt er hier allein.«

Carina rief im Institut an und bat um Unterstützung.

»Dr. Schmetterer ist nach Hause gegangen, und Dr. Herzog ist noch in der Pathologie, aber ich notiere es«, erklärte Frau Schauer. Carina musste also alleine ihr Bestes geben, was ihre Kenntnisse der Insektenkunde betraf, solange ihre Chefin abwesend war.

»Hast du auch ein Foto von Mathilda Koischeder?« Sie wandte sich wieder an Peter.

»Moment. Das hat mir Schwalbe geschickt, ihr Sterbebild.« Carina staunte, was er in der kurzen Zeit, als sie lediglich ein Telefonat machte, geschafft hatte. Peter drückte auf das Display und zeigte es ihr. Eine dicke Frau mit kleinem, fast lippenlosem Mund, starrte sie an. Sie hatte schon zu Lebzeiten ein krötenähnliches Aussehen besessen. Ihr Hals zeigte eine Aussackung der Schilddrüse, eine Erkrankung an der viele Frauen des vorigen Jahrhunderts litten, besonders in der Landbevölkerung in Bayern, wo Jodmangel herrschte. So machten sie aus der Not eine Tugend und betonten den Kropf sogar mit einem Schmuckstück, das nun Teil der bayerischen Tracht war: das Kropfband.

»Das ist sie, die mumifizierte Tote in der Küche. Woran ist seine Mutter gestorben?« Carina nahm die Schutzkleidung entgegen, die ihr Verena reichte.

»Herzinsuffizienz, stand auf dem Totenschein, sagte Schwalbe. Aber die Nachbarn dürften Genaueres wissen und sind oft schneller als unsere Kanäle. Also fragt herum.« Sie verteilten sich. Die Haasen, die bereits in ihre Schutzanzüge geschlüpft waren, begannen, die Spuren in der Wohnung zu sichern.

Carina zog, wie Peter ebenfalls, einen Schutzanzug und ein frisches Paar Handschuhe an und streifte hellblaue Schutzhüllen über ihre Schuhe, um die Koischeder-Wohnung nicht noch stärker mit ihren eigenen Spuren zu verunreinigen. Wie Peter auf dem Waldfriedhof gesagt hatte: Ihre DNA war den Haasen zwar bekannt und würde bei der Auswertung ausgefiltert werden, aber sie wollten ihnen keine zusätzliche Arbeit machen.

So geisterten bald vier weiß gekleidete Leute in den Zimmern herum, nahmen Fingerabdrücke von Türrahmen und Lichtschaltern, durchsuchten die Schränke und Schubladen. Vincent markierte alle Fundstücke und Spuren mit Nummern, und Verena fotografierte jedes Detail. Peter skizzierte in seinem kleinen Notizbuch einen Grundriss der Wohnung, zeichnete die Möbel ein und notierte die Nummern an den Stellen, wo sie was gefunden hatten. In Schubladen und hinter Schranktüren tauchten noch weitere Sachen auf. Porzellanschildchen mit kleinen Porträts, wie sie auf alten Grabkreuzen montiert waren, Dutzende Sargschrauben, einzelne kleine Knochen, die auf eine Schnur aufgefädelt worden waren. Carina identifizierte sie als menschliche Finger- und Fußknöchelchen. Im Schlafzimmerschrank erwartete eine weitere Überraschung sie. Dort stand eine Frau ohne Unterkiefer. Zumindest sah es so aus, weil im obersten Fach ein knöcherner Schädel lag, der einen kleinen Filzhut mit einer weißen Feder trug, geschminkt war und lange aufgemalte Wimpern über den Augenhöhlen hatte. Genau darunter hing ein Dirndl auf einem Kleiderbügel an der Stange. Am Rock waren weiße Trachtenstrümpfe befestigt, die in einem Paar schwarzer Sprangenschuhe steckten, die am Schrankboden standen.

»Mehr Vogelscheuche als Frau«, kommentierte Vincent den Fund.

Im Seitenteil daneben lag, säuberlich gefaltet und in einzelne Fächer sortiert, Unterwäsche in allen Farben, Formen und Größen, die Till vermutlich den Toten ausgezogen hatte. Als Vincent die Küche freigab, trat Carina so nah wie möglich zu dem toten Paar an die Eckbank, um sie näher in Augenschein zu nehmen. In einer Hand ihr Diktiergerät, beschrieb sie die weibliche Mumie und das Männerskelett, die am Esstisch saßen, als wären sie kurz nach der mitternächtlichen Geisterstunde erstarrt. Auf der mit Blumenranken gemusterten Tischdecke stand kein Geschirr. Obwohl zwischen die Handknochen des Toten genau ein Teller passte. Das Szenario wirkte vertraut und fremd zugleich, Carina kam nicht sofort dahinter, was hier gegen ein Ehepaar sprach. Der Mann thronte auf der Küchenbank wie ein König in Erwartung seiner nächsten Mahlzeit, und doch schien es so, als wäre er hier zu Gast, als wäre er nur widerwillig geduldet worden. Worin bestand die Beziehung der beiden? Vater und Tochter vielleicht? Carina verglich sie mit Vincent und Verena, die ohne viele Worte als eingespieltes Team einander zuarbeiteten. Nein, das passte nicht. Arbeitgeber und Angestellte? Hatte Mathilda Besuch von ihrem Chef erhalten? »Der Beichtvater«, hatte Peter vorhin gesagt. Da war was dran. War Mathilda die Haushälterin eines Pfarrers gewesen? Carina blendete alle Geräusche und alle Zeit um sich herum aus und lockte die Gabe der Elster aus sich heraus, um die Toten von oben und ganz aus der Nähe betrachten zu können.

Sie prägte sich die Körperhaltungen, jede Faser und auch, wie die Schatten ihre Gesichter umspielten, haargenau ein. Die Halswirbel unter dem Schädel waren mit Draht verbunden und an einem Beselstiel befestigt, der in der Kleidung verschwand, damit der Tote aufrecht sitzen blieb. Die Frau kauerte ohne künstliche Hilfsmittel am Tisch, hatte eine halbwegs natürliche Sitzposition eingenommen. Ihre verdorrten Beine steckten in schlabberigen Seidenstrümpfen, und die Füße verschwanden in fellbesetzten Plüschpantoffeln. Kein Ring, weder an ihren Lederhänden, noch an den Knochenfingern des Mannes, die wie Spielsteine auf die Tischplatte gesetzt waren. Die Fliegen labten sich längst nicht mehr an den Eingeweiden der Frau, sie war wohl schon vor längerer Zeit vertrocknet. Die Speisereste, die als weißliche Kruste an den Mundrändern klebten, zogen die Insekten an. Jemand hatte sie gefüttert. Elsterngleich blickte Carina von oben auf die beiden hinab, erfasste die Gesamtkomposition und speicherte alles in ihrer inneren Bibliothek. Der Abstand zwischen dem Paar, da war eine Distanz, zu groß für Verwandte oder Freunde, die sich gernhatten, und zu klein für Fremde. Und ihr fiel noch etwas auf. Sie hatte von dort oben eine Bewegung wahrgenommen, nur winzig wie ein Wimpernschlag. Was war da gewesen?

»Und? Was denkst du?« Peter holte sie mit einer Berührung auf ihrer Schulter wieder auf den Dielenboden zurück.

»Jemand hat hier Familie gespielt.«

Noch 3 Sekunden

Der stärkste Regen fängt mit einem Tropfen an.

Deutsches Sprichwort

78.

Nun waren sie ihm doch auf die Spur gekommen. Diese Gerichtsmedizinerin. Sie lugte durchs Fenster zu ihm und seiner Familie herein, als würde sie in ihn hineinschauen und alles sezieren. Schnell, er musste weg, fort, für immer. Benutz deinen Verstand, Till, sagte er sich.
Wer kriegt die Richtige?
Alle außer Till.
Wer wird nie gefunden?
Und er verschwand.
Dann, nach Sekundenstunden, in denen er ausgeharrt hatte, blinzelte er durch die Gucklöcher. Ihr Blick traf den seinen.

79.

Peters Handy klingelte, Carina hörte ihn englisch reden. »Stell dir vor, wer mich gerade angerufen hat?«, sagte er zu ihr, als er aufgelegt hatte.

»Ausländische Sprachprofilerkundschaft vielleicht? Oder deine Tante aus Amerika?«

»Ein Oberst Woda vom polnischen Geheimdienst. Nun wissen wir, wer die Tote aus dem Krone-Grab ist. Kamilla Woźniak, zweiundzwanzig, geboren in Warschau. Sie wurde seit 2010 vermisst. Man hatte sie bereits für tot erklärt.«

»Aus welchem Grund?«

»Jetzt kommt's. Eine seltsame Sache. Sie saß in einem Militärflugzeug, das abstürzte, alle Insassen waren dabei ums Leben gekommen, hatte man bisher geglaubt.«

»Aber wie überlebte Kamilla den Flugzeugabsturz? Wie war noch mal der Nachname?«

»Woźniak. Kamilla Woźniak.«

»Ich habe keine Verletzungen, nicht mal Knochenbrüche, an ihr festgestellt.«

»Dieser Oberst kommt jedenfalls auf dem schnellsten Weg hierher, um den Leichnam abzuholen.«

»Die Ermittlung hier ist doch noch nicht abgeschlossen.«

»Dann müssen wir uns eben beeilen. Also was haben wir?« Peter betrachtete wieder den goldenen Mann und die Krötenfrau.

»Er gehört nicht hier rein, glaube ich. Sie dagegen, die Tellersammlung mit den kleinen Blüten an der Wand, die geblümten Vorhänge, die gemusterte Tischdecke, sogar das Geschirr trägt Rosen, und alles ähnelt ihrer Kittelschürze, an der der oberste Knopf fehlt. Ich wette …« Carina ging zum Nähkästchen, das auf der Kommode stand. Sie öffnete das Teil wie eine Zieharmonika, fand in einem Fach, was sie suchte, und hielt es gegen die Kittelschürze. »Bingo.« Ein identischer Knopf in Form einer Blüte. »Ich denke, Mathilda ist hier zu Hause, auch nach ihrem Tod hat ihr Sohn nichts oder nicht viel verändert. Der goldene Knochenmann dagegen war nur zu Besuch. Ein Cousin, ein langjähriger Freund, ein Geliebter vielleicht sogar?«

»Tzzz.« Peter schnalzte mit der Zunge. »Jetzt aber, Carina. Das ist mindestens das Ornat eines Pfarrers, das der Tote da trägt, ich würde sogar auf den Prunkmantel eines Bischofs tippen.«

»Ich bin ein ungetauftes Heidenkind, tut mir leid. Von solchen Sachen verstehe ich nichts, ich hatte Ethik in der Schule, anstelle von Schlechtes-Gewissen-Kunde.«

Peter lachte. »Respekt, das trifft es. Ich bin zwar auch seit ein paar Jahren aus diesem katholischen Verein ausgetreten, aber ich habe noch Kontakt zu dem Pfarrer von St. Michael, der mich gefirmt hat. Ich schick ihm gleich mal ein Bild von dem Gewand und frag ihn, ob er das kennt.« Peter telefonierte erneut und Carina rutschte auf die Bank und näher an das Skelett heran, auch sein Unterkiefer war mit dem oberen Schädelknochen per Blumendraht verbunden. Blumen, Blüten, Papierrosen. Das Charakterbuch! Carina sprang auf. Die Bank unter ihr gab mit einem Knarzen nach. Der Deckel schien sich etwas zu wölben, schloss nicht mehr ganz oder war schief in den Angeln. Fast hatte sich das Knarzen wie ein Seufzer angehört.

»Was ist mit dir?« Peter hatte sein Gespräch beendet. »Hast du dir wehgetan?«

»Ich war das nicht. Das Holz war anscheinend froh, meinen dicken Hintern loszuwerden.«

»Ich liiiebe diesen Hintern«, erwiderte Peter.

»Und was sagt dein Beichtvater?«

»Das Kasel, so heißt das Teil, darauf wäre ich nie gekommen, wenn Pater Georg es nicht gesagt hätte. Es ist sehr kostbar und uralt, aus dem frühen siebzehnten Jahrhundert. Es wurde vor einigen Jahren aus der Paramentenkammer der Residenz entwendet.«

»Paramenten?«

»So nennt man lithurgische Gewänder und Gegenstände, die für die Messe gebraucht werden.«

»Lass mich raten, es wurde gestohlen, als sie einen neuen Ofen, einen Kachelofen kriegten?«

Peter pfiff durch die Zähne. »Da könntest du recht haben. Pater Georg erinnerte sich, dass sein vor über zehn Jahren verstorbener Kollege das wertvolle Kasel ein einziges Mal tragen durfte, zu einer Kapelleneinweihung der Wittelsbacher. Das war eine ganz besondere Auszeichnung. Aber sein Kollege war sehr beliebt in der Gemeinde, nach ihm wurde sogar ein Brot benannt, das es heute noch in Münchner Bäckereien gibt.«

»Psst. Ich weiß es«, schnitt ihm Carina das Wort ab. »Pfarrer-Kreitmeir-Brot.«

»Woher weißt du das, hast du das auch schon gegessen?«

»Igitt, mit drin verbackenen Reliquien vielleicht? Ich bin Vegetarier, hast du das vergessen?« Carina holte den Pappumschlag des ehemaligen Charakterbuchs von der Küchenvitrine und schlug ihn auf.

~~Pfr. Helmut Kreitmeir, 1958,~~ stand dort durchgestrichen, darunter befand sich ein kleiner eingekreister Stempel: St. Michaelsgemeinde, München.

»Pater Georg kannte auch Mathilda Koischeder, sie war eine besonders eifrige Kirchgängerin und sei leider im Starnberger See ertrunken, als sie einen Herzanfall erlitt.«

»Aha, das war also die Herzschwäche, die im Totenschein stand. Und woran ist sein Kollege gestorben?«

»An Prostatakrebs.« Etwas raschelte. Carina und Peter sahen gleichzeitig auf. Drohte das Skelett umzukippen? Oder war eine Ratte in der Bank? Peter langte in die ausgesägten Grifflöcher und hob den Deckel der Eckbank, angespannt, so als würde ihnen gleich ein Tier entgegenspringen. Ein Auge starrte ihnen entgegen, ein Auge in einem hageren Profil. In der Truhe lag jemand, Arme und Beine so um den Körper gefaltet, dass jeder Zentimeter und auch die Ecken der Truhe ausgefüllt waren. Sie würden mehr als einen Schuhlöffel brauchen, um Till Koischeder herauszukriegen.

Noch 2 Sekunden

Vor dem Tor und zwischen den beiden Pfeilern sah Atréju nun unzählige Totenschädel und Gerippe liegen – die Knochenreste der verschiedenartigsten Bewohner Phantásiens, die versucht hatten, das Tor zu durchschreiten, und durch den Blick der Sphinxe für immer erstarrt waren.

Die unendliche Geschichte, Michael Ende

80.

»Iris hat sich gemeldet. Deine Mutter, Carina, sie möchte uns sehen.«

»Was, einfach so? Hat sie angerufen?«

»Per Fax in mein Büro. Sie will uns in Possenhofen treffen. Ich nehme an, weil es von dort aus nicht weit nach Neumaising ist.«

Zwei Stunden später saß Carina in Mattes Auto, das stark nach Rasierwasser duftete. Ein Kontrastgeruch zu der Wohnung des Nekrophilen. Der Vater hatte sie daheim abgeholt, kaum dass sie in ihrer Wohnung angekommen war. Eigentlich wollte sie ein Bad nehmen, wenn Sandro und Wanda die Badewanne endlich freigeräumt hätten. Wanda weichte darin ihre Stricksachen ein, und Sandro hatte eine Wasserlandschaft aus allen Pullovern und Strickkleidern gebaut und spielte mit seinen Booten. Vielleicht sollte sie doch wieder zu Peter fahren und bei ihm auf Matte warten? Er hatte ihr verraten, wo seit Omas Zeiten sein Ersatzschlüssel versteckt war.

Ihr Vater hatte sie überredet mitzukommen und wollte ihr alles Weitere auf der Fahrt erklären. Durch das Gewühl des Stadtverkehrs bis über die Garmischer Autobahn, Richtung Starnberger See, war er nicht besonders redselig, berichtete nur knapp, dass ihre Mutter um kurz nach drei am Bahnhof Possenhofen eintreffe. »Kommt sie mit der S-Bahn?«

»Ich nehme es an, warum sonst sollte sie den Bahnhof als Treffpunkt vorschlagen?«, erwiderte Matte.

Carina war noch viel zu sehr mit dem Koischeder-Fall beschäftigt, als dass sie auf das Umschalten konnte, was ihr gleich bevorstand. Sie erzählte ihrem Vater von dem bizarren Familientatort.

Er regte sich auf, dass die Krone-Leiche womöglich gleich würde beschlagnahmt werden. »Wann kommt endlich Buddeberg wieder aus dem Urlaub, wir brauchen ihn hier ganz dringend.« Carina hätte es vor wenigen Tagen nicht für möglich gehalten, aber auch sie vermisste ihre Chefin ein bisschen. Hoffentlich hatte sie die Insekten zur Bestimmung des Todeszeitpunktes nicht falsch asserviert. Doch die Toten aus der Rappenseestraße mussten warten, Carina würde erst morgen obduzieren. Sie fuhren die Uferstraße des vom Regen aufgepeitschten Starnberger Sees entlang, die Wolken drückten fast bis auf die Seeoberfläche und verdeckten den Blick auf die Berge. Normalerweise wimmelte es hier um diese Jahreszeit noch von Münchnern, die das Schlossparkgelände wie die Ölsardinen belagern. Nun standen die Liegewiesen unter Wasser, und es fehlte nicht mehr viel, bis auch die Fahrstraße überflutet sein würde. Sie fuhren an einer Jugendherberge vorbei, schlingerten durch eine scharfe S-Kurve, in der nur Schritttempo erlaubt war, und kurvten dann einen steilen Berg hinauf. »Am besten ich parke oben, dann haben wir einen guten Überblick, falls Iris doch von woanders herkommt.« Es war genau fünfzehn Uhr, noch zehn Minuten, als sie die Bahnhofsbrücke überquerten, und Carina spürte, wie sich ihr Puls beschleunigte. Nun wurde sie doch nervös. »Und du bist sicher, dass die Nachricht von ihr stammt? Ich meine, ein Fax kann doch jeder schicken.«

»Dann sieh selbst.« Er nahm eine Hand vom Lenkrad, zog ein zusammengefaltetes Papier aus der Brusttasche seines frisch gebügelten Hemdes und gab es ihr.

»Mögen hätte ich schon wollen, aber dürfen habe ich mich nicht getraut. Possenhofen, Bahnhof, heute, 15.10 Uhr«, las Carina vor. »Du vertraust einem Computerausdruck, nicht mal mit Unterschrift?«

»Wer sonst wusste, dass wir Karl-Valentin-Fans sind?«

»Also nur aufgrund dieses Spruches glaubst du, sie ist es?«

»Ich weiß, dass sie es ist.«

»Hast du die Faxnummer überprüft?« Sie stand klein aufgedruckt auf der oberen Kante. Eine sechsstellige Vorwahl aus dem Münchner Umland.

»Ja, klar. Sie stammt aus einem Feldafinger Schreibwarenladen, von dort kann jeder, der will, ein Fax verschicken.«

»Feldafing? Nicht schon wieder, das kann doch kein Zufall sein.«

»Ist es auch nicht, jetzt komm.« Matte parkte neben einem roten Traktor, dessen Anhänger mit einem großen Efeuherz geschmückt war. Sie stiegen aus, Carina überlegte einen Moment, ob sie ihre Tasche mitnehmen sollte, die sie samt Handy auf den Rücksitz gelegt hatte. Während der Fahrt hatte es mehrmals geklingelt, doch ihre Nachrichten und die Mailbox mussten warten. Einmal nicht erreichbar sein, heute, wo sie endlich ihre richtige Mutter kennenlernte. Sie ließ beides im Auto. Ihr Vater schlüpfte in einen hellen Sommermantel, der sofort den Regen aufsaugte. Damit wirkte er ein bisschen wie Maigret oder irgend so ein Kommissar aus dem letzten Jahrhundert. Carina verkniff sich eine Bemerkung. Anstelle seines Stocks holte er einen eleganten Herrenschirm heraus und spannte ihn auf. Sie schlenderten miteinander zur Treppe, die durch eine Unterführung zum Mittelbahnsteig führte. Woran erinnerte sie das hier nur? Ihr schwirrten so viele Gedanken durch den Kopf, sie kam nicht drauf.

»Hey, dort drüben ist das Kaiserin-Elisabeth-Museum, die Sissi ist hier geboren, im Schloss Possenhofen, unten am See.« Er zeigte zu dem terrakottafarben gestrichenen Bahnhofsgebäude auf der anderen Seite der Gleise, von wo sie gekommen waren.

»Jetzt lenk nicht ab, ich hasse deine Geheimniskrämerei, sag mir gefälligst alles, was du weißt. Was, wenn Iris Erlacher uns erschießt, schließlich ist sie eine Killerin.«

»Das wird nicht passieren, deine Mutter liebt dich, sie wird sich freuen, dich zu sehen.«

Carina seufzte, was war bloß in sie gefahren, hier mit herzukommen. Zum Umkehren war es zu spät. Andererseits, egal wie das hier ausging, sie konnte es endlich abhaken und wieder nach vorne blicken. Ihre komische Vergangenheit, die alles in ihr erschüttert hatte, hinter sich lassen. Komisch oder kosmisch, sie musste an Peter denken. Im oberen Stockwerk des Museums öffnete sich ein Fensterflügel. Bestimmt schön, dort zu wohnen, wenn auch etwas laut, direkt an der S-Bahn. Und wer weiß, vielleicht zog sie bald zu Peter und überließ ihrer Schwester und ihrem Neffen die Wohnung in der Franziskanerstraße, eigentlich hatte sie das doch schon getan, wenn auch schweren Herzens. Absurd, was dachte sie bloß? Sie und Peter, sie kannten sich doch erst seit ein paar Wochen und seit ein paar Tagen genauer, reichte das etwa schon? Und trotzdem gefiel ihr die Vorstellung, Tag und Nacht mit ihm zusammen zu sein, auf ihn zu Hause zu warten oder heimzukommen, wo er auf sie wartete. Alles mit ihm zu teilen. »Mir ist auf der Herfahrt kein Schloss aufgefallen.«

»Das muss noch ein Stück weiter am Ufer entlang sein, nachdem wir abgebogen sind. Wir könnten mit Iris später dort spazieren gehen.«

»Du und spazieren, noch dazu im strömenden Regen?« Carina konnte sich ein Schmunzeln nicht verkneifen. Normalerweise vermied ihr Vater, und zwar nicht erst seit seiner Schussverletzung, jede unnötige Bewegung. Aber scheinbar verlieh ihm die Begegnung mit seiner Ex-Geliebten neue Kräfte.

»Verflixt, wo habe ich …?« Matte tastete seine Taschen ab.

»Dein Handy? Vielleicht ist es dir während der Fahrt unter den Sitz gerutscht.«

»Geh du ruhig schon mal vor.«

»Ist gut, ich schau, wann die nächste S-Bahn eintrifft.« Carina überließ ihm den Schirm, zog sich die Kapuze ihrer Winterjacke über den Kopf und stieg die steile Treppe in die Gleisunterführung hinunter und dann auf der anderen Seite wieder hoch.

Ihr Puls überschlug sich fast, als sie die letzte Stufe vor dem Bahngleis erreichte. Gleich war es so weit. Würde sich nach so vielen Jahren ein vertrautes Gefühl einstellen? Trotz allem, was sie über Iris wusste? Sahen sie sich ähnlich? Von Nahem bestimmt. Aber ihre Gestalt, wie sah sie aus, groß, klein, dicker als auf den Fotos? Laut Michael Schwalbe hatte sie zugenommen. Grauhaarig und faltig? Wie kleidete sie sich, auffällig wie Wanda? Wie eine aus der 68er-Hippie-Generation oder eher dezenter und unauffällig? Wie es Agentin und Bestatterin gemeinsam hatten. Gleich würde ihre richtige Mutter kein Phantom mehr sein, sondern ein wirklicher Mensch aus Fleisch und Blut. Sie schielte zur Treppe, wo blieb ihr Vater nur? Und langsam dämmerte es ihr: Hatte er das mit dem Handy nur vorgeschoben, damit sie hier erst mal alleine auf ihre richtige Mutter traf?

81.

Warum bestellte Matte sie ausgerechnet hierher? Hatte die Münchner Polizei ihre Notizen in dem Buch der Journalistin gefunden und ausgewertet? Begriff er die Zusammenhänge, oder war es eine Falle, sollte sie geschnappt und verurteilt werden, für Verbrechen, die sie in Deutschlands Namen verübt hatte? Sie packte den Chip ein, auf dem die entscheidenden vierundzwanzig Sekunden von Bad Kleinen waren und beschloss, mit dem Taxi nach Possenhofen zu fahren. Der Bahnhof hatte sie schon vor knapp drei Wochen, als sie das Schwedenhäuschen sprengte, an den in Mecklenburg-Vorpommern erinnert. War das Zufall oder Absicht von Matte? Andererseits – viele Bahnhofsstationen quer durch die Republik ähnelten Bad Kleinen. Vermutlich konzipierte ein Team die gesamten Bahnstrecken, oder die Bayern kupferten von den Sachsen ab oder umgekehrt.

Alt war er geworden, wirkte müde und zusammengesunken, aber war ihr Matte jemals jung gewesen? Ringe hatte er auch damals schon unter den Augen. Ihn anzusehen war immer so gewesen, als liefe man die Treppen eines Amphitheaters entlang. Auch wenn er es zu vertuschen suchte, bemerkte sie, dass er das eine Bein nicht belastete, was hatte Krallinger ihm nur angetan? Er hielt die Hand in der Manteltasche. Sie wusste, warum. Aber das war in Ordnung, wieso sollte er ihr nach so langer Zeit noch trauen? Nach dem, was er über sie erfahren hatte, war sie eine Zeitbombe. Auftragskillerin, Attentäterin, Expertin für Entwaffnung. Außerdem hatte auch er sie für tot gehalten, wie fühlte sich das an, sie jetzt so überaus lebendig wiederzusehen? Alle guten Vorsätze, aller Verstand setzte aus. Sie sahen sich an.

Mit der Faust hielt Iris ihre Waffe fest umklammert. Das Einzige, was ihr geblieben war, das Letzte, was sie noch zu tun hatte.

Noch 1 Sekunde

Und sie versuchte sich vorzustellen,
wie eine Kerzenflamme aussieht,
nachdem sie ausgegangen ist.

Lewis Carroll

82.

Es war acht Minuten nach drei und der Bahnsteig menschenleer, auch auf den Drahtstühlen hinter dem Windschutz saß niemand. Carina studierte den Fahrplan. In einer Minute würde die nächste S-Bahn aus Feldafing eintreffen. Um 15 Uhr 10 Uhr käme die aus der Gegenrichtung, die aus München. Oder doch nicht, da war ein Sternchen davor. Carina suchte im Kleingedruckten nach der Bedeutung. Ganz schön kompliziert. Dann fuhr die Bahn also nicht. Es waren ja auch keine Leute außer ihr da. Vielleicht kam ihre Mutter doch mit dem Auto. Würden sie sie erkennen, sobald sie ausstieg? Hing dieser Treffpunkt wirklich mit dem gesprengten Haus zusammen, von hier den Berg weiter hoch war es nach Neumaising nicht weit. Aber Carina war noch nicht in der Verfassung, dort noch mal hinzugehen. Krallingers Villa in Feldafing, Krallingers Wochenendhäuschen in Neumaising. *Sucht die Schuld bei euch, stopp. Die Welt ist eine Salamischeibe.* Auf einmal kapierte Carina den Zusammenhang. Sie sah sich, als würde sie in einem Film mitspielen. Einem Film, in dem es gleich schneien würde. Bad Kleinen. Dieser Bahnhof hier in Südbayern glich dem in Mecklenburg-Vorpommern. Und die Planzeichnung, die ihr Matte gezeigt hatte, könnte auch von diesem Bahnhof stammen. Sie trat hinter der Fahrplantafel hervor und sah noch mal zur Treppe. Da war er, er winkte ihr mit großen Gesten von der obersten Stufe. Sollte sie zurückkommen? Eine Frau stand bei ihm. Sie redeten. War das etwa …? Aber wenn …, Carina konnte sich nicht rühren. Die Frau setzte sich in Bewegung, stieg die Treppe hinunter. Matte rief etwas, warf den Schirm fort und folgte ihr, rannte an ihr vorbei, die Schöße seines Mantels wehten im Regen. Oben fuhr ein dunkler Wagen mit Blaulicht heran und bremste direkt am Treppenabsatz. Jemand mit knallbuntem Schal sprang aus der Beifahrertür und hastete ebenfalls die Stufen hinunter. Wanda! Was wollte sie hier? Und nun stieg Peter aus dem Wagen, auch er fing zu laufen an.

»Carina, weg vom Bahnsteig, das ist eine Falle«, brüllte Wanda und war jetzt auf Höhe der Frau, die …, die … Ein Knall. Es klang wie ein Schuss, und ein weiterer folgte. Mit einem Zischen fuhr die S-Bahn ein und versperrte Carina die Sicht. Leute stiegen aus, wie selbstverständlich gingen sie an ihr vorbei, um sie herum. Das, was sie gerade gesehen hatte, durfte nicht sein. Endlich erwachte sie aus ihrer Starre und hastete los, rannte die Stufen hinab und in die Unterführung, viel zu langsam, viel zu unsicher. Sie zog sich am Geländer nach unten, glaubte, ihre Beine würden sich gleich überschlagen, sie würde stolpern und zu spät kommen, viel zu spät. Endlich unten, lief sie weiter, zuckte zusammen, als sie noch einen Schuss hörte, und Leute schrien. Dann zog sie sich auf der anderen Seite nach oben, trat ins Helle und lief zu ihr. Sie lag oberhalb der Treppe auf dem Pflaster. Carina sah in den Himmel, es hatte zu regnen aufgehört und doch war ihr Gesicht nass.

83.

Auf Wandas gelbem Häkelpulli, in Höhe der Brust, breitete sich eine rote Blume aus, krallte sich in die Maschen. Nur der Schock, dachte Carina. Bestimmt ist ihr schlecht, Wanda kann doch kein Blut sehen. Wie früher, als sie noch klein waren und Carina sich beim Sturz von der Schaukel auf die Zunge gebissen hatte. Sie spürte den stechenden Schmerz und ein Pochen, schmeckte etwas Bitteres. In ihrem Mund sammelte sich Spucke an, so dachte sie. Sie sah sich nicht selbst, aber Wanda, die mit zuckenden Augenlidern vor ihr stand und dann einfach in den Sand kippte. Carina hatte sich über sie gebeugt und sie mit ihrem Blut vollgetropft. So musste es auch jetzt sein, sie tastete ihr eigenes Gesicht ab, um die Stelle zu finden, woher das Blut stammte, das auf Wanda getropft war.

»Igitt, Carina, hör auf damit.« Damals war ihre Schwester blitzartig aufgesprungen, hatte ihr Totsein beendet und war zu Silvia gelaufen. Erst dann hatte Carina vor Schmerz zu weinen angefangen, ihre Zunge musste vom Kinderarzt mit zwei Stichen genäht werden, sodass sie eine Woche lang nichts außer Suppe und Eis essen konnte. Wie lange wollte Wanda sich jetzt noch totstellen? Sie hielt das doch sonst auch nie lange durch. Wanda starrte und sah sie nicht, so sehr Carina auch zurückstarrte. Carina begann sie zu schütteln, an den Schultern, an den Armen. »Wanda, hör auf damit.

Wanda! HÖR AUF!« Jemand brüllte, war das sie selbst, hatte sie sich auf die Zunge gebissen? Ihr Hals brannte, ihre Kehle schien Feuer gefangen zu haben. Jemand rüttelte an ihr, schrie sie an. Peter.

»Hilf mir, los, ich weiß nicht, was ich tun soll.«

»Ich auch nicht«, hörte Carina sich sagen, oder war das nur die Stimme in ihr drin?

»Doch, du weißt es, mir ist schlecht, ich fall gleich in Ohnmacht, los. Du bist Ärztin, du musst ihr helfen, sie stirbt sonst.«

»Wanda ist tot«, sagte Carina. Was nutzte es, Ärztin zu sein, wenn die eigene Schwester vor ihren Augen starb?

»Nein, ich meine deine Mutter, komm, sie lebt noch.«

Er griff ihr unter die Arme, zog sie hoch, zerrte sie zu der Frau, die längs auf den Treppenstufen lag. Die anderen Schüsse, auch sie war getroffen worden, seitlich am Kopf. Iris. Mutter. Ihre Brust hob und senkte sich, war nicht leblos wie die von Wanda, sie atmete noch. Eine Hand hatte sie zur Faust geballt und öffnete sie, als Carina ihre Haut berührte. Ein Schlüsselanhänger fiel heraus, ein schwarzes Küken mit einer Eierschale auf dem Kopf.

Null

Es ist der Schrei, der stirbt im Schmerz,
dann legt sich Stille über dein Herz.

Thomas Schuster

84.

Die Zeit danach zählte nicht Sekunden, Stunden und Tage. Sie dehnte sich endlos oder schwand, wenn die Erinnerung zurückkehrte. Ihr Vater hatte auch geschossen. Bruchstücke von Erklärungen schwappten Carina ins Bewusstsein, drifteten wieder ab wie Eisschollen auf dem Meer. Dann hatte er gar nicht sein Handy aus dem Wagen geholt, dachte sie, sondern seine Dienstwaffe?

»Ich wünschte mir so sehr, Iris, meiner großen Liebe trauen zu können. Aber deine Worte, Carina, haben mich doch wieder misstrauisch gemacht. Wir konnten Iris nicht unbewaffnet begegnen.« Matte kauerte neben ihr auf dem Pflaster, keuchend und blutverschmiert, neben ihr und Wanda. Iris lag schon im Notarztwagen, Kopfschuss, vielleicht überlebte sie. Carina wollte die Hand ihrer Schwester nicht loslassen, diese schmale Hand mit den kurzen, zarten Fingern, jeder Nagel in einer anderen Farbe lackiert.

Als Matte begriff, was vorging, war es schon fast zu spät gewesen. Carina erinnerte sich nicht mehr, wie oft noch geschossen worden war. Lautes Knallen, gemischt mit Schreien ringsum, ob von den Fahrgästen, die in der Unterführung Deckung suchten oder von ihr selbst. Es war eine Falle gewesen. Lambert hatte gewusst, dass er Iris mit Matte und Carina anlocken konnte, und hatte ihr dasselbe Fax geschickt, an die

Adresse ihres Vaters in Wolfratshausen, der ihr bei der Inszenierung ihres Todes auf der Spessartbrücke geholfen hatte. Lambert hatte Paintners Wut auf seinen Chef benutzt, um das mit dem Karl-Valentin-Spruch rauszukriegen. Von wegen keiner wusste davon. Es stand auch in den Luftpostpapieren, die Peter in seinem Büro entschlüsselte. Ein Kinderspiel für Paintner, Peters Notizen zu durchwühlen und ihre Ermittlungen, auch zu Franz Richter, für Lambert auszuspionieren.

Ihr Vater war an Carina vorbei auf die andere Seite ins Bahnhofsgebäude und hoch unters Dach gerannt. Von dort hatte Salamander auf Iris gezielt, von oberhalb des Museums, mit einem Gewehr. Wanda war ihm ins Schussfeld gelaufen. Erst mit dem nächsten Schuss traf er ihre Mutter. Und Matte tötete ihn, als es zu spät war.

Carina stand vor Sandro, und ihr kamen doch die Tränen, eigentlich wollte sie nicht weinen, noch nicht. Sie umarmte ihren kleinen Neffen, der in München bei Silvia geblieben war. Sie musste ihm sagen, dass seine Mutter nicht mehr lebte. Ihre störrische Schwester, die unbedingt mitfahren wollte, als Peter von Paintner hörte, was er getan hatte, und Carina warnen wollte. Wie sollte Carina es Sandro beibringen? Stimmte es wirklich, würde sie nie mehr Wandas Geplapper hören? Sie begriff es selbst noch nicht, das musste eine Einbildung gewesen sein. Wanda, von losen Fäden in ihrem hastig zusammengenähten neuen Strickteil umschwirrt, würde gleich zu ihr gelaufen kommen und losplappern.

Hatte ihre Schwester deshalb so viel geredet, weil sie nur so kurz lebte? Damit sie alles noch unterbrachte, was sie zu sagen hatte? Nie mehr würde sie einen Kommentar zu etwas abgeben, nie mehr sich die Wirklichkeit so zurechtbiegen, wie sie sie brauchte. Und Carina begriff, wie es Matte und Silvia gegangen sein musste, wie sie die Wahrheit aufgeschoben hatten, ihr Leben lang, auch sie wollte Sandro am liebsten schonen. Sie brachte es einfach nicht übers Herz.

Nachwort

»Schalten Sie das Diktiergerät ab, dann erzähle ich Ihnen mal was.« Dazu wurde ich in den vergangenen Jahren, seit ich für die RAF-Trilogie der *Elster*-Reihe recherchierte, öfter aufgefordert. Spätestens dann wusste ich, das ist Thrillerstoff, der sich aus wahrer deutscher Geschichte speist. Vieles durfte ich sehen und hören, aber nicht notieren, kopieren oder mitschneiden, ich musste wie Iris in diesem Roman »Luftpost« in meinem Kopf produzieren, um mir alles zu merken. Waren für die Anschläge und Attentate die Gründer der RAF (Ulrike Meinhof, Andreas Baader, Gudrun Ensslin u. a.) und auch die Mitglieder der sogenannten zweiten Generation (Brigitte Mohnhaupt, Christian Klar) noch als reale Personen verantwortlich zu machen, blieben die Terroristen der sogenannten dritten Generation bis heute im Dunklen.

»Die Gesichtslosen« (Teil 1), »Die Verstummten« (Teil 2) und hier »Die Zerrissenen« (Teil 3) versucht sich an einer möglichen Erklärung für diese Ungereimtheiten und Widersprüche.

Bei all seinen Einsätzen ist das Bundeskriminalamt (BKA) gemäß dem BKA-Gesetz verpflichtet mitzufilmen. So auch am 27. Juni 1993 im mecklenburgischen Bad Kleinen, wo mit einer lange vorbereiteten Aktion ein Schlusspunkt unter die terroristische Gewalt der RAF gesetzt werden sollte. Zwei seit Langem gesuchte und durch einen V-Mann ausspionierte RAF-Mitglieder sollten verhaftet werden. Doch leider endete der Einsatz nicht wie geplant in Ruhm und Aufatmen, sondern mit dem Rücktritt des damaligen Bundesinnenministers, der sich von den Ereignissen auf dem Bahnhof der Kleinstadt distanzierte. Die für einige RAF-Attentate verantwortlich gemachte Birgit Hogefeld wurde noch in der Unterführung festgenommen, danach starben der junge GSG-9-Beamte Michael Newrzella und auch der mutmaßliche zweite Terrorist Wolfgang Grams im Kugelhagel. Bis heute konnte der genaue Ablauf der Schießerei nicht geklärt werden. Alle Zeugen verstrickten sich in Widersprüche oder schwiegen. Was wirklich geschah, sollte ein Mitschnitt des BKA zeigen, der ausgewiesenen Experten der Terrorbekämpfung vorgeführt wurde. Die ersten Sekunden des Films liefen an: Jemand, der eine Kamera in einer Tasche versteckt hielt, rannte durch die Bahnhofsunterführung bis zum Treppenaufgang, auf dem der junge GSG-9-Beamte Michael Newrzella stand. Dann brach der Film ab. Schnee. Cut. Erst als Wolfgang Grams tödlich verletzt im Gleisbett lag, setzten die Aufnahmen wieder ein. Das BKA entschuldigte sich für die technische Panne, dankte den Experten für ihre Mithilfe und beendete damit offiziell das Kapitel RAF in Deutschland.

Ich liebe Regen und wollte einen Roman schreiben, in dem es fast bis zur letzten Zeile schüttet, nieselt, plätschert, gießt. Bei der Recherche zu den verschiedenen Arten von Regen stieß ich auf die »Operation Sommerregen«, eine bis 2013 geheim gehaltene Aktion des deutschen Bundesnachrichtendienstes (BND), der während des Kalten Krieges Waffentechnik der Sowjetunion in Afghanistan ausspionierte. Dafür verbündeten sich Anfang der Achtzigerjahre deutsche Agenten mit afghanischen Mudschahidin gegen die russische Besatzungsmacht. Nach außen war diese Aktion als humanitäre Flüchtlingshilfe getarnt. Auf dem Hinweg brachten die Flugzeuge Lebensmittel und Verbandsmaterial, auf dem Rückflug transportierten sie erbeutete Uranmunition, Raketensprengköpfe und Panzerreste, um sie in Deutschland zu erproben.

Für dieses Buch habe ich mich nicht nur gedanklich unter der Erde bewegt, ich bin auch tatsächlich auf Friedhöfen und in Krematorien gewesen. Dabei habe ich erfahren, dass sich die moderne, schnelllebige Zeit ebenso auf die Friedhofskultur auswirkt. Im Gegensatz zu früher wird inzwischen auch am Lebensende gespart, kaum jemand leistet sich noch eine Gruft oder gar ein Mausoleum. Der Name stammt übrigens nicht von dem kleinen Nager, der dort häufig anzutreffen ist, er leitet sich von *Maussol-eion ab*, dem zu den antiken sieben Weltwundern gehörenden Grab von König Maussolos aus Halikarnassos (377–353 v. Chr.), der an der Südwestküste der (heutigen) Türkei lebte und wirkte. Das Besondere dieses Grabmals ist ein Andachtsraum über einer unterirdischen Gruft, eine Mischung aus architektonisch kunstvollem Denkmal und Grab.

Danksagung

Herzlich bedanken möchte ich mich für die Unterstützung meiner Arbeit und das geduldige Beantworten vieler Fragen bei dem Sprachprofiler Raimund H. Drommel, den Schaffnern des Münchner Waldfriedhofs und wie immer bei der Gesichtsrekonstrukteurin Dr. Constanze Niess von der Rechtsmedizin Frankfurt. Wir sind im Laufe der Bücher Freundinnen geworden. Meine Kinder, Verwandte und Freunde waren wie immer eng in den Schreibprozess eingebunden, auch ihnen danke ich von Herzen für die Geduld und die offenen Ohren. Theresa inspirierte mich zu Carinas Knetetherapie, Jonas lieh mir seine Schreibschrift, Veronika, auf »Halb-Acht-Stellung«, testete den Roman als Erste auf Spannung und Unstimmigkeiten, und David gab mir Insider-Tipps. Meine Autorenkollegin Sabrina Pensel machte mich auf das schöne Leonce-und-Lena-Zitat aufmerksam. Meiner Schwester Yvonne danke ich für die gemeinsamen Kindheitserlebnisse (wir waren Zeugen und Verbündete) und meinem Neffen Peter, dass er nun schon zum zweiten Mal einer Figur seinen Namen vermietete. Der ganze Thriller entstand wie jeder Roman zusammen mit meinem Mann Thomas. Mit ihm denke ich mir alles aus, er ist immer da, wenn ich nicht weiterweiß. (So eine Liebe wünsche ich Carina, wer weiß, ob es Peter ist …) Ganz besondere Geschenke an mich und dieses Buch waren dieses Mal die Gedichte von Thomas.

Quellenangaben

(Trotz intensiver Recherche konnte der Verlag nicht alle Rechteinhaber ermitteln. Bitte wenden Sie sich gegebenenfalls an den Heyne Verlag.)

Helmut Qualtinger: Werkausgabe, © 1995 Deuticke Verlag, Wien

Kurt Tucholsky: Gesammelte Werke, © 1990 Rowohlt Verlag GmbH, Reinbek

Ilse Aichinger: Gesammelte Werke, © 2010 S. Fischer Verlag GmbH, Frankfurt

Jorge Luis Borges: Borges und ich, © 1993 S. Fischer Verlag GmbH, Frankfurt

Gottfried Benn: Mutter, Gesammelte Werke in vier Bänden, Hg. Dieter Wellershoff, © 1993 Klett-Cotta Verlag GmbH, Stuttgart

Karl Valentin: Mein komisches Wörterbuch, © 1986 Piper Verlag GmbH, München

Aglaja Veteranyi: Das Regal der letzten Atemzüge, © 2002 DVA-Verlag, Stuttgart-München

Oscar Wilde: Zürcher Ausgabe, © 2000 Haffmans Verlag, Zürich

Georg Büchner, Leonce und Lena, © 2013 Reclam Verlag GmbH, Ditzingen

Robert Musil: Der Mann ohne Eigenschaften, © 1978 Rowohlt Verlag GmbH, Reinbek

Michael Richter: Wortschatz, © 2007 Mitteldeutscher Verlag, Halle

Ulla Hahn: So tief, Gesammelte Gedichte, © 2013, DVA-Verlag, Verlagsgruppe Random House GmbH

José Emilio Pacheco: El Segundero, aus Dunkle Tiger, Lateinamerikanische Lyrik, hg. Michi Strausfeld, © 2012 S. Fischer Verlag GmbH, Frankfurt

Ludwig Klages: Grundlagen der Charakterkunde, © 1910 Johann Ambrosius Barth Verlag, Leipzig

Ödön v. Horvath: *Kasimir und Karoline,* © 2001 Suhrkamp Verlag GmbH & Co.KG, Berlin

Rudi Jagusch

**»Jaguschs Krimi ist Kopfkino vom Feinsten –
von der ersten bis zur letzten Seite.«**
Leser-Welt.de

978-3-453-41055-8

Leseprobe unter **www.heyne.de**

HEYNE